新世纪
言情类型小说的生产与表征

孙葳◎著

黑龙江教育出版社

图书在版编目（CIP）数据

新世纪言情类型小说的生产与表征 / 孙葳著. —— 哈
尔滨：黑龙江教育出版社，2021.1
ISBN 978-7-5709-2108-9

Ⅰ．①新… Ⅱ．①孙… Ⅲ．①小说研究—中国—当代
Ⅳ．①I207.42

中国版本图书馆CIP数据核字(2021)第029859号

新世纪言情类型小说的生产与表征
xinshiji yanqingleixing xiaoshuo de shengchan yu biaozheng

孙 葳 著

责任编辑	徐永进　刘　娟	
封面设计	刁钰宸	
责任校对	程　丽	
出版发行	黑龙江教育出版社	
	（哈尔滨市道里区群力第六大道 1305 号）	
印　　刷	哈尔滨圣铂印刷有限公司	
开　　本	787 毫米 × 1092 毫米　1/16	
印　　张	16.25	
字　　数	260 千	
版　　次	2021 年 3 月第 1 版	
印　　次	2021 年 3 月第 1 次印刷	

书　　号　ISBN 978 - 7 - 5709 - 2108 - 9　　定　　价 38.00 元

黑龙江教育出版社网址：www.hljep.com.cn
如需订购图书,请与我社发行中心联系。联系电话:0451 - 82533097　82534665
如有印装质量问题,影响阅读,请与我公司联系调换。联系电话:0451 - 87619957
如发现盗版图书,请向我社举报。举报电话:0451 - 82533087

目 录

绪　论

一、网络文学、类型文学与言情小说

（一）中国网络文学发展的简要历程

1996 年,《中国时报—咨询周刊》推出了"网络文学争议"专栏,这被认为是"网络文学"一词在我国印刷传媒中的首次采用。[1] 20 世纪 90 年代中期至今,中国网络文学的发展大致经历了以下四个阶段:第一阶段是以个人自主或小团体模式创作发布的自发创作阶段;第二阶段是以文学网站为主导的文学产业化初级阶段,这一时期网络文学市场实现了从免费阅读到付费阅读的变革,长篇小说连载成了网站收入的主要来源,至此长篇类型小说成为网络文学最主要的形式及其代名词;第三阶段可视为网络文学完全产业化阶段,以盛大集团为代表的大资本进入网络文学市场为标志;第四阶段由于移动终端的普及使用,一方面使网络类型文学的阅读和接受更为日常化,另一方面,网络文学资本市场的力量角逐也发生了新的变化。

1. 网络文学的自发创作阶段

中国的网络文学诞生于 20 世纪 90 年代,海外留学生在欧美国家率先依托网络编辑电子刊物、发表原创稿件,可以说是华语网络文学的先声。1991 年 4 月由中国留学生梁路平等人在美国创办的《华夏文摘》[2],是已知的全球最早的华文网络电子刊物,每周一期,通过电子邮箱免费订阅。这并不是一个纯文学刊物,而是一个囊括政治、经济、文化、艺术、科学等多领域,注重趣味性、新闻性、知识性和资料性的综合类刊物。除了转载一些国内外优秀的华文作品,也陆续有一些华语原创文学发表在《华夏文摘》上,这些原创的诗歌、小说、散文、评论,可以说是最早的网络文学,活跃在《华夏文摘》及稍

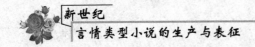

后的海外第一份网络中文纯文学刊物《新语丝》中的一批作家,如图雅①、散宜生、方舟子等人,正是华语世界里第一批完全以网络为依托进行创作的网络作家。

1994年中国开通因特网的64K国际专线,实现了网络的全功能连接,从此被国际上正式承认为拥有全功能INTERNET的国家,互联网开始逐步进入到中国普通人的生活。由于网络文学写作不需要特殊的文学训练,一些得网络写作风气之先者开始在互联网论坛上发表自己的原创作品。比大陆略早,台湾地区中山大学、成功大学、台湾大学等高校相继建立了自己的BBS,其中的文学类板块汇集了台湾最早的一批网络小说写手。在华语圈引起轰动的《第一次亲密接触》,就是台湾成功大学水利研究所博士生蔡智恒以痞子蔡为笔名发表于BBS上的原创作品。随后出现的网络言情作家藤井树也发迹于BBS,其第一部作品《我们不结婚,好吗》红遍整个台湾的BBS公告栏,唤起无数读者特别是青少年女性读者的共鸣。这一阶段的网络文学创作还处于自发阶段,参与到网络文学创作中的几乎都是处于社会发展变革前沿的青年人,"他们的自我生存环境与社会生态在经过某种碰撞之后,本能地需要一种诉求。同时,互联网技术的发展为这部分带有自娱性质且不满足于现状的青年提供了发声的可能。不可否认,网络的互动特性也使读者的参与迅速转化为创作者的一种创作激情,这批作者自然也就成为当时的网络文化精英。"[3]

20世纪90年代末"榕树下"等文学网站的出现极大地改变了网络文学创作状况。"榕树下"以个人主页的形式出现于1997年11月25日,1999年"上海榕树下计算机有限公司"成立标志着中国大陆独立的文学网站开始起步。创办人美籍华人朱威廉的初衷是"文学是大众的文学",倡导"生活·感受·随想",试图使文学通过网络这一新兴媒介扩大传播范围、打破时空界限,使人人都有机会发表自己的作品,每篇作品无论形式与内容如何,无论

①　图雅,年龄不详,笔名涂鸦、小三、恒沙等,代表作《砍柴山歌》等,早期海外华文网络公认的最早一批具有影响力的网络作家,活跃于1993年7月至1996年7月,曾担任《华夏文摘》编辑,在全球第一个中文互联网论坛"国际中文新闻组"(Alt. Chinese. Text,简称ACT)发表作品若干,曾当选中国大陆留学生"网文八大家"。2002年现代出版社策划出版了《图雅的涂鸦》文集,并在新浪网和书的扉页发表寻人启事,并未有结果。

是否契合传统文学的价值预判,都有被广大读者阅读的可能。"榕树下"集结了网络文学草创时期的创作者、阅读者和传播者,这些人几乎都是在传统文学阵地找不到自己位置的"文学青年爱好者",这一时期也可谓网络文学的"文青时代"[4]。由此,以传统纸媒为代表的平面阅读时代开始向以网络屏幕为核心的屏幕阅读时代的转变,这不单单是传播媒介的变化,更是文学生产机制的变迁,一种与以往任何时代都不相同的文学生产方式由此诞生。

"榕树下"聚集了一批至今仍在华语文学界极具影响力的作家,并多次举办网络文学大赛,邀请著名的纯文学作家担任评委,引起了国内媒体的注意,在文化界引发了以"榕树下"为代表的"网络文学"现象全国大讨论,一时间网络文学大有欣欣向荣之势。然而,在一时的繁荣景象背后,有些问题也往往会被忽视:

一是这一时期网络文学作者队伍的构成十分单一,绝大部分来自大中型城市中的新兴白领阶层。20世纪90年代末电脑的价格在万元左右,对比全国人口平均收入来说还属于"奢侈品"①,宽带网络覆盖也以大城市为主,三线城市尚且少见,农村地区对网络的了解恐怕更少。② 这就导致了从事网络文学创作的人员多数是受教育程度较高的城市中等收入人群,作品反映的也多是城市生活与爱情、现代都市中人的苦闷与焦虑等,呈现出一种"小资"风貌,而农民与工人似乎不在这一语境中。简言之,对城市白领生活的想象和书写隐然成了这一时期网络文学写作的主流,相对于同一时期阶层急剧分化的社会现实来说,其潜在的新意识形态效应使得这一所谓"推进文学民主化"写作潮流从一开始就面目可疑。

二是这一阶段的网络文学写作与其后产业化阶段网络类型文学的区别问题。很多网络文学研究者在描述中国网络文学发展过程的时候,往往对

---

① 根据《中国城市居民收入的分布动态研究:1995—2004年》(《财贸经济》2008年10期,周浩、邹微)2004年全国人均收入9870元,同年北京的人均收入可达到17653元,上海市人均收入约18645元。根据《中华人民共和国2004年国民经济和社会发展统计公报》(《中国统计》2005年03期)2004年全年全国农村居民人均纯收入只有2936元。

② 以山东省为例,2004年山东的总人口数为9180万人,山东省联通宽带业务客户突破100万。假定100万用户中不包括各类企事业单位用户,以5人为基本家庭人数,平均18.4个家庭才有一台可上网的电脑。数据来源:山东联通宽带用户突破1000万[EB/OL]网易新闻,http://news.163.com/12/1226/06/8JKMNS5400014AED.html

这一区别问题着力不深，甚至混淆了初始阶段的网络文学与其后类型文学截然不同的文化定位和文化功能。然而，在20世纪90年代文化分化的格局中，初始阶段的网络文学写作并非将自我期许直接定位在消费文学上，这当然与精英知识分子的判断并不吻合。"大众文化"成为人们主要的文化需求，并基本上已形成了一套工业形态的运作方式。因而，20世纪90年代的文化分化更为明显。对于这种分化的描述有多种方式。其中较为典型的一种是区分为三种形态，即"主流文化"（又称国家意识形态文化、官方文化、正统文化），"知识分子文化"（又称高雅文化）和大众文化（又称流行文化、通俗文化）。"[5]正是依托这样的文化分类模式，主流文学将网络文学归类为大众文化、流行文化、通俗文化一类，认为网络文学具有民间性，是区别于体制框架内受到文化制度规训的创作活动，视其为一种不受文艺思潮影响的"潜在写作"，认为其兴盛是一种"青年亚文化"现象，是消费文化盛行在文学领域的表现。不过，安妮宝贝等早期网络写手是把自己的创作当作精英写作来进行的，无论从语言的文学性、形式的实验性、内容饱含的救赎情怀以及作品标榜的生活方式，甚至不时出现的肩负哲理内涵的"警句"，都暗示和明示自己的"高端大气上档次"抑或是"低调奢华有内涵"。

2.以文学网站为主导的文学产业化初级阶段

21世纪初，中国网络文学进入了新的阶段，正是在这一阶段，网络文学发生了重要转变，开启了它的产业化阶段。

世纪之交，以起点中文网为代表的文学专门网站相继出现，其中影响较大的女性文学网站有红袖添香小说网、晋江文学城、潇湘书院、言情小说吧、起点女生网等。曾经的华语文学网站领头羊"榕树下"并没有持续辉煌，网站日益提高的运营成本与维护成本只依靠图书出版和广告收入不足以维持下去，"榕树下"几次易主也始终没有找到合适的商业运营模式，2002年转卖给德国传媒巨头贝塔斯曼后更是一路滑坡。同年，起点中文网成立，并于次年推出了一个新商业模式——VIP付费阅读制度，其收费标准后来成为整个行业的收费标准。起点中文网探索出一条比较成熟的商业运营道路：以付费阅读为核心，依靠稿费与福利稳定优质作者团队，通过"雏鹰展翅计划"等奖励措施培养后备团队，源源不断推出新作品的同时丰富作品门类，培养自己的大神级作品,增强网站的核心竞争力。对《鬼吹灯》这类自带忠实读者粉丝群的原创作品,再进一步开发其电影、电视剧、漫画改编、游戏制作等衍生项目。从此,网络文学开始走上一条产业化之路。

同样具有代表性的还有以女性为核心读者的老牌文学网站"红袖添香网"。纵观其发展历程,我们可以明确地看出,在产业化初期以文学网站为主导的网络文学发展的两个走向:从多种文体并推到主打长篇小说连载,从免费阅读到付费阅读。

红袖添香网成立于1999年,早期与其他文学网站一样依托于网络论坛,作品以诗歌、中短篇小说、日记、散文、杂文、剧本等为主要形式,写作和阅读都带有很大的随意性,作者与读者聚集在一个板块下,一事一物、闲情雅致,犹如文人之间的唱和。2003年,网站开始启用长篇连载系统,具有趣味性与连贯性的长篇小说吸引了更多"文青"之外的读者,原本就以女性用户为主的网站在"言情""职场"等类型题材上涌现了大量优质作品,《裸婚》《空姐日记》《会有天使替我爱你》等小说时至今日读者依然耳熟能详。以女性为主的作者和读者群在红袖添香网这个纯文学网站颇具女性主体意识的活动,网站不但避开了传统出版的审校制度,也在某种程度上避开了文学创作中乃至整个社会的男性权威话语,在当时成为部分知识女性传递自己声音的一个阵地。不过,直到2004年,红袖添香网还是一个没有收益的网站(2007年红袖添香网才开始实施VIP付费阅读),网站维持主要靠网友捐款,几次融资所得也都用在了网站建设上,管理人员都是义务劳动,网站已经刊发的诸多颇具社会影响力的作品,只增加了网站的"文化象征资本","并没有产生过任何交换价值"。[6]写手凭一腔热情写作,网站不提供任何报酬支持,作者的收益全部来自线下落地出版所得的版税。此时的红袖添香网更像是一个免费的优质作品推广平台,而并非一个内容运营商。2005年红袖添香网提出的发展目标仍然是:"建成内容最精细、最专业、最有深度的文学网站,建立网站的核心价值和核心竞争力。"红袖添香网选择了一条既不放弃传统优势又加强商业板块建设的道路,在营销类型化长篇小说的同时,保有前期的纯文学网站特征,同时又注意经营自己的社群文化建设。

2004年到2008年正是网络文学蓬勃发展的时期,很多网文"大神"都是

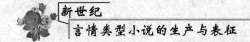

在这一时期被读者熟知,如今改编成影视剧游戏、成为超级 IP 的网络文学作品多数写于这一时期,现在读者熟知的"穿越文""仙侠文""玄幻文""盗墓文"等类型,及其下属的子分类"清穿文""高干文""宫斗文""种田文"等,也都是在这一时期出现并通过大量作品补充要素继而完善为一个固定类型。与纯文学网站形成之初的作者们(如安妮宝贝)充满精英意识的写作不同,依托文学网站发表长篇小说连载的作者们更多的是持一种放松心态。变化的不只是文学网站主推资源的文体——由散文、短篇小说变成长篇小说,变化的还有写文的诉求——从彰显文学性到追求娱乐性,以及作者的自我认识和定位——从被多种高大上符号包裹的知识精英作者,到屏幕另一端不知身份与读者共享故事的码字人。

3. 文学产业化完成阶段:以盛大集团为代表的大资本进入网络文学市场

大型文学网站建立起以资本运营为主导的经济形态,是网络文学发展到又一个阶段的标志。与文学网站成立之初不同,大型资本的介入使得网站将文学作品完全视为商品来营销,新兴文学市场形成,网络文学彻底走向了产业化经营。

2004 年开始,以网络游戏起家的盛大集团①开始全面进攻网络文学领域,相继收购了起点中文网(2004 年 10 月)、晋江文学城(2007 年 12 月)、红袖添香网(2008 年 7 月)、榕树下(2009 年 10 月)、潇湘书院(2010 年 3 月)、小说阅读网(2010 年 2 月)、言情小说吧(2010 年 3 月)等七家国内知名原创网站,并于 2008 年 7 月在起点中文网、晋江文学城、红袖添香网的基础上成立盛大文学。截止到 2012 年,盛大文学占据了国内网络文学市场超过百分之八十的份额。据 2012 年第一季度统计数据,有 160 万名作者在盛大文学平台上写作,每天创作 8000 万字。国内知名调查公司艾瑞咨询网络用户行为检测工具 iUse Tracker 数据统计显示,起点中文网长期占据国内垂直文学网站日均覆盖人数及用户有效浏览时间排名榜首位,晋江文学城、红袖添香

---

① 盛大网络集团成立于 1999 年,是一家国内领先的互动娱乐媒体企业,旗下有盛大游戏、盛大文学、盛大在线等子公司,主要以原创文化内容为产品,向用户提供多元化的互动娱乐内容与服务。盛大游戏是国内领先的网络游戏开发商、运营商、发行商。盛大文学在集团的全产业链建设中主要负责提供原创内容。2015 年 3 月,盛大文学与腾讯文学合并成立阅文集团。

网、潇湘书院、小说阅读网等也经常入围榜单前十。[7]盛大文学 CEO 侯小强明确指出了盛大文学的定位,"最早盛大文学是数字出版公司,现在定义是文学产业链公司,毫无疑问,以后它会是版权投资公司。但无论如何,它都是一个版权运营公司,这考验着我们的版权运营能力,无论是大数据挖掘、渠道开放、衍生版权开发、移动互联网策略都服务于这个能力的提高。"[8]

即便如此,肩负着培育优质 IP 资源的门户网站依然很重要,毕竟没有优质作品就没有随后一系列衍生产品。无论是被制作成多部大投资电影的《鬼吹灯》、被拍成电视剧街知巷闻的《甄嬛传》、还是开发出大型网络游戏的《诛仙》,在成为一个优质 IP 前,他们都是口碑极佳的网络小说。"养文"是各文学网站的日常基本经营文本方式。"养文"就是指以责任编辑的丰富经验和反映网文成绩的数据作为标准,判断哪些作品值得"养"、哪些可以上架、哪些可以"成神"。这一普通网文成神的道路有很多不确定因素,作者自身创作的稳定性、读者的订阅量多寡、责任编辑的眼光与推送情况等,都会影响该文,"成神"还是"扑街"并不一定与网文的优质程度直接相关,这其中也需要营销技巧。但到目前为止,这套结合作者创作、读者阅读与购买力、责任编辑的经验判断等因素的"养文"大法,还是各个网站保证持续有效地推出受欢迎内容的常用做法。[9]

在引入盛大的资本之后,那些已经运营多年、有稳定读者群、有自身特色板块的网站,也都在想方设法平衡盛大对文学商品化的利益要求与自身原有的文学气质之间的矛盾:比如红袖添香网就采取了"以文养文"的方式:针对其主要销售文类长篇小说招聘了一批 VIP 责任编辑,专门负责"招收写长篇小说的作者,把有市场保证的好书挑出来上架销售这些书的 VIP 章节",同时也不放弃原有的红袖论坛,仍然保持短篇小说、诗歌、散文这些网站的传统文类有一席之地,稳住原有读者的同时再吸引新读者,挽留住在网站文青状态时的用户并将这些化作网站的一个文化优势。而晋江文学城则是通过内部论坛的形式稳定住原有的耽美社群与小言读者。"小粉红"论坛内部有"原创区""交流区""耽美区"等几个分工明确的专业化小圈子,负责的版主、版工都是晋江的资深"脑残粉",她们自成一个群落,有内部的"黑话",作为"粉丝检察院"干预晋江文学网的日常。这个由93%女性构成的群体是晋江的核心读者群,其中活跃在耽美同人区的"腐女"更是晋江原创网自成立以来雷打不动的簇拥。可以说这些极具主人翁意识的精英"脑残粉"才是晋江的核心竞争力。[10]

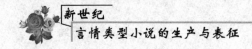

阅读平台内部资源分析						
腾讯-阅文集团	百度文学	学问文学	阿里文学	中文在线	小米阅读	网易云阅读
QQ阅读 起点中文网 云起书院 创世中文网 红袖添香网小说阅读 网潇湘书院 言情小说 吧榕树下 晋江文学城 ……	熊猫看书 百度书城 纵横中文网 百度多酷书城	掌阅iReader 红薯中文网 趣阅中文网	书旗小说 UC书城	中文书城 17k小说网	多看阅读 小米小说	网易云阅读

➤ 网络文学是整个泛娱乐产业链的上游,不仅能获得直接的价值,还能通过版权衍生实现二次变现。随着腾讯、百度、阿里等互联网巨头将网络文学提升至战略高度,对作者和优质版权资源的抢夺愈演愈烈,内容资源是企业的核心竞争力,代表企业最重要的实力指标。

➤ 因此,阅文集团依靠最多的原创网站资源,成为内容实力最强的阅读平台,并且与多看阅读的合作,无论是在内容还是渠道实力都有加分。中文在线和百度文学作为老牌文学企业,通过提高内容质量获取更多的合作,掌阅依靠多年渠道资源占领一席之地,如今欲通过培养原创作家来提高自身实力。而阿里文学作为成立最晚的一家,欲通过更多的战略合作增加内容资源,未来还面临更多的挑战。

　　盛大文学一家独大的局面并没有维持多久,2013年起点中文网主创团队出走腾讯公司成立了"创世中文网"。创世中文网是与腾讯合作下以网络小说为主要经营内容的原创文学门户网站。创世中文网的异军突起意味着中文网络文学创作行业正式进入"战国时代"。2015年整合腾讯文学与盛大文学成立的全新的阅文集团,旗下拥有多家网络原创与阅读品牌,腾讯文学图书频道、华文天下、中智博文、聚石文华、榕树下、悦读网等图书出版及数字发行品牌,由天方听书、懒人听书等构成的音频听书品牌,以及承载上述内容和服务的领先移动APP——QQ阅读。阅文集团已成为中国网络文学、数字出版史上迄今为止最强的一家运营主体。[11]

　　与文学产业化初期各网站着重经营自身不同,当阅文集团与中文在线这类商业航母驰骋在网络文学市场中时,必将要为曾经代表"青年亚文化"的网络文学正名。盛大文学前CEO侯小强就有这样的言论:"和网络文学相比,传统的文学作品就显得没有想象力,语言苍白无趣"。在盛大文学工作了半年之后,他甚至得出"网络文学终究会寿终正寝"的结论,他的意思并非说网络文学因其自身的诸多问题而日益边缘化最终消亡,而是说网络文学终将成为当代文学的全部。"网络文学这个名词总有一天将成为历史名词,网络作为文学的载体,将会成为主流和常态。他设想或许有一天,所有的文学都会在网络上诞生,而到了那个时候,网络文学就是文学本身。"侯小强将盛大文学的任务概括为三点:"主流化、商业化、社区化"。使网络文学主流化、商业化、社区化正是众多文学资本合力完成的事情。

4. 网络文学资本市场的新特征:移动终端崛起

移动终端的兴起又一次改变了网络文学资本市场的格局。从大数据上来看,据易观智库调查统计:2014 年中国移动阅读的活跃用户数已达 5.9 亿人,市场规模达 88.4 亿元,同比增长 41.4%,中国人 2014 年电子书总阅读量已经超过 14 亿册,"指尖上的阅读"深受青睐,手机成为人们随身携带的"口袋图书馆"。移动阅读的场景更加碎片化,阅读目的更加偏向娱乐消遣,优质内容用户付费意愿强,一些公司靠正版内容已经可以实现盈亏平衡。[12]阅文集团数据业务中心给出的 2016 移动阅读报告显示:2015 年移动阅读收入占数字阅读产业收入的 56%,市场规模达到 101 亿人民币,同比增长 14.3%。有"网络文学原创基地"之称的阅文集团旗下两大平台内容规模遥遥领先,起点读书内容规模达 160 万册占据行业榜首,QQ 阅读内容规模 90 万册排名第二,阅文集团更是拥有 92.2% 的网络原创内容,百度文学的份额只有 6.8%。[13]移动阅读已经成为国民阅读的新趋势,原创文学网站与第三方移动阅读软件协调合作,这对文学网站来说是一个拓展销售渠道的天赐良机,但在具体操作上还是问题很多。

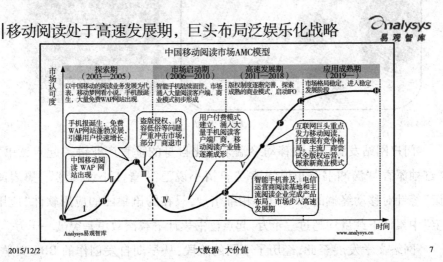

移动阅读处于高速发展期,巨头布局泛娱乐化战略

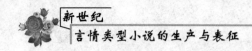
移动端为主的第三方运营商对网文作品的内容和形式上都有区别于 PC 端的不同要求。移动客户端第三方的介入打破了网站已经较为成熟的生产、销售、盈利模式。如果网站在这轮较量中妥协，很可能就会被第三方压制成纯粹的内容供货商。第三方也可以在积累了大量用户、熟悉了文学市场状况与规则后直接招募网络作者进行创作，抢过"货源"把文学网站直接踢出局。文学网站在这次拓展销售渠道扩大盈利还是被逐渐替代走向边缘的"斗争"中，都有自己的应对方式，概括起来就是内容细化分类与发展本门户网站的 APP 移动销售渠道。

关于内容细化分类，我们以红袖为例：2013 年红袖成立了无线版权管理部门，主要管理推荐给第三方的小说，先开展征集专门针对移动客户端的小说，再由专门负责的责任编辑进行内容和格式上的指导。为吸引作者参与，红袖推出"一鸣馆"活动，"凡是进驻'一鸣馆'的作品，将享受无线稿酬垫付计划，每月由红袖提前垫付 50% 稿费，余下部分待运营商结算之后一并发放到作者账户。"

"文学+"背后是版权和衍生，契合泛娱乐战略

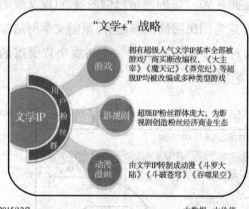

"文学+"战略

拥有超级人气文学IP基本全部被游戏厂商买断改编权，《大主宰》《魔天记》《莽荒纪》等超级IP均被改编成多种类型游戏

超级IP粉丝群体庞大，为影视剧创造粉丝经济商业生态

由文学IP转制成动漫《斗罗大陆》《斗破苍穹》《吞噬星空》

Analysys易观智库分析认为，"文学+"的核心在于以用户需求为中心，以多样化的文学内容和文学形式满足个性化的用户需求。同时，以文学IP为中心汇聚而成的用户群或者粉丝群，成为从线上到线下贯穿整个"文学+"产业链的原生力量，通过粉丝的引流，形成整个粉丝经济的商业生态。

腾讯是最接近这个生态的企业，旗下的文学、游戏、影业、动漫、视频均在行业内占据重要地位，且其推出的"泛娱乐"战略完全覆盖了"文学+"生态模式。

2015/12/2　　　　　　大数据　大价值　　　　　　37

门户网站发展自己的移动终端来深化自身的垂直产业链，"起点读书""红袖添香""潇湘书院小说阅读""言情小说吧""晋江小说阅读""黑岩阅读"等针对移动终端的 APP 软件相继出现，只在腾讯集团的应用软件"应用宝"中累计下载量均超过三十万，起点读书累计下载次数更是突破一千万。

网络文学发展至此，经历了不同的阶段：从早期自发创作的 BBS 文学，

到纯文学网站诞生之初的个人化写作，又到依托文学网站进行的大规模类型化创作，大资本进入文学市场整合网络文学资源，时至今日移动终端兴起后网络文学变成了全产业链上的一个环节。网络文学发展进入了一个"文学＋"的时代，一部优秀的网络文学作品不再单单是一个文学文本，更是一个可以全产业链开发的"超级IP"。但话又说回来，想成为一个值得深度开发的"好IP"，网文的内容就显得尤为重要。决定网文价值的是其文学价值的高低，还是能聚拢粉丝的脑残效应，抑或是按照资本口味选择出来的、映射资本价值观念的那些作品才是最后的赢家，这些问题都需要进一步研究。

| 优质内容成为移动阅读厂商的核心竞争力　

"优质内容"漏斗效应示意图

优质内容

聚拢粉丝用户
增强平台黏性

用户付费意愿增强
影视、游戏改编多产化

拥有良好盈利模式和用户
基础的巨头型公司诞生

移动阅读市场进行资源集中

Analysys易观智库分析认为，现阶段以"优质内容"作为各大移动阅读平台护城河进行比拼已经成为趋势，与过去较为单薄的作品分类和特定的用户群体不同，现阶段各大平台追求并上架大而全类别、能覆盖全年龄段的优质内容。平台作品的优质化，对聚拢粉丝用户、增强平台黏性产生直接影响，对后期稳固"收费阅读"盈利模式有铺垫作用。

另外，目前互娱市场IP价值被大量发掘，围绕IP改编进行多维产品化也将是众多平台未来发展的主要着力点。可以说，优质的内容已经成为移动阅读厂商核心竞争力。

2015/12/2　　　　　　　大数据　大价值　　　　　　　38

（二）新世纪言情类型小说的产生与繁荣

20世纪80年代，随着社会经济的发展与都市化进程的加快，经济模式和劳动分工的新变化，使女性获得了更多生存和发展空间，在社会工作与社会地位上与男性的不平等差距缩小，女性的文化消费需求明显高涨。另一方面，这也刺激和驱动更多女性作者进入文学写作领域，"写作对于女性而言，不再是特殊的、需要加以保护的权力"[14]。20世纪80年代后期西方当代女权/女性主义理论的引入，促使社会文化上"女性性别"被重新发现，女性主体意识日渐增强，女性话语的中心议题逐渐从反抗男/父权制为代表的男性话语，转向凸显女性自我独立意识。20世纪90年代出现的以林白、陈染为代表的"个人化写作"更有针对性地书写女性的自我意识、书写个人情感体验特别是在父权制社会得到的创伤性体验。以卫慧、棉棉为代表的"身

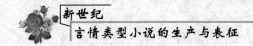

体写作"除了展现女性私密的情感与心理状况,更是开始着墨于女性的身体、性爱、欲望等问题。

世纪之交,网络文化的飞速发展更拓展了人们的生活空间,网络成了现代都市女性表达情感的新渠道,依托早期的免费文学网站,以安妮宝贝为代表的一批女性网络写手开始了她们的"小资"写作,其作品以中短篇言情小说与"文艺范"游记随笔为主,用安妮宝贝自己的话说,她关注的是"灵魂",是"人性的虚无、绝望",她的写作是为了抚慰读者的"灵魂"而"写作的本质就是释放出人性"。2002 以后,经过此前《花季雨季》《十六岁的花季》的准备,新概念作文大赛获奖作家依托《萌芽》杂志迅速席卷青春文学市场,与"80 后"代表人物韩寒、郭敬明一起出现的还有张悦然、春树等女性作家。青春文学的"言情"不是与他者的海誓山盟、非君不嫁,而是成长路上认知自我的诸种形式之一;"爱情"可能只是女孩头脑中一场幻想的宴席,在现实中并未发生;"性"是张悦然的"女孩"准备的那块圣洁的白棉布,意图并非陈列欲望而是隐喻成长。

与"青春文学"并行的是"少女文学",2003 年韩国少女作家可爱淘的《那小子真帅》《狼的诱惑》等一系列作品翻译出版并快速登上畅销榜首,少女轻小说的"类型化"运作堪称类型出版之集大成者。以此为发端,别具慧眼的民营出版商开始"类型化"地发掘日韩流和网络文学新秀,并进行工业化、流水线操作,一系列人气青春小说作家,成为这一出版模式的制造品:郭妮系列、小妮子系列、明晓溪系列、饶雪漫系列以及郭敬明团队系列。[15]

2006 年到 2007 年,被评论界誉为"穿越文学年与女性职场年",有别于男性作家为主导的"玄幻文学年","穿越年"是女性作家与女性读者的盛世。2011 年,由小说《步步惊心》改编的同名穿越言情剧又火爆电视荧屏。穿越小说由此引起了主流媒体及一些学者的注意。[16]以"清穿文"为代表的穿越言情小说类型化创作特征极其明显,同类作品的情节与人物的设定都有很大相似性,叙事视角的私人化是穿越类型文最主要的特征。职场文学可以看作是职场攻略,大到教人如何在竞争激烈的社会中生存、如何平衡现实与理想的矛盾冲突,小到办公室哲学、如何与领导说话、如何和同事搞好关系争取自身利益最大化。

　　2010 年以来网络言情类型小说进入了后言情时代。《裸婚》《隐婚》《剩女时代》(又名《钱多多嫁人记》)、《婆婆来了》等一系列颇具影响的现代都市婚恋类型小说推出,力压穿越等传统优势类型的小说呈现一枝独秀之势,"80 后"婚恋小说开启阅读"她时代"。2011 年清穿剧《步步惊心》《宫》热播,使得热潮已然减退的穿越小说重回公众的视野中。《广电总局关于 2011年 3 月全国拍摄制作电视剧备案公示的通知》中特别强调:"全国报备剧目的总体态势是好的,但我们也发现一些不正确的创作苗头:个别申报备案的神怪剧和穿越剧,随意编纂神话故事,情节怪异离奇,手法荒诞,甚至渲染封建迷信、宿命论和轮回转世,价值取向含混,缺乏积极的思想意义。对此,希望各制作机构端正创作思想,要弘扬中华民族优秀传统文化,努力提高电视剧的思想艺术质量。"[17]这无疑给"神怪剧""穿越剧"背后的非现实题材类型小说以极大打击,盛大文学对旗下六家网站的穿越小说进行了专项清理,开始倡导"网络文学中的现实主义题材",都市婚恋题材恰恰是最"接地气"的类型。

　　走过了世纪初的"文青风"的预备期,经历了"80 后"女性网络作家开辟一个个新类型的全速生长期,部分女性类型文学走入了"小白文的商业时代"。90 后读者的加入使网文阅读的主力军出现明显的低龄化倾向,许多穿越小说、女性奇幻小说与都市言情小说的读者年龄越来越小,文化程度自然也在降低,初高中生拿起手机进入了追文大军,也进入了写手队伍,低龄与低知不可避免的导致叙述模式简单化、价值取向娱乐化、思想内容相对浅薄、复制性极强的"小白文"越来越受追捧。尤其是 2013 年以来"快穿"小说的出现:主角因某种原因进入"位面"①系统,按照系统要求的思路(如反派女配上位、拯救男配计划)以不同的身份进入不同的故事完成特定使命,每次完成使命后获得相应的积分,提升自己的各项数值,最终选择一个故事打败终极"BOSS"度过幸福余生。

---

　　①　位面(PLANES),最早出现在桌面角色扮演游戏中的一个名词,指一个独立的宇宙,也用来解释多元宇宙的存在。每个位面都有各自的位面特性,存在的诸位面是多种不同世界的集合,这些世界之间有着错综复杂的联系。除很少几个连接点以外,每个位面事实上都是一个独立的宇宙,有着它自己的自然法则。在类型小说中"位面系统"操作主人公在不同世界之间穿越,通常有一个系统声音指导主人公的行事,为主人公安排新的任务,并提醒主人公体力、智力、外貌等不同数值的变化。

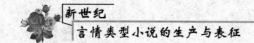

一部类型小说的成功与一个类型的流行并不仅仅是文学作品自身的优越条件促成,网站的选择性推广,传统出版人与出版商的幕后推动(《梦回大清》《第一皇妃》等穿越题材在 2007 年的巨大成功正是"悦读纪"与网站合作推出的商业神话),时至今日一个"冷饭""IP"瞬间炒得不能更热(如 2016 年乐视推出的网剧《太子妃升职记》在没有大咖明星、并非拥有先在读者群的经典小说等情况下,获得极大关注。),它的意义早已超出了一个文学文本,演变成一场生产活动。我们不能封闭地考察某一文本的独创特征、某一类型的形式特色与结构惯例,而是要引入历史研究的方法,回到具体的社会生活实践中,来透视某一类型的发生、发展、流变的历史过程,发掘其内在的审美特征与价值意义。

二、国内外研究状况

新世纪以来,类型文学在文学和文化消费市场不断推波助澜引起一波波热潮,而在庞杂的类型文学创作中,以女性读者为主要受众的言情类型小说无论从作品数量还是从整体影响力上,无疑占据了类型文学市场的半壁江山。学界对这一现象开始有所关注,已从不同角度对其文学和文化意味进行研究。不过,我们首先要明确的是"类型文学"概念的内涵,这是由于新世纪类型文学脱胎于 20 世纪末兴起的网络文学却又与后者有重要差异,"网络文学"更多的是强调"互联网"这一新兴传播媒介的特殊性,欧阳友权在《网络文学概论》一书中综合了已有的研究成果给出了"网络文学"的定义:"网络文学是指由网民在电脑上创作,通过互联网发表,供网络用户欣赏或参与的新型文学样式,它是伴随现代计算机特别是数字化网络技术发展而来的一种新的文学形态。"与传统文学相比,网络文学具有不同的媒介载体与文本形态,创作主体匿名化且创作模式随意化,功能价值从传统的"载道经国"走向了"孤独的狂欢",从艺术真实走向了闲适自足的虚拟现实。[18]当网络文学不再是网民自发自觉的创作,以文学网站、阅读软件为外衣的资本力量渗入了网络文学生产之中,网络文学开始呈现出类型极度细化、受众分层明确的样貌,"类型文学"这种命名方式更能清晰地指明网络文学现阶段的发展特征。"类型文学"概念并非凭空产生,它来源于西方文论中类型学研究,也借鉴了与类型文学颇具相似性的类型电影理论,并与神话学和民间文学有一定的亲缘关系。

（一）"类型文学"：理论溯源与概念辨析

1. 西方文论中的类型概念

西方文论中一直有关于文学类型的研究,亚里士多德《诗学》中根据模仿方式与审美目的之不同区分了戏剧、史诗和抒情诗,可见类型理论的雏形。歌德也对不同的文学类型做出了区分,称颂诗、民谣及诸如此类的类型为"紧密的类型"（Dichtarten）,称史诗、抒情诗和戏剧为"诗的自然形式"（Maturformen der Dichtung）。18 世纪新古典主义注重对文学类型的区分,此时出现最多的术语是"species"以表示文学作品中反复出现的结构模式,如布瓦洛就将文学类型细分为田园诗、挽歌、颂诗、讽刺短诗、讽刺文学、悲剧、喜剧和史诗。19 世纪以来随着西方社会经济的发展,市民阶层不断壮大,符合市民文化趣味的文学作品数量激增,各类通俗文学通过相对廉价的出版形式传播开来,新的文学类型特别是小说类型不断涌现,如感伤小说、忏悔小说、心理小说、神秘小说、宣教小说、成长小说、侦探小说、政治小说、历史小说、科幻小说、家庭小说等。哥特小说内部还可以区分强调心理上恐惧悬念的"terror"与着重场面上惨不忍睹或惹人厌恶的"horror"两类[19],前者以女性读者为主要受众,后者多为男性读者喜爱,这种区分颇似当前我国网络类型小说的"男频""女频"二分法,学界对哥特小说类型特征的研究也很值得借鉴。

术语"类型"——"type""genres"出现在 19 世纪末 20 世纪初,也被翻译为话语类型。"类型"的共同特征是"一种分组归类方法的体系",同样是类型学研究,哲学常用 category,文学研究多用 genre,文学批评中比较常见的用法是,把小说、戏剧、诗歌这些文学体裁视为一级分类时多用 type,谈到一级分类"小说"之下"侦探小说""历史小说"等二级分类时多用 genre,指文学创作中的某些惯例性的规则。

韦勒克、沃伦在《文学理论》中谈到对文学类型的认识:"文学类型应视为一种对文学作品的分类编组,在理论上,这种编组是建立在两个根据之上的:一个是外在的形式（如特殊的格律或结构等）,一个是内在形式（如态度、情调、目的以及较为粗糙的题材和读者观众范围等）。"[20]不同类型的划分

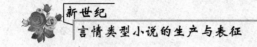

不是以时间或地域为标准划分,而是"以特殊的文学上的组织或结构类型为标准"。"任何批判性的和评价性的研究都在某种形式上饱含着对文学作品的这种要求,即要求文学具有这样的结构。"[21]罗兰·巴特也指出"类型就是一套基本的成规和法则,随着时代的变化而变化,但总被作家和读者通过默契而共同遵守"。[22]

卢卡奇早年在《小说理论》中提出了"小说类型学"的概念,用黑格尔的历史整体性观念让历史过程和文学发展形成之间建立对应关系。巴赫金《小说话语》用时空集分析小说分支,对成长小说类型有专门的论述。[23]茨维坦·托多罗夫受到普罗普等人的影响,其著作《侦探小说类型学》将侦探小说视为不同于纯文学的大众通俗文学,对其体裁规则和类型细分进行结构主义叙事学的研究,其中对叙事时间、叙事体态和叙事语式等叙事语法的研究,为类型学研究提供了重要启示。

苏联文学理论家赫拉普钦科在《文学的类型学研究》一文中指出作为类型学的一个分支,文学类型学是研究文学现象的共同性特征与区别性特征及其相互关系、构成方式与变化的学问。[24]米哈依·格洛文斯基如此概括文学类型,"包括所有决定一个体裁的本质、区别该体裁与其他体裁、在文学交际中有助于辨认该体裁的特点和内容。没有这部分必要的构成内容,换言之,体裁就可能完全消失或变成其他东西。"[25]

在欧美国家,图书出版市场有较为完备的分类体系,类型文学在写作、传播和消费等不同环节之间有非常明晰的内在联系,其运转机制已相当成熟。因此,与纯文学性的小说(literary fiction)相区别,在西方研究界,类型小说(genre fiction)这一概念通常可以与流行小说(popular fiction)互换,并实际上已经纳入通俗文学或大众文化研究的领域中。由于这一相对明确的文化定位,类型小说研究或采用结构主义叙事学的研究方法,或采用精神分析、意识形态理论及文化研究等方法,对其文本特征、话语机制、生产传播流程、价值属性和文化逻辑等问题有较为深入明晰的描述和分析。

2. 人类学视野中的类型

我国传统的通俗文学、神话传说和民间故事都是类型小说的取材基地,民间文学中文化内涵与审美情趣都在类型小说创作中有充分体现。

　　芬兰学者阿尔奈于 1910 年在《民间故事类型》一书中把各民族的民间故事进行了比较,使用了"type"一词来表述不同的故事类型。远隔万里的各地区民众口述民间故事,讲出的情节经常大同小异,这些不同故事中相互类似而有定型化的主干情节就是"类型",细节和语言上的差异可称"异文"。越是引人入胜的故事,拥有的异文就越多,如灰姑娘的故事,通俗小说中民间女子邂逅王孙公子历经波折凭借信物相认终成眷属的故事,类型小说中的霸道总裁爱上灰姑娘的"总裁文"等,都可以看作灰姑娘故事的变体。

　　民间叙事作品中还可以概括出诸多"母题"(motif)——由鲜明独特的人物行为或事件体现出的情节要素、情节单元,它们反复出现在不同作品中,具有极高稳定性。"这种稳定性来自不同寻常的特征、深厚的内涵以及它所具有的组织连接故事的功能。"[26]美国学者斯蒂·汤普森在《世界民间故事分类学》一书中也指出,"母题是一个故事中最小的、能够持续在传统中的成分",一个类型是又"一系列顺序和组合相对固定"的母题所构成的,它的基础是一个叙事完整而独立存在的故事。[27]

　　由单个母题或复合母题构成的故事类型,可以是跨国界跨民族的,符合绝大多数读者的接受习惯。暗含这些故事类型的文学作品会带给读者一种混合着新奇与熟悉的复杂感觉,在对熟悉类型的确认与对异文新鲜的惊喜中,生成了阅读快感。《傲慢与偏见》也可拆解为上述复合母题,《红楼梦》当中也遍布着这些读者熟知的套路、各种陈旧的样式,但这些重复并不会引起读者厌烦,事实上那种彻头彻尾的新奇形式的作品不但不能引起读者的新奇感,反而使读者难于理解。最受读者欢迎的从来不是先锋实验小说,而是过去的通俗文学今日的类型小说。

　　加拿大文学理论批评家诺思洛普·弗莱的神话原型批评理论也可用于解读类型文学。弗莱提出:"原型"("archetype"来自荣格的集体无意识和原型理论)是"一种典型的或重复出现的意象"[28]指一个或一组文学象征,在文学作品中被作家反复运用而形成约定俗成的东西。在文学作品中原型可以是"一个人物、一个意向、一个叙事定势,是一个可以从范围较大的同类描述中抽取出来的思想"。[29]弗莱所说的文学原型,是文学活动中能够独立交际的单位,可表现为意象、主题、人物、情境等多种形态,也可以是反复出现

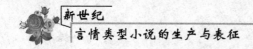

在文学作品之中的一种具有约定性和稳定性的结构因素。原型形成并体现着文学传统的力量,它们把孤立的作品联系起来,从而使文学成为一种整合统一的社会交际的特殊意识形态。

幻想类故事的类型特征更加明显,无论是我国古代的志怪小说还是西方的吸血鬼传奇与魔法故事,都可以拆解出固定的类型模式/原型,有学者将我国幻想类故事分成了五大类:神仙与人、神奇婚姻、鬼狐精怪、神奇儿女、魔法和宝物。[30]网络文学的叙事资源多取材于民间,体现出根深蒂固的民间文化诉求,与民间文艺有天然的血脉联系,如今类型小说中的主要类型无不带有民间文学的深刻印记,建立在民间叙事基础上的类型文学与最广泛的普通读者情感共通,更易唤起接受主体的共鸣,在当今拥有超高人气与显著的社会效应有一定必然性。

3. 电影理论的移植

网络文学中不同类型小说的划分极大程度上借用了电影理论中区隔不同类型电影的方式。在电影理论中“类型”区别于风格,风格偏重于导演个人特征,“经常用来描述一批作品整体上具有的某种‘语气’‘格调’上的一致性,或者某些模糊而难以描述的性质,它是形式和社会情感的一些特征的综合。风格微妙地显示作者的社会定位、知识背景、与听众读者的态度等。”[31]风格可以说是作者在作品中的签名,而电影类型说到底就是为不同的故事分类:按照故事的内容和题材分类,有爱情题材、战争题材、历史题材等;按照结构和价值分类,从故事的内在冲突层面入手,重点考察是什么引起主人公心灵或道德本质变化,可分为教育情节、赎罪情结、幻灭情节等。综合诸种分类方式,通过实践而非理论演化而成,并根据题材、背景、事件、和价值的类别来进行界定,可分为如下几类:

分类一:爱情片、喜剧片、恐怖片、惊悚片、推理片、犯罪片、动作探险片,现代史诗、战争片、西部片、历史剧、纪实片、灾难片、科幻片,成长故事、社会伦理剧、政治片,歌舞片、体育类型片、动画片、艺术电影等。[32]

分类二:爱情片、西部片、犯罪片(传统歹徒片、黑色电影、现代犯罪片)、动作片(惊悚片、动作冒险片、奇幻冒险片)、战争片、成长片(父母过错、第一次出门、挑逗法律、校园风波、特技人物、第一份正式工作、成年期的救赎、退休及老年期的转变）、恐怖片（怪物和恶魔、心理恐怖片、科幻恐怖片、动漫式恐怖片）、喜剧片（滑稽剧、讽刺性模仿、带有魔法的幽默、平常主人公陷入异世界）[33]

类型电影、类型文学中的"类型"其实是"一种创作和观赏、反应的程式，这实际就是 Gestalt（格式塔），是一种整体上的创作和接受、反应心理模式"，"用传统的文艺理论描述，它是大众的内在审美心理模式"。[34]"类型"为写手们提供看待世界的特定方式，写手需要在既定的写作模式里创造出新鲜元素，但并不能取消已被读者熟知的类型特征，与此同时还要保持警觉的文化触角，把握读者整体态度的动态变化。类型文学创作与欣赏活动中写手与读者对类型的选择，看似自发自为，实则受到了社会意识价值观念变迁的深刻影响，这种选择交流中的艺术活动也是对人的主体的生产和再生产活动。

4. 中国古代小说传统的迁延

中国古代小说分为文言小说和白话小说两类，两者的划分依据不仅仅是语言媒介的不同，还包括"不同的文学起源（如前者主要得益于辞赋和史传，后者主要得益于俗讲和说书），不同的文学体制（前者在短篇小说方面较有成就，后者则以长篇小说见长），还有一整套与之相联系的不同的表达方式与审美理想"。[35]中国古代文学中小说一直是比较边缘的文学体裁，与诗文相比较少受到"文以载道"观念的束缚，被视为更接近民间生活与民间趣味的通俗读物。唐代以前的神话传说、志人志怪小说在叙事技巧及故事题材方面，对后世小说影响较大，唐代小说才正式登场，按照内容可分为三类，《莺莺传》《霍小玉传》等言情题材，《枕中记》《南柯太守传》等神怪题材，《聂隐娘》《虬髯客传》等豪侠题材。宋代话本小说日臻成熟，元明两代章回小说崛起，以《三国演义》为代表的讲史小说，《西游记》为代表的神魔小说，以《金瓶梅》开启的人情小说都是章回小说的基本类型。《聊斋志异》可看作志怪小说的延续，《儒林外史》则以辛辣讽刺的笔调将各种世态人情暴露无遗。《红楼梦》的出现把"传统的思想和写法都打破了"，中国古典小说达到了艺术高峰，时至今日《红楼梦》仍然是"宫斗""宅斗"类型小说的模本与"古言"（古典言情题材）的写作规范。

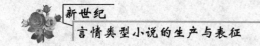

清末民初文坛已经有了对小说类型极富建设性的讨论,虽然并未使用
"小说类型"这一概念,但是已经有吕思勉《小说丛话》、黄小配《小说种类之
区别实足移易社会之灵魂》等文章提出了"小说种类之区别"。后来梁启超
等人大力倡导小说类型说,"清末民初的作家和读者迅速接受诸如政治小
说、科学小说、侦探小说等一系列类型划分"。[36]这种命名不是简单的贴标
签,命名背后隐含的是对各种类型的小说"规则"的认识。梁启超主编的《新
小说》杂志所载小说都标明其类型,如政治小说、科学小说、冒险小说、写情
小说、社会小说等。此后创刊的小说杂志多效仿其法,并逐步细化分类:如
《月月小说》将写情一类又分为"言情小说、侠情小说、奇情小说、苦情小说、
痴情小说";《礼拜六》又有哀情小说、怨情小说、言情小说等。"清末民初的
类型理论远不只是为小说的销售而设计,它起码在三个方面起过很好的作
用:对中国古代小说的重新诠释;对小说创作规则的探讨;以及对中国小说
总体布局的改造。"[37]当今类型小说的类型划分方式、每种类型命名背后的
"规则"在某种程度上来说是对清末民初小说类型理论的继承。

鲁迅的《中国小说史略》中为中国古典小说划分了诸种类型,如神魔小
说、讽刺小说、人情小说、狭邪小说、谴责小说等,重视小说类型的历史变迁,
随着文学的发展,要考虑到不同类型的混杂,正视各种类型的替换与变形。
鲁迅的小说类型理论对我们研究当代类型小说有指导性意义。

当代类型小说的创作与发展与中国古典小说通俗文学传统有密不可分
的联系,当前流行的很多类型题材都能从古典小说中找到根源。

(二)国内研究状况:网络文学到类型文学的范式转换

1."类型文学"的产生和命名

"类型文学"这一说法最早出现在葛红兵主编的《中国类型小说双年选
(2003—2004 年)》系列丛书中,该丛书选取了幽默小说、校园小说、奇幻小说
三大类型,明确提出"中国当代小说类型化发展趋势"的论断,认为是读者阶
层化导致了小说创作、传播的类型化。"小说创作的类型化是经济市场化深
入发展的结果。经济市场化的深入发展带来了社会的阶层化,社会的阶层
化导致了文学审美趣味的阶层化。审美趣味的阶层分化是小说创作类型化
的直接动力。"并倡导理论界应该重视新生类型小说(如奇幻小说、打工小

说、校园小说)和再生类型小说(如官场小说、武侠小说)的研究,着重考察当代小说的类型化趋向,研究小说新类型产生的机制、发展的规律,对类型小说大量的创作实践及时给出有效评估,使文学评论把握住当下文学发展的脉搏。

2008年6月在北京召开的"蔡骏作品暨中国类型化小说研讨会"是已知最早的专门研讨类型小说的学术会议,类型文学的蓬勃发展使得传统作家及文学评论家再不能对市场化、大众化文学视而不见。随后马季在《中国新闻出版报》(2008-07-4)发表论文《网络类型小说拓宽新世纪文学之路》认为区别于传统文学的"个体写作"模式,"集体写作"模式是网络文学的重要特征之一,集体性特征为类型写作提供了广阔的舞台。近年来相继脱颖而出且类型化完备的架空小说、穿越小说、新历史小说、新军事小说以及幻想类小说等,就是很好的证明。类型文学有可能以"集体写作"形式丰富当代中国文学的谱系,并结合作品分析了穿越、架空题材的类型特征。同年浙江当代文学研究会宁波成立类型文学研究中心,标志着文学学术机构开始密切关注网络类型文学,随后的9月中国第一本将"类型文学"作为独立文学概念来使用的读本《流行阅》出版,内容集合了幻想、悬疑、武侠、历史、穿越等诸多流行门类。

2008年10月7日中国艺术报第三版文艺评论发表了三篇集中讨论类型文学的文章:马相武《把握类型文学的发生脉络与发展趋势》、陈阳春《类型化时代的文学生产》、葛红兵《关于当下小说创作类型化问题的一些思考》,这组文章从文学类型学入手,考察新世纪以来网络文学创作出现的类型化特征,并针对类型小说发生与发展、其背后的生产机制与文化意味等问题进行了讨论。自此,大量讨论网络文学"类型化"趋势的研究文章出现,白烨在《中国文情报告(2009—2010)》中将"类型在崛起"视为当年文坛的四个焦点之一,明确了"类型文学"这一概念的内涵:"类型小说其实就是通俗文学(或大众文学)写作的另一说法,是把通俗文学作品再在文化背景、题材类别上进行细分,使之具有一定的模式化的风格与风貌,以满足不同爱好与兴趣的读者为旨归的文学。类型小说到底有多少种,因为区分不同,看法并不统一。结合现有的作品类型与流行提法,我把它归为十大门类:架空/穿

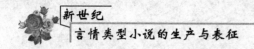

越(历史)、武侠/仙侠、玄幻/科幻、神秘/灵异、惊悚/悬疑、游戏/竞技、军事/谍战、官场\职场、都市情爱、青春成长。"[38]

2010年7月文艺报与哈尔滨师范大学文学院主办"文学类型化及类型文学"研讨会,就文学类型化倾向及类型文学的发生发展、类型文学的内质特性、类型文学的经典可能性等问题展开深入研讨。乔焕江的会议论文《类型文学热亟须文化反思》率先从文化研究的角度考察类型文学,认为新世纪以来类型文学的异军突起,"并不只是文学传统自身的某种技术性和时代性变异的结果,而是同时潜藏着社会结构中新兴力量的社会书写意图",资本对于社会结构的书写意图"既体现在使类型作品'经典化'的网络推手、市场策略等较为显在的因素,更潜隐于类型文学作品模式化的文本构造之中,而后者因其与读者心理之间的隐性互动,则更具意识形态效应"对类型文学的研究和思考"需要对类型文学的发生条件、生产条件、传播条件及其接受群体等物质性环节和历史性因素加以整体性考量,对其文本意义生产的模式化手段及其接受效应加以深度审视"。[39]

从2010年开始"类型文学"区别于"网络文学",研究界开始频繁使用。学界已经对网络文学的"升级版"——类型文学研究提起重视,评论界对这一不容回避的新事物褒贬不一。夏烈在《文学报》发表文章《类型文学:一个概念和一种杰出传统》也谈到了学界对类型文学的认知矛盾,希望探索出一条适应类型文学的批评道路。夏烈认为在今天命名的类型文学的全称,应该是:当代大众类型文学。"研究'类型文学'就是研究在当代科技和资本以及大众文化场中的一个主干的文学样式,是对'一时代之文学'的研究。指出了类型文学的研究之路:应结合类型文学前史通俗文学进行纵向历史思考;把握世界类型电影、类型文学的横向影响与传承;分析网络和手机"创造的新写作平台和选拔功能对类型文学大潮的直接鼓励和刺激,即类型文学目前作为含混的网络文学的主流脱颖而出的意义和原因";发掘"资本作为社会经济活动介入类型文学生产后的巨大影响和文化批判意义"。[40]

2.当前学界对网络类型文学的研究呈现出的几种趋势

第一,从针对具体作家作品、风格特征等问题的细部研究,发展到对网络类型文学进行整体性研究。

　　20 世纪末网络文学作为一个新生事物诞生以来,学界主要以研究严肃文学的批评模式来研究网络文学,认为网络文学的特殊性就在于其依靠"互联网"这一新兴媒介传播,关注网络文学的审美价值与现实意义。这一类研究始终以传统文学为坐标看待网络文学,从网络文学与传统文学的相同之处着手,通过文本细读的方式,研究单个作品独特的叙述模式和语言风格、单个类型题材的特征及其流行的原因、知名网络作家的创作倾向等。如吴心怡《穿越小说的基本模式与特点》(《文艺争鸣》2009 年第二期)介绍了穿越小说的产生及其发展情况、基本模式和特点。杨舒《<步步惊心>叙事模式分析》(《学术交流》2012 年第 1 期)指出了穿越剧受欢迎的关键在于其固定的叙事模式,将民间故事中的经典母题一再运用到剧作创作过程之中,三兄弟母题和灰姑娘母题是相对较为常出现的叙事母题,其核心叙事功能包括兄弟情义、逆天反转和爱情排列组合,这些在《步步惊心》中都有充分的体现。黎杨全《网络穿越小说:谱系、YY 与思想悖论》(文艺研究 2013 年第 2 期)指出"穿越"已成为网络小说的一种普遍叙事设定,穿越小说表露出较多的女权意识与民族国家想象,但快餐化写作与迎合读者需要的商业考虑,容易让"女权意识"对男权社会的反抗走向反面,让"民族国家的想象"变成资本与皇权的实用主义结合。

　　从整体上把握网络类型文学的研究中,比较有代表性的是中南大学欧阳友权团队对网络文学的本体论建构、叙事学分析和文化解读,对网络文学独特的美学特征、话语机制及其与数字技术、网络世界的关系等问题进行的系统研究(欧阳友权主编"网络文学教授论丛""新媒体文学丛书"及其编著的《网络文学论纲》《比特世界的诗学:网络文学论稿》《网络文学概论》《中国网络文学编年史》等)。网络文学区别于传统文学,在于传播媒体的特殊,如王小英《网络文学符号学》(北京:社会科学出版社,2016)中指出网络文学作为一种媒介形式,其"屏上阅读,即时消费"的传播方式才是其内容庞杂、言辞挑衅又保守、多重间性编码调控、平台批量生产的根源。

　　第二,从研究网络文学自身现状和特征,到研究类型文学的生产、传播、消费等诸环节及其背后的文化意味。

　　马季《网络文学透视与备忘》一书中呈现网络文学现状的复杂性,庄庸

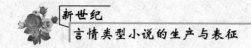

《类型文学十年潮流的六个拐点》（中国艺术报 2013 - 7 - 26 - 07）、欧阳友权《当下网络文学的十个关键词》（《求是学刊》2013 年第三期）等论文从整体上描述了不同时期网络文学的发展状况与侧重类型。庄庸将 1999 年至 2013 年以来的类型文学发展状况分为六个阶段：1990 年至 2002 年类型文学引爆阅读潮流的发轫时代；2003 年至 2006 年"类型创作"和"类型出版"等以类型命名的时代；2006 年至 2008 年"类型小说商业化时代"；2008 年至 2010 年"泡沫化"大繁荣的媚俗时代；2010 年至 2012 年"跨界"传播和"商业链"的大娱乐时代；2013 年以后类型文学开始从"类型小说全产业链"中的"商业问题"，被逼出现了"文艺政治"的问题。类型文学经过十年的发展，现在已经成为成熟、成型、商业化的"类型小说"，上述列举的各种言情、历史、穿越等类型化创作已经从一种"类型小说"的商业化发展，变成与整个社会分类、分群体、分阶层的类型时代趋势相结合；网络/类型文学已经上升到可以和舆论导向相结合的地步，被逼成为隶属于广阔的社会现实生活和有关不同类型人群切身利益诉求和文化诉求的类型文化代言人，并被逼介入到当下亟须解决的几个重要理论、实践与政治问题：重塑文学舆论场和新公共话语空间，解放文化软实力的生产力，引导网络/类型文学对人的生存境遇、社会关系和时代状况进行更深入的观照，重构"文学作为时代风向标"和"对人的塑造与身份认同"，甚至是在当下"新的文学发展现状"上重建"主流新文艺时代"。[41]

有学者致力于研究网络文学生产环节：写手的生存状况与创作情况，资本干预下以营利为目的的文学门户网站在类型文学生产中扮演的角色，网络技术带来的赛博空间的特殊性等。如禹建湘《网络文学产业论》描述了文学网站、网络写手、资本投入共同作用下的网络文学产业化发展现状，认为正是产业化经营带来了网络文学今天的繁荣，在产业化的过程中网络文学通过实体出版等方式向主流文化靠拢。曾繁亭《网络写手论》则从网络文学的自由写作、后现代写作、民间写作入手，考察了网络写手的写作状况。纪海龙主编的《网络文学网站 100》列举了 20 世纪末以来诞生的几乎所有专业文学网站，详细说明了以起点中文网、晋江文学城为代表的各大文学网站的发展轨迹、网站设置、作者队伍构成、主要针对的受众群体、盈利模式等问题。

有学者从传播学入手,研究网络文学对不同群体的塑造。如复旦大学陈晓华博士论文《跨媒介使用中的女性文化传播——罗曼史网络社区文化现象研究》以晋江文学城为首的罗曼史(Romance,又称言情小说)网络社区作为研究对象,以参与型观察和深度访谈的质化研究方法,从"场域"角度切入的大众文化研究视角对网络社区中的女性群体做了一次全面和深入的观照。这些女性群体在传播与接受罗曼史小说方面呈现出一种跨媒介、多元化的特征,形成了女性自我展示、自我创造、自我传播的文化现象。她们相对于传统的罗曼史读者而言有更多更主动的媒介使用行为,不是被动地被主流文化所操控和左右的,而是通过一系列主动的媒介使用行为生产属于自己的意义——女性的话语表达。[42]

汤哲声《论新类型小说和文学消费主义》一文指出了以穿越、玄幻、新武侠为代表的新类型小说具有消费主义特征,欲望化的表达和主观化的书写相促使新类型文学对情节离奇化的极端追求,网络既给新类型小说释放欲望和娱乐的管道,也以愿望和标准制约着新类型小说无限制发展的欲望和娱乐。新类型小说是一种文学消费主义表现。在消费文化的视野中,文学创作就是将文学当作时尚生活消费品一样成了一种商品。新类型小说只不过是按需将小说的一些元素拿了过来作为一种时尚商品消费,借着文学形式表达自己的社会理念和宣泄自己的思想感情的一种文本。[43]

第三,理论视野的变迁:从后现代回归马克思。

在网络文学发展的第一个十年里,评论界普遍认为网络文学作为一种大众文化形式,具有后现代特征。援引伊格尔顿在《后现代主义的幻象》中对后现代的定义,"后现代主义一词通常是指一种文化形式,而术语后现代暗指一个特殊历史时期。后现代是一种思想风格,怀疑单一体系、大叙事或者解释的最终根据。与这些启蒙规范对立,它把世界看作是偶然的、没有根据的、多样的、异变的和不确定的,是一系列分离的文化或者释义,这些文化或者释义孕育了对于真理、历史和规范的客观性,天性的规定性和身份的一致性的一定程度的怀疑。"[44]"后现代是一种文化风格,他以一种无深度的、无中心的、无根据的、自我反思的、游戏的、模拟的、折中主义的、多元主义的

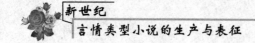

艺术反映这个时代变化的某些方面,这种艺术模糊了'高雅'和'大众'文化之间,以及艺术和日常经验之间的界限。"欧阳友权《网络文学概论》中把后现代文化特征列为网络文学的重要特征:首先,网络文学是对历史理性的颠覆,对元叙事的怀疑,以无道德为道德,以无秩序为秩序,质疑一切理性价值。第二,网络文学不提供意义生产,而是展现一种表演性的文学经历,一种回避意义的文字游戏。"在大多数网络作家笔下,事物是平面的,现象就是所有的内容;人物是表层的,外在行为的背后并没有什么深层的潜意识;世界是真实的,日常生活的世界是统一的;写作是透明的,能指就代表了文本的深度。"[45]第三,网络文学反对权威主义,拒斥中心话语。因互联网时代信息传播的公开打破了昔日垄断性的中心话语,在网络世界中任何人都可以进行自我表达。在传播方式上拆除了文学媒体垄断的藩篱,也开辟了网络文学的发布自主通道,通过网络每个人都可以实现文学梦。第四,主体的零散化,处于数字化角色扮演中的网络行文,正在将文学主体虚拟化、间性化与零散化。第五,网络文学使空间距离感和时间距离感消失,艺术与日常生活的距离感消失,网络文学属于"当下的瞬间",历史感也随之消失。

巴赫金的诗学理论也是早期网络文学批评话语常用到的理论。如谭德晶在《网络文学批评论》[46]中将"批评的狂欢"视作网络批评的美学特征,援引巴赫金的诗学理论指出网络的"比特广场"与"狂欢广场"具有相当程度的"异质同构"性质:万众齐聚的共时性、因正统文化对狂欢所持的节日式的宽容而获得的自由与平等。黄一在《个性驾驭网络——安妮宝贝的 10 年创作》(《文艺评论》,2010 年第一期)认为以安妮宝贝为代表的早期网络文学创作,其多声部叙事特征是借助于网络环境实现的,读者和作者间的平等对话,使小说文本内、外的"对话"得以统一,从而真正实现了巴赫金倡导的"多元对话""同音合唱"。

法兰克福学派对大众文化的批判也经常作为网络类型文学批评的理论资源。霍克海默和阿多诺就认为大众文化是资本运作的结果,文化工业呈现出的一致性特征,组织了对每件艺术作品的内在逻辑的追求。大众在通俗文化的冲击下没有自己的选择性、能动性和批判性,缺乏个体自由意识,缺乏反抗的可能性。在这些理论的主导下,网络类型小说作为大众文化的一部分,无论从文学性还是思想性看,都与经典文学和严肃文学差距极大。

近几年来,越来越多的学者从整体上考察网络类型文学的生产、传播、消费,不仅仅把类型文学看作是文学内部的一个分支走向,而是用"文学生产"的理论来指导类型文学的批评。梅丽在《当代英美女性主义类型小说研究》一书中指出女性类型小说具有的反抗性和革新性已经使它脱离了类型小说的传统定义,在传统形式上挪用或戏仿,其写作模式和意识主导都已经逃离了类型小说的樊笼。援引詹明信《政治无意识》中把小说类型作为理解社会符号学的例子"对马克思主义来说,类型这一概念的战略价值显然为其斡旋功能,它从形式的演变以及社会生活的发展这两个历史角度,调整着对作品固有的形势分析"。要把具体小说放在哪一类型的历史长河中,找出传统写作手法中重要的意识形态,将它们与其包含的意识形态主义联合在一起,分别根据社会中的主流和被边缘化的声音对这些主义进行审判和批判。这样马克思主义式的研究方法对研究当代中国言情类型小说同样有效,整体考察言情类型小说发展的历史,看到传统形式与新的内容之间的斡旋机制,这样就能看到类型小说具有潜在可变的性质,进一步发掘言情类型小说具有的颠覆性与创新型。[47]乔焕江《从网络文学到类型文学:理论的困境与范式转换》一文,以马克思主义立场、文化研究的方法论提出的一系列问题"在网络文学的笼统命名之下,是否存在处于匿名状态而影响力却远大于纯粹技术的力量? 它如何通过网络空间参与甚至左右了当代文学生产的流程,又如何通过文学生产与社会结构的再生产深度缠绕? "他认为对类型文学的价值判断无疑需要客观、系统和细致深入的整体性研究,需要描述类型文学的话语机制,需要揭示出其与当下文化空间的复杂关联,需要仔细梳理与之相关的媒介技术、出版策略及资本运作等物质化环节。只有在这一基础上,我们才可能洞悉类型文学的深层文化逻辑,正确认识其所承载的文化功能或所表征的文化症候。[48]

第四,学界态度的变化:从批判到建设性的引导,再到力图建立新的网络文学评价话语体系。

网络文学诞生之初,学界将其看作是大众文化、通俗文化的一部分,以法兰克福学派的精英主义立场来看待网络文学,认为其世俗化与大众化导

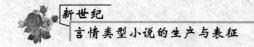
致了文学性的没落,其泛娱乐化的指向导致其审美价值与社会价值的缺失。部分学者强调类型文学的消费属性,对其批量复制、平面化无深度、文学性不足、人文精神缺失乃至价值误导等问题保持警惕,对由此造成文学生态的破坏表示担忧,如陶东风《中国文学已进入装神弄鬼时代? ——由"玄幻小说"引发的一点联想》(《当代文坛》2006 年 5 期)等。如郑翔《网络类型文学:文学的可能性?》比较集中地体现了学界对网络类型文学的负面看法:网络作家的整体文学素养不高,使他们最多只能创作出比较优秀的作品,而不可能创作出真正具有思想深度和美学深度的伟大作品;网络作家的写作目的主要是情感的宣泄、娱乐甚至金钱,他们缺乏文学的自觉与自律,所以其文学质量必然无法得到保证;市场与媒体的操纵,使网络文学刚刚出现不久,在品质上就呈现出了下降的趋势;网络文学属于严肃的通俗文学,不可能代表新世纪中国文学新的可能性。

然而新世界以来类型文学呈现出突飞猛进的发展趋势,无论从数量上还是质量上都已经不容忽视,客观地说,从没有任何一个时期、任何一种文学形式有如此多的人参与创作,拥有如此多的读者,并对社会政治文化经济生活产生如此深刻而广泛的影响。学界对网络文学的理论研究一直都是在场的,从单打独斗的"印象式"批评到致力于建立起系统而权威的批评体系。肯定性的批评多从大众审美意识的兴起、互联网的普及以及商业资本介入出版行业等时代因素入手,论说类型文学兴起的时代动因,并结合西方类型理论与我国古代文体学与小说分类研究,来为类型文学找到其学理位置。如何志钧《网络文学类型化写作管窥》一文认为网络文学走向产业化之后类型化写作模式逐渐明朗,类型化写作具有自身的合理性和问题,其特征在于"网络文学的类型化写作更关注的不是每一部作品的质量、特色、情节结构、艺术技艺,而是大量类似作品共同体现的类型、模式、惯例,与传统文学写作标举新颖独创不同,网络文学类型化写作更注重的是特定类型文学的整体效应,它淡化了作品的特殊性,突出强调了整个文学栏目、文学类型的面貌和特色,强调按照不同的种类和样式的规定要求进行创作。可以说,网络文学的类型化写作是网络文艺走向成熟,产业化运作趋于完善的标志。"[49]马季《类型文学的旨归及其重要形态简析》认为类型文学的繁荣顺应了时代发展的趋势,在"精英文学"失语的当下,承载民众个性与自由的"大众化"和"民间化"在文学中的表现形态就是类型文学,与纯文学相比类型文学的审美取向偏重于娱乐化,作为一股新的文学力量吸引了大量的读者,丰富和延伸了当代中国文学谱系。着重考察了两种类型小说的创作情况及其类型特征:"架空,旨在追求精神着陆"与"穿越,旨在寻找'自我'"。[50]

　　部分学者致力于网络类型文学的经典性解读。标志性事件是 2011 年启动历时两年的首届西湖类型文学双年奖带来的一股建立类型文学经典的热潮。"双年奖"组委会聘请了 30 余位评委,评委团队包括夏烈、庄庸、白烨、洪治纲、马季、邵燕君、张颐武等评论家,麦家、宁财神、南派三叔等作家,侯小强、吴晓波、路金波等出版人。赛制先由每位评委每两个月推荐一部作品,形成"西湖·类型文学推荐榜双月榜单"在各大媒体公布,至双年年终再由初评、终评两个程序决出入围名单。获奖榜单于 2013 年 4 月揭晓,刘慈欣《三体》获金奖,流潋紫《后宫甄嬛传》等四部作品获得银奖。被纳入双月榜单的作品横跨玄幻、穿越、都市言情、职场、谍战、盗墓、官场、悬疑等多个类型,从浩如烟海的类型文学作品中选拔出了优质作品,这场历时两年的自上而下的评选活动有意识的促进了类型文学的经典化形成。评委庄庸《从"类型"看网络文学的潮流》举例分析已有的类型文学创作实践,提出网络文学类型研究与评选的"两个导向":一是具有商业价值,对类型自身的发展逻辑和演变轨迹,具有重要的参照功能和推动作用;一是政治正确,要把握主旋律和社会主流价值观的取向,把握"三性":当下性,经典性,权威性。[51]陈力君《虚拟空间的世相与幻象——以浙江为例的类型文学创作刍议》(《中文学术前沿》2012 第一期)以浙江网络作家的优质作品为例,分析了生于现代都市文化空间的类型文学所具有的明显女性化趋向与大众化、网络化特色,这些特征源于它的都市文化背景、大众审美趣味和新新人类的精神诉求及网络文学自身发展的要求。同时也指出类型文学存在的问题:如过于倚重作者的想象力而忽视社会现实,创作者缺乏主体责任造成创作的随意影响作品的质量,游戏的创作心态回避了作品意义深度,类型文学模式化和模仿痕迹比较重,原创质素较少等。黄平在《网络文学如何进入文学场——关于网络文学评价体系》中指出回溯小说的经典化之路与通俗小说的经典化之路,网络文学确立其经典化要在把握社会结构的变化导致的观念变化,同时需要知识分子的介入。评委邵燕君《网络时代:新文学传统的断裂与"主流文学"的重建》(《南方文坛》2012年第六期)认为如果框定"主流文化"概念关键词是大众、资本、精英、权力,那么新世纪以来主流文学恐怕要让位给在资本运作下进入集团化的网络类型文学,网络类型文学已经建立起日益成熟的大众文学生产机制,拥有了数以亿计的庞大读者群与百万作者大军,真正的主流文学不是在数量上占优势,而是要把握文化领导权,负载中国社会的主流价值观,能实现这个目标的可能是严肃文学也可能是类型文学。在其文章《媒介革命视野下的网络文学"经典化"》〔《北京大学学报(哲学社会科学版)》2015年第一期〕指出网络不是一个发表平台而是一个生产空间,学院派的研究者们要有浸入网络文学的生产场域,了解网络的土著话语,将自认为优秀的作品和"经典性"元素提取出来,在点击率、月票和网站排名之外,再造一个真正有影响力的"精英榜",影响粉丝的辨别力与区隔,这样才能真正"介入性"地影响网络文学的发展,并参与其经典传统的打造。

主流学界致力于建立类型文学批评学,比照传统严肃文学的批评方式,针对网络类型文学的复杂状况建立起一套有效的、可操作性强的批评话语。上海大学教授张永禄提出了"类型批评学"概念:类型批评学,是一种和感悟式批评、修辞型的批评等主体批评、流派批评有所不同的一种批评,它把内容和形式、社会和文本、微观和宏观、审美和意识形态有机结合起来。这种批评一定要非常熟悉类型文学文本,建立在对历史和现实都有大量的阅读和通读的基础上,把文学艺术科学性和专业性结合起来,它不仅是一种形式批评,实际上更是文化和价值批评。韩国学者崔宰溶博士在博士论文《网络文学研究的困境与突破——网络文学的土著理论与网络性》中提出了一种介入式的研究方式,学者粉丝们的工作实际上是在学院派的学术理论和经营粉丝的"土著理论"之间架起一座桥梁,彼此对话和翻译。学术理论会给网络文学的享受者提供更加准确犀利的语言。反过来,网络文学的享受者会给学术研究者提供更加贴实的洞察力和我们经常缺乏的"局内人知识"。理论研究者要以"外地人"的谦逊态度,向网络文学的"土著们"学习,倾听他们几乎是本能的使用着的"土著理论",将它们加工或翻译成严密的学术语言和学术理论,最后将这个辩证的学术理论还给网络文学。葛红兵主编的"小说类型化理论与批评丛书"中《小说类型学的基本理论问题》一书,致力于建构适合当下网络类型文学状况、能够有效批评当代类型文学的小说类型学批评系统。

2011 年开始广东省作家协会与广东网络文学院合作出版《网络文学评论》论文集,加强学界对网络文学的评论,对如何看待网络文学的文学价值和社会价值、如何探索其文学审美标准和评价体系、如何开拓其产业链和辐射面等问题展开了讨论,至今已经出版至第五辑,可以看到主流学界对类型文学批评的关注与重视。2014 年中国作协召开网络文学理论研讨会,提出逐步建立中国特色的网络文学理论体系、评估体系和话语体系。并为网络文学的发展提出了指导意见:网络文学要弘扬社会主义核心价值观讲好中国故事,要发挥自身艺术特点戏曲文学传统精华;网络文学研究要适应文学新变革,探索建立网络文学批评标准与评价体系;对于网络文学复杂的形态,要认识网络文学生产传播机制,引导其积极健康发展。

3. 国内对言情类型小说的研究

具体到对新世纪言情类型小说的研究,国内学界主要将注意力集中在以下几个方面:

第一,研究某一类型的特征或评析具体作家作品。诸多研究者致力于评价"穿越""都市言情""耽美"等某一具体类型的类型特征与价值追求,继而发掘该类型写作背后的文化意义:如研究耽美、同人小说背后的亚文化特征的《中国耽美小说中的男性同社会关系与男性气质》(南开大学 2014 博士宁可)、《文本重构与性别叙事——中国大陆网络耽美同人小说研究》(陕西师大 2014 硕士刘雪萍)、《作为实验性文化文本的耽美小说及其女性阅读空间》(复旦大学 2012 硕士刘芊玥)、《网络类型小说新伦理叙事研究——以耽美小说、穿越小说、网游小说为例》(暨南大学 2014 硕士沈雨前)等。研究穿越架空小说文化特征的《中国网络穿越小说的多维度研究》(安徽大学 2014 硕士杨娟)、《论网络文化视野中的穿越小说》(苏州大学 2010 硕士董胜)等,黎杨全发表于《文艺研究》2013 年第二期论文《网络穿越小说:谱系、YY 与思想悖论》指出穿越小说表露出较多的女权意识与民族国家想象,但快餐化

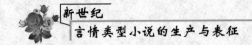

写作与迎合读者需要的商业考虑，容易让前者对男权社会的反抗走向反面，让后者变成资本与皇权的实用主义结合。苏晓芳《试论三种网络小说新类型》着重探讨了玄幻、穿越和盗墓等网络小说新类型最令人瞩目的特征——时空的想象，这种想象既是基于现代科技发展所带来的观念革新，也与传统神魔小说有着思维"原型"上的关联，还体现了写手们摆脱现实束缚的渴望。这种写作刺激着新世纪文学想象力的再生与发展。同时，这种想象背后所潜藏的对于现实的映射、传统与现代的文化冲突等也是引人深思的，但背对现实是这些类型化小说亟待突破的瓶颈。研究都市言情类型题材的《性别视域下的中国本土职场小说批评》（武汉大学 2011 博士闫寒英）、《职场小说中的生存焦虑和人性异化》（杭州师范大学 2013 硕士李永思）、《明晓溪青春文学创作及产业化研究》（中国海洋大学 2012 硕士王守娟）、《大学校园网络小说研究》（兰州大学 2012 硕士方蓁泙）等，闫寒英论文《职场小说与女性主义意识形态》（2015 年第一期《文艺评论》）与《中国本土职场小说中的父权制意识色彩》（《求索》2011 第一期）讨论了女性职场小说中凸显的女性意识与隐含的男权话语逻辑；研究网络新武侠小说的《网络武侠小说的发展研究》（延边大学 2014 硕士丁慧宗）《21 世纪大陆网络原创武侠小说研究》（福建师范大学 2012 硕士何颖义）等。研究涵盖了几乎所有女性向小说类型。

针对具体言情题材作品的评析数量较多，如孙佳山、邵燕君等发表于《文学理论与批评》2012 第四期《多重视野下的＜甄嬛传＞》指出了以《甄嬛传》为代表的言情类型小说的"反言情"的倾向，并援引齐泽克在《意识形态崇高客体》中"启蒙的绝境"观点，现今暴力、集权等诸多的社会问题使启蒙理性遭到质疑，资本为人类勾画的未来之路坍塌，人们甚至无法"想象世界的另一种可能"。问题还在，梦早醒来却无路可走，只能回顾资本到来之前的封建社会，在纸上"穿越"，这就是包括"穿越小说"在内的中国网络文学诞生的现实语境。

第二，从"女性写作"入手整体考察网络言情类型文学已有的创作实践活动，考察"女性向"类型小说的女性气质与女性叙事伦理、女性主体意识的建构、女性写手与读者文化共同体的建立等问题。山东大学王黎硕士论文《女性网络文学作者的创作倾向》探讨女性网络作家在作品中表达的性别意识,追求女性独立的同时却无法摆脱仰望男性的从属者地位。汪全莉、张蔚《女性向网络小说主流类型及问题探析》(浙江传媒学院学报 2015 年第四期)从概念界定、发展状况及衍生问题等方面分析女性向网络小说。黎杨全《"女扮男装":网络文学中的女权意识及其悖论》(文艺争鸣 2013 年第八期)抓住了女强文、女尊文与耽美文在穿着打扮、社会制度或身份性别上呈现出"女扮男装"的特征,在这里,"女扮男装"是双重意味的,既表达了男女平等的愿望甚至女尊男卑的激进诉求,也隐喻着这些女权诉求潜在地对男权社会文化逻辑的遵循,从而呈现出较为明显的悖论。亓丽《女性主义视野中的当下网络言情小说》(文艺评论 2012 年第一期)、徐艳蕊《网络女性写作的生产与生态》〔《北京大学学报(哲学社会科学版)》2015 年第一期〕指出网络女性写作保留了更多社群共享的性质,女性网络文学作品的价值和意义、作者的声望和权力,是由这个绝大多数成员为女性、带有显见的女性视角、关注女性话题的社群共同生产的。由女性主导的网络女性写作,不仅有着非常活跃的文学实践,而且也是草根女性探讨性别议题的重要场域。

　　第三,把网络言情类型文学看作一种文学生产活动,考察其在生产、传播、接受中的具体状况。如考察晋江文学城、红袖添香网、起点女生网等女性受众为主的文学网站的生产机制与出版情况,唐晴川、李珏君《论网络文学女性写作的叙事特征——以盛大公司旗下红袖添香网站为例》(小说评论 2011 年第六期)、周志雄《对原创文学网站的考察与思考》〔《山东师范大学学报人文社会科学版》2009 年第四期〕等论文考察了原创文学网站的生产方式、写手构成、预期受众状况、盈利模式等具体问题。张佩佩《晋江文学城女性图书出版研究》分析晋江文学城出版的女性图书,厘清女性图书出版的方式,分析编辑在图书出版过程中的作用,并在此基础上探究网站的编辑出版活动传播的女性文化。

　　(三)国外研究状况简介

　　在欧美国家,图书出版市场有较为完备的分类体系,类型文学在写作、传播和消费等不同环节之间有非常明晰的内在联系,其运转机制已相当成熟。因此,与纯文学性的小说(literary fiction)相区别,在西方研究界,类型小说(Genre fiction)这一概念通常可以与流行小说(popular fiction)互换,并在

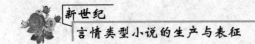
实际上已经纳入通俗文学或大众文化研究的领域中。由于这一相对明确的文化定位,类型小说研究或采用结构主义叙事学的研究方法,或采用精神分析、意识形态理论及文化研究等方法,对其文本特征、话语机制、生产传播流程、价值属性和文化逻辑等问题有较为深入明晰的描述和分析。这些研究成果主要集中在如下方面:

其一,对类型文学的叙事学分析和结构主义解读,提取构成类型的"设置架构、角色、事件及价值观"(Robert McKee,Story:Substance,Structure,Style,and the Principles of Screenwriting. New York:HarperCollins. 1997),总结具体类型写作的惯例和风格,又如 N·弗莱对西方自古以来传奇故事结构的研究将下限延伸到 20 世纪,包括托尔金的魔幻类型等当代类型化写作在内(《世俗的经典:传奇故事结构研究》,上海人民出版社,2009),再如托多罗夫的《侦探小说类型学》(Tzvetan Todorov,1980),将侦探小说视为不同于纯文学的大众通俗文学,对其体裁规则和类型细分进行结构主义叙事学的研究。

其二,对类型文学的生产、传播、消费流程的文化研究,揭示类型文学的话语实践机制、文化功能、文化逻辑乃至文化症候,如 Ken Gelder 对流行小说话语实践的文化逻辑的分析(Ken Gelder. Popular Fiction:The Logics and Practices of a Literary Field. London and New York:Routledge. 2004),Jane Feuer 总结出"美学的、仪式、意识形态"类型化三原则,Daniel Chandler(An Introduction to Genre Theory. 1997)则对类型的文化功能予以揭示,又如美国学者詹尼斯·拉德维通过对浪漫小说生产、传播机制的研究,明确指出在类型小说的类型特征和文化意识形态之间还存在着不可忽视的印刷技术、出版销售策略和资本操控等因素(詹尼斯·拉德维《浪漫小说的机构形成》见罗钢、刘象愚主编《文化研究读本》),再如 Toni Johnson - Woods 对低俗小说封面的研究(Pulp:A collectors book of Australian pulp fiction covers. Australia:Australian National Library. 2005),更为细致的梳理分析了澳大利亚通俗小说的编辑出版策略。

其三,中外类型文学比较研究

越南学者阮明山在其博士论文《越南对中国当代女性文学的接受(从

2000 年至今)》(华东师范大学 2014)中介绍了辛夷坞、顾漫等网络女性作家的相关作品在越南的传播情况及对越南当代女性文学的影响。韩国学者崔宰溶《理论的拓进及与现实的脱节——中国现有网络文学研究简论》批判性考察了西方和中国网络文学研究的主要成果。《浅谈韩国网络文学的历史与特征》一文中概括了韩国网络文学发展的历史与得失,分析了韩国网络文学当今的衰退现象,对比中国网络文学的发展,进而提供一个有助于我们理解中国网络文学的参照系。其博士论文《网络文学研究的困境与突破——网络文学的土著理论与网络型》(北京大学 2011)通过"土著性"与"网络性"克服已有网络文学研究的局限,使得扎根于中国现实的研究成为可能,寻找网络文学现实状况与理论达成统一的可能性。

与其类型理论的成熟和类型小说研究的细致深入相比,国外学界关于中国当下类型文学的研究并不多见,但上述研究成果无疑对本课题的研究具有重要的参照意义。

三、选题依据、写作路线与方法

(一) 研究意义

对我国新世纪开始勃兴的言情类型小说这一新异的文学和文化现象加以系统深入的研究和诊断,是当代文学研究难以回避的任务,同时具有重要的文学史意义和文化意义。

首先,对言情类型小说的系统研究,将可能丰富现有文学研究的对象内容和研究方法,文学研究与文化研究的有效连接落实在具体的类型文学这一文学现象上,将使文学史中雅俗互动的传统命题获得时代意义,进而在文学发展的宏观历史中推动文学研究格局的拓展,乃至在更为宽广的文化视野中改善文学史书写的范式。

其次,对言情类型小说诸多具体类型话语机制的研究,将可能确立梳理目前庞杂的类型文学书写所需要的分类模式,理清不同类型的基本结构模式和结构要素,这有助于我们深度把握新世纪类型文学写作所立足的深层文化心理机制,总结类型文学写作中可能的文学经验,并揭示出其所表征的当代文化症候。

再次,对新世纪言情类型小说生产流程的研究,将综合考量媒介技术、出版策划以及资本介入等物质性因素在类型文学的生成、传播和消费等环节的影响和作用,有利于我们对类型文学的消费文化属性辩证认识,对其话语机制与社会文化意识之间的中介性成分有更为具体的把握,对其承担的文化功能有更为深刻的认知和判断。

此外,对类型文学的文化研究,有助于我们更好地认识、理解和判断当代消费文化,廓清当代文学场域和文化空间的格局,进而有助于当代文学思考如何介入这一格局,确立文学书写的文化自觉意识。推动目前对我国新世纪类型文学的研究刚刚起步,尚没有出现充分考虑到类型文学独立特性并将其从网络文学中相对独立出来的整体性研究,已有的研究成果中,也还未及全面把握类型文学话语机制、生产流程与其文化逻辑和文化功能之间的关系。

总体来说,在参照国内网络文学研究、类型文学研究和国外类型文学研究的基础上,通过对新世纪言情类型小说的文本构造方式、生产传播机制的文化研究,揭示言情类型小说的深层文化逻辑,发现其对应的文化心理需求,辨析其对文学发展走向的影响,认清其内在局限和文化弊端,有利于我们理性对待文学的这一发展动向,也有助于廓清我们对新的媒介技术和文化市场所形成的文学和文化场域的认知,进而把握特定时代境遇中社会文化心理的结构性特征。

(二) 写作路线与方法

本论文是对中国新世纪言情类型文学的整体性研究,主要使用文化研究、文本细读结合社会历史批评等方法,对包括新世纪言情类型文学的生产、传播、消费的流程;类型小说的类型特征、结构模式、关键要素等话语机制;类型文学的深层文化逻辑;类型文学与消费文化等问题,以及类型文学经验、局限与新世纪文学的发展等问题。

论文第一章主要论述网络言情类型小说的生产与传播,简要追溯我国言情小说发展的历史,并对网络时代言情类型小说的发展阶段进行较为详尽的梳理。第二章从文本与结构入手,考察言情类型小说的文体特征。通过具体案例考察诸类型小说的母题、要素、结构模式等话语机制,区分和界定网络言情类型文学内部不同类型的结构模式及其深层文化原则,并对其话语结构与社会权力结构的复杂缠绕关系进行较为深入的剖析。论文第三章集中探讨在资本、媒介、已有的文学传统等多重力量的作用下,言情类型小说呈现出的复杂样态,并对其所传达的文化诉求与当下青年情感结构的契合性进行探究,对文本中某些特定主题与现实中权力格局的关系结合具体文本细致分析。论文第四章聚焦于言情类型小说涉及的性/性别话语及其抵抗的暧昧性问题。第五章主要发掘言情类型小说在话语戏仿、经典解构以及新媒体语境下读者的生产式参与等方面所产生的文化抵抗的意味,揭示在这一话语空间可能出现的对既有权力结构尤其是性/性别权力机制的抗争。指出在不排斥既有叙事模式的基础上,一些言情类型小说有意识地把其他手法融入其中,这种挪用给已有的话语方式注入了不一样的成分,"本身就具有一种反对和抗辩的性质,使得那些被植入传统手法中的保守意识形态在叙事观念与文本形态的对立和挤压之下被凸显出现"。[52]

注　释

[1][2][18] 欧阳友权,袁星洁. 中国网络文学编年史[M]. 北京:中国文联出版社,2015:35,3-4,4-14.

[3] 吴长青. 民间叙事传统与网络文学创作[A]. 浙江省作家协会编. 华语网络文学研究[C]. 杭州:浙江文艺出版社,2015:30.

[4][15][41] 庄庸. 类型文学十年潮流的六个拐点[N]. 中国艺术报,2013-7-26(07).

[5] 洪子诚. 中国当代文学史[M]. 北京:北京大学出版社,1999:387.

[6][9] 周轶. 迁徙的游牧部落:红袖添香网站的发展历史及生产机制[A]. 浙江省作家协会编. 华语网络文学研究[C]. 杭州:浙江文艺出版社华语网络文学研究,2015:103,111.

[7] 国内十大文学网站排名,盛大文学独占半边天[EB/OL]. http://www.newhua.com/2012/0217/146083.shtml.

[8] 韩浩月. 盛大文学:以版权为核心缔造文学产业链[J]. 中国版权,2013(04).

[10] 肖映萱. "红晋江"与"绿晋江":晋江文学城的"粉丝监察机制"[A]. 浙江省作家协会编. 华语网络文学研究[C]. 杭州:浙江文艺出版社,

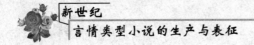
2015:115－123.

[11] 张焱. 阅文集团正式成立[N]. 光明日报. 2015－03－31.

[12] 宫建文. 2015 中国移动互联网发展报告[M]. 北京:社会科学文献出版社,2015.

[13] 2016 移动阅读报告[EB/OL]. 网易读书. http://book. 163. com/16/0505/23/BMBDO311009244E6. html.

[14] 洪子诚. 中国当代文学史[M]. 北京:北京大学出版社,1999:356.

[16] 黎杨全. 网络穿越小说:谱系、YY 与思想悖论[J]. 文艺研究,2013(12).

[17] 广电总局关于 2011 年 3 月全国拍摄制作电视剧备案公示的通知[EB/OL]. http://news. cntv. cn/20110331/110075. shtml.

[19] 苏耕欣. 哥特小说——社会转型时期的矛盾文学[M]. 北京:北京大学出版社,2010.

[20][21] 勒内·韦勒克,奥斯丁·沃伦著. 文学理论(修订版)[M]. 刘象愚,等,译. 南京:江苏教育出版社,2005:274,267.

[22] 陈平原. 小说史:理论与实践[M]. 北京:北京大学出版社,2010:129.

[23] 葛红兵. 小说类型学的基本问题[M]. 上海:上海大学出版社,2012.

[24] 赫拉普钦科. 赫拉普钦科文论集[M]. 张婕,刘逢祺,译. 北京:人民文学出版社,1997:172－173.

[25] 马克·昂热诺,等. 问题与观点——20 世纪文学理论综论[M]. 史忠义,等,译. 天津:百花文艺出版社,2000:104.

[26][30] 刘守华. 中国民间故事类型研究[M]. 武汉:华中师范大学出版社,2002:2,38.

[27] 斯蒂·汤普森. 世界民间故事分类学[M]. 郑海,等,译. 上海:上海文艺出版社,1991:499.

[28] 诺思洛普·弗莱. 批评的剖析[M]. 陈惠,袁宪军,吴伟仁,译. 天津:百花文艺出版社,2002:104.

[29] 诺思洛普·弗莱.伟大的代码——圣经与文学[M].郝振益,等,译.北京:北京大学出版社,1998.

[31][34] 郝建.类型电影教程[M].上海:复旦大学出版社,2015:2,78.

[32] 罗伯特·麦基.故事——材质·结构·风格和银幕剧作的原理[M].周铁东,译.天津:天津人民出版社,2014:41.

[33] 张晓凌,詹姆斯·季南.好莱坞电影类型——历史、经典与叙事[M].上海:复旦大学出版社,2012.

[35][36][37] 陈平原.小说史:理论与实践[M].北京:北京大学出版社,2010:164-165,170,174.

[38] 白烨.中国文情报告(2009—2010)[M].北京:中国社科文献出版社,2010.

[39] 乔焕江.类型文学热亟须文化反思[N].人民日报,2010-09-21(020).

[40] 夏烈.类型文学:一个概念和一种杰出传统[N].文艺报,2010-08-27.

[42] 陈晓华.跨媒介使用中的女性文化传播——罗曼史网络社区文化现象研究[D].上海:复旦大学,2013.

[43] 汤哲声.论新类型小说和文学消费主义[J].文艺争鸣,2012(03).

[44] 伊格尔顿.后现代主义的幻象[M].华明,译.北京:商务印书馆,2002.

[45] 欧阳友权.网络文学概论[M].北京:北京大学出版社,2008:118-124.

[46] 谭德晶.网络文学批评论[M].北京:中国文联出版社,2004:112-125.

[47] 梅丽.当代英美女性主义类型小说研究[M].上海:复旦大学出版社,2013:7-8.

[48] 乔焕江.从网络文学到类型文学:理论的困境与范式转换[J].文学理论与批评,2015(05).

[49] 何志钧.网络文学类型化写作管窥[J].学习与探索,2010

(02):189.

[50] 马季. 类型文学的旨归及其重要形态简析[J]. 创作评谭,2011 (06):4-8.

[51] 庄庸. 从"类型"看网络文学的潮流[J]. 博览群书,2012(09).

[52] 梅丽. 当代英美女性主义类型小说研究[M]. 上海:复旦大学出版社,2013:11-13.

第一章
生产与传播：言情类型小说的前世今生

一、言情类型小说的前史

应该说，从古至今，言情题材一直是小说内容的重要组成部分。言情小说是随着中国古代小说文体的独立而发生的，随着时代社会文化语境的变迁而变化。汉代以来，史传中有少量服务于写人记事的言情内容；汉魏六朝时，志人志怪小说中已经有大量的言情成分；直到唐代传奇文体的出现，"言情"作为小说的一大分类才得以确定；明末清初，才子佳人小说繁荣，作家们开始有意识通过虚构的爱情故事，反映当时社会中人们对爱情婚姻、人情世态的认识，章回体白话言情小说在知识分子和普通市民群体中流行开来；清末，书写倡优伶人这一特定群体的"狭邪小说"出现，受域外小说影响，言情小说以"写情小说"的形式出现，随后鸳鸯蝴蝶派创作方式大行其道，现代意义上的言情小说出现。辛亥革命以来，与整个社会救亡图存的革命叙事一致，"革命加恋爱"成了言情小说的新主题，另有张爱玲等海派文学创作，并不专及政治，却也在沉沦于生活琐事之间耽于对时代的缅怀。20世纪80年代以后，大量女性作家通过其言情题材作品思考女性的人生意义与价值、表达女性气质、正视女性的欲望，而与此同时，以琼瑶、梁凤仪、席绢为代表的港台言情小说进入到大陆通俗文化市场，掀起了新一轮言情小说热，为新世纪言情类型小说的创作与流行打下了基础。

（一）从唐传奇到明清小说

中国古代小说分为文言小说与白话小说两大系统，两者的区分除语言媒介不同，还有文学起源不同，文言小说主要得益于辞赋和史传传统，而白话小说主要源自民间说书和寺院僧人的俗讲，且文言小说多在短篇小说有

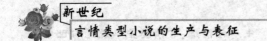

所成就，白话小说则以长篇小说见长。二者有不同的文学起源与文学体制，还有一整套与之相联系的不同的表现方式与审美理想。[53]但在中国文学结构中无论是文言小说还是白话小说都处于边缘地位，属于通俗读物，士大夫阶层对小说存有偏见，使得小说"远离主流意识形态，较少受到'文以载道'观念的束缚，艺术创新自由度更大"，形式也更加接近民间生活与民间欣赏趣味，情节性强，娱乐色彩浓厚。

爱情是文学作品永恒的主题，"言情"题材一直以来都是小说内容的重要组成部分。汉代以前，叙事基本上是史书的专利，偶有"言情"部分也是服务于描述人物形象或叙述历史事件，如《史记·司马相如列传》在书写司马相一生经历与著作时简练地写到了他与卓文君相识并私订终身的故事。汉魏六朝时，《搜神记》《博物志》《世说新语》等志人志怪小说出现，其中不乏提及男女恋爱婚姻的篇目，《世说新语》中《惑溺》记载有"韩寿偷香"，《贤媛》中记有昭君出塞，《德行》王子敬临终之时后悔与妻子和离①等。从写作手法来看，这类写实历史故事只叙述故事梗概并不描写细节，从创作目的看，主要在于收录"逸史"而非反映当时社会男女恋爱与婚姻生活。《搜神记》《搜神后记》里也有大量人类男性与女仙、女妖异类成婚的虚幻故事：如《搜神记》中孝子董永遇见织女，织女感其孝道为其织布百匹偿债；《搜神记·紫玉》中吴王小女紫玉与童子韩重的人鬼夫妻；又如《搜神后记》卷一《剡县赤城》中袁相、根硕二人因猎羊误入洞穴，遇到仙女并与之结为室家，后二人思归，离开洞穴，返回世间；《搜神后记》卷五《白水素女》[54]天帝哀怜晋安侯官谢端孤苦伶仃，派天汉中白水素女下凡为其"守舍炊烹"，后来藏身田螺中的素女因被谢端偷窥，形迹被发现"翕然而去"。这些志人志怪小说主要目的是记录民间传闻，写作手法多是平铺直叙据实以录，创作动机在于"发明神道之不诬"，而并非专为描述男女爱情婚姻生活。志人志怪小说在叙事技巧方面对后来的小说有很大影响，并为后世言情小说提供了大量的母题素材。

---

① 和离，古代离婚的一种，古代离婚制度包括休妻和和离，和离指按照以和为贵的原则，夫妻双方和议后离婚，而不单纯是丈夫的一纸休妻。《唐律·户婚下》："若夫妇不相安谐而和离者，不坐（问罪）。"和离需由丈夫签"放妻书"。后代循唐例，也称和离为"两愿离婚"，并为近代法律沿用。

在唐代，小说终于脱离史部成为独立的文类，一种全新的文体"传奇"出现，其写作目的、写作方法、思想内涵都与前一时期的志人、志怪小说有很大区别。唐传奇不再拘泥于实录，多采用虚构的艺术手法，情节完整跌宕起伏，重视人物形象塑造，多细节描写，语言华美。前人概括唐人传奇之特征称其"情节曲折离奇，叙述婉转有致，讲究文辞，注重人物刻画"。宋人洪迈称"唐人小说，小小情事，凄婉欲绝，兼有神遇而不自知者，与诗律可称一代之奇。"[55] 唐传奇内容题材丰富，主要有《枕中记》《南柯太守传》为代表的畅言神怪题材，《虬髯客传》《聂隐娘》为代表的宣扬豪侠题材，以《莺莺传》《李娃传》《霍小玉传》为代表的言情题材。

言情题材是唐人小说的重要组成部分，又可分为两大类：描写人与神仙、鬼魂、妖怪之间情爱的志异题材，是前一时期志怪小说的延续；描写人与人之间爱情婚姻的写实题材，是后来才子佳人小说的雏形。前一类代表作《柳毅传》写访友途中的柳毅为遭夫家虐待的龙女传书，龙女得救后欲以身相许，柳毅不愿乘人之危也不为龙王强权、龙宫富贵所动，后龙女化身民妇与柳毅成婚，柳毅得子后方知妻子是二嫁龙女，毫无芥蒂并恩爱幸福。小说中塑造了勇于冲破礼教束缚、追求自由幸福的龙女与人品高洁的柳毅，寄托了当时的审美追求。男子与异族女子的爱情不再来自一见倾心，而是仗义相助而来的对人品性情的爱慕，表现了当时社会的理想道德，特别是理想的婚姻爱情。《离魂记》写倩娘与表兄王宙青梅竹马遭其父拆散，倩娘之魂离体与王宙私奔而去，共结连理生儿育女的故事。"表兄妹间至死不渝的爱情"是后来的小说中经常采用的故事类型。现实题材的作品有写士子与妓女的爱情，悲剧结局如《霍小玉传》，大团圆结局如《李娃传》；有写士子与淑女的爱情，最具代表性的作品元稹的《莺莺传》写青年士子张生与落魄名门淑女崔莺莺一见钟情，经婢女红娘传书相会于西厢，张生二次进京赶考，莺莺自知恋情终将是始乱终弃的悲剧，后张生他娶莺莺另嫁不复相见。中唐科举制度尚不完善，寒门子弟想走向仕途必须要依靠门阀贵族阶层的帮助，张生二试不中，终于舍弃和莺莺的真挚爱情而另娶高门女以获得助力，在今天看来难免负心薄幸，可在当时社会主流价值观看来并不奇怪。"舍弃寒门而别婚高门，当日社会所公认正当行为也。"[56] 值得一提的是《莺莺传》里张

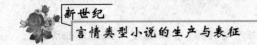

生和莺莺以互相吟诗酬唱作为表达爱情的新方式,开辟了古典言情小说中谈恋爱的新途径,《莺莺传》也被看作是后世才子佳人小说的开端。

宋元早期白话小说的出现,明人冯梦龙根据前人话本与其他轶事传说,加工创作"三言二拍"代表了当时中国短篇白话小说的艺术水平,其中不乏《杜十娘怒沉百宝箱》(《警世通言》卷三十二)、《卖油郎独占花魁》(《醒世恒言》卷三)、《白娘子永镇雷峰塔》(《警世通言》卷二十八)等广为人知的言情题材作品,女主人公们一改唐传奇中端庄高雅的韵致,往往带有市井女子的大胆、泼辣与率真。如《宿香亭张浩遇莺莺》(《警世通言》卷二十九)中的李莺莺得知张浩议亲不再听之任之,而是勇敢走向公堂为自己的幸福婚姻作出努力。这一时期的言情小说更多强调人的情感和价值应该得到尊重,宣扬与封建礼教、传统观念相悖的道德标准与婚姻原则,体现了市民阶层的审美趣味。

明朝中叶小说有两大主潮:讲神魔之争,讲世情。神魔小说有三部代表作《西游记》《封神传》《三宝太监西洋记》,讲世态人情的以《金瓶梅》最为著名,这类小说"大概都叙述些风流放纵的事情,间于悲欢离合之中,写炎凉的事态"[57]《金瓶梅》是一部生活型小说,主人公不是神仙妖魔,也不是英雄大侠,甚至不是科举士子,只是世俗生活中带着铜臭气的饮食男女,展现的是一个中国前资本主义商人不受道德束缚的家庭生活,小说再现了当时的社会生活现实状况,被誉为"中国十六世纪社会风俗史"。该书对后世影响极大,至今仍有小说刻意模仿其中桥段,也有作者从中管窥明代市民生活的样貌。

明末清初,由作家独立创作完成的白话小说大量出现,以往文言小说经常选用的"才子佳人"题材,在这一时期成了白话小说的重要主题,出现了大量以章回体为形式,以"才子佳人"为内容的中、长篇白话言情小说,同类创作持续了两百多年。鲁迅在《中国小说史略》中界定了才子佳人小说的概念:"至所叙述,则大率才子佳人之事,而以文雅风流缀其间,功名遇合为之主,始或乖违,终多如意,故当时或亦称为'佳话'。"[58]才子佳人小说的流行与当时的社会历史现实直接相关。明朝末年,在明王朝的日益僵化与西洋文化的冲击下,反对封建束缚的"个性解放"思潮出现,"反映在文学领域的才子佳人小说创作上，从提倡礼防、重建儒学到摆脱束缚、追求个性解放。从情与理的调和到单纯扬起'情'的大旗，主张'真情至上'的两情相悦，明代才子佳人小说创作也经历了一个渐变的发展过程，小说的审美意趣也从纯正高雅走向了俗化。"[59] 所谓"才子佳人"，"才子"多是博学多才擅长诗文的"书生""文士"，大多出身书香门第，极个别寒门子弟尚无功名在身，可仍然属于中国古代一直以来的知识阶层"读书士子人群"；"佳人"多是闺阁中年轻貌美、温柔多情的小姐，小姐一定是天资聪颖、擅长琴棋诗画的高门贵女，即便有个别家遭变故，也仍然是书香门第的小姐。风流才子邂逅绝色佳人，通过诗书酬唱应答彼此倾心爱慕，成就一段佳话。有学者将才子佳人小说的一般特征概括起来：

　　一般来说，所谓才子佳人小说是指才子和佳人的遇合与婚姻故事，它以情节结构上的：(1)男女一见钟情；(2)小人拨乱离散；(3)才子及第团圆这样三个主要组成部分为特征的。也有人把作品中的人物身份和情节结构混合在一起，分为五条：(1)男女双方的家庭，都是官僚或富家；(2)男女双方都是年轻貌美且有才；(3)男女个人以某机缘相接触，往往以诗词唱和为媒介；(4)小人拨乱其间，男女离散；(5)男方及第，圆满成功，富贵寿考。[60]

　　"才子佳人"可谓封建社会知识分子的理想的男女情爱模式。才子佳人小说的流行和当时的社会制度特别是科举制度的变迁有很大关系。代表作《平山冷燕》《好逑传》《玉娇梨》。才子佳人小说为《红楼梦》这部中国古代小说旷世巨制的诞生做了充分的准备。清代文言系统的短篇小说还有蒲松龄的《聊斋志异》以传奇手法志怪，并有大量言情短篇，塑造了大量性格鲜明敢爱敢恨的女妖、女鬼等异族女性形象。

　　直到清代中期，言情小说一直以社会批判性力量的姿态出现，反抗的是封建礼教，表达的是真爱理想。在当时的社会条件下，从男女双方情感需求出发而结成的恋爱与婚姻关系基本是不可实现的，以才子佳人为主人公的言情小说寄托着普通士子的幻想，深陷八股取士的科举制度中，又无力改变窘迫的现状，只能"有所托以自讽"，借此摆脱清代主流思想价值"理学"的束缚，摆脱清政府的文化专制统治。但是，"才子佳人"是一种高度类型化的小说创作模式，当落魄士子耽于后花园遇见高门美娇娘的幻想，尽管现在身无

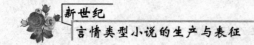

功名前程未卜,也终能状元及第抱得美人归,才子佳人小说就成了麻痹底层读书人的毒药,成了封建统治阶级维护自身绝对权威的帮凶,言情小说的批判性也就消失了,特别是晚清狭邪小说的出现,古典言情小说的反抗性力量几乎被淹没在对缠绵情爱的猎奇视野中。

(二)现代传媒与清末民初的言情小说

晚清狭邪小说可以看作是上一时期才子佳人小说的延续和变种。狭邪,原指狭窄弯曲的小巷,因旧时妓女多居住于此类地点,后以"狭邪"借指妓女或妓院。鲁迅在《中国小说史略》中将晚清描写倡优生涯的小说成为"狭邪小说","若以狭邪中人物事故为全书主干,且组织成长篇至数十回者,盖始见于《品花宝鉴》,为所记则为伶人。""《品花宝鉴》者,刻于咸丰二年(1852),即以叙乾隆以来北京优伶为专职,而记载之内,时杂猥辞,自谓伶人有邪正,狎客亦有雅俗,并陈妍媸,固犹劝惩之意,其说与明人之凡为'世情书'者略同。至于叙事行文,则似欲以缠绵见长,风雅为主,而描摹儿女之书,昔又多有,遂复不能摆脱旧套,虽所谓上品,即作者之理想人物如梅子玉杜琴言辈,亦不外伶如佳人,客为才子,温情软语,累牍不休,独有佳人非女,则他书所未写者耳。"代表作《花月痕》"其书虽不全写狭邪,顾与伎人特有关涉,隐现全书中,配以名士,亦如佳人才子小说定式。"[61]狭邪小说以才子佳人小说的笔法与结构来写青楼、梨园的生活,前期多写名士与倡优之间缠绵悱恻的爱情,多溢美之语如《花月痕》《青楼梦》,接近妓院真实生活的如《海上花列传》;后期狭邪小说有从言情小说到社会小说演变的趋势,部分作品不再写男女之间的真情,转向揭馆青楼肮脏的交易与背后的黑幕,男主人公或为政治而忘情,或为利益而绝情,或为金钱而薄情,描写的乃是"无情的情场"[62],如把妓院看作引诱年轻子弟堕落的罪恶场的《风月梦》,被称作"嫖界指南"的《九尾鱼》等。狭邪小说的繁荣与晚清推崇理学不无关系,青年男女之间通过非正规渠道产生的真情被封建礼教视为洪水猛兽,而书生士子眠花宿柳却是风流韵事,并不会遭到社会舆论的谴责,妓院成了偷尝禁果的乐园,在实际生活里无法言之"情",只好假托烟花之地、倡优之身书写出来。

戊戌变法把"新小说"推上了文学的舞台。光绪二十八年(1902),《新小说》杂志在日本横滨创刊,梁启超在《论小说与群治之关系》中,提出了"今日欲改良群治，必自小说界革命始，欲新民，必自新小说始"的口号，掀起了"小说界革命"。"新小说"与救亡图存的社会现实紧密相连且题材丰富，在外忧内患的大环境里，再写个人的小情小爱未免不合时宜，这一时期作家有意地冷淡专写男女之情的言情小说，"即使写作言情小说，也力图与时代风云，国计民生挂上钩，避免为言情而言情"。[63]但"言情"始终是小说绕不过去的主题，"小说之足以动人者，无若男女之情"。《新小说》杂志创刊伊始设置栏目时，便为"言情"留有余地，与政治小说、历史小说、科学小说、哲理小说、侦探小说一起，还有一种新型的社会言情小说——写情小说。写情小说在域外小说的影响下产生，它扩大传统言情小说的表现范围，重新解释言情小说所言之"情"。1899年开始，林纾翻译的《巴黎茶花女遗事》《不如归》等域外写情小说陆续引进，西洋小说的表现技法深入到传统言情小说中，革新了中国小说的叙事模式，也在一定程度上改变了中国读者的审美趣味。"中国小说在域外小说的刺激和启悟下实现了结构性转移，开始从古典形态转向现代形态。"[64]深受域外小说影响的晚清写情小说不同于才子佳人言情传统，在创作主题、情节模式、叙事特征、情感倾向等方面也与狭邪小说大异其趣，晚清特殊的政治文化背景使"写情小说"不只局限于儿女情长，而是"将社会的动荡、变乱等融入描写系统"，"对封建包办婚姻的抨击和控诉更为激切，表现出强烈的启蒙思想的色彩"[65]。如吴趼人的代表作《恨海》，小说以庚子事变为背景，叙述了两对青年男女曲折动人的爱情悲剧，造成悲剧的不再是社会伦理的阻挠与封建家长的压迫，而是社会政治的动荡离乱，个人的幸福与国家的强大与否息息相关，在战争和动乱面前，再真挚的爱情也难免悲剧收场。

晚清整个社会文化背景发生了翻天覆地的变化，都市文化心理的形成以及市民价值观念的凝定这些小说发展的"常数"外，晚清还有政治革命思潮的激荡以及新教育的发展这两个不容忽视的重要原因。前者直接促成了"小说界革命"口号的提出，是晚清小说发展的主要动力；后者孕育出一批新小说的作者与读者，逐步完成了小说从古典形态到现代形态的过渡。

清末民初现代传媒兴起，印刷与出版事业发达，报纸杂志对小说（特别是白话通俗小说）的需求量与日俱增，小说的商品化倾向出现，"由于小说市

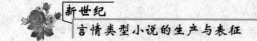

场的建立以及作家的专业化,商品意识迅速介入小说家的创作过程,并直接影响了这一时期小说思潮的演变。"[66]读者是职业小说家的衣食父母,小说的内容主题不再向朝堂的意识形态看齐,不必替圣王立言为先贤传道,而是依照读者大众的口味进行创作。从当时的社会环境看,在辛亥革命及"五四运动"带来的强大的政治热情退却之后,以教诲为目的、审美为追求的小说相对沉寂,以娱乐为目的、用于消闲的"写游戏之文"一时风靡,"小说的日渐商品化和文人化,使得言情小说成为主潮。一时间所谓'奇情小说''痴情小说''哀情小说''艳情小说'铺天盖地",自《新小说》创刊以来,肩负改良文学社会功能、承载小说界革命之使命的"写情小说",则以"鸳鸯蝴蝶派"小说的形式在当时的小说格局中处于中心位置。徐枕亚等人的鸳蝴派小说创作,促使言情小说成了一种现代小说类型,"作为一种小说类型的言情小说,着眼点主要是其叙事语法,而不是其故事题材。"这一小说类型承载了明末清初才子佳人小说的传统,但又接受了一些域外小说技巧和观念的影响,有明显的类型特征:

"相对简单的人物关系,不枝不蔓且近乎程式化的情节推进,单纯而强烈的感情体验,纯洁的有些天真的爱情观念(相对于所处时代),大众化的理想表述,雅驯的文字追求,再加上十万字左右的篇幅(太短难以展开悲欢离合,太长又嫌小说架构过于简单无法承载),以少男少女为潜在读者,徐枕亚们其实可作为古代中国才子佳人小说到当代中国言情小说的过渡桥梁。"[67]

才子佳人们走出了后花园,《玉梨魂》中何梦霞在痛苦的感情纠葛里并没有"殉情"而是"殉国",一切了结于武昌城头的枪声。重在写"情"的鸳鸯蝴蝶派小说尚且要给走向极致的爱情按上一个革命的尾巴。辛亥革命后看似式微的政治小说已经渗透到言情小说之中,政治理想和爱情理想中共有的理想主义和献身精神,把政治小说和言情小说毫无违和感的糅合在一起。这一时期民族主义的政治话语犹如一个大筐,其他政治话语如恋爱自由、婚姻自由、妇女解放等都可以被收编进来,同样,旧式的才子佳人爱情也可以披上民族主义的外衣重新登场。言情小说内部也一样有进步和保守两股力量,后来的"革命加恋爱"可以说是进步力量的延续,有为民族国家战斗的革命英雄也有儿女情长,用浪漫的爱情来比拟某种政治理想,用革命与爱情共同建构一个支持民族主义的"想象的共同体"。

值得一提的是在现代言情小说类型形成之初,还有一些专门写妇女解放问题的作品,这些小说结合了政治小说与历史小说的写法,反映了当时社会妇女生活的状况,如《黄绣球》就写出了新女性在当时社会新旧斗争中艰苦活动的真实姿态,另外还有《自由结婚》《女狱花》等反映婚姻自由、妇女平权、女性的自我实现等问题。

(三)革命年代言情的"潜在书写"

革命和爱情是描述中国现代文学特征的两个非常有力的话语。"革命"指称的是进步、平等自由和社会解放的轨迹。"恋爱"包括个人的切身经验和性别认同,男人和女人之间的关系,个人的自我实现。正如唐小兵所说,两个看似相互对立的概念——"革命"是集体力量的体现,"爱情"则通过个人自由来显现成功的社会制度——是现代性和合法性话语中重要的意识形态构成。[68]

20世纪20年代末,社会政治局面日趋复杂,日本对中国的不断侵略使民众的反帝爱国情绪持续升温,原有的通俗社会言情小说的审美趣味与民族危机的大环境显得极不和谐,新的语境改写了言情小说生长的文化生态及文本生产的运作逻辑。"革命加恋爱"作为一个主题创作模式开始流行,这一主题是对国共合作和破裂、城乡起义以及苏维埃革命的国际影响等一系列政治事件具体的文学反应。宽泛的讲,这个主题涉及的是"与'五四运动'的文化余波有关的'革命'期待,个人在动荡的社会中的位置,日益加剧的资产阶级和无产阶级之间的斗争,政治身份和性别身份的混合。"[69]这一主题在革命文学早期被左翼作家所喜爱,它不是简单的革命主题加恋爱桥段,不只是借罗曼司之手传达意识形态,还有他自身的文学意义和价值。

1927年以后马克思主义与中国文学运动的结合,太阳社、后期创造社的左翼作家有大量出版物面世。左翼作家在接受阶级斗争的同时还保有"五四运动"以来知识分子对民族国家的强烈认同,他们批判资本主义生产方式——跨国帝国主义对被压迫者的剥削,同时在民族主义的背景下重新思考个人的立场问题。同样写自由恋爱、婚姻自主,"五四运动"以来的叙述方

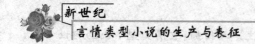

式把这些视作整个社会走向现代文明的标志,是自由平等、民主科学等现代性话语的实践。而在左翼作家的革命文学这里,是对理想爱情的追寻同时也是"个体和民族群体的乌托邦理想的标志"。"'革命+恋爱'事实上不仅仅是一种文学叙述,它本身就是当时革命者的"真实"生活经验。"[70]处于20世纪30年代复杂的社会政治环境里,在建立富强中国理想的驱动下,出于"理想与现实,自我和民族、进步和传统、阳刚的革命精神与阴柔的感伤主义的两难困境中"[71]的左翼作家,选择以"革命加恋爱"的写作方式,也正是因为他们自身同样在个人幸福与政治理想的双重追求里饱受折磨。

《前线》是左翼作家洪灵菲带有自叙传特征的《流亡》三部曲中的第二部,写第一次国共合作时期,在国民党党部工作的共产党员霍之远,为革命奔忙的同时也在情场上角逐,虽然私生活颇为出格,但在反对派大屠杀的危急关头,却义无反顾地挺身而出。在霍之远的身上,浓缩了大革命时期无数革命青年的共同特征,从小资产阶级知识分子"突变"为无产阶级革命战士。霍之远在他和女友的合影背后写道:"为革命而恋爱,不以恋爱牺牲革命!革命的意义在谋人类的解放;恋爱的意义在求两性的谐和,二者都一样有不死的真价!"[72]洪灵菲正是借霍之远的笔写出了他对革命和恋爱两者关系的认识。蒋光慈在《十月革命与俄罗斯文学》中也写道:"在现在的时代,有什么东西能比革命还活泼些,光彩些? 有什么东西能比革命还有趣些,还罗曼蒂克些?""说起来,革命的作家幸福呵! 革命给予他们多少材料! 革命给予他们多少罗曼蒂克!"[73]。洪灵菲、蒋光慈等左翼作家将革命理想和爱情理想结合在一起,带着爱情的浪漫主义向着革命理想主义前进,同时他们也十分清楚个人幸福的实现要依靠集体革命运动的胜利。

"革命加恋爱"小说因其"革命罗曼蒂克倾向"与创作中的人物脸谱化、故事公式化、概念化,受到左翼阵营内部的清算,茅盾在批判的同时也较为准确的概括出了"革命加恋爱"小说的类型特征:

我们这文坛上,曾经风行过"革命与恋爱"的小说。这些小说里的主人公,干革命,同时又闹恋爱;作者借主人公"现身说法",指出了"恋爱"会妨碍"革命",于是归结于"为了革命而牺牲恋爱"的宗旨。

有人称这样的作品为——"革命"+(加)"恋爱"的公式。

稍后,这"公式"被修改了一些了。小说里的主人公还是又干革命,又闹恋爱,但作者所要注重说明的是,却不是"革命与恋爱的冲突"而是"革命与恋爱"怎样"相辅相成"了。这通常是被表现为几个男性追逐一个女性,女性挑中了那最"革命"的男性。如果要给这样的"结构"起一个称呼,那么,套用一句惯用的术语,就是"革命决定了恋爱"。这样的作品已经不及上一类那样多了。

但是"革命"决定了"恋爱"这样的"方式"依然好似有"修改"之可能。于是就有第三类的"革命与恋爱"小说。这是注重在描写:干同样的工作而且同样地努力的一对男女怎样自然而然产生了恋爱。如果也给这样的"结构"起一个称呼:我们就不妨称为革命产生了恋爱。[74]

尽管有许多问题,"革命加恋爱"仍旧是当时革命文学最流行的主题之一,也是最受读者欢迎的类型小说。"'革命加恋爱'是有极强的流行潜质的,这不仅因为革命与恋爱的冲突反映了一代知识青年共同的心路历程,而且'革命加恋爱'作品所流溢出的近武侠、言情的通俗文学气息,也迎合了广大读者的阅读口味。这为当时新兴'革命文学'的普泛化发展起到了极为重要的作用。"[75]

新文化运动以来许多文学作品关注女性的身体解放和女性主体意识的自觉,这类作品通常不被看成通俗文学里的言情小说,而是看作是言情题材的女性文学,如丁玲的《莎菲女士日记》。后来的丁玲也倒向了"革命加恋爱"模式,以瞿秋白为原型的《韦护》正是茅盾概括的第二类"革命与恋爱相冲突"的典型作品。茅盾自己的创作也有"革命加恋爱"的印记,其早期作品《虹》恰恰讲述了一个革命的女性在几个追求者中挑选了"最革命"男人的故事……"但由于茅盾贯彻实地观察、客观描写的'写实主义'主张,坚持不照搬现实、也不照搬别人写作公式,'蚀'三部曲作为对亲身经历的大革命的反思,令茅盾在'革命加恋爱'的创作潮流之中,虽入乎其内却又超乎其外。"[76]

20世纪30年代之后"革命决定恋爱"成为创作的主潮并一直延续到20世纪60年代,"以革命作为标准重建社会主义时期的情爱伦理,从政治阶级视角考量个人感情世界,构成红色小说中经典的革命决定爱情的叙事模式。"杨沫的《青春之歌》通过"一个女人和三个男人的故事",表达了在人生道路的抉择过程中,女主人公对虚幻的小资产阶级情爱观深刻的反省与逐渐的抛弃,在爱人兼战士的革命情谊感召下将火热的青春奉献给无产阶级革命事业。宗璞的《红豆》讲述了新中国成立前夕大学生江玫与银行家少爷齐虹之间因政治立场不合而导致的爱情悲剧,讨论在时代巨变面前如何选择自己道路和前途的人生命题,没有相同的革命立场就不可能有爱情的延续。柳青的《创业史》中则是把梁生宝与徐改霞的感情与合作化道路的政治要求放置在一起叙述。"红色经典小说爱情模式中,革命将爱情的激情因素吸纳进自身的话语系统,在激越的政治理念牵引下,作为日常生活的情爱叙事被提升到宏大的政治主题。"[77]

与"革命加恋爱"平行的还有以张爱玲为代表的海派言情,这条"言情"线索自上可追溯到《海上花列传》,"以繁华与糜烂同体的文化模式描述出极为复杂的都市文化的现代性图像"[78]张爱玲擅长描述一种特定时间特定人群的生存状态,"过气的遗老命妇,神经质的惨绿男女,猥琐的娘姨相帮……穿梭在张爱玲的上海弄堂、公寓宅院里。他们都是张爱玲所谓'时代的列车'里的乘客,上得来下不去。列车呼呼地开着,从车窗里,他们看着熟悉的旧日风景,瞬息退去,也看到自己窗中的倒影:怯懦而自私,张致又张皇。"[79]故事倒在其次,"情"也未必真心,倾一座城成全的恋爱是个故事,身边有白玫瑰又放不下红玫瑰,从良的姐姐因为生不出孩子可以把清白的妹妹送上丈夫的卧榻。写言情而反言情,张爱玲讲述的是一群渴望真情又不相信爱的怯懦自私之辈的故事。与张爱玲相似,苏青也是把目光从社会人生的大主题缩回具体的生活中,"为生活而写作","站在女人的立场上,写出做女人的难处和苦处,或者说宣泄了职业妇女的内心苦闷和不平,抒写了一个知识妇女对现实人生、生活的理解和感受。"与同时代的革命文学相比,苏青与张爱玲们有明显的局限性,"前者都向着全面的压抑作反抗,后者仅仅为了争取属于人性的一部分——情欲——的自由,前者是社会大众的呼声,后者只喊出了就在个人也仅是偏方面的苦闷。"[80]也正是因为张爱玲等人对个体的关注,其作品在20世纪90年代重新流行起来,并直接影响了当时诸多女性作家的创作。

（四）"后革命"与港台言情的流行

1."后革命"时期的爱情

"后革命"这种说法直接的理论来源是美籍土耳其裔学者阿里夫·德里克的《后革命氛围》一书。后殖民知识分子反对欧洲中心主义,将经典马克思主义强调阶级斗争替换成了民族、种族问题,后殖民理论删除了无产阶级革命的目的和意义,取消了革命。"后革命"其实是一种"反革命"和不作为,德里克对此持反对态度。但齐泽克、拉克劳等后马克思主义者也主张修改经典马克思主义的革命与阶级学说,取消了无产阶级作为历史性的革命主体的理想。他们认为随着冷战格局的结束和世界格局的转变,科技革命推动资本主义经济发展,使西方一些国家的经济文化关系和社会组织形式发生了变化,革命主体已经被资本主义生产关系改写,"革命的主体性和目的论被删除之后,革命被无限延期了。但是,反抗资本主义的愿望却依然延续了历史的传统,革命还总是以话语的形式不断播散""西方社会里的革命,不得不变成后革命,这就是以校园政治为动力的左派青年运动的变相运动。反对跨国公司全球化扩张的大游行,反核威胁或环境破坏的示威,保护同性恋等少数族群权益的活动等。"[81]

20 世纪 80 年代改革开放尤其是 20 世纪 90 年代全面市场化以来,不断对外开放的进程,使中国在经济和文化上和发达资本主义国家的联系日益紧密,意识形态氛围也发生了重大变化。我国学者提出了针对中国当下的"后革命"理论:"革命文化在中国更深和全面步入全球化的当下现实并没有消失,它只是以更加辩证的方式在发生作用",后革命理论"既是读解历史的一种方式,也是理解迄今已经对革命文化遗产运用的分析,同时也对当下消费主义对革命遗产处理方式的理解。"中国在意识形态方面依然延续了 20世纪 50 年代至 70 年代的表象体系和话语模式,"所有的在这种主导的意识形态的规范底下的思想都不能逃脱这种矛盾性,这种矛盾性把对革命遗产的继承、逃脱、篡改塑造成一种'后革命'的行为和文化。"[82]也有学者认为,在中国的语境中所说的"后革命"时期是指:从 20 世纪 70 年代末、80 年代初开始一直到今天的这个历史阶段。称之为"后革命"是因为从 20 世纪 70 年代末开始,长期的阶级斗争结束,人们关注的重心从"革命"转向日常生活和

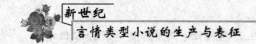

物质享受。"后革命"除了分期的含义之外还有反思、告别,乃至不同程度、不同方式的否定、解构、消费"革命叙事"的含义。[83]

20世纪80年代,个人爱情被重新发现,又一次成为小说的主题,但革命叙事如同"马克思主义的幽灵"始终笼罩在文学上空。伤痕文学率先将爱情作为缓解特殊历史时期创痛的良药,1978年刘心武率先发表《爱情的位置》,随后,张洁《爱是不能被遗忘的》讲述女作家钟雨与老干部之间刻骨铭心却不能相守的柏拉图式爱情悲剧,张弦《被爱情遗忘的角落》讲述了生活在闭塞的"天堂公社"的母女三人的婚嫁,爱情其实是缺失的。三篇作品都致力于在革命叙事下为爱情谋得一个位置。过后不久随着张贤亮小说《男人的一半是女人》的出现,夸张的性、色情和身体经验的描写开始出现,革命逐渐成为一种符号代码,成了生产小说的资源,革命不再是主题,对革命代码的使用也越来越多出现反思式、甚至反讽式的使用,"革命"以个人化的记忆形式出现,"被作为一种直接的叙事语境来运用"。"曾经如此强有力的革命现实,变成历史前提,变成历史的潜在法则,再变成被寄生的符号体系,有时它仅仅是被寄生。"[84]

20世纪80年代以来的女性主义创作呈现出明显的"后革命"倾向。以性别问题为突破口,质疑上一阶段的对女性性别的压制与异化,革命在这些作品中变成一个过去的事件,"一个事件降临不是在期待中,而是在遗忘中到来,并且到来就是离去"。同时西方当代女权/女性主义理论的引入也为这类创作提供了理论支撑,促使社会文化上"女性性别"被重新发现,女性主体意识日渐增强,女性话语的中心议题逐渐从反抗男/父权制为代表的男性话语,转向凸显女性自我独立意识。同时,20世纪80年代以来文学创作的题材和风格呈现出的开放趋势也为女性文学的迅速发展提供了条件,女性作家如张抗抗《情爱画廊》《隐形伴侣》等作品以写实笔法探讨女性生活位置和独立意识问题,张辛欣《疯狂的君子兰》《最后的停泊地》以现代技巧讨论现代女性的心理矛盾与困境,王安忆"三恋"与《长恨歌》书写在生活与理想的夹击间女性的自主与觉醒。女性在文学表达上的差异性被关注的同时,女性作家的社会地位和文化经历又促使他们超越这种性别的局限,与男性作家一同参与文学一脉又一脉的思潮,参与到民族神话、革命历史和社会主义现实主义这些宏大叙事的书写中。然而她们立足于个人主体性、普遍人性的视角恰恰消解了这些宏大叙事主题，部分先锋作家更是将性描述作为一种叙事策略，"把性描述为原始的、肉体的、狂欢的生命盛举，借此对抗政治话语中的崇高美学和革命理想等观念"。

20 世纪 90 年代以林白、陈染为代表的"个人化写作"出现，她们的创作表现出了一种明确的性别态度，关注都市知识女性的生活历程和情感体验，注重女性的成长经验，往往以第一人称叙述女性在家庭、恋爱、婚姻和社会处境中的创伤性体验，开启了关注女性性体验和身体感受的"女性写作"。"身体写作"源于法国批评家埃莱娜·西苏关于创作与女性身体关系的阐释，认为"写作是女性的。妇女写作的实践是与女性躯体和欲望相联系的"。[85]到 20 世纪 90 年代末，先锋派隐喻政治的叙述方式也逐渐消失，卫慧、棉棉等彻底的"身体写作"借助身体大胆言说女性的生命体验，传达出女性内心潜藏的话语以及在欲望化的生存夹缝中的困惑与选择，但同时也不免沦为一种对有闲阶级都市女白领私密生活的景观化书写。"他们对商业社会毫无批判的认同，以及对身体快感的纵情描述，却把女性重新推回了商品的行列。""女性身体的商品化远远大于对女性自身的认同，它在俗世间的随波逐流远远大于其社会批判逆性。"[86]值得我们注意的是，对革命的消解、对女性身体的利用、对欲望化叙事的肯定，这些同样也是新世纪以来言情类型小说的特征。

2. 消费时代的港台言情小说

20 世纪 80 年代至 90 年代在大陆通俗文学市场流行的港台言情小说对新世纪言情类型小说产生了深刻的影响，这种影响体现在人物形象塑造、情节结构铺排、叙述方式等创作技法层面，并且新世纪言情小说的很多"类型"在港台言情小说中已初露端倪。

20 世纪 80 年代末，台湾女作家琼瑶以半自传处女作《窗外》一举成名，她"纯情"风格的言情小说及其改编影视剧迅速风靡海峡两岸。《青青河边草》《梅花三弄》《新月格格》《烟雨蒙蒙》，从宫廷爱恨到当时的社会生活，作品数量之多、题材之丰富让很多老牌作家瞠目。这股热潮一直持续到新世纪《还珠格格》《情深深雨蒙蒙》《又见一帘幽梦》播出，时至今日"琼瑶"这块

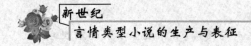

金字招牌虽然已热度不在,但仍不断有翻拍琼瑶作品的影视剧出现,每到寒暑假总有地方频道再播放一轮《还珠格格》,琼瑶影视剧俨然已经成为80后、90后观众的集体记忆。

琼瑶的小说继承了中国古典言情小说的叙述模式,糅合了西方罗曼司小说的浪漫情怀,"属于典型的'纯情'类言情小说,爱情是主题、主线和主干,不涉及重大现实和社会问题,同时又典雅含蓄不涉及色情,于是正好吻合了转型时期大陆读者的阅读需求,琼瑶小说的时运可谓是得天独厚。"[87]琼瑶以通俗小说的方式为女性编织了一个又一个梦境,"追爱"是琼瑶言情世界当之无愧的核心,男主人公多是"生者可以死,死者可以生"的"情种",与具有"纯洁善良"属性的女主人公们一起,为追求心中所爱,与日常生活抗争、与宗法社会抗争、与传统观念抗争。在这个真爱至上的梦境里,无论男女,爱情都是他们自我价值认同的必需品,没有爱情即便拥有再多东西生命也是残缺不完整的。《一帘幽梦》中费云帆质问绿萍时说"那个时候的你不过是失了一条腿,紫菱呢,他为你割舍掉的爱情,跟我去浪迹天涯……"在情感伤痛面前,肢体残疾也等而下之。这段对话被网友扒了出来"吊打",此类价值判断在当前网友处看来颇为不可思议,可在琼瑶"爱情中心主义"的小说世界里却站得住脚,主人公们坚持相信"真理"掌握在"真爱"手里。优秀而美丽的舞蹈家绿萍让青梅竹马的楚濂产生了距离感和挫败感,没有获得爱情的绿萍即使凭借自己的天分站在了事业的高峰,也仍然是不完整的,作者索性安排了一场车祸,让绿萍从内到外都变成了一个残缺的人。而没有突出才能、从小生活在优秀姐姐阴影下妹妹紫菱,因其爱慕获得了楚濂的回应,她的一举一动就具有了"政治正确",全盘接受土豪费云帆的照顾甚至显得逼不得已。后来言情类型小说中出现的"反言情"模式正是由此切入,解构的也正是以琼瑶为代表的"爱情中心主义"价值立场。

琼瑶开启的港台纯情言情小说,无论是情节铺排与人物塑造,还是中心思想与价值判断,都直接影响了网络时代言情类型小说,看着琼瑶阿姨电视剧长大的年轻女性,正是言情类型小说的第一批写手与读者,她们的创作方式和审美趣味都带有"琼瑶"色彩:偏向于纯粹的爱情主题,具体的社会历史条件只作为背景出现而不产生决定性作用;强调传统性别序列里女性的柔弱善良的本性，等待着男性的启蒙与救赎。

"当20世纪90年代的社会形态进一步走向市场经济之后，言情小说也顺理成章地走出了纤尘不染的纯情时代。席绢、亦舒和梁凤仪等人的作品开始时兴，她们笔下的爱情变得实惠起来。女性没有机会表现出琼瑶世界中人物的柔弱和优雅，她们为了生存，而不得不像男人一样，在社会中艰难奋斗。梁凤仪说：'不妨写出我们血泪交融的种种故事，以引起共鸣，好舒一口气。'同样，亦舒也会提醒读者：'只有不愁衣食的才有资格用时间来抱怨命运。'"[88]梁凤仪的财经言情小说大约是女性职场小说的鼻祖，《昨夜长风》里的赛明君是梁氏言情颇具代表性的女主角，年轻时被深爱的男人欺骗，未婚生子，赛明君并没有自暴自弃，而是重新认识自我，全情投入到事业中，卧薪尝胆终于在金融斗争中击垮对方，顺带收获了新的感情。"真爱"不再是世界的通行证，情场亦如商场，也要精打细算付出与所得。"商战"加"爱情"，女主人公凭借一己之力复仇成功的故事模式，后来被广泛用于"重生"类型小说。

台湾作家席绢在20世纪90年代初崭露头角，和于晴、林晓筠、沈亚几人并称为言情"四小名旦"，是继琼瑶之后最受欢迎的言情小说家。席绢作品轻松、俏皮，篇幅通常较短，讲究情节的新颖不俗。席绢的小说是较早的全盘商业化的言情小说，后来流行于网络的言情类型在席绢的作品里多数可窥见端倪，如《交错时空的爱恋》启发了穿越时空类型，《上错花轿嫁对郎》有"宅斗文"的雏形，《冰凉校园纪事》有校园"小白文"之风，《罂粟的情人》正是"霸道总裁文"的前身。

二、网络时代言情小说的勃兴

20世纪90年代以来，随着互联网技术的普及，依托于互联网的言情小说创作浮出水面。BBS站点是网络言情小说发布的第一个平台，港台地区较早的言情小说通过BBS转载过来，《第一次亲密接触》等作品被读者熟知，为接下来网络言情小说的流行做好了充分的读者准备。等到"榕树下"等专门性文学网站出现时，安妮宝贝等一批网络作家迅速蹿红，大量言情题材小说通过网络传播开来并落地出版。随着网上创作数量的井喷式增长，为规范化管理也为了获得更好的收益，各大文学网站纷纷重新划分小说的题材分类,很多自觉自发形成的新言情类型就此明确下来,比如"穿越"类型、"职场"类型等。"五四新文学所奋力革新和反动的目标之一,类型化写作和旧体小说,经由网络文学这种新的生产传播介质,又一次全面满血复活"。"这既是对本国旧体小说传统的继承延续,也是与国外发达的类型写作和畅销书文化的借鉴呼应。"[89]新世纪的第二个十年,移动终端的介入使言情类型小说面临着二次细分,在速食阅读面前,言情类型小说内部不得不再次分裂组合,以适应不同读者群体的要求。新世纪第二个十年 IP 时代来临,网站的全版权开发使一部类型小说换取的经济利益空前巨大,借着 IP 热的东风,言情类型小说发展势头不减,发展的同时也遇见了一些问题,功利化写作、日益走向封闭的类型化写作趋势都是不容忽视的。

（一）BBS、同人站点与言情的可能

1. 依托 BBS 的早期网络言情小说创作

1994 年中国开通因特网的 64K 国际专线,实现了网络的全功能连接,从此被国际上正式承认为拥有全功能 INTERNET 的国家,互联网开始进入到中国普通人的生活,网络使文学写作的技术门槛降低,更多的网民开始在互联网论坛上发表自己的原创作品。比大陆略早,台湾地区中山大学、成功大学、台湾大学等高校相继建立了自己的 BBS,其中的文学类板块汇集了台湾最早的一批网络小说写手。台湾地区中山大学的 BBS 站成为台湾 BBS 的滥觞,同时台湾大学"椰林风情"和成功大学"猫咪乐园"的 story 版汇集了最早一批网络写手,后者在 20 世纪 90 年代中后期成为引领网络小说的写作和阅读的领头羊。[90]1995 年大陆第一个互联网上的 BBS"水木清华"建立,其他高校也陆续建立自己的论坛。除了发表原创作品,这类论坛的文学板块也转载文学作品,如 Plover 的《台北爱情故事》就曾流传一时。1998 年台湾成功大学 BBS 上发表了一篇原创小说《第一次亲密接触》,陆续在各大论坛火热转载并引起轰动,正是这样一部集结了宅男遇女神、网恋真情意、纯爱逢绝症等今天看起来"狗血梗"的网络言情小说,让以言情题材为代表的网络文学走入大众的视野。

随后出现的网络言情作家藤井树①也发迹于 BBS。1999 年藤井树在 BBS 上发表了第一篇短篇小说,从此一发不可收拾,主要作品有《我们不结婚,好吗》《猫空爱情故事》《有个女孩叫 Feeling》《听笨金鱼唱歌》《B 栋 11 楼》、《这城市——B 栋 11 楼第二部》等多部长篇小说,并活跃至今。其在台湾地区出版的作品销量达到百万之多。藤井树的作品具备互联网小说能够成功的一切特征:单纯、幽默、风趣、兼备感性与感动,接近日常生活,文字极为细腻优美,感染力强。从 BBS 站发迹创作,出版于 2001 年的《我们不结婚,好吗》,以女主角赵馨慧如日记般的心情自述,呈现了一个唯有年少时可以发生的纯真爱情故事,引起了广大网友乃至十多万少女与熟女的共鸣。主角赵馨慧与林瀚聪就像活在现实世界里,甚至有男性网友根本认定藤井树其实就是赵馨慧,因而纷纷写邮件希望与藤井树交往。2002 年作家出版社在大陆发行简体中文版,又引发了一轮新的阅读热潮。"只要有爱情存在,一天的时间,也足够让一个人为对方生死相许"这类句子引用率极高,读者如此评价:"俗得不能再俗的情节,却能带给读者一种幸福感。"

同一时期韩国的网络文学在中国的出版传播为言情类型小说创作提供了一个明确的类型"青春文学"。2001 年 8 月韩国网络作家可爱淘(本名:李韵世)在 Daum 网站幽默 BBS 上发表小说《那小子真帅》《狼的诱惑》在韩国和中国中学生之间流行,实体书出版累计 300 万册以上,堪称出版奇迹。可爱淘的系列作品都有相似的人物设定:平凡普通的"元气"少女,家庭条件优渥却行为叛逆的花样美少年,讲述的多是灰姑娘的故事。2001 年由网络小说改编的电影《我的野蛮女友》上映,不同以往韩国影视中温柔善良贤淑勤劳的女主角形象,塑造了一个野蛮而率真的新女性形象,该影片也成了亚洲浪漫爱情喜剧的经典之作。可以看出新世纪伊始的网络言情小说走入大众视野的方式多以出版实体书为主,受众以在校中学生、大学生和刚从大学毕业的白领青年为主,具有青春化、言情化、娱乐化的显著特征。

2. 耽美同人文:言情的另一种可能

在网络言情小说大量创作和出版而被媒体和读者熟知的同时,网络文

---

① 藤井树,本名吴子云,男,1976 年生于台湾高雄,台湾时尚文学的首席代表人物。

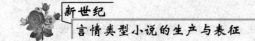

学创作中还有另一部分不被实体书出版所关注,即同人站点发表的"耽美"小说。这类作品在特定群体中传播,一度被视为网络文学中的边缘写作、依附网络的小众文化,时至今日却发展成为言情类型小说的主要分支之一。

中国的同人小说是在日本漫画和欧美同人小说的共同影响下产生的。欧美同人文创作最早来自美国20世纪70年代的科幻媒体同人圈,以电视剧《星际迷航》中两个男主角 Kirk 舰长和 Spock 大副之间可能发生的同性爱情关系为蓝本的一系列作品,被视为欧美同人文的鼻祖。这类同人文被称为"slash",指的是来源于流行虚构文本中的同性人物之间的爱情故事。[91]"同人"(どうじん),在日语中原指有着相同志向、爱好的人们,后衍生为非商业化的"私人出版创作"。中国大陆早期的"同人文"创作深受日本的影响,多以日本漫画和动画为基础,利用原有的漫画、动画、小说、影视作品中的人物角色、故事情节或背景设定等元素进行的二次创作小说。1998 年 Naya 在"水木清华"BBS 的 Comic 版上发表的同人作品《幕后》,作品源自日本动画《新世纪福音战士》,可以看作是中国大陆最早的同人文创作。

"耽美"是一个日文词汇,在日语中读作"tanbi",最初指的是从欧美传播到日本的唯美主义思潮(aestheticism),后多用于指书写"美少年之爱"的唯美主义风格作品,擅长写年长男性与美少年之间爱情的日本女作家森茉莉,被网友视为日本耽美文学的鼻祖。"同人"与"耽美"的结合源于"BL 漫画"兴起。BL 是 BOY'S LOVE 的简称(日文读作ボーイズラブ),特指由女性作者创作的、以女性读者为预设接受群体的、以女性欲望为导向的,主要关于男性同性之间的爱情或情色故事,一般在流行文化领域内流通,属于青年亚文化现象。20世纪80年代至90年代日本大量女性动漫爱好者以当时流行的《足球小将》等少年漫画为蓝本,将之进行耽美化的同人创作,并产生了至今仍被腐女圈奉为经典的作品,如尾崎南的《绝爱—1989》、CLAMP 的《东京巴比伦》等。BL 漫画大量出现于各种圈,日益庞大的创作队伍和读者队伍结成了"同人女"群体,在"耽美同人漫画"逐渐获得女性读者的认同之后,原创耽美作品开始出现,女性创作者逐渐摆脱"同人"的形式独立创作,以异性恋女性的视角描写理想化的男男同性之恋。"同人女"的称呼却依然保留了下来,并发展出了"腐女"这个命名,指深陷耽美文化之中无法自拔的女性,

"腐"是无可救药的意思，暗含同人女自嘲的意味。[92]

新世纪网络文学中盛行的"耽美同人"类型小说与日本耽美同人漫画发展轨迹类似，先有了依托经典作品的同人创作，比如《红楼梦》同人文，将主角定为红楼中的某个人物，凭借自身的努力过上好日子，或是带领荣宁二府摆脱抄家身死的悲剧结局。因为"同人"与"耽美"文化中的亲缘关系，加之"同人女"这一完全依托网络的群体已经不满足于阅读欧美、日韩的译介小说，很多耽美爱好者亲自操刀上阵加入写手队伍，大量耽美同人类型文出现在网络社区中，晋江文学城的"耽美同人站"是这类小说网络发表的重要集结地，以日本动漫《火影忍者》我爱罗和《猎人》西索为主人公混合CP的《猎人同人——当我爱罗遇见西索》；以《七侠五义》中展昭和白玉堂为主角的《诡行天下》与《迷案集》系列；以南派三叔成名作《盗墓笔记》故事为蓝本，演绎吴邪和张起灵男男之爱的作品《让我照顾你（瓶邪）》；写哈利波特与伏地魔的《穿过你的黑发的我的手》，哈利波特和斯内普教授的《今生倒追斯内普》等。（上述作品都于2007—2012年发表于晋江文学城"耽美同人站"）女性写手们将经典漫画、经典作品中的男主人公移用，来书写男性之间的情感爱欲，以与脱离主流社会意识的"同性之爱"作为创作主题。这类"耽美同人文"某种程度上为女性提供了"窥视"男性身体和情感的空间，富含了有关阅读快感、爱情幻想、性别认知、身份错位等诸多问题。数量庞大、职业分布与地域分布多样的青少年女性，因持有相似的价值观和伦理观而结成了有极强文化认同感的"同人女"/"腐女"社群，她们大量的文本创作促使同人类目下的"耽美同人文"蓬勃发展，也使之成为为"言情"大标题下的独特类型。"耽美"也为传统意义上的"言情"提供了另一种可能，这种独特的情爱结构可以看作是对异性恋秩序的再生产，也可视为对异性恋秩序的干预和抵抗。耽美同人文中，主人公多是现实中女性恋爱的理想型男性，英俊潇洒者有之，细腻温柔者有之，两个"美型"男因为要摆脱社会道德与舆论的束缚，他们追求的禁忌之爱就显得更加纯粹、美好、梦幻，也更加刺激、新鲜、独特。

（二）商业网站与新世纪言情类型小说的产生

1. 免费时代

20世纪90年代末大陆第一批文学网站"榕树下""红袖添香网"等相继

出现,网络文学自此告别了初期随意而分散的个人随笔状态,逐渐成为一个异军突起的文学新类,言情小说正是其中的骨干力量。中国第一代网络写手领军人物多以都市言情题材起家。李寻欢《迷失在网络中的爱情》[93]卷首语中写道"网络是世界上最美好的东西,它给予了爱情故事一个全新的演绎方式,充满了网络聊天室幽默气氛的文字,让现代人爽爽地体味到了那种去尽肌肤,涤净欲念的本真和纯粹的爱。"将新兴的网络媒介与都市爱情故事相结合,突出网络虚拟多元的特性,描写电脑屏幕背后匿名的都市男女独特的情感体验,这是早期文学网站上最为常见的也颇受欢迎的写法。

在文学网站产生之处脱颖而出的言情类型作家首推安妮宝贝。安妮宝贝的主要作品有短篇小说集《告别薇安》《八月未央》,长篇小说《彼岸花》《莲花》,摄影散文集《蔷薇岛屿》等。从 1999 年 7 月到 2001 年 11 月,安妮宝贝在"榕树下"共发表了 46 篇作品。这些网上作品的点击数不断攀升屡创新高,安妮发表于"榕树下"的第一篇作品《六月诗句》点击数为 15,917 次,随后不久发表的《找到那棵树》和《暖》分别高达 76,722 次和 77,555 次,2000 年 1 月第一本短篇集《告别薇安》实体书出版后,安妮宝贝网上作品的点击量更大幅度攀升,2000 年 11 月 13 日发表于"榕树下"的《八月未央》点击量为 123,995 次,随后的《彼岸花》更高达 177,108 次。[94]这组数据出现在网络普及率不足百分之四、上网用户不足千万的 2000 年中国大陆①,由此观之安妮宝贝无疑是当时网络上最走红的作家之一。有评论称其为继琼瑶、亦舒之后,本土文化市场生产出第一位颇具中国大陆特色的"都市言情小说品牌作家"[95]。但安妮宝贝并不满于只称她为"言情小说家",在她每本书的序里,安妮宝贝一再强调她关注的是"灵魂","人性的虚无、绝望"等,她宣称她的写作是为了抚慰读者的"灵魂","写作的本质就是释放出人性"。安妮宝贝的作品有一种天然的"文青"气质,小说女主人公多是一副"脱俗"的面孔,如短篇小说《七月与安生》②里原本十分类型化的一动一静两个女性

---

① 来源于《2000—2010 年中国网络使用情况》统计数据[EB/OL] http://wenku.baidu.com/view/42d13dec172ded630b1cb61b.html.

② 《七月与安生》是安妮宝贝的短篇小说,2002 年出版,2015 年由拍摄成都市爱情题材电影,由陈可辛监制、曾国祥执导,周冬雨、马思纯主演,2016 年 9 月在大陆地区上映,反响良好,两位女主角齐获金马影后。

形象,以双女主角线索潜在对话模式展开,在安妮宝贝笔下仿佛是一个人内心的两面,一边渴望安逸的生活一边又无法安放不羁的内心。优等生、乖乖女七月与问题生、叛逆女安生一起度过了少年时期,七月从十三岁相遇到大学再见面始终记挂着一直在漂泊的安生,安生回到七月身旁才会流露出内心的脆弱,而她们又与同一个"最英俊最淳朴"男子家明发生了长久的情感纠葛。安生怀着家明的孩子归来难产而死,七月和家明收养了安生的女儿,女儿像蜕变后的安生,终于获得了安生内心深处渴望的安宁生活。长篇小说《莲花》中庆昭、善生、内河三人可视为同一个"我"内心显现出的不同层面,在不同人物之间建立一种彼此参照映衬的关系,象征个体的挣扎与裂变。在线上发表言情小说的同时,安妮宝贝还在线下出版了她的摄影散文集,与港台地区流行的"行走文学"颇为类似,游记以文字图片结合的形式,收录了她在越南旅行的笔记,它不是一般的介绍当地风物的"行旅",而是贯注作者强烈主体意识的"心旅",边思索边叙事,既高度自省又极度自我。有很多句子被文艺青年奉为经典,"语言无法穿越时间。只有痛苦才能够穿越一切永恒。""我们的灵魂,在城市里,也始终是一个岛屿。这样孤独。这样各自苍翠和繁盛。"相比港台言情作家琼瑶、亦舒等人更多关心的是写一个动人的好故事,给现代读者单调的生活增添些乐趣,安妮宝贝创作始终有直指内心、直达灵魂的诉求。以安妮宝贝为代表的文学网站诞生初期的作家们,很多只是把网络当作其作品的传播媒介,他们对自身所处的位置是很模糊的,是通俗作家、网络文学,还是严肃作家、纯文学姿态,他们的创作呈现出转型期文学、文化场域变化的一些饶有意思的征象。

2. 付费时代

"榕树下"运营的成功促使专门的文学网站如雨后春笋般出现,以起点中文网为代表的纯文学网站相继走入公众视野,起点中文网首开 VIP 付费阅读制度,将具体的网络文学作品与经济收益直接挂钩,至此"榕树下"时代理想中的"无功利无利害"的网络写作被瓦解,网络文学逐步成了以资本为主导、门类丰富、受众分层清晰的文学产业。这一时期建立并存活下来的文学网站通常有自己鲜明的定位,如起点中文网以玄幻题材见长,唐家三少、天蚕土豆、我吃西红柿等"玄幻大神"级写手都在起点签约,"幻剑书盟"则主

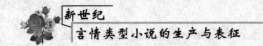
打奇幻武侠,当家之作萧鼎的《诛仙》被誉为后金庸时代武侠圣经。而言情类型小说更多地集中在以女性为核心阅读群体的"女性向"文学网站中,如晋江文学城、红袖添香网、潇湘书院、言情小说吧等。纵观"红袖添香网"等老牌文学网站的发展历程可以明确地看出,在产业化初期以文学网站为主导的网络文学发展的两个走向:从多种文体并推到主打长篇小说连载,从免费阅读到付费阅读。

成立于1999年的红袖添香网,最早也是依托于论坛,作品仍然延续传统的文学文体分类方法,自2003年起,网站开始启用长篇连载系统,具有趣味性与连贯性的长篇小说吸引了更多"文青"之外的读者,原本就以女性用户为主的网站在"言情""职场"等类型题材上涌现了大量优质作品,《裸婚》《空姐日记》《会有天使替我爱你》等小说时至今日读者依然耳熟能详。以女性为主的作者和读者群在红袖这个纯文学网站颇具女性主体意识的活动,不但避开了传统出版三审三校制度,也在某种程度上避开了文学创作中乃至整个社会的男性权威话语,一度成为传递女性心声的一个阵地:大到对纯粹而美好爱情的期待,对改变女性在现实中经济与社会地位的期盼与变相的斗争,对实现男性认同之外的人生价值的渴望;小到如何在生活的鸡毛蒜皮里找到平衡,在职场里找到自己的位置,在爱情中选择一段什么样的关系;可畅想穿越回古代快意爱恨情仇,可追忆学生时代青葱岁月里最初的爱与友情。彼时红袖添香的原创板块各个热闹非凡。[96]

2004年以后红袖添香网为代表的各大女性文学网站纷纷开始转型,原有的运行机制已经无法维系网站的运营,红袖添香网、晋江文学城、潇湘书院相继引进了VIP付费阅读制度,这深刻地改变了女性网络文学的创作生态。免费时期的女性作者们仅凭借一腔热情创作,文学网站不收取任何费用也不提供任何报酬,作者收益全部来自线下落地出版所得的版税。逃离了传统出版三审三校制度的网络小说创作,最终还要回到传统的出版审核机制中才能获得物质报酬。穿越小说、职场小说、校园青春文学之所以是最早流行起来的类型小说,与出版审核不无关系,这些类型不触及敏感问题、不触及社会道德尺度,同时又深受女性读者喜爱且市场反响良好。2007年女性职场小说《杜拉拉升职记》、清穿小说《梦回大清》等类型小说在市场上的成功,反过来也炒热了女性图书出版行业。[97]穿越题材、职场题材成了继青春文学之后最先发展起来的言情类型小说。

相比较上述类型的成功,耽美、同人类型则因为内容的敏感性与原文版权归属问题,不被出版市场看好,因为得不到经济回报,耽美与同人作者的写作目的更像是就此寻找有共同兴趣的小团队,其创作量明显少于穿越文与职场文。当阅读付费制度开启,耽美文和部分同人文在文学网站上获得了穿越文、青春文、职场文等流行类型无甚差别的位置,一样可以入 VIP 收藏、按照读者的订阅量和点击量收取相应的费用。网络平台使女性网站的多种题材类型都有机会发展壮大。

到了 2012 年,专门提供有关网络新经济行业研究报告与咨询服务的艾瑞咨询集团(iResearch)发布了关于我国文学网站行业的分析研究报告。从这份报告中可以看出,我国文学网站行业覆盖人数多,商业模式日渐成熟,运营模式不断开拓更新,已培养了用户的付费习惯,行业整体形势利好。报告认为我国的文学网站从出现到发展成为市场化程度较高的专业化、商业性的原创文学网站,并没有耗时太久。女性文学网站占去了市场份额的一半,多种内容题材中,以"古代言情"最受女性读者欢迎,女性丰富的想象力和细腻敏感的才思正推动着女性作者和女性读者成为网络文学中不可小觑的力量。从读者的角度来看,女性读者数量日益庞大,她们对作品的内容需求与男性读者有着明显差异,因此专门针对女性读者的、以情感题材为主的作品分类已经成为独立文学网站的重要垂直分类。这些女性原创文学网站除了在作品内容上满足女性读者,同时也注重运用更适合女性读者的网站界面设计和交互设计迎合女性用户。此外,其他综合类文学网站也都针对女性读者开设了专门的栏目,以满足女性读者的阅读需求。[98]

(二) 频道细分与言情小说的繁荣

1. 文学网站的频道细分促进言情类型小说的繁荣

随着网上付费阅读时代的到来,文学网站为了方便读者阅读与作者来稿,也把自己货架上的商品进行了更为细致的分类。以起点中文网为例,起点将网络原创文学市场细分为奇幻、玄幻、武侠、仙侠、言情、都市、历史、军事、游戏、竞技、科幻、灵异、美文、同人、剧本、图文等 16 个类别,并对作品类别进一步细分到二级,如历史频道又下分为架空历史、历史传记、三国梦想等;"都市"类别下又分为官场沉浮、娱乐明星、商战风云、异术超能、都市生活、恩怨情仇等小类;且能够依据其用户需求进行市场再细分,2007年起点专为女性读者开设了起点女性频道,起点女生网的作品题材又细分为古代言情、现代言情、浪漫青春、玄幻仙侠、异界奇幻、另类推理、同人美文。[99]

晋江原创网早期分类比较模糊,有穿越、言情、影视、都市爱情、职场婚姻、青春校园、武侠仙侠、耽美同人、玄幻、网游、传奇、奇幻、悬疑推理、科幻、历史、散文诗歌等。网站改名为晋江文学城之后,把所有作品按"原创言情站"和"耽美同人站"分为两大块。原有的耽美同人频道变成"耽美同人站",并拆解为现代耽美、古代耽美、百合、同人耽美、同人言情动漫、同人言情小说影视、短篇小说等7个子频道。耽美同人小说与原创言情相比,因其同人版权隶属不清,耽美题材又与社会主流价值取向相悖,出版和下游市场都不看好。但"耽美"又是晋江文学城最早的类目之一,也是晋江区别于其他文学网站的特色,并且耽美同人区创作力旺盛,再加上大量晋江的"死忠粉"都是腐女,虽然变现能力差但人气旺盛的"耽美同人"站会一直占据网站的主要位置。

"晋江原创网"原有的言情部分变成"原创言情站",并拆解为古言武侠、都市言情、青春言情、古代穿越、玄幻奇幻、科幻悬疑网游、短篇小说等7个子频道,网站开始针对言情作品深入开发和宣传推广,加大对作品版权的推广力度,更紧密地与影视剧、游戏等下游渠道和市场宣传领域相结合,将晋江言情站视为晋江文学城对接创意产业的第一条战线。[100]《梦回大清》《步步惊心》《瑶华》并称为"清穿三座大山"。

如今晋江文学城的频道细分是在搜索栏完成的。按作品的原创性可分为原创、同人两大类;按"性向"可分为言情、百合、耽美(净网行动后改为"纯爱")、女尊、无CP(2014年增加)五大类;按时代可分为近代现代、古色古香、架空历史、幻想未来四大类。按"类型"可分为爱情、武侠、奇幻、仙侠、网游、传奇、科幻、童话、恐怖、侦探、动漫、影视、小说、真人、其他、剧情、轻小说等十七类,按风格可分为悲剧、正剧、轻松、爆笑、暗黑等五类。网站还为读者提供了一些内容标签以便于通过关键词定位作品,如重生、穿越时空、随身空间、种田文、系统、情有独钟、仙侠修真、末世、快穿、甜文、强强、异能、灵魂转换、豪门世家、异世大陆、虐恋情深、清穿、宫斗、宅斗、未来架空等,根据类型小说发展的新状况,内容标签在不断调整和增加,截至 2016 年晋江文学城搜索栏已经有 120 个关键词。

无论从语言风格、题材内容、核心情节、重要人物、时代背景之中的哪个方面点入,读者都可以从中准确选择自己要阅读的文本。这一时期文学网站迈入发展的黄金时代,晋江文学城作为一个以女性为主导的网站,其频道分类更多符合女性阅读习惯,网站重点建设的也是最受女性欢迎的类目,如耽美同人、都市言情、穿越架空、职场婚姻、青春校园等,言情类型小说创作前所未有的繁荣。在诸多分类中穿越小说,尤其是"清穿文"成了晋江文学城的一大亮点。金子的《梦回大清》开启了穿越之门,桐华的《步步惊心》紧随其后获得了极大的成功,2007 年《迷途》《鸾,我的前半生,我的后半生》《木槿花西月锦绣》《末世朱颜》四部小说在网上掀起了一股"穿越热",被网友称为"四大穿越奇书"。"清穿"之后"穿越"类言情小说势头不减,有穿越到古代后宅的《蔓蔓青萝》、穿越到忍术之国的《绾青丝》、穿越成汉武帝金屋藏娇的废后陈阿娇《大汉娇后》《长门记事》《何处金屋可藏娇》、穿越到盛唐的《武则天之女》《晓唐一梦空留香》、穿越到武侠仙魔世界的《穿越之武林怪传》《穿越之第一夫君》等作品层出不穷。

2. 移动终端的兴起促使言情类型小说内部的又一轮细分

2010 年以后移动终端的兴起无疑为言情类型小说的发展注入了新活力,相较于电脑登录网站阅读,手机阅读显然更加便利,智能手机的普及使网络类型小说的读者数量的迅速增长,[1]又因支付宝、微信等多种支付方式的便捷度极高,价钱优惠[2],使更多的读者开始订阅正版网文。阅读终端的改变为类型文学带来了更多的收益,可在网站与移动终端对接的时候,也出现了很多问题,类型文学内部开始了针对不同客户端受众的又一轮细化分

---

① 据艾瑞咨询公司《2016 年中国网络文学行业研究报告》统计,2015 年 12 月网络文学 PC 端月度覆盖人数为 1.41 亿,移动端为 1.48 亿,双端基本持平;日覆盖人数上,移动端是 PC 端的近三倍,达 3279.5 万人;月度浏览时间上,移动端高大 8.03 亿小时,远超 PC 端的 1.62 亿小时。网址:http://report. iresearch. cn/report/201603/2540. shtml

② 以 QQ 阅读软件为例,每章订阅价通常在 4—10 书币之间,10 元可以换购 1000 书币,包月每月 10 元,购买所有小说 8 折优惠,会员千字阅读价多为 0.04 元。

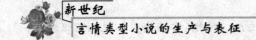

类。最重要的差别在于,以移动端为主的第三方运营商对网文作品的内容和形式上都有区别于 PC 端的不同要求。举例来说:"PC 端上的穿越文要求穿越的女主角很快适应穿越过去的社会环境,以尽可能快的速度融入当地社会并寻求自己的爱情和价值。但移动手机阅读基地(红袖最大的合作第三方)却要求将穿越回去的女主心态放慢了写,也要求给女主尝试回到现代的举动以更多的篇幅描写。"[101] 但现实是 PC 端的网文阅读老客户们早就看腻了这种漫长的代入,受欢迎的故事恰恰是能够尽快适应环境的强大女主角。移动客户端的读者包含了一部分资深类型文学读者,但同时也有很多新读者,这部分新读者并没有对即成的套路烂熟于心,而是保有一定新鲜感看待那些"老梗"。因新旧客户的喜好不同,在网站上很受欢迎的作品在移动客户端恰恰没有得到预期的效应,已经成为"大神"的优质写手,也很少愿意去迁就移动客户端的"菜鸟"品味而流失已有的稳定粉丝群。正是这些看似细小的原因使得类似晋江文学城、红袖添香网这些有明确定位的网站出品的网络小说,在第三方市场上所占份额越来越小。

移动客户端第三方的介入打破了网站已经较为成熟的生产、销售、盈利模式,如果网站在这轮较量中妥协,很可能就会被第三方压制成纯粹的内容供货商。第三方也可以在积累了大量用户、熟悉了文学市场状况与规则后直接招募网络作者进行创作,抢过"货源"把文学网站直接踢出局。文学网站在这次拓展销售渠道扩大盈利还是被逐渐替代走向边缘的"斗争"中,都有自己的应对方式,发展本门户网站的 APP 移动销售渠道之外,最直接的办法就是内容进一步细化分类。

以红袖为例,2013 年红袖成立了无线版权管理部门,主要管理推荐给第三方的小说,先开展征集专门针对移动客户端的小说,再由专门负责的责任编辑进行内容和格式上的指导。为吸引作者参与,红袖推出"一鸣馆"活动,"凡是进驻'一鸣馆'的作品,将享受无线稿酬垫付计划,每月由红袖提前垫付 50% 稿费,余下部分待运营商结算之后一并发放到作者账户。"无论是题材的选择还是人物形象的塑造"征收以下三类优秀女强作品:(1)玄幻升级模式:女主 + 兽宠 + 魔法和各种练级。(2)画地图,组合打怪模式:女主 + 宝宝 + 魔兽 + 更换地方打怪。(3)重生/穿越复仇模式:重生/穿越 + 复仇 + 宫斗＋宅斗"。征稿对作品的要求细致到了一定程度。通过作品的细分来满足不同读者的需求，让新老用户通过移动客户端这一新渠道都能看到与其接受习惯相符合的作品。

附：一鸣馆第一期征稿公告（全文）

红袖添香全新打造"一鸣馆"，旨在培养敢于创新的优秀作者和作品。只要您的作品语言流畅，情节生动，人物性格塑造鲜明，故事架构创意新颖，您都可以选择加入我们的阵营。

一鸣馆第一期广纳贤才，征收以下三类优秀女强作品：

（1）玄幻升级模式：女主＋兽宠＋魔法和各种练级

（2）画地图，组合打怪模式：女主＋宝宝＋魔兽＋更换地方打怪

（3）重生/穿越复仇模式：重生/穿越＋复仇＋宫斗＋宅斗

征稿具体要求如下：

1. 女主要有鲜明突出的性格，拥有一些特殊技能，如医术、魔法、预知能力等；男主一定要有比女主更强大的背景，同时要专一深情，男一与男二的戏份分配得当，切忌轻重颠倒；其他配角的形象塑造要区分有度，各有特色，一般伴随着故事发展以从弱到强的顺序依次登场。

2. 故事背景以玄幻、仙侠、异能、魔幻为主，故事发展以女主的成长升级蜕变及男女主感情戏为主。

3. 语言风格符合网文要求，要求通俗易懂，旁白和心理描写不宜过长，切忌大段叙述、堆砌辞藻。

4. 鼓励创新元素加入，如：剑术、灵力、魔兽、妖精、争霸天下、家族争斗、夺宝历险、学院升级等。

5. 作品架构 150 万字以上，全文字数最少 60 万以上，鼓励超长篇创作；作品免费期间日更不低于 2000 字，收费期间日更不低于 3000 字。

站内范文推荐：

重生/穿越复仇类文，可参考《废妃升职：重生嫡女不打折》《六岁小妖后》，由复仇、穿越带动情节发展，并且感情线浓，节奏快，爽感强烈，不建议写成纯家斗或宫斗，容易写成种田文。

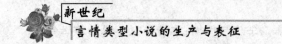

画地图、组合打怪类文,可参考《逆女成凰:废材九公主》,架空朝代加上女强、玄幻、萌宝等因素。[102]

(四)IP 时代、影视衍生与经典化

2014 年开始"IP"成为一个互联网热词,"IP"是英文 Intellectual property 的缩写,指权利人对其所创作的智力劳动成果所享有的专有权利,一般只在有限时间期内有效。各种智力创造比如发明、文学和艺术作品以及在商业中使用的标志、名称、图像以及外观设计,都可被认为是某一个人或组织所拥有的知识产权。主要分类有:专利权,商标权,著作权(版权)等。[103] 2015 年"IP"有了新的内涵,指有一定粉丝基础,可开发成电影、电视剧的潜在文学财产。《红楼梦》《西游记》这类经典文学以及《平凡的世界》《红高粱》这类当代佳作,都已经被多次改编搬上大小银幕,新世纪以来的网络类型小说中那些有一定知名度、有潜在变现能力的作品迅速被发现,一跃成为 IP 界的新宠。好的 IP 可以是一个完整的故事也可以是一个概念、一个形象、一首歌曲,为何网文 IP 脱颖而出,成为 IP 市场开发最大的内容源?这与阅文集团、中文在线等主营文学产业的资本集团运营模式有直接关系,早在盛大集团一家独大的时候,文学网站就已经开始针对旗下作品进行"全版权运营"。

我们来看对"全版权"运营的解释,"网站的'全版权'是指采用不同媒介的多种版权方式全方位运营,即把网络作品转让给电视、电影、广播、收集、纸媒、网游、动漫等不同传媒领域,通过文字、声音、影像、表演、视频等各种手段,对作品进行全方位、多路径、长链条的版权经营,在满足受众市场细分需求的同时,让网站、作者和作品经营者一并获得商业利益。"[104] 具体来说,一个写手在网站发布小说,被网站编辑看中或者自己在有一定连载量之后主动去找编辑要求签约,成为一名网站的签约写手,该写手以该网站为平台推出的小说版权归网站所有,其后出版纸质书、签约筹拍影视剧话剧广播剧、制作游戏(言情小说可以出手游,仙侠盗墓等题材可以出大型网络游戏)、推出漫画周边等,所有对小说文本进一步的开发权,都归网站所有,作者随后推出的该作品的番外、后传等,版权也归网站所有。通常从作品完结日开始计时,以五年为期限。

进行全版权运营的文学公司与急于找到能搬上荧幕的优质 IP 的影视公司,在超级 IP 巨大的商业利益驱动下,二者迅速达成了合作关系,越来越多的网络类型小说被改编成影视剧,适合大制作电影的《鬼吹灯》《盗墓笔记》,青春电影与偶像剧可双管齐下的《何以笙箫默》《致青春》《匆匆那年》、制作精良的古言类型剧《步步惊心》《后宫甄嬛传》《琅琊榜》,仙侠题材电视剧《花千骨》《诛仙青云志》,低成本网剧《唐朝好男人》《太子妃升职记》等。这些超级"IP"前身都是网络类型小说,在网络文学门户网站上连载时已经建立起忠实而稳定的读者群并拥有极好的口碑,落地出版以及接下来的影视剧、动漫、网络游戏等下游产业开发都具有不可小觑的商业价值。但是从产业整体来看,在全产业链开发中仍旧是游戏与影视剧变现能力最强,尤其以影视剧影响力最大,其中言情类型小说因其可操作性强、改编成本低等特征极受影视剧市场青睐,占据了内容市场的多半份额。

仅 2016 年前三个季度各卫星频道黄金时间播出的言情类型小说改编剧就有《翻译官》《欢乐颂》《他来了请闭眼》《寂寞空庭春欲晚》《秀丽江山之长歌行》《遇见王沥川》《微微一笑很倾城》等十余部,占据了电视剧市场的半壁江山,正在拍摄和准备投拍的影视剧有更是超过了三十部,其中《三生三世十里桃花》《锦绣未央》《如懿传》这类未播先红的也不在少数。言情类型小说为影视剧市场提供了大量的优质内容资源,与此同时影视改编剧的盛行回过头也影响了言情类型小说的创作实践与发展走向。影视改编剧的成功无形中为不同类型的言情小说树立了标准——宫斗当如《甄嬛传》,仙侠应似《花千骨》,这场通过影视媒体二度创造"经典"的活动,反过来限制了言情类型小说的创作,使之走向一条越发狭窄的类型化之路。

1. 日趋狭窄的类型化写作

"十几年来,网络文学网站运营日益规范,其市场逐渐成熟,作者间、网站间的竞争本应该使作者思考如何提升作品的艺术质量从而维持读者市场,因为在产业化之后,市场本身成为网络小说质量重要的约束机制。然而,随着网络文学产业链的逐渐形成,前几年影视改编(尤其是《甄嬛传》《步步惊心》)的成功不仅加速了网络文学类型化的进程,也使得影视改编成为网络文学的救命稻草。"[105]纵观 2010 年以来的影视剧发展状况,盗墓、宫

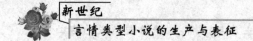

斗、职场攻略、都市爱情、仙侠奇幻这些网络小说的主要类型都被改编了一个遍，霸道总裁爱上"傻白甜"、屌丝逆袭"白富美""玛丽苏"拯救世界，类型小说中常见的套路无一例外被搬上了大小银幕。这股改编热潮看似盲目，其实有一定规律可循：无论是已经在各个衍生领域成熟铺开的《盗墓笔记》《花千骨》，还是电影、电视剧、游戏同期制作的《微微一笑很倾城》，他们的优势在于人物形象与情节结构的高度类型化，具有极强的可复制性和可预期性，面对的群体不是针对某作者、某作品，而是针对某类型，实现了审美趣味的趋同与价值取向高度统一。这种高度类型化的生产模式反过来深深影响了类型小说的创作，也在某种程度上限制了创作的可能性与丰富性。

小说用语言构成具体形象，而影视运用镜头构成银幕形象，通过画面的流动性来呈现故事，影视作为一门综合艺术，因其表现手法的多样性而在普通受众中更具有感召力。网络类型小说改编影视剧的目标群体以年轻观众特别是女性观众为主，为了圆观众的白日梦，影视剧为书迷提供了一个个具体的经典类型形象："暖男""腹黑男""凤凰男""霸道总裁""高冷学霸"，这些概念形象同时也是网络类型小说里的检索关键词，每种人物形象都有与之相对应的一套话语表达系统，有配套的人物脉络与情节模式。

有《步步惊心》《大漠谣》《云中歌》《最美的时光》等多部小说被改编成影视剧的网络作家桐华，就是一位塑造类型人物的高手，《步步惊心》中面冷心热的四爷、温润如玉的八爷成了清穿题材中的人物定式，由吴奇隆扮演的四阿哥胤禛成了此后"清穿文"中雍正皇帝的形象模板，2012 年电视剧播出后，新开文的清穿类型小说中男主角四爷的标签绝大多数是"深不可测型""冷峻坚毅型"。人气作品《清穿之炮灰女配》作者桃李默言开篇就提到"胤禛是典型的胤禛，冷傲无情，当然被炮灰气得跳脚的胤禛还是挺可爱的。"读者戏称"清穿文"就是"铁打的四爷，流水的女主角"。四爷与不同的女主人公搭配：清穿女的种田模式、争宠模式、修真模式、淡然模式、没心没肺模式、天真模式、妩媚模式、知心姐姐模式、无情当胤禛是老板模式、吸取龙气模式和四爷生子模式，每一个都可以组合出不同类型的故事。

如《最美的时光》中贾乃亮扮演的很多女孩在学生时代都期待邂逅的阳光学霸宋翊，钟汉良扮演的表面严厉刻薄却时刻站在女主角身后提供支持帮助的霸道总裁陆励成,一个是家境优渥名校毕业空降回国的海外高管,一个是靠自己努力从底层爬上来的"凤凰男",这种贴满各类标签的矛盾冲突在影视剧里集中表现出来,抹不去心口朱砂痣又舍不下窗前白月光的女主角,成了广大女性观众的自我代入对象,观众的心智结构在不同层面与女主人公重合,从而获得极具抒情性的观剧体验。在都市言情题材小说和影视剧中,才华横溢、事业有成、英俊帅气、内心细腻、用情专一的男主人公们被贴上了"霸道总裁""豪门公子""学霸精英""阳光暖男"等名牌,相同的内核配上不同的标签,因其形式趣味与社会流行观念的高度重合,复合大众审美需求,故而在影视剧以及网络类型小说中被大批量的生产。

雷同的设置会带来观众的审美疲劳吗?正所谓"剧不够、颜值凑",霸道总裁可以是《杉杉来吃》中被网友戏称为鱼塘"塘主"的张翰,《欢乐颂》中低调暖心的靳东;"学霸精英"可以是《何以笙箫默》中高冷专情的钟汉良,《微微一笑很倾城》里儒雅暖男杨洋。批量更换的演员充分满足了观众的视觉需求,"理想男友"形象的描画才是这类小说与剧集的核心竞争力,只要女性观众心中对理想伴侣的渴望还在,这类迎合大众文化普遍趣味的题材就会一直存在。

高度类型化的改编剧获得收视成功的背后也存在很大问题,千人千面又是千篇一律的人物形象、相似的矛盾冲突、可以互相替换的情节结构,在影视剧的反作用下,以点击量、订购数论英雄的言情类型小说为了留住更多的读者,通常会选择相对保守的创作方式,选取可以被搜索关键词命中的人物形象,选择被改编剧再次强化的创作规则系统,选择读者心理的和观赏中熟知的套路程式,继而走向了一条日趋狭窄的类型化的道路。

2. 定制化写作

尽管已经有许多成功的改编剧案例,但类型小说与影视剧有效对接依然是一件耗时费力的事情,类型小说自身内容庞杂并且体量过大的特点,导致其并不能很好地适应影视改编,这也在某种程度上催生了专门服务于影视市场的定制化写作。

网文兴起之初,文学门户网站管理比较粗放,网站编辑的职责也没有细化到全程跟进每一位签约作者,网文作者的写作方式带有很大随意性。有

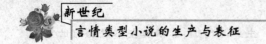
的作者在确定一个故事大纲后就开始随更随写,连载期间如出现订阅量突然下降的"跳订"现象或评论区读者反映不佳,极可能会直接影响故事的叙述方式、人物形象预设甚至整个故事的走向,个别进行不下去的作者还会选择"弃坑"。一部网络类型小说经常有百万文字量、数卷本,作者为了长时间吸引读者在讲故事埋包袱上下足了功夫,为了故事的扣人心弦经常会有游离于主线之外但颇具趣味的情节堆砌其中,"有精彩的片段却没有有效的情节组织",甚至大量重复自我。因为连载时间较长,读者的阅读行为分散,类型小说常见的情节拖沓、内容重复等问题并没有过多引起读者的排斥反应,但是当一部作品被改编成影视剧,需要根据影视表达规则进行调试时,这些问题就会全部凸显出来。影视改编"就其本性而言是一次转换,从一种媒体转为另一种"。对于网络类型小说而言,"改变意味着改变,意味着要求重新思考,重新构思和充分理解戏剧性和文学性之间的本质性区别"。[106] 即便像《甄嬛传》这样收视与口碑都还不错电视剧,也是从原作七卷本两百多万字的海量情节里梳理出来故事脉络,从新旧更替不停歇的后宫人物谱中,选择了塑造较为丰满的一组女性形象作为主要人物。"《甄嬛传》的成功,并不是影视改编为之补充和增加了多少内容,正相反,是作者的创作容量大于剧情的容量,为改编时的优化提供了较好的文本基础。"[107]

当一部网络类型小说被改编成影视剧时,编剧需要认真修改连载集成的原始文本,去掉一些不适合拍摄的部分,清理出一条主线,使得人物更加突出、矛盾更紧张、情节也更紧凑流畅。在这样的严格把关下,能成功翻拍成影视剧的原始文本并不是很多,因为成品的告急,很多影视公司开始请当红写手亲自操刀,直接按照制片方要求定制内容。现任阅文集团 CEO 吴文辉回顾旗下网络小说被收购情况时说"2014 年后我们开始慢慢卖出网络小说版权,如今(2015 年)已经基本卖空了",抢夺热门 IP 也催生了预购形式,"作家还没有开始写,就有影视公司预定他的下一部作品。"大量资本追捧着大神级的网络作家,内容的号召力与受众的稳定性是他们被选择的核心原因。

比较成功的定制写作案例是 2015 年热播的电视剧《芈月传》,2009 年历史小说《大秦宣太后》(《芈月传》的前身)开始在晋江文学网贴出部分章节,

2012 年制片人曹平联系作者蒋胜男，提出能否跟她进行影视剧改编合作，作者遂于 2012 年 8 月与"东阳市花儿影视文化有限公司"签订电视剧剧本创作合同，其后开始对其原著小说进行电视剧本的改编。蒋胜男回忆道"从 2012 年 9 月递交大纲、分集大纲、人物小传开始，直至 2014 年 3 月底交付所有 53 集剧本，至此所有的剧本均由我一人所改编完成，其中部分内容亦按制片方审稿要求进行数稿修改，其间并无任何合作改编者。"[108]电视剧将要开播之际，作者与影视公司就作品版权归属、原作者署名权、原小说发行权等问题对簿公堂，这也暴露了以商业生产为目的的定制化写作最容易出现的问题——版权纠纷。如何改善目前的版权管理制度，保护购买开发方与原著作者双方的权益，这都是定制化写作发展路上亟待解决的问题。

3. 功利化写作

影视改编几十万甚至上百万的版权税，不仅让网文作者趋之若鹜，也让文学网站找到了付费阅读以外的利益生长点，全版权开发成了网络资本的新目标。2008 年盛大文学成立以来，特别是 2014 年腾讯收购盛大文学成立了阅文集团之后，腾讯集团这类互联网航母运用原有的资源与平台优势，为网络类型小说 IP 全版权开发提供了更多的可能。

网络文学在价值取向上与传统文学有一定偏差，甚至与社会倡导的核心价值观有一定差异，网文宣扬的价值观是否可以被主流价值观接受一直存在争议。广电总局对影视剧的审查制度要比网络平台对类型小说的审查复杂得多，影视公司在选取改编文本时，考虑到意识形态对文艺的干预作用，通常会选择一些远离社会现实问题、较少涉及价值判断、重点锁定个人生存与成长的文本，这也导致了成功改编为影视剧的网络小说多集中在历史题材、玄幻题材与青春都市题材：着重展现历史发展中的权谋斗争（包括宫斗），讲述虚构的仙侠传奇故事，回顾青春爱情、描画都市男女婚恋家庭生活。因这些题材被改编成影视剧数量最多，书写这类题材的写手也大幅度增加，文学门户网站主要推荐题材也集中在此。在改编成影视剧以获得巨额版税的诱惑下，很多写手开始模仿已经开发好的 IP 进行创作，如 2011 年清穿剧《步步惊心》热播后，原本已经沉寂下来的清穿题材又一次迎来了创作的高峰，仅晋江文学城同年就有三十多部清穿文问世。同类题材批量生

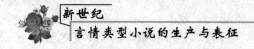

产,水平层次良莠不齐,这也使得其他一些比较难于改编成影视剧的文学类型遇冷,类型文学中的无法转换成交换价值的"类型",在以获利为目的的影视改编工业化生产中,可能面临着被淘汰出局的命运。

功利化写作对"大数据"有很强的依赖性,毕竟一个类型文本收益多寡要通过大数据体现。"为了减少风险,对于网络小说在改编之前就需要一个合理的评估体系去判断其商业价值。比如该 IP 在首发网站的阅读人数、点击数、推荐数、订阅数等,还有在其他分发平台的阅读人数、阅读转化率、阅读深度、付费转化率、付费阅读收入等。"[109]这些大数据是分析类型化写作的常用工具和手段,这也就意味着如果能有一个覆盖足够广泛的超级大平台,就能生成各种类型题材的创作模板,甚至可以预测出什么样的类型小说能成为新的"爆款",继而批量生产获得更大的经济利益。已经产业化经营的类型文学市场如果走向了这条彻底的功利化道路,也就意味着类型文学之文学性的彻底丧失,类型文学会沦落为以文学作品为外观形式的流水线产品,这当然是我们不愿意看到的。

网络类型小说改编剧获得极大的经济利益和丰富的艺术收获背后,言情类型小说本身的创作生态、整体质量和发展状况也受到了极大影响,二者的合作实现了资源的整合,频出佳作。但我们也要看到其中的问题:如果类型小说为了迎合影视改编而一味地适应流行文化市场,未免会走向功利化的误区,失掉网络文学自身的生机与活力;良莠不齐的海量类型文学文本进入市场,给中国的影视业带来极大的冲击,如何甄别好 IP、合理开发优质 IP、理性而冷静地看待火热的 IP 市场,是相关从业人员要注意的。同时,研究者也要看到影视改编对类型小说本身艺术转码过程中暴露出来的问题,引导网络类型文学改编剧走向良性发展之路。

4. 对"经典"的指认

言情类型小说依托于网络媒介,它塑造经典的过程与传统经典文学不同,具有鲜明的网络性特征。网络经典的创作过程除了作者夜以继日的连载更新,读者在其中也起到了举足轻重的作用,网络每一部网络经典小说都是作者和读者共建的,"网络经典是广大粉丝真金白银地追捧出来的,日夜相伴地陪伴出来的,群策群力地集体创作出来的。"因网络的即时性消费特征,类型文学的经典的传承"在当下进行的,没有'追认'一说,并且是否被传承本身就是确认一部作品是否经典的重要标准"。在网文圈里,如果一部作品不但走红后很快引来众多跟风者,几年后还被后来居上的'大神'们借鉴、改装、升级换代,往往会被称为'经典'。而他们反复致敬的前辈大师之作,会被认为是'传世经典'。"[110]"网络性"放大了人们经常忽视的经典的"当下性"。

影视剧对"经典"的塑造功能也不容忽视。言情类型小说发展到今日,认证"经典"的不再是主流批评的认同或是任何权威机构的肯定,而是大众粉丝的口碑,影视改编恰恰是一个吸引大量粉丝的过程,无论是批评还是肯定,当一部网文改编剧成功引起关注度的时候,无论是点赞居多还是谩骂居多,评论因其在适当的时刻"在场",间接地完成了塑造经典的过程。

为什么是这一部小说而非另一部小说被搬上银幕,媒体人称:无论什么故事,若要在大银幕上呈现,它必须"可拍摄"(能转化为电影视觉语言),"可融资"(有人愿意花钱投拍),"可营销"(具有足够的卖点说服投资人花钱),"可观赏"(影院愿意排片,观众愿意买票)。这几个要素相辅相成,互为因果,缺一不可。[111]在技术层面上实现可拍摄、可观赏、可融资、可营销,大量作品在这一环节已经被影视公司筛选淘汰,复原难度较低、改编成本小、投资小的都市言情题材被大量搬上银幕,较早翻拍的《佳期如梦》(2010年上映)、《钱多多嫁人记》(2011)、《裸婚时代》(2011)、《杉杉来吃》(2011)、《最美的时光》(2014)都是都市言情题材,其次受市场欢迎的是写实型的历史剧与年代剧,如2011年热播的《步步惊心》《倾世皇妃》《甄嬛传》,对于年代剧广电总局限制较少,涉及意识形态争议较小,披上历史故事的外衣掩盖了许多问题。我们可以一部一部地考察这些已经被视为"经典"的言情类型小说的特征,《裸婚时代》《钱多多嫁人记》关注了具体的社会问题,因为爱情可以去裸婚,而裸婚能否带来幸福?剩女如何走出家庭与社会的多重压力,难道只能通过嫁个好男人来一雪前耻吗?《杉杉来吃》《何以笙箫默》是因为"小白文""清水文"自带治愈功能,女性读者明知道这都是童话式的爱情,依然放任自己沉浸其中;《步步惊心》《甄嬛准》是因为其精良的细节,丰富而鲜明的人物形象,观众喜欢看一个女性在大历史的波澜中演绎自身的爱恨情仇。每部"经典"作品都从某个方面契合了女性受众内心需求,抚慰了当代人多种精神焦虑,暗含了社会主流价值取向,这些特征反过来把受众召唤回那个稳定的社会结构中,在个人与社会的多种想象性关系中找到自己的那个位置。正如约翰生所言"是神话在讲述神话制造者,语言在讲述说话者,文本在读者,理论问题生产'科学'意识形态或话语生产'主体'。"[112]

注 释

[53][64] 陈平原. 小说史:理论与实践[M]. 北京:北京大学出版社,2010:164－167.

[54] 王根林校点. 汉魏六朝笔记小说大观[M]. 上海:上海古籍出版社,1999:463.

[55] 黄霖等选注. 唐人说荟·例言[A]中国历代小说论著选(上册)[C]. 南昌:江西人民出版社,1982:64.

[56] 陈寅恪. 元白诗笺证稿[M]. 上海:上海古籍出版社,1978:113.

[57][58][61] 鲁迅. 中国小说史略[M]. 鲁迅全集(第九卷)[C]. 北京:人民出版社,2005:340,196,266.

[59][65] 王颖. 才子佳人小说史论[M]. 北京:中国社会科学院出版社,2010:146,385.

[60] 林辰. 明末清初小说述录[M]. 长春:春风文艺出版社,1988:60.

[62][63][66] 陈平原. 二十世纪中国小说史:第一卷,1987—1916[M]. 北京:北京大学出版社,1989:255,252,78.

[67] 陈平原."新文化"的崛起与传播[M]. 北京:北京大学出版社,2015:258－259.

[68][69][71][86] 刘建梅. 革命与情——二十世纪中国小说史中的女性身体与主题重述[M]. 上海:上海三联出版社,2009.4,导论,27,38－41.

[70] 贺桂梅. 性/政治的转换与张力——早期普罗小说中的"革命＋恋爱"模式解析[J]. 中国现代文学研究丛刊,2006,05:71.

[72] 洪灵菲. 前线[A]. 洪灵菲选集[C]. 北京:人民文学出版社,1982.

[73] 蒋光慈.十月革命与俄罗斯文学[A]蒋光慈文集(第 4 卷) [C].上海:上海文艺出版社,1988:62,65.

[74] 茅盾."革命"与"恋爱"的公式[A].茅盾全集(第 20 卷) [C].北京:人民文学出版社,1990.

[75] 王智慧."革命 + 恋爱"新探[J].海南师范学院学报(社会科学),2006,01:19.

[76] 熊权."革命加恋爱":早期普罗文学中的模式化书写及其嬗变[J].文艺理论与批评,2006,01:67.

[77] 荀羽琨.红色经典小说爱情母题模式研究[J].小说评论,2012,01:193 - 196.

[78] 陈思和.论海派文学的传统[J].杭州师范学院学报(人文社会科学版),2002,01:4.

[79] 王德威.想象中国的方法:历史小说·叙事[M].北京:三联书店,1998:183.

[80] 胡凌之.苏青论[J].中国现代文学研究丛刊,1993,01:53 - 55.

[81] [82][84] 陈晓明."后革命"阐释:理论与现实[J].美苑,2005.(05):2 - 4.

[83] 陶东风.革命的祛魅:后革命时期的革命书写[J].渤海大学学报,2010(06).

[85] 张京媛主编.当代女性主义文学批评[M].北京:北京大学出版社,1992:8.

[87] [88] 孔庆东.街前街后尽琼瑶——论当代港台言情小说[J].学术界,2010,01:120,121.

[89] 金赫楠.网络言情小说二三事[N].文艺报,2016 - 9 - 18(008).

[90] 欧阳友权,袁星洁.中国网络文学编年史[M].北京:中国文联出版社,2015.

[91] 郑熙青."女性向·耽美"文化[J].天涯,2016 - 03:174 - 177.

[92] 刘芊玥.作为实验性文化文本的耽美小说及其女性文化阅读空间[D].上海:复旦大学文艺学,2012:13.

[93] 李寻欢. 迷失在网络中的爱情[M]. 北京:中国社会科学出版社,2000.

[94] 黄一. 个性驾驭网络——安妮宝贝的 10 年创作[J]. 文艺评论,2010(01).

[95] 郑国庆. 安妮宝贝——"小资"文化与文学场域的变化[J]. 当代作家评论,2003 - 06:74.

[96][101] 周轶. 迁徙的游牧部落:红袖添香网站的发展历史及生产机制[A]. 浙江省作家协会编. 华语网络文学研究[C]. 杭州:浙江文艺出版社华语网络文学研究,103 - 104.

[97] 李玉君. 网络女性原创写作研究——以盛大公司"红袖添香网"为例[D]. 陕西师范大学现当代文学专业硕士论文,2012.

[98] 艾瑞咨询. 起点中文网领跑 2011 年中国十大用户粘性最强的正版独立文学类网站[EB/OL]. http://report. iresearch. cn/content/2012/03/166792. shtml.

[99] 易薇. 网络文学网站的发展现状与未来趋势——以起点中文网为例[J]. 出版参考,2012,07:15.

[100] 当当读书. 晋江原创网正式更名为晋江文学城,五大板块功能全新出发[EB/OL]. http://read. dangdang. com/readonline/contents/2069/177398. html.

[102] 红袖时报,一鸣馆第一期征稿公告[EB/OL]. 红袖言情小说网. http://news. hongxiu. com/2013/9/4283.

[103] 徐瑄. 视阈融合下的知识产权诠释[J]. 中国社会科学,2010(05).

[104] 欧阳友权. 时下网络文学的是个关键词[J]. 求是学刊,2013(03):127.

[105][107] 刘杨. 改编时代的网络小说路在何方[N]. 文学报,2016 - 1 - 21(24).

[106] L·西格尔. 影视艺术改编教程[J]. 苏纹,译. 世界电影,1996.(01).

［108］蒋胜男的微博［EB/OL］. http://www. weibo. com/jsn？ is_hot = 1.

［109］秦阳,秋叶. 如何打造超级 IP［M］. 北京：机械工业出版社, 2016. 200.

［110］邵燕君. 网络文学经典解读［M］. 北京：北京大学出版社,2016：10 - 12.

［111］周铁东. 被中国影视圈炒热的"IP",到底是什么鬼［EB/OL］. http://cul. sohu. com/20150625/n415609856. shtml.

［112］罗钢,刘象愚. 文化研究读本［C］. 北京：中国社会科学出版社, 2000. 21.

第二章
文本与结构：言情类型小说的文体特征

文学文体一般是指文学的体裁、体制或样式。在文学文体学范畴内，文体"指一定的话语秩序所形成的文本体式，它折射出作家、批评家独特的精神结构、体验方式、思维方式和其他社会历史、文化精神。从表层看，文体是作品的语言秩序、语言体式，从里层看，文体负载着社会的文化精神和作家、批评家的个体的人格内涵。"[113]文学文体并不是一成不变的，随着时代的发展总会有新的文体应运而生。我们自小学习的唐诗、宋词、元曲、明清小说，这种说法本身就在指出各个时代最具代表性的文体，伴随着时代变化占文坛统治地位的文体也发生变化。胡适在探讨从古典到现代的文体变革时曾说"若想有一种新的内容和新的精神，不能不先打破那些束缚精神的枷锁镣铐。"[114]综合西方类型学与我国传统文体划分方法，小说、戏剧、诗歌、散文一直被视为四大基本文体，小说内部又可细分为社会小说、政治小说、历史小说、言情小说等具体门类。如追溯小说这一文体的发展历程，从古至今又经历了六朝志人志怪小说、唐代传奇、宋元话本、明清章回小说和"五四运动"以来的现代小说等不同形式。20世纪90年代以来，依托网络媒介生产和传播的网络文学异军突起，其超文本的特性、多向度的叙事都在不断冲击传统的文学艺术类型，抒情文体与叙事文体、纪实文学与虚构文学、艺术真实与生活真实、严肃文学与通俗文学、文学与非文学之间的种种界限被逐渐淡化，而新世纪以来类型文学的产业化，更使资本、传媒的力量直接参与文学文体的营造，传统的文学文体分类方式已经不能涵盖当前文学的新变。

在我们看来，类型小说文本的高度模式化充分暴露出制约着小说话语的现实权力结构，就言情类型小说而言，故事场景设置中高度去历史化、去政治化的时空想象,情节设定与人物设置上与当下社会现实中流行观念的高度接近,语言风格的奇观化,无不体现出当下时代的某些症候。

一、故事场景与时空想象

新世纪言情类型小说分类多且细,以男女情爱的主要线索与核心情节之外,按照不同的角度和标准又被细分为穿越、架空、宫斗、宅斗、爽文、虐文、修真、仙侠、种田、耽美……每个分类下面再有细分。具体到某一作品时,这些往往是交叉的、也是开放式的,依照写作实践的发展随时可能有新的门类产生和兴盛,既有门类也随时会被淘汰和遗忘。然而,在这些花样翻新的门类中,关于时空的想象却有着共同的特征:去历史化、去政治化。

（一）虚拟历史:穿越、架空与重生

穿越小说是言情类型小说的重要组成部分,现代女性穿越回到古代中国,从小到大的学习的史学知识和古装电视剧的观剧经验,使她们或多或少了解历史的发展脉络,现代人的思维方式与生活常识又让她们在古代社会中显得与众不同,穿越的主角与真实的历史人物一起参与到波澜壮阔的历史进程中,通过自身的行为影响或者改写历史,这些构成了穿越小说的主要内容。因涉及具体的历史时期、真实的人物与重大历史事件,历史穿越类言情小说对细节要求颇高,甚至有人不满穿越小说的各种尝试错误,写就一本《唐朝穿越指南》。写手们想在古代社会环境中展开自己的故事,同时又缺乏对具体社会历史事实的了解,也懒于考证,为了规避史实方面的错误,以"架空"史实为基本手法的小说作为穿越类小说的一个子分支就诞生了,它至今仍然是言情类型小说中很受欢迎的子类型。之后的"重生"类型将都市言情内容也纳入到了穿越题材之中,进一步拓宽了穿越小说的范围。但无论是事无巨细的历史考证还是架空史实,大多都是将历史的政治意涵抽空,使之转换为一个虚拟的故事背景,用于演绎故事人物的情感纠葛。

1. 从"向前看"到"向回看"

穿越小说是新世纪网络文学中最早也是最受欢迎的类型之一,也是最早受到学界关注的网络文学类型。穿越时空的情节在古代小说中常以"记梦"形式出现,早在唐传奇《枕中记》中就曾经出现:卢生倚枕入梦,娶高门妻、平步青云、高官厚禄,醒来一切如故,黄粱还在锅中未熟。临川四梦中

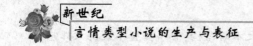

《南柯梦记》与《邯郸记》都采用了开头"入梦"结尾"生寤"的情节模式。清末民初出现了一种以畅想未来为写作目标的"乌托邦政治小说",这与当时的历史环境有很大关系。20世纪初的中国正面临重大的历史变革,人们对未来可能发生的一切既憧憬又迷茫,乌托邦小说向人们展示了想象未来的可能,"推动人们在一个虚拟的环境中以反映现实的方式表达其世界'应该如何'的理想。这种实然与应然间的对照、对立,使人们对未来产生强烈的希望感,从而推动人们去追求更合理的生存状态"。[115]梁启超的《新中国未来记》、蔡元培的《新年梦》等都是"向前看",在前现代时期展望一个民主科学的现代中国。20世纪90年代港台文学在大陆流行,席绢的《交错时光的爱恋》与黄易的《寻秦记》开启了作为一种通俗小说的"向回看"穿越叙事。

《寻秦记》讲述特种兵项少龙回到秦统一六国之前,帮助嬴政登基并完成统一霸业,项少龙凭借对历史的了解与一身现代技能,在古代如鱼得水,原本因为失恋的痛苦而选择穿越的项少龙,在古代邂逅了各色如花美眷,完成了在现代社会中完全不可能实现的职业规划——封侯,组建了古代家庭——一夫多妻且妻妾和睦。《寻秦记》可谓穿越文学之父,现代人在现代社会中无法化解的矛盾和危机,都可以通过"穿越"回到封建社会来解决。穿越小说正切中了现代人的"痛点":不甘于现实,又无力改变,只能做梦。正如齐泽克在《意识形态的崇高客体》中描绘的"启蒙的绝境",人们很清楚启蒙主义描述的"理性和理想可以战胜一切"是虚假的,意识形态下面掩藏着特定的利益,但人们因为没有其他选择,又不与之断绝关系。20世纪80年代以来革命叙事的退败与20世纪90年代消费文化的盛行,使青年人对未来的想象基本都是白领式的生活,现实目标是升职加薪买房买车,内心渴望是说走就走富游天下。然而日趋稳定的社会结构使阶级流动难上加难,多数青年每天做着雷同的工作,过着差不多的人生,极度缺乏想象未来另一种可能的能力与勇气,现实无望只能臆想过去,穿越小说诞生的现实语境正是如此。

穿越小说主要分为历史穿越、架空穿越与重生这三种类型。

人物	穿越方式	穿越目的地	所属类型
现代白领/学生	1.魂穿:因为车祸、溺水、地震、奇异星象、接触神秘古董等意外事件,或摔倒、睡觉等日常事件,主人公的灵魂附着在古人身上(胎穿为婴儿,取代他人身体借尸还魂)。 2.身体穿越:因为迷路、时空重叠等原因,主人公本人来到了其他时代。 3.重生:前生经历死亡后,睁开眼睛回到过去的某个时间点,重活一遍	1.中国古代某具体朝代 2.中国古代某架空时代 3.当代都市 4.外国(古代埃及、欧洲吸血鬼故事世界等) 5.异世界(玄幻修真世界、末世、某本书中描绘的世界)	1.历史穿越 2.架空穿越 3.重生

"穿越"与言情小说、历史小说等类型交叉,深受男性读者喜爱的"男频"穿越多为历史穿越小说,有的走"技术流"路线,讲工科技术男回到古代发展生产力振兴古代经济增强国力,如酒徒的《窃明》;有的走"文官路线"托古改制,把写作重点放在朝堂文臣变法之争,借用对儒家文化的重新阐释而获得历史变革的合法性,如阿越的《新宋》;有的走"爽文"路线,历史作为一种消费元素出现,回到古代泡妞享乐的同时有官场争斗、商战,有灭倭、抗蒙等战争元素,有称霸世界的强国梦,如月关的《回到明朝当王爷》。内容丰富、娱乐性强的"爽文"情节模式后来渐成主流。[116]

针对女性读者的穿越小说多是"穿越"与"言情"的合体。2004 年 7 月作者金子在晋江原创文学城开始连载原创小说《梦回大清》到 2007 年小说完结,讲述的是都市白领蔷薇因为在故宫迷路穿越时空来到清朝康熙年间,附身于待选秀女茗薇,在复杂的宫廷生活斗争中与参与"九龙夺嫡"的诸位阿哥相识,并得到了四阿哥诸人的倾心爱慕,取舍间与十三阿哥产生了真挚的爱情,历经波折终得厮守的故事。作品以其清新、幽默、含蓄、曲折的文风,逐渐受到广大读者的喜欢。2005 年《梦回大清》开始被各文学网站竞相转载,并被网民评为"时空穿越文巅峰之作""网络十年最恢宏曲折、越看越好看的爱情故事"。紧随其后的 2005 年,作者桐华在晋江开笔《步步惊心》,同样是现代都市白领穿越到待选秀女身上,先后与八阿哥、四阿哥发生情感纠葛,本以为自己是个局外人的女主角若曦,渐渐发现自己不经意的行为在

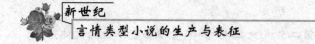

推动历史进程,她并非看客而是历史真正的参与者。作品 2006 年出版,2009 年、2011 年两度修订再版。被誉为"清穿扛鼎之作",有评论称"在整个穿越史上,《步步惊心》绝对是一部标志性的作品,它独具风格的历史演义和凄美绝伦的爱情架构结合得天衣无缝,从而摆脱了一般言情小说的窠臼,而更像一部传奇"。《梦回大清》《步步惊心》《瑶华》并称为"清穿三座大山"。2007 年《迷途》《鸾,我的前半生,我的后半生》《木槿花西月锦绣》《末世朱颜》四部小说在网上掀起了一股"穿越热",被网友称为"四大穿越奇书",2007 年也因此得名网络文学的"穿越年"。据不完全统计,在这一波清穿热潮之后,以"九龙夺嫡"为题材的网络小说有几百部。(作品表见附录)

以"清穿文"为代表的历史穿越小说的创作特征极其明显,同类作品的情节与人物的设定都有很大相似性:在现代都市中并不十分得意的小白领女主角因意外(车祸、高处跌落、迷路等)一朝穿越到官宦人家,换了一副容貌动人的幼女皮囊,因选秀/偶遇等原因结识了某位/某几位阿哥,因女主来自现代社会独立的个性、出人意料的行为或不同寻常的聪慧与才艺,引起了男主的注意,于是女主周旋于面冷心热型、温润如玉型、桀骜不驯型、痴心不改型、天真直率型、阴郁寡欢型等几位男性角色中间,最终经过诸多事件的考验或有情人终成眷属,或挥一挥衣袖带着一打真心全身而退,或是生离死别留读者唏嘘一片。这类作品通常以第一人称叙事,使女性读者在阅读中仿佛身临其境,与书中人同悲同喜,有极强的代入感;通常采取主要人物虚构(如《步步惊心》女主角马尔泰若曦就是一个完全虚构的人物)、配角真实(配角多选用真实的历史人物,如《步步惊心》里的康熙皇帝,德妃、良妃等嫔妃,太监总管李德全、高无庸等)、客观环境高度复原历史真实生活场景的创作手法。

叙事视角的私人化是"清穿"类型文最主要的特征。因清朝距离我们时间并不久远,历史资料保存较为完整,有二月河《康熙王朝》《雍正王朝》等历史小说为穿越女们普及知识,又有《还珠格格》《戏说乾隆》《康熙微服私访记》等戏说剧二十年如一日的演绎,清朝的历史脉络和重大事件穿越女们都了然于胸。"清穿文"是在"大历史"中诉说"小历史",不作宏大叙述,没有宏观历史评价,也不去探讨历史的深刻意义,"传统的历史小说所倚重的宏大叙事遭到颠覆性的解构,所谓的'真实性''确定性''重大性'也受到了质疑;取而代之的是新时期具有后现代主义特征的小说从个人化而非集体化的视角和立场,以全新的叙事方式去观照历史的复杂构成,并指向多元性的价值判断,从而试图重构出不同于以往的历史样态和面貌。"[117]历史在穿越小说中的意义是作为主人公情感发展的背景板和催化剂,被作者放在第一位的不是历史的真实感,而是如何通过波澜壮阔的历史风云,将男女主人公的爱情故事多角度、多层次地展现出来。这种私人化处理历史的方式可以带给读者一种轻松又新鲜、没有任何负担的阅读感受。

2. 从"历史穿越"到"历史架空"

历史穿越小说偏重对真实历史的描述,对写手的历史文化知识背景有一定要求,经常有读者在连载小说的留言区为作品"捉虫"——指出作品中的错误,包括史实不符、典籍引用年代错乱、古代生活常识错误等,也有专家学者就穿越小说历史细节的不严谨而展开批评。类型小说作为一种文化产品具有逐利的特征,"高效变现"是一部分职业写手的追求目标,在关注"好故事"的网文界,历史"考据"可谓费力不讨好。而多数业余写手的创作源自"灵感一动",并不以严肃文学的标准要求自己,娱乐性才是第一要务。在不放弃历史元素同时又兼顾效率的情况下,穿越到具有古代社会普遍特征的"架空时代"成了更好的选择,写手们不必再纠结于唐朝烤肉有没有孜然、后妃分六级还是十六级这类历史细节,虚拟的历史时代提供的是古色古香的话语背景,是前现代时期的价值观念,既摆脱了历史的沉重也丢下了作为一个现代人的思想负担,"架空"因其灵活多变的创作形式逐渐成为穿越文的主潮。

从叙事策略上来看,穿越也有利于写手对纯架空的"设定"。对纯架空小说而言,写手必然面临他们常说的"设定"问题,他必须要在小说中交代这个陌生世界的物种及其相互关系、力量体系、社会法则等各种情况。如果在情节开始之前先用一定篇幅来讲述设定,小说必然枯燥乏味,而如果把设定隐伏在故事内部,随着情节的递进而渐次展开,这又增大了写作难度。借助穿越手法,一切就简单了,主角穿越到架空时代,路人甲或乙就会告诉他这个世界如何如何—— 写手的设定就显得自然而不突兀。[118]

如《后宫甄嬛传》原书的历史背景是虚构的"周朝",周朝具有古代社会的一应特征:封建王朝独裁统治(皇帝玄凌的意志决定一切),一夫多妻制(作者根据历朝历代的后妃序列体系,将文中后宫嫔妃分正一品到从八品十六个品级),国家由非单一民族构成(清河王玄清的母亲与浣碧来自百夷)等,对这些社会法则的普及都是对日常生活的叙事中完成的,比如甄嬛选秀过后宫里派教引嬷嬷知道甄嬛礼仪,借教引嬷嬷之口,把"周朝"的制度做了比较详细的说明,后宫格局、后宫与前朝的关系,让原本"两眼一黑"的读者能迅速判断出"周朝"就是我国古代封建王朝的缩影,一个平凡的君主领导着一个内忧外患的大国。同为架空历史题材的小说还有妖舟的《穿越与反穿越》、波波的《绾青丝》、小侠的《潇然梦》、十四夜的《醉玲珑》、桩桩的《蔓蔓青萝》、Vivibear《寻找前世之旅》、紫晓的《凤求凰》等,这些作品针对"架空历史时空"的叙事策略大同小异,在这里就不一一详细赘述。

3. 从"历史架空"到"异世界架空"

"架空穿越"的目的地除去虚构的历史世界,还有西方世界、异世界等。异世界主要依靠其不同于寻常世界尤其是日常生活的异域风貌与风情吸引读者。受日本漫画《尼罗河女儿》《天是红河岸》的影响,早期穿越小说的目的地经常预设为古埃及与西亚诸地区。如悠世的《法老的宠妃》系列,水沁沙的《尼罗河三部曲》,犬犬的《第一皇妃》等,对古埃及、古代赫梯、古巴比伦等异域神秘文化的想象构成了此类作品的核心。祭祀、神殿、征战、法老诅咒这些元素共同服务于一个言情主题故事:女主角穿越而来赢得法老的爱慕,同时周旋在各国政要之间,收获了将军、权臣、国王等人的真心,最后女主角回到了现代,留下深情守望的法老在余下的岁月里时时缅怀这段真爱。此类作品多数雷同,拉美西斯二世和她的宠妃奈菲尔塔利的爱情故事出现频率最高,皇后谷最壮观的陵墓,传说中拉美西斯二世爱的誓言"太阳因你而升起",法老被演绎成为一个霸道独裁却痴情不改的男人,《法老的宠妃》里拉美西斯二世说"我已是埃及的法老,你想要的一切,我都可以给你。如果是合理的,那么你要一,我给你二。即使你要的是不合理的,我一样可以做一个不明事理的君主,满足你。"这对于许多女性读者而言简直是理想爱情的标杆,来自强大男性的毫无理由的偏袒和纵容,女性可以躲在男性的羽翼下享受"宠妃"的日常,这种极端"直女癌"①的人物设定与情节模式也正是这类小说受欢迎的密码。

"异世界穿越"还可以穿越到修真世界、末世,甚至穿越到小说世界中,当穿越的目的地变成了异时空与异世界,写手就不必拘泥于细节,支撑这类作品的核心力量就是写手们的想象力。穿越者要解决的不再是振兴国家富强中国的历史任务,也不再利用现代思维改造古代社会,而是走向了背对现实的异域世界。在现实中生活的不那么如意的写手和读者,借助异世界的主人公翻转命运,在欲望膨胀又竞争激烈的现代社会里,人们让自己所有无法满足的欲望都投射到穿越主人公身上,继而得到实现和满足。主角通常都有超越普通人的异秉天分,凭借力量的绝对优势建功立业享尽荣华,这些恰恰是作为普通人的写手和读者渴望拥有的先天优势和强大的能力。"穿越+修真"的小说如乔家小桥的《修真之重生御兽师》,流行在"男频"的"修真文"在"女频"中的写法大抵如此,先营造出一个修真的世界,讲述女主角的复仇或"上位"故事。"穿越+修真+书穿"如果核之王的《炉鼎女配上位记》,"末世穿+书穿"的作品如"水果慕斯"《末世女配升级记》等。"穿越+末世"的如萧萧桧雪的《路人穿越末世》等。

"书穿"②内部又分几种,有穿越到网文世界的,如十月微微凉的《穿进肉文心慌慌》;有穿越到经典作品里的同人文,向西方穿越集中于穿越《傲慢与偏见》,风流书呆的《贫穷贵公主》写古代中国公主穿越到《傲慢与偏见》的世界,成为贝内特家乏味又老实的三女儿玛丽,擅长的刺绣、烹饪中国美食,精通琴棋书画,且气度高贵优雅的中国公主正是达西心目中的完美女人,于是本来的女主角成了崇拜玛丽的好姐妹;还有穿越成莉迪亚、改造威科姆过上好生活的《亲爱的莉迪亚》等。向古代经典穿越集中在《红楼梦》,老两口穿越成贾政和王夫人改变贾府悲剧的《重生老两口悠闲红楼生活》、穿越成

---

①　直女癌是"直男癌"的衍生词,是倡导女性独立、自由的人对那些维护男权社会的女性的蔑称。直男癌是指那些利用"社会普遍标准"塑造了心目中理想的女性形象、固化了性别身份,要求女性压抑自己的真实欲望,去无限贴近社会所期望的"理想女人"的人。而直女癌就是把自己的头脑套上这种"社会普遍标准"枷锁的女人,全方位维护男权的女人。

②　书穿,指穿越到小说世界里,成为小说中的一个角色,通常穿越者从前读过这部小说,了解其中大致的情节走向。此类穿越一般是配角逆袭文,多写原本结局凄惨的"炮灰"配角,如何凭借对书中世界的了解,改变命运,翻身做主。

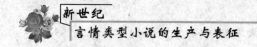

晴雯的"种田文"《红楼之晴雯种田记》、穿越成林如海拯救林妹妹的《红楼之林如海重生》、穿越成宝钗重振家业、教养薛蟠、重新找到幸福的《红楼之宝钗的悠闲生活》等。对《红楼梦》原书悲剧结局的唏嘘感叹,使大量的"书穿"同人文都围绕着拯救贾府、拯救林黛玉展开,有的干脆为林妹妹定制一位深情小王爷,为她抛下整个乌烟瘴气的贾府,做一对神仙眷侣,如《红楼之宠妃》。大量"穿越红楼"的作品使作者和读者心中已经有了一套默认的"红楼世界准则",从当代人的视角出发、以当代人的价值判断来审定红楼梦中人,因此被冠以"网络红学"之名。

前两种"书穿"多为"正剧",大量穿越到琼瑶言情世界的小说则是充满反讽与戏谑的笔调,如花间意的《还珠之娜拉重生》糅合了《新月格格》《还珠格格》《梅花烙》多种情节人物,穿越成为还珠格格里的狠心皇后,被民间格格瞧不起,被令妃打压,养女兰馨跟了假贝勒皓祯,还要天天看"小白花"鼻祖白吟霜在面前演苦情戏。从百年后飘荡回来的灵魂要好好整治一下后宫。琼瑶笔下原本是象征着封建礼教、束缚天性与自由的皇后却成了一系列穿越琼瑶文的女主角,只会咆哮自己不被理解的皓祯与尔康不再是女性读者想象中的"良人",对旧有言情经典反讽的盛行,可以看出在生活压力之下的当代女性对爱情的无力与失望。

4. 现代都市重生与古代复仇重生

除了历史穿越、架空穿越之外,穿越小说还有一个重要的类型——"重生"。所谓"重生小说",指主人公回到若干年前,却又保存着对过去的记忆,借助记忆优势重新体验、规划人生。重生需要通过穿越而实现,而每一次穿越都是不同意义、程度和向度上的重生。穿越多肇始于某些偶发因素,对新的历史时空中自己的命途少有预料和规划,重生者则因背负前世记忆(多为不愉快的记忆)及恩怨,而有着强烈的"重生"意识和"复仇"信念,往往计划周详、行动果决、步步为营。重生小说的出现,实际解决了如何写都市穿越的问题,它是小说在穿越历史、穿越异界后转向都市的必然结果。主人公"洞悉"这个时间段的社会发展和相关人员的命运,利用"先知优势",所以能够趋吉避凶,获得人生的成功和意志的实现。把人生重新来过,对每一个现代人来说都是充满意味的诱惑。重生与都市言情相结合,暗夜幽香在《重生之风云再起》的前言中写道自己的创作初衷:"如果,我们有一天有一次重来的机会,我们会怎么选择? 我们会怎么走我们的道路,到底什么是最重要的? 人生很多都不完美的,我们都有追求完美的愿望!"三眼神童的《穿越之完美之旅》、金子的《绿红妆之军营穿越》、爱爬树的鱼《扭转乾坤之肥女翻身》与虫小扁《姚水儿的移魂记事》等都是"重生 + 都市言情"的代表之作。[131]普通人重生改变过去、成为人生赢家的同类题材越来越多,读者难免审美疲劳,于是重生为某行业专门人才的小说出现,心理师、医生、特警、鉴宝师、借此读者可以体味不同的人生、一窥不同行业的内幕。将特殊行业与人群进行"景观化"叙述的"重生 + 都市商战""重生 + 豪门恩怨""重生 + 娱乐圈"等子类型纷纷出现。

依托古代社会的"重生"多与"复仇"主题相连。"重生复仇"主题多围绕宫廷争斗、家宅嫡庶之争,被欺骗、被牺牲、被暗害的女主角一觉醒来悔不当初,踏上复仇之路,凭借自身重生的优势,一路如砍瓜切菜消灭敌人,收获爱情。以秦简的《庶女有毒》《娼门女侯》最具代表性,此类小说情节性极强,环环紧扣、明线伏笔交错,很受读者欢迎。女主人公不再是前期穿越文里流行的"玛丽苏"①"白莲花"②等便于读者意淫和代入的形象,女主角获得爱情的方式也不是"一见倾心""莫名间怦然心动",因柔弱纯洁而吸引男性保护,而是强调一种"势均力敌"的爱情,女主角靠谋略有气度收服人心,与手中握有资源的男性达到一种利益捆绑式的合作关系,如《庶女有毒》中李未央凭借对前世的记忆与七皇子拓跋玉夺位谋划,拓跋玉在一步一步靠近权力巅峰时对这个狠辣腹黑的女子逐渐倾心。这种非传统类型女性气质的表述大量出现在"女性向"言情小说中,是女性主体性意识的彰显,是"女性解放"和"男女平等"这些传统女权话语的委婉表达,从中能看到言情类型小说为构建女性平等话语权力的努力。

---

① 玛丽苏:特指一种人物类型,是作者和读者都可以带入的梦想中的"完美自我"。多以纯洁善良、聪明美丽,多才多艺的少女形象出现,俘获了所有主要男性角色的心,最终"玛丽苏"可能没有选择任何男人,为了理想中的爱情或为拯救世界等宏大主题牺牲自我。代表人物有《步步惊心》里的若曦。

② 白莲花:在"玛丽苏"的基础上,突出女性形象的圣洁高贵,与世无争,无辜无害无心机。也称"圣母白莲花",代表人物有《还珠格格》里的紫薇。引申为只会给别人添麻烦、擅长以柔弱和泪水博取同情,装圣洁其实内心高傲又自私。

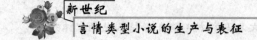

"重生"也可以与"种田文"组成复合类型,如萌吧啦 2013 年在晋江文学城连载的《重生之渣夫狠妻》,女主简研与男主庄二都是世俗中人,没有多少高洁品质,也没有什么特殊技能。庄二是个被继母纵容、不学无术又自诩风流纨绔子弟,胆小怕事,遇事又没有担当,可谓标准的"渣男",终因情债被折磨致死。女主简研本是名门淑女,在看到丈夫宠妾灭妻,自己屡次小产后,失望绝情之余寄情守财,抄家之时更是卷铺盖就走,火速改嫁风流子燕曾,直至双目失明又被遗弃,中年因钱财猜忌被表弟害死。以悲剧收场的两人一起重生在新婚之夜,起先互相嫌弃,又因共享重生的秘密而惺惺相惜,想起前世的被欺骗与折磨的种种又深感同病相怜,于是相互扶持,学医挖药巧治时疫,使家族避免了抄家的命运,两人也过上了有儿女有田宅的幸福生活。

(二)封闭空间:宫宅、职场与校园

与宏观历史时空和世界想象的去政治化一致,言情类型小说的微观故事场景则是封闭式的,故事发生的具体空间无论是宫宅、职场还是校园,都是自足的,与外界更大的社会空间绝少发生关联。

1.宫斗与宅斗

古代宫廷是言情类型小说发生的重要生活场景和活动场景,以宫廷为背景可以使小说主题看起来更加"高大上",可以营造出一种宏大的史诗性氛围。同时古代宫廷可以确保叙事的故事性、戏剧性与传奇性,对于读者来说古代宫廷是陌生化的叙事场景,是汇集封建贵族高端的生活形式、政治权力与利益的斗争的场所,使小说情节充满故事性,为虚构的历史穿越小说增加传奇色彩。穿越到古代宫廷的主人公,与柴米油盐的日常生活拉开了一定距离,被天然的赋予了各种"高素质":高贵的品行、卓然的品位、琴棋书画皆通的文艺素养等,深得"才子佳人"言情传统的真传。

后宫题材的典型作品非《后宫甄嬛传》莫属。女主角甄嬛通过选秀进入到帝王偌大的后宫,最初不想与素未谋面的帝王有过多纠葛,不惜相求温太医以装病来达到安然度日的愿望,机缘巧合下认识以清河王自称的玄凌,倾心相爱并获椒房之宠,后因华妃羞辱小产,与皇帝同心协力斗倒华妃及其外戚家族后,却在皇后设计下误穿旧衣被皇帝厌弃。此时甄嬛意识到自己实为纯元皇后的替代，爱情的信念被摧毁，家族又被打压，甄嬛再无心争宠，留女儿在宫中自请离宫礼佛。甘露寺中饱受磨难屡获清河王援手，遂于清河王再定终身，游山玩水享情爱之乐。甄嬛怀有身孕之际误会清河王已死，家族又被陷害，于是含恨设计与玄凌重修旧好复宠回宫，放弃情爱只谋权力的甄嬛势不可挡，清河王因毒酒而死后更是绝情忘爱，逐个打压胡蕴蓉、安陵容等嫔妃，最终斗倒皇后，将皇帝气死，扶眉庄之子登上皇位，成为后宫中最尊贵的女人——太后。作者对整个故事的预设是"寂寂深宫中一个关于爱情和斗争的故事"，女主角甄嬛的人生轨迹糅合了历代后宫嫔妃的经历与遭遇，最终合成了一个毕生在"爱"和"斗"之间挣扎、不能更典型的后宫女子形象。

在"宫廷"这一封闭空间里，所有女子的人生走向都取决于皇帝玄凌的意志，这种极端的不对等关系使得"斗争"成了后宫的主旋律：争夺宠爱、争夺生育权力、争夺更多孩子的抚养权、争夺后宫领导权。单打独斗争夺不过他人就组成小型联盟：华妃有丽嫔助纣为虐，有曹贵人出谋划策；甄嬛有眉庄姐妹情深，有端静二妃从旁协助；皇后有祺嫔冲锋安陵容垫后。在具体的斗争面前，爱情从来都不是助力而是羁绊。爱皇帝的甄嬛患得患失，小产过后无法原谅玄凌不予处理的态度继而失宠；爱皇帝的华妃难掩嫉妒张扬跋扈，最终得知无子是皇帝的算计绝望中自尽而亡；爱皇帝的皇后最终斗不过"黑化"①的甄嬛。"绝情忘爱"才是后宫斗争中通往胜利的法门，心中无爱只有权谋利益的甄嬛才能一路过五关斩六将登上权利的顶峰。

在后宫封闭的世界中只有"一记功成万骨枯"只有"斗争模式"，人与人之间的关系被解读为"拜高踩低，宫里历来如此"，"宫里没有真正的姐妹，从来都是势弱依附势强，愚笨依附聪明"，"面前是笑脸，背后就是刀子"。在这一封闭空间内貌似没有给出其他的可能，进入"后宫"就要服从后宫的游戏模式，甄嬛的一切斗争行动都被解释为"逼不得已"属于正当防卫，杀人也是为了"报仇雪恨"，读者在阅读时也被暗示甄嬛别无选择。但封闭空间其实是可以打开的，甄嬛有很多机会打碎封闭空间，在凌云峰无人问津时完全可

---

① 黑化：网络用语。起先为游戏《Fate/Stay Night》带入的专有名词，描述其中角色间桐樱和Saber被"此世全部之恶（Angra Mainyu）"污染所产生的变化。后引申为"性情大变"的代名词，指人物在精神上受到极大刺激甚至崩溃后，从原来的日常人格切换到阴暗人格。

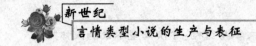

以在林间开田自足,开启"种田文"模式,在具体的争斗中也可以采取其他手段,弓弦勒死假冒承宠的于氏,柳絮害死哮喘的胡蕴蓉,并非"大快人心"而是令人"不寒而栗"。封闭的宫斗空间给出了一个错误的前提,甄嬛们的争斗试图用丰富的人物形象与多变的命运来说明前提的合法性。读者在阅读的时候注意力全都放在了情节和人物上,极容易忽视这一切的前提本身就是有问题的,甚至是极坏的。"生命不息争斗不止"在宫斗文中被刻意塑造为唯一出路。

　　"宅斗文"可谓是"宫斗文"的"家长里短"版本,并不是所有读者都喜欢看王侯将相的权谋斗争,"家庭伦理"似乎更贴近日常生活,对吃穿住行精细的描写,对人际关系如何经营的侧重,都是宅斗文吸引读者的地方。宅斗文多依托于古代社会背景,主要矛盾集中在继父继母与原有子女间的冲突,如继母冷待嫡女、嫡母打压庶女、嫡庶姐妹之间的不睦,大家族里不同分支的矛盾,恶毒亲属带来的问题等,突出封建伦理关系下亲情与利益之间的矛盾。吱吱的《庶女攻略》最具典型性,讲述了地位卑微的庶女罗十一娘,如何博得罗老妇人的青睐,在嫡姐死后嫁给了姐夫永平侯为继妻,靠自己的才智生存下去,获得整个侯府及其贵族社交集团的认可,最终成为大周朝时尚教主、驯夫有道教子有方的女性楷模。夫妻之间是合作伙伴关系,十一娘从嫁给永平侯的第一天开始就在证明自己的存在价值:能给嫡子营造优秀的教育环境,能让婆婆开心,能有效帮助家中中馈等一干庶务,能生继承人,能理解永平侯的想法并进行亲切友好的交流只是其中一项平行任务。妾侍和主母是上下级关系,出身商贾大家的贵妾是十一娘专用的内宅秘书兼账房,服侍永平侯倒在其次。妻子相当于一份工作,《庶女攻略》之所以叫"攻略",其定位是展现古代妇女的职业规划。宅斗文里焦虑感生成的核心不是爱情而是生存,如何站稳脚跟,如何博得上级好感、获得同事支持等等,如何生存下去,不用受人欺负过上衣食无忧的好日子,这是"宅斗"的主旋律,也是当下女性生活中最朴素的愿望。

　　2. 都市职场与校园爱情

　　2010 年以来《裸婚》《隐婚》《剩女时代》(又名《钱多多嫁人记》)、《婆婆来了》等一系列颇具影响的现代都市婚恋类型小说推出,力压穿越等传统优势类型呈现一枝独秀之势。《广电总局关于 2011 年 3 月全国拍摄制作电视剧备案公示的通知》中特别强调："个别申报备案的神怪剧和穿越剧,随意编纂神话故事,情节怪异离奇,手法荒诞,甚至渲染封建迷信、宿命论和轮回转世,价值取向含混,缺乏积极的思想意义。"[119]要求各创作机构端正思想,回归现实题材。盛大文学随即对旗下六家网站的穿越小说进行了专项清理,开始积极倡导"网络文学中的现实主义题材",都市婚恋题材恰恰是最"接地气"的类型,同时现实题材因其可操作性较穿越仙侠类型强上许多,且时装剧投资多小于年代剧,被翻拍成电视剧的概率极高,这也鼓励更多的作者把写作重心转移到"都市言情"和"校园"这样的现实题材。

首届"华语言情大赛"冠军、红袖添香网的原创小说《裸婚——80 后的新结婚时代》写出了"80 后"男女面对婚姻的难题,中产家庭独生女童佳倩与相恋八年的工人子弟刘易阳奉子成婚,搬入了刘家三室一厅的老房子,婆婆一手把持、溺爱孩子,童佳倩束手无策,面对重男轻女的公公和奶奶对孩子的冷言冷语冷面孔,童佳倩一腔愤愤同样束手无策。消费观念、生活品位的差别使童佳倩在刘家显得格格不入,裸婚时澎湃的爱情理想被一地鸡毛的琐碎生活打压得不见踪影,而刘易阳对一切的听之任之、漫不经心使童佳倩对痛苦的"忍耐"显得毫无意义。失业的刘易阳拒绝童父安排的事业单位,坚持要自由追求梦想,在新的工作单位又遇到了富二代孙小娆插足婚姻。搬出刘家在外租房的二人仍然生活不如意,带孩子的困难、存款的支配问题,以及对对方父母的态度,各种问题接踵而至。作者在故事的结尾依旧给出了一个充满"正能量"的结局——离婚后的二人逐渐学会了彼此关心与理解,又一次走在一起,通过共同贷款终于有了自己的房子。小说推出后引起了各方关注,改编成电视剧后热度更是有增无减,"裸婚"究竟是一种时尚还是无奈?"裸婚"能"裸"来幸福吗?"裸"了物质,能否成全纯粹的爱情?当爱情理想遭遇婚姻现实我们该何去何从? 这些极具争议性又十分现实的问题,不仅引起了女性读者的关注,也引起了不同性别、不同年龄阶层的讨论。新世纪走到第二个十年,80 后很多已经步入婚姻、为人父母,成长环境相对优越、普遍接受过高等教育的独生子女们,进入婚姻后是一个什么样的状态? 小说撕开了生活的一角,始终隐忍觉得自己最委屈的童佳倩,被富二

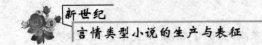

代晃花眼睛的刘易阳,嫌弃刘易阳的事业单位干部童母,对童佳倩"乱花钱"颇为不忿的底层市民刘母……这些人物就出没在我们周围,这一切真实而鲜活的场景就存在于很多人的日常生活之中。还有关注剩女问题的小说《钱多多嫁人记》《剩者为王》,写都市白领职场与生活的《被时光掩埋的秘密》、《欢乐颂》,写医生群体的《听说你喜欢我》,糅合了警匪元素的《他来了,请闭眼》《如果蜗牛有爱情》,虽然还存在着处理方式单一、复杂问题简单化等不足,对现实问题的切实关注、对具体生活的多样表现显然是现实题材类型小说的一大进步。

同样是表现现实生活,"青春校园"题材却表现出一种理想主义风貌。台湾作家九把刀《那些年》、九夜茴《匆匆那年》、八月长安《最好的我们》开启了80后对曾经的怀念。《匆匆那年》所讲的80后青春岁月的特殊性体现在年代、历史与命运之间,"我们在贫与富的边界上走过,在自由与约束的边界上走过,在纯良与邪恶的边界上走过,在闭塞与开放的边界上走过,在金钱与财富的边界上走过,在道德与道义的边界上走过,在世纪与时代的边界上走过。"那些"不怎么想,却永远搁在心里"的初恋,"在一起的日子就已经没有不在一起的日子长"的相伴,"从生命中的全部变成了生命的一部分"匆匆过去的爱恨,暗合了无数读者的青春想望,也引起了无数读者的共鸣。[120]《最好的我们》写耿耿和余淮的高中同桌三年时光,他们的世界里有负责任又理解学生的年轻班主任,学渣、学霸、学神性格各异的同学,有在解题考试写作业之间渐生的情愫,一段鲜艳又青涩的青春校园回忆。整个场景都集中在学校,没有多少大事件,只是在日复一日的学习中有些小情感,在耿耿唠唠叨叨的自我反思中,读者像是来到文本中采摘回忆,总有那么一两个桥段是我们的过往。青春校园题材把读者拉回了想象的伊甸园,在现实生活中并不那么如意的人们总会倾向于回忆过去的时光,可能曾经的日子并没有回忆中那么美好,意义不在于具体做了什么,而在于追忆本身,以及赖于追忆的一段集体行动。

(三)另类现实:玄幻、仙侠与"吸血鬼"

1. 玄幻修真与末世

"玄幻修真"小说是对古代神怪小说等形式的历史性呼应,它从传统的道家思想中取材,又受到《魔戒》《哈利·波特》等西方科幻小说的影响,是与当代消费文化合体而成的一种全新小说类型。"玄幻"也是网络文学最早的类型之一,网络相对宽松创作环境,现代人渴望摆脱生存压力、渴望寻求刺激,都是玄幻小说兴盛的现实文化土壤。"网络玄幻小说所具有的各种文化因素被囊括进'娱乐——消费'的文化外壳下,不再指向现实性的意义建构,而是追求阅读的一种瞬间性的心理体验与心情舒张。"[121]

多为男性作者和读者青睐的"玄幻"题材在女性中也有一定的市场,当"玄幻修真"落地"女频",在原有的个人成长模式之下,剔除了男权中心、女性形象概念化、男女关系性爱化等男频①叙事固有顽疾,与"言情"结合成为一种新的子类型。以女性为叙述中心的"女频"玄幻修真小说,释放了女性被压抑的主体性,不用依靠男人,只凭借实力说话的修真异能世界里,女性像创始的母神女娲,舍身创建一个不屈从于现实逻辑的世界。

想象力是支撑这类小说的核心力量,故事背景通常是由凡界、修真界、仙界(有时还有妖界与魔界)等不同层次构成的超现实想象世界,是"一种凭空而来的想象,一种'脱历史'和'脱社会'的对于世界的再度编制和结构"[122]。主人公的人物要不再是"穿越历史"阶段的振兴国家富强中国,也不是"穿越架空"时期利用现代思维改造古代社会,而是走向了背对现实的异域世界。在现实中生活得不那么如意的写手和读者,借助异世界的主人公翻转命运,在欲望膨胀又竞争激烈的现代社会里,人们让自己所有无法满足的欲望都投射到穿越主人公身上,继而得到实现和满足。主角通常都有超越普通人的异秉天分,凭借力量的绝对优势建功立业享尽荣华,这些恰恰是作为普通人的写手和读者渴望拥有的先天优势和强大能力。

"玄幻 + 言情"小说有一套"天然逻辑",如修真世界讲因果报应,天道始终在监督每个修行者的行为,杀人也好救人也罢,都会兑换成相应的数据——因果值,如同网络游戏中的各项数据条,数据条存满才能更好地完成任务。修真世界有一些约定俗成的规范,修真主人公通常不是单打独斗,要依靠宗门派别,修真是一条艰苦之路,需要自身的天赋灵性也需要师承和团

---

① 男频,即男性频道。类型文学网站按照受众性别给类型小说划分成了男性频道和女性频道,"男频"以玄幻文学为主,"女频"以言情类型小说为主。

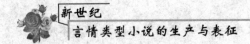

队。修真有一套进阶规则,分为灵动、筑基、结丹、元婴、离合、洞玄、分神、渡劫八个阶段(出自幻雨《百炼成仙》,起点中文网),分为金丹、元婴、空虚、空冥、大成五阶段(来自我吃西红柿《星辰变》,起点中文网)量的积累最终达到质的突破,终于从普通人渡劫成功变成了修真异能人士,甚至羽化升仙。宝物、灵兽也是此类文中的重头戏,资源宝藏、储物空间,在关键时救命、在平常时帮忙打怪的灵禽异兽等。

"末世文"也是"玄幻"总类型下的一个子分类,这类文缘自《生化危机》等末世题材电影,顾名思义,都是在相似的"末世"背景下展开。地球因自然灾害或战争被毁坏,原有的社会秩序被打破,人类大量减少,存活下来的人在废墟中重建家园,或是与丧尸变异人等"异类"搏杀,或是抢占资源与不同阵营的"同类"火拼,最终在满目疮痍的地球上建立起自己的宏图霸业。这类文通常有极强的代入感,主人公带着读者宛如置身于一个庞大的游戏世界,光芒四射的结尾可以预判,剩下要做的就是尽情享受故事本身的福利。

玄幻小说的世界图景完全不同于现实生活,因而不受现实逻辑的限制,成长型的主人公不必经历传统文学中的困苦和彷徨,她们目标明确,因晋级有着森严的等级,因而有极强的自主性和创造力。但不受现实逻辑干预的反面就是倒向人们内心深处的飞地,获得更多资源快速升级才是王道,礼义廉耻不值一提,仁义道德也选择性遵守,很多"末世文"完全变成了"升级流"①的"爽文",无限的放大个人欲望,把主人公的喜好当成世界的核心,无论从写作范式还是价值取向上来看,这都无疑是一种倒退。

女性玄幻题材常见的故事类型是女主角的"上位"或复仇故事。浣水月的《倾天策绝代女仙》就建构了一个"苍原大陆命似草芥,弱者如蝼蚁,强者为尊"的玄幻修真世界,女主角洪飞雪从毫无灵根、险些成为"祭品"的废柴之身,蜕皮塑骨成为"听得懂万千动物语言,还听得懂植物说话",体内更有两个空间、三个丹田的异能之士,休仙之余摆阵法、炼丹药,前有大宗门为靠山,更有整个家族为依仗,终成仙境之王、一代女仙。果核之王的《炉鼎女配

---

① 升级流:升级流是网文界的专有名词。顾名思义,就是类似 RPG 类游戏打怪升级的玩法的一种写作套路。主角在一个充满各类设定的宏大世界里经历各种挫折,从中得到"经验"然后"升级",逐渐由废柴变强者,过五关斩六将收获各种秘宝并且征服各色美人。因"升级"写法易于复制,逐渐成为一种写作套路。升级流网文常见于玄幻、修真、仙侠等类型,多为爽文。

上位记》写林紫叶穿越成为"肉文"①修真世界女配角，如何打破自己作为"炉鼎"②被各色人等觊觎的命运，打败了原本故事的女主角，在修真界实力极强却时时算计的"大魔头"和天分不高但一片深情的表哥之间，选择了放弃飞升与表哥做一对神仙眷侣。

"末世穿"加"书穿"的作品如水果慕斯《末世女配升级记》写女主角特种兵唐嫣意外悲催地穿越到她看过的末世升级流小说里，成了一名炮灰女配，该女配性格骄纵、刻薄，可谓一无是处。面对血腥残暴的末世世界，女主顶着无敌万能光环，随身携带空间，在夹缝中求生存的故事。闲看风云的《末世之妖孽法则》写一个孤女和逃犯特种兵在丧尸遍地的末世生化危机中一路走来，最终建立新世界。吃草的老羊《重生末世之强女》借助丧尸题材，讲述一个女子成长的故事。世界毁灭、病毒四溢、百分之八十的人类被感染的"末世"，在软弱无助的被人吞食还是在血腥暴力的时代奋起的抉择前，女主角安宁收集物资、拉拢伙伴，决定一起大干一场，在混乱的末世里有女子沦为玩物被侮辱损害，安宁偏要逆流而上、逆势而行，不依赖男人，组成一支娘子军成就一场辉煌。

玄幻与末世、游戏化与升级流原本是"男频"里常见的时空背景和写作特征，言情类型小说将这些元素收编进来，产生了服务女性读者审美趣味、侧重女性自我成长和突破的"女频玄幻"，架空世界往往更适合女性写手中表达女权诉求，这也直接推动了"女强文""女尊文"等新类型的出现。

2. 仙侠奇幻世界

仙侠小说，顾名思义指的是有仙又有侠的小说，在传统武侠小说的基础上增加了神仙、妖魔等元素，风格更加缥缈虚幻，除了写侠义精神与写实的十八般武艺，又增加了道法仙术、神器法宝等奇幻成分。与男频仙侠多写修真异能不同，女频仙侠更多关注对神仙世界的瑰丽想象，仙人之间的爱恨情仇，人、仙、妖、魔之间的矛盾纠葛等内容。2007 年大风刮过在晋江文学城连

---

① "肉文"指有大量色情描写的小说，读者阅读有大量色情描写章节的行为被称为"吃肉"。

② "炉鼎"一词多出现在玄幻修真文当中，是指修真世界中纯阴体质的女性，按照道家阴阳相生的理念，其他修真男子可以通过和纯阴体质女性发生性关系来增强并提纯自己的修炼成果，不但修行能够一日千里，在突破修炼等级的时候还能避免心魔侵蚀，不易走火入魔。此类体质的女性稀少，一旦出现就会成为各种男修的抢夺目标，沦为男性的工具与玩物。

载仙侠题材言情小说《桃花债》,被奉为一时经典,2008 年 5 月完结的唐七公子《三生三世十里桃花》与 Fresh 果果《花千骨》两部仙侠题材代表作连载完结,神族与魔族之间的纠葛,毁天灭地只为真爱的情节感动了无数女性读者;2010 年桐华推出她的山海经系列,共工、祝融、蚩尤、旱魃、炎帝、黄帝,这些原本存在于神话故事与历史传说中的人物,被赋予了性格特征拉进一场场爱恨情仇中。此后大量同类小说出现"仙侠"成了网络言情小说中一个极具生命力的类型,与男频的非现实类型"玄幻""修真"遥相辉映。

发布在晋江文学城、作者唐七公子的《三生三世十里桃花》讲青丘九尾狐白浅与天庭太子夜华的爱情故事,九尾狐原本在民间传统神话中是魅惑人类的妖精,如《封神榜》中迷惑纣王祸国殃民的九尾妖狐妲己。在蒲松龄的《聊斋志异》中也有《莲香》《辛十四娘》《小翠》等多个狐狸形象,她们美艳之余兼具感恩图报、侠肝义胆等优秀品质。《三生三世十里桃花》以及后来的姊妹篇《三生三世枕上书》均是写东荒之国白止帝君一家九尾狐神女与天庭尊神之间的故事,系列作品描述了一个和传统神话不尽相同的神仙世界:天庭热衷八卦,走在路上也能听到三五成群的小仙娥眉飞色舞的议论上神间的曲折情爱;掌管凡人命运的"司命"更是一步行走的八卦全书。神话传说中不近人情的天庭充满了娱乐氛围,飞升封神、异族相爱、神魔相斗这些传统严肃主题纷纷被解构:鬼族与天庭的大战竟起源于鬼君看中了墨渊上神坐下的弟子并掳了回去要封为"男后";凡间飞升的某神君在朝拜东华帝君时正赶上凤九找东华要东西,因为成功地从蛛丝马迹中分析出俩人的暧昧关系,被司命星君破格擢升留在天庭写命格;仙魔人三界的统一原来是因为擅长打架的东华帝君一路收拾小魔头、小魔头背后的大魔头,"一日待回首,即将四海八荒最大的那个魔头收拾成了受伤的小弟"[123]……在这个后现代风格的仙侠世界里,因情伤跳诛仙台、取万年心头血救师父、为救爱人舍命封印鬼君这些言情小说中常用的悲情桥段,也并没有上升到"爱情与生命"这些宏大主题,而是作为穿插在日常生活中的"事件"出现,与醉卧桃林、狐狸洞啃枇杷这些日常事件并没有高下之分,"悲剧性"和"严肃性"都在这个仙侠世界里被解构干净。

仙侠文在描述一个奇异世界的同时,其情节却没有多少新奇之处,各种套路贯穿其中:打怪升级冒险谈恋爱,高悬于男女主角爱情之上的可能是因果报应(天道、个人报恩与报仇)、身份差异(仙凡有别、门派之争、师徒身份)、三界阴谋论等原因,随着男女主人公个人成长修行的进步,打破矛盾终成佳偶的故事是最常见的套路。仙侠类型文背后可以明显地看出传统通俗文学、民间文学的影子,矛盾冲突很多来自民间故事中的"母题"。按照"神话素"拆分开来,很多仙侠文的架构其实就是王母娘娘拆散牛郎织女、法海镇压白娘子的变种,内核是郭靖黄蓉让不让杨过娶小龙女的通行道德规范与真爱之间的反封建斗争。仙侠文的"爽点"也正在这些俗套里,明白易懂的故事结构,读者儿时曾经幻想过的神话人物,仙侠文提供的阅读快感是一种混合着新奇与熟悉的复杂感觉。从读者的接受心理来看,套路并不会引起读者厌恶,反而是彻头彻尾的新奇形式,不但不能引起读者的新奇感,反而是读者难于理解的。"类型体现了所有的美学技巧,对作家来说随手可用,而对读者来说也是已经明白易懂的了。优秀的作家在一定程度上遵循已有的类型,而在一定程度上又扩张它。"[124]仙侠文在遍布的套路中,想象性的建构了另外一个世界,这种原创的想象力正是仙侠文的生命力所在。

3. 西幻世界:吸血鬼

以吸血鬼为代表的西方玄幻题材对幻想类言情类型小说有很大影响。2008 年开始,《暮光之城》系列电影的播出,在全球范围内掀起了吸血鬼流行文化热潮,《纽约时报》书评盛赞该小说的吸引力之处在于"抵抗诱惑是一个长久的斗争,男主人公爱德华的选择是高度道德自律的表述","为恋爱、约会场景提供了一种别样的情景,没有吸烟,没有酗酒,始终只有亲吻而已","其情欲的节奏,犹如《圣经》中超人级别的自制力。《暮光之城》以一个吸血、玄幻的励志故事和完美的大团圆结局,用"有情人终成眷属"和创造"完美的核心家庭"建构起所谓的新的美国保守主义的道德价值观。书中吸血鬼爱德华的形象可谓是完美而又极具颠覆意义,"突出地表现在对男主人公相貌的完美刻画,完美的相貌总在暗示完美的身体,也总在遮盖完美的身体。这是一部没有身体的小说,但又充满着对于身体惊人的美丽的叙述"。[125]

随后的《吸血鬼日记》《真爱如血》《吸血鬼始祖》等吸血鬼题材美剧,又塑造了一批英俊潇洒、能力非凡的吸血鬼形象,他们长生不老且青春永驻,拥有超人的能力与超凡的速度,有些古老的欧洲吸血鬼本身就带有王室贵族血统,他们的出身决定他们拥有现代人无法企及的品位,长久的生存又使他们积累了大量的财富。吸血鬼被塑造成了一群穿越到前现代社会的绅士,这就是言情小说中的男主角形象。而吸血鬼男性和人类女性之间具有"不可能性"的"禁忌之爱"要比现实中的情爱更具有吸引力,"永远在场"的吸血鬼男友任凭人类女友遇到什么样的危机,都能及时出现力挽狂澜。对吸血鬼唯一的束缚也被攻克,"暮光"吸血鬼不能在日光中现身是因为其夺目的美丽,自然力之外的美容易引起人的恐慌,而《吸血鬼日记》中女巫可以帮助吸血鬼做日光戒指,让他们可以毫无顾忌地随时出没。以吸血鬼为代表的西方玄幻世界秉持着罗曼司传统,本身就与我国的言情小说有亲缘关系,网文作者挪用西方玄幻元素,创造一个想象中的异域,与假想中的古老欧洲进行一次亲密接触,也并不偶然。这一题材的书写使大众文化的功能得以实现:给人提供想象性的抚慰,以及给现实当中永远无法解决的问题以想象性的解决。这也正是幻想类言情小说最为内在的快感机制。

二、人物设置与情节模式

网络空间不但能让个体穿越,而且能让个体在臆想的空间中体味与扮演不同的人生。现实生活要受到诸种限制,网络的匿名性却带来了多重自我与虚拟身份的易变性、流动性,个体可以在网络空间中或者体验自我未曾实现的部分,或者寻求情感与愿望的补偿。对现代宅男宅女们来说,他们正是在网络虚拟空间中建构理想自我的,这甚至会导致他们在潜意识中孕育一种"平行生活观":"生命似乎是由许多视窗组成的,真实的生活不过是其中的一个视窗而已。[126]更有甚者将网络空间视为生活的"主视窗"。相比较网络游戏空间的耗费时间与财力,通过类型小说的阅读自我代入为网络虚拟空间的类型人物,无疑是一种省钱而有效的疏解方式,尤其对于很多并不那么钟情于网络游戏的女性网民而言,类型小说市场为她们提供了的诸如"霸道总裁""温柔暴君""腹黑王子"等系列人物以供挑选,还有与人物配套的"灰姑娘""麻雀变凤凰""女尊世界逆后宫"等情节模式。描写人物在文学写作中的重要性无须赘言,"在写作中,描绘一个人的清晰形象,他的行为,以及他的思想与生活方式。人的秉性、环境、习惯、感情、欲望、本能:所有这一切使人成为人。"[127]并不缺乏技巧的类型文学作家通过对这些因素的描写,清晰的向读者展现了他们的功能性类型人物:让人一见难忘再见倾心的玛丽苏圣母白莲花女主角、邪魅狂狷的腹黑霸道总裁/君王男主,加上标配的温润如玉谦谦君子男配、地位高颜值高唯独情商低的炮灰女配,以及在关键时刻起到破除/加深误会作用的忠仆跟班、闺蜜死党。这些高度典型又高度类型化的人物设置是小说的"标配",实际上正与当下现实中流行的价值观念模式高度吻合,因而同时也是言情类型小说受到评论界诟病的地方。

(一)暴君与霸道总裁:王子遇见灰姑娘

"暴君"与"霸道总裁"是类型文学生产出来的一组典型形象,与之相配套情节结构通常是"麻雀变凤凰"的"灰姑娘"模式。灰姑娘的故事由来已久,在世界各国的民间故事与文学作品中都能找到相似内容。

芬兰学者阿尔奈于1910年在《民间故事类型》一书中把各民族的民间故事进行了比较,使用了"type"一次来表述不同的故事类型。远隔万里的各地区民众口述民间故事,讲出的情节经常大同小异,这些不同故事中相互类似而有定型化的主干情节就是"类型",细节和语言上的差异可称"异文"。越是引人入胜的故事,拥有的异文就越多,如灰姑娘的故事,通俗小说中民间女子邂逅王孙公子历经波折凭借信物相认终成眷属的故事,类型小说中的霸道总裁爱上灰姑娘的"总裁文"等,都可以看作灰姑娘故事的变体。

民间叙事作品中还可以概括出诸多"母题"(motif)——由鲜明独特的人物行为或事件体现出的情节要素、情节单元,它们反复出现在不同作品中,具有极高稳定性。"这种稳定性来自它不同寻常的特征、深厚的内涵以及它所具有的组织连接故事的功能。"[128]美国学者斯蒂·汤普森在《世界民间故事分类学》一书中也指出,"母题是一个故事中最小的、能够持续在传统中的成分",一个类型是又"一系列顺序和组合相对固定"的母题所构成的,它的基础是一个叙事完整而独立存在的故事。[129]以灰姑娘故事类型为例进行分析:

A[女孩处于困窘的生活状况]拥有"善良""自强"等优秀品质的女孩遭受了a家庭的不幸a1丧母,父娶继妻,后母不慈,a2父母双亡寄养亲戚家,姐妹相欺,a3与需要照顾的老人相依为命,受到亲戚的欺辱。b生活或

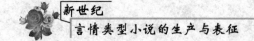

事业遭遇重创 b1 缺钱 b2 需要特权阶层的帮助。

B［男主与女孩第一次相遇］通过舆论渲染男主的权势地位能力，男主是 a1 君主或王子，a2 日理万机的总裁，a3 享有诸种特权的高干子弟。两人的相遇状态是 b1 身份悬殊的相遇，男主没有留下印象，王子与灰头土脸的姑娘、总裁与普通职员、高干子弟与普通人。b2 留下了反面印象，开启欢喜冤家模式。b3 留下了正面印象，开启引君入瓮模式。

C［男主对女孩倾心］在身份看似平等的基础上相遇，场景可以是 a1 全国姑娘都可以参加的舞会、全员参与的公司年会等社交场合，a2 职场、谈判桌上的对弈。相貌动人的女主通过 b1 魔法 b2 亲友帮助 b3 代替他人，短暂改变了自身所属的阶级，给男主角留下深刻印象 c1 一见钟情 c2 印留下与众不同的印象而日久生情。

D［女孩离开留下念想］因突发事件女孩不得不离开 a1 魔法到期等非自然力，a2 女孩遇到生活中的突发难题，a3 男主家人的干涉阻止，留下念想 b1 遗落下有辨识度的特殊物品，如水晶鞋，b2 仍然存在某个约定，b3 悬置了某件未完成的事。

E［寻找与错认］女孩没有接收到正确的信息 a1 被继母和姐姐强行囚禁 a2 被错误引导而去往他处 a3 因阶级差异造成的问题自己主动离开，而被他人冒名顶替，b1 继母让姐姐冒名顶替，削足适履，b2 女配上位故意冒名顶替，b3 其他形式的自然代替。

F［揭开误会终成眷属］顶替者 a1 被发现并遭到惩罚 a2 良心发现主动承认 a3 深感无望主动退出，最终走向善有善报恶有恶报的大团圆结局，女孩通过获得爱情的形式，晋身男主所处的上层阶级。以爱情为敲门砖完成阶级的流动、新旧势力的融合。

在结构主义者看来，文学作品中的人物是故事的参与者或"行动元"，而不能视为真正的人，人物是功能性的人物，只需要分析人物在故事中"做了什么"，而不必从心理学本质上回答他们"是什么"。绝大多数"暴君文"与"霸道总裁文"都难逃灰姑娘模式的窠臼，总裁文的代表作《天价小娇妻：总裁的 33 日索情》《邪性总裁》《豪门绝恋》《权总追妻 N 次方》《狼性总裁》《隐婚总裁》《隔墙有男神：强行相爱 100 天》无不是强势的、掌握生杀大权的豪门总裁，与势单力薄的女子相遇，从差距悬殊的见面开始，一路经过误会、错认、揭开误会/看清本心，最后破除万难终成眷属。然而如果只是人物的简单复制，这类小说不可能有如此大的魅力，"给予现代小说中的人物以现代趣味所能接受的那种特定种类的幻觉的，恰恰是异质性，他甚至弥散于人物的人格中。"这也是为什么一个类型人物反复出现在不同的类型小说中仍然能唤起读者的阅读热情，"异质性"通过对类型人物细部的调节来实现。同样是"霸道总裁"，《杉杉来吃》中的封腾从一登场就"精英范"十足：

"只是一个男人坐着的侧面而已，却好像发光似的牢牢吸引住人的眼睛。男人仿佛刚从宴会中出来，身着非常正式的黑色西装，脸上带着一丝疲倦和习惯性的高高在上的疏离。他弹了弹衣角站起来，以一种傲慢的步伐走近薛杉杉。"[130]

普通职员杉杉因为与总裁封腾的妹妹封月同为稀有血型而被大公司录用，献血后封月连续送午餐一个月对杉杉表示感谢，并邀请杉杉参加其子满月宴，杉杉得到封腾的注意，并被安排每天中午为挑食的总裁"挑菜"，面对封腾的各种捉弄、管理与示好，杉杉给二人相处模式定位为"打 boss"，两人日久生情，中间有"青梅竹马"的女配设计干扰，也没有影响二人终成眷属。如此简单的故事模式之所以成为总裁文的经典，人物的生动塑造功不可没，反应慢半拍、遇事"鸵鸟"的杉杉，不露声色却安排好一切的封腾，都为读者津津乐道；对细节尤其是语言描写的侧重也是该文的区别性特征。

同为总裁文的《隔墙有男神：强行相爱 100 天》[131]顾余生却是一个目睹了父母婚姻的不幸认定自己要是"不婚族"的"霸道总裁"，在经营企业日理万机背后，顾余生有一个保家卫国的"山河梦"，他在高中毕业后直接参军还当上了特种兵队长，因父母双亡不得不退伍回家管理家族企业。曾经的特种兵生涯让顾余生在意外发生的第一时间本能的选择救人，两次与女主角的感情突破也都是在救人之后、奄奄一息之时。"异质性"的人物设定给同质化严重的类型文带来了活力，原本"爱无能"的顾余生因为军旅生涯有了救死扶伤了自觉，"可以为所有人死，只为你一人而活"。顾余生的个人经历为高度类型化的总裁文加入了虐恋色彩、军旅生涯、豪门争斗、娱乐圈潜规则（女主角作为影后梁豆蔻的替身出场）等不同元素，在山河梦碎、亲人相

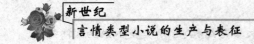

继亡故的时刻,在误会和欺骗中产生的对女主角的爱,是生活中的唯一亮色。这个外表强大内心虚弱、缺乏爱的能力又深陷爱的泥潭中的顾总裁,可以说是后"总裁文"时代的又一个典例。

从附表中可以看到,同完美的男主相比,女主通常形象普通而平凡,对男主颜值、财富、才华以及冷酷霸道性格的极力渲染,正是为了从侧面去衬托女主的强大魅力——一个拥有天下又藐视天下的男子,唯独对自己情有独钟,在这样的故事结构和人物关系里恰能最大化凸显女主的魅力与幸福。被一个强大又英俊的男人痴情地爱上,这恐怕是几乎所有女性的普遍的"痴心妄想"[132]。这些小说其实都是写作者和阅读者共同编织、沉醉的白日梦,其中内含着女性心理中对自己的想象和憧憬。

附:百度"总裁文"贴吧,网友总结,教你写总裁文;

	男主角	女主角
身份	必须是总裁!总经理董事长的都滚一边去!不用管总裁具体是干什么的,"总裁"两字就代表了"日理万机"和"有很多很多钱"。	两个字,平凡。要么是家道沦落的,要么是某大集团失散多年的女儿,要么是小康之家的,要么是孤儿院出来的,只要没有钱且平凡就够了。推荐使用孤儿身份,这样才能令女主更为像白莲花般出淤泥而不染,令故事情节更为精彩,令两人互动更为纠结交错,不可自拔。
外貌	"身材颀长"(1米8以上,2米封顶);"如雕刻出来般的脸部线条"(代表了男主坚毅冷峻不羁的泥塑性格);"眼神深邃,一眼望不到底"(说明这厮会吸星大法,看他一眼就万劫不复);"如米开朗琪罗的大卫一般的身材"(只能用米开朗琪罗的大卫,请各位记住,用别的雕塑作品统统不算);还要有精壮的肌肉。	"清汤挂面的长发"不许染、不许烫;"勉强称得上清秀"(清秀,是可以用来形容一切平凡女子的,更符合麻雀变凤凰的故事背景,也令能读者也产生憧憬,幻想真的会有个"总裁"爱上自己);"但一双眼睛又清又亮"(眼睛是女主的利器,给了总裁男主一个疯狂爱上女主的充分理由);"笑起来有个浅浅的小酒窝";最后的重点在于"不施粉黛"或"脂粉不施",这样才能给看惯了浓妆艳抹的男主以清新之感,也会后面的大变身情节下伏笔。

	男主角	女主角
性格	"总裁"风范的核心:魅惑狂狷、放荡不羁、雷厉风行、独断专行,分分钟搞定家人。	倔强(刚开始就是不答应男主的追求不接受男主几千万的馈赠); 纯真(完全不知道 ML 是怎么回事); 善良(看见老大爷老大妈和流浪的小动物都会掉下眼泪来,甚至对必须出现的小三都报以圣母之心); 痴情(为了男主,什么都愿意去做)。
配置	拥有几台世界级的限量跑车,身穿国际一线大牌的服饰,生活细节要有十足的精英范,最好身上还要散发着淡淡的古龙香水的味道。	一辆单车,白 T 恤牛仔裤帆布鞋,代表了女主的清贫、清纯和清新,这样就够了,女主没钱,买不起别的了。

（二）"高干男"与"凤凰男":爱情的阶级差异

高干文是最近这几年在都市言情兴起的一种小说,主人公往往是部队大院子弟"红三代"、高官子弟"官二代",主人公的父亲爷爷辈往往是某军区的首长、政府部门担任重要职位的领导又或是家底雄厚的商人。这些家世雄厚的"天之骄子"通常以律师、医生、公司总裁、政客为职业,集中写他们从大学到工作这一段时间与普通女孩的爱情经历。网友概括出"高干文"的特征:

"男女主人公产生爱恨情仇种种纠葛,风花雪月的浪漫让读者羡慕不已,但突然发生的阴谋误会让有情人不能终成眷属令人惋惜。高干文有的是风格清新,文字如涓涓流水渗入心田,引起共鸣。有的是爱情与权力交错相争,跌宕起伏,笔墨不再只是着重于男女主人公,也会有更多的社会生活,官场相争,商场风云等社会层面的描写。小说风格尽是华丽奢靡,让人遥不可及,也有的是温暖如春风,感觉像是身边会发生的爱情,让平常为生活奔波的,爱看小言的人们大为追捧。"[133]

以匪我思存的《佳期如梦》、顾漫的《微微一笑很倾城》、缪娟的《翻译官》为代表的"高干文",属于都市言情题材之下的子分类,通常是写普通女孩与高干子弟之间的爱情故事,承担反派职能的通常是看中阶级门第的高干男家长、与高干男青梅竹马的高干女,阻挡爱情的除了普通人和高干子弟间社会身份、地位的差异,还有突如其来的灾难性事件(《翻译官》中程家阳

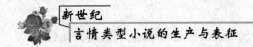

被海外绑匪劫持)、其中一方患了不治之症(《佳期如梦》中身患绝症的阮正东)。而生为"情种"的男主角依照传统"才子佳人"小说的模式,无论是《佳期如梦》里的袁和平、阮正东,《翻译官》里的程家阳,还是《何以笙箫默》中的何以琛,都是"情不知其所起,一往而深,生者可以死,死者可以生"的践行者。这类都市童话满足了普通女性读者对爱情的全方位"意淫","高干"男主角犹如现实世界里的超人,出身特权阶层,俊朗多金又多才,唯有爱情这块克星之石能瞬间打倒他们,唯有女主的离弃能让他们痛不欲生。遍布全文的"爽点"、暗含其中的快感机制使得这一类型在各大文学网站的推荐首页上长盛不衰。

高干文的代表作《佳期如梦》讲的是这样一个故事,高干子弟袁和平与普通女孩尤佳期有一段青涩而美好的大学校园恋情,因为孟家的高干背景,孟母希望儿子和平与门当户对的阮家西子谈恋爱,对佳期十分不喜,因看到横在两人之前无可跨越的阶级障碍,佳期含泪同意孟母的要求并主动与和平分手。几年后离开和平后佳期就职于一所公司,遇见与袁和平使用同样特质火柴(特殊阶层的象征)的阮正东,因上前索要火柴而结识。殊不知阮正东正是袁和平的"发小",因为想看看"狠心抛弃"却仍然让和平念念不忘的负心女为何种人而主动追求佳期,有蓄意报复的成分,也有游戏人间公子哥的好奇心作祟。突然闯入佳期生活的阮正东同样出身名流世家,霸道蛮横、若即若离,与踏实稳健的孟和平完全相反,是游离于完美情人与纨绔子弟间的"雅痞男"①。阮正东在和尤佳期的相处间却逐渐爱上这个内心坚韧的女子,即便知道佳期心中仍然深爱和平,却也挡不住他泥足深陷无法自拔。阮正东身患癌症,佳期在其病危时出于感念也不乏心动,和阮正东走在一起,阮正东预感生命行将结束之时,骗佳期离开,佳期明知分开就是永别,仍然假装无事登上飞机,只能在飞机上泪如雨下。阮正东被书迷奉为经典的爱情宣言:

---

① 雅痞,网络用语,外来语,是英文"yuppie"的音译,原指从美国新兴都会区兴起的新族群,他们年轻,不是世袭贵族,在工作和生活之余也有能力居住在都市里(一般人都居于郊区),靠新兴的专业技术在竞争激烈的大都市往上爬。这一群体没有世袭贵族文化,但是有高收入,渐渐衍生出特有的新兴文化、生活方式,他们的食衣住行都呈现出"雅痞"的特征。在当前语境中主要指具有优雅的风度、学贯古今的知识,再加上说死人不偿命的口才,并且有良好的家庭背景的男人。简单地说就是穿着文化外衣的、较有品位的痞子男。

"佳期，请你原谅我。幸好你还没有来得及爱上我，幸好我还来得及，让你得到你自己的幸福。""我这辈子不可以了。所以，下辈子我一定会等着你，我要比所有的人都早，早一点遇见你。"

同样是高干男与普通女的故事还有缪娟的小说《翻译官》，程家阳是外交世家出身，外交部部长之子，本身也是前程似锦的优秀翻译官，乔菲是立志成为职业翻译的法语系高才生，同时也是父母聋哑家庭贫困、在顶级夜总会"倾城"坐台赚钱的小姐"飞飞"。同类文本还有施定柔《沥川往事》、书海沧生《十年一品温如言》、梅子黄时雨《人生若只初相见》，姜心如水《佳音如梦》、东奔西顾《只想和你好好的》《君子有九思》、笙离《你的天涯我的海角》《爱你，是我做过最好的事》等。

背景特殊的"高干男"们是小说世界的核心，因为手中的隐性权力资源与其家族把持的社会财富，使他们成为掌握话语权的一方，其家庭对普通女生的予取予夺都变得合理合法，乔菲因其"不干净"的背景，被勒令必须离开"外交界新星"程家阳，甚至在意外怀孕后也只能自行堕胎，以丧失生育能力为代价的偷欢被作者描述的如同一场宗教献祭，二人每次结合都抱着"过一日少一日"的心态任由荷尔蒙喷发。如果不是程家阳在外派任务中被劫持，其父外交部部长突然想通人生苦短不如放任儿子追爱，两人的爱情一定会以悲剧告终。弥合男女间不可调和的阶级鸿沟的不是爱情，而是意外事件的侵入，尤其是生命受到威胁。《佳期如梦》中和平得知佳期离开的原因是因为孟亲在生命最后的坦言，阮正东与佳期谈恋爱无人干涉的原因，一半因为阮正东本身就是浪荡公子风评不佳，另一半原因就是深陷爱情的阮已经是个癌症患者。当堆积的矛盾行将爆发的关头，言情作家们给不出解决方法，只能将矛盾转移，让生命的危亡去冲击阶级的壁垒，让意外事件来促成阶级流动。

"凤凰男"与"高干男"人生观轨迹可谓是两个极端但殊途同归。"凤凰男"取义"山沟里飞出金凤凰"，是近年来新诞生的词汇，指那些出身农村、依靠自身努力而跻身城市，并且有所成就的男人。"凤凰男现象中蕴含着丰富的社会学内涵，特别是在社会流动的意义上。社会流动是社会学最核心的研究领域之一，它关注的是社会不平等结构的形成过程和结构的变化状况。其核心问题是：父辈和子辈之间，或者在一个人的一生中，会在多大程度上

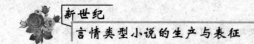

发生职业地位或者阶级阶层位置的变化？这种变化又以什么样的形式呈现？发生的机制是什么？显然，凤凰男的定义本身就表明代际流动'子进城'的现象已经发生，即父辈是农村人，而儿子已经成为城里人了。而从个人代内流动来看，凤凰男要么是已经有所成就，要么是前途光明、存在着很大的向上流动的可能性。"[134]

言情小说中的"凤凰男"与社会学研究中呈现的特征基本相似，他们出身农村或小城镇，靠自身的聪明和努力发奋读书，通过高考来到北上广深等一线城市，相当一部分进入名校名专业就读，得以享用名校带来的师承关系、同学人脉与高端平台，就业后因业务能力突出得到升迁。作为言情小说的主要男性角色，此时的他们终于褪下了乡下男孩儿的青涩，原本帅气俊朗的外表随着时间的打磨愈见风度，生活品位也洗掉了乡村生活中不那么"高端"的痕迹，原生家庭给予的影响只体现在"就爱吃一碗清水卤手擀面"这种极具温情的细节里。当故事开讲的时候，凤凰男通常已经因其超强的能力成为业界翘楚(知名律师、名医、大公司副总等)。

小说惯有的叙述模式恰恰回避了一个最重要的问题：凤凰男从一个大学毕业生如何成为业界翘楚，这种阶级的跨越要怎样实现，有多大概率实现。经过长期的调研并建模，社会学家得出了如此结论："研究发现，他们通常有不错的工作，也更容易获得晋升，但他们在从中级晋升到高级时却处于劣势。此外，除了在专业职称晋升上拥有优势之外，他们很难在行政上获得晋升，也难以在体制外获得高级管理职位。社会资本缺乏是造成这种现象的可能原因之一。"[135]从调查报告上看，凤凰男获得晋升高级岗位的概率极低，多数徘徊在中层技术岗位，因缺少真正意义上的社会资本，他们多止步于小事务所合伙人、医院科室主任、公司业务经理这样的位置。现实中恐怕《何以笙箫默》中的"何以琛"不会出现，因为初出茅庐的普通律师根本接触不到大单，即便他是某教授的得意门生，也顶多只能跟在导师身后打下手长见识；现实中《被时光掩埋的秘密》中"陆励成"很难成为公司核心领导层，端茶倒水跑业务的出身，在跨国公司里基本止步于部门经理，输给北大光华学院毕业、华尔街履历的宋翊基本毫无悬念。

言情类型小说中出现的"凤凰男"已经是神话般的存在，其概率有如得中中国古代科举从千万秀才中考出的两榜进士。即便这样,凤凰男还经常因为出身导致的性格缺欠,沦为"高干""精英"男主角们的陪衬。在此类描述中,"凤凰男"被表述为表面看似光鲜,其实是整个大家族赖以生活的男人,需要供养父母贴补家人,因而难免"对自己所拥有的东西吝啬,会不停地计算自己的付出和得到,惧怕失去一切和'落地成鸡',他们内心深处有无法摆脱的自卑感。"[136]"陆励成"就是这样一典型人物,比起活在失去前女友的绝望里郁郁寡欢的精英宋翊,他需要考虑的是照顾好全家人、保住自己的位置,虽然也喜欢苏曼,他的方式含蓄到自卑,在得知苏曼受伤后偷偷派秘书清早买急救箱,假装成家中常备物品,看似随意地邀请苏曼包扎伤口,只想与心爱的姑娘度过一小段独处时光。最终宋翊潇洒地放下一切和苏曼去陆励成老家支教终成眷属,而放不下、也不敢放下一切成就的陆励成只能"深夜两点多,和纽约的董事开完电话会议"之后,在秘书的垃圾桶中翻到苏曼与宋翊的结婚请柬,"他将宋翊的一半撕掉,只留下她的一半,背面朝外,放进钱包夹层","想起明天下午要飞伦敦,还没有整理行李,他匆匆走出办公室。随着他在门口啪的一声关掉电源,他的身影消失,满室明亮刹那熄灭,陷入一片漆黑。"[137]

值得一提的是,与凤凰男相对应的还有"孔雀女"一词,指的是指城市家庭的独生女,从小条件优越,娇生惯养,不了解城市以外的生活,尤其是乡村生活。"凤凰男"与"孔雀女"婚姻组合正是都市家庭题材小说惯常出现的矛盾体。这种婚姻组合出现问题的概率极高,并涉及了城乡二元对立的问题。如果说"凤凰男"的出现,是城乡结构二元分割的"刚性突破";那么"孔雀女"的出现,可以说是城乡结构二元分割的"柔性加固"。前者体现出城乡社会流动成为一种可能,后者却显示出城乡既定结构的自我复制。可见,二者都是城乡二元分割的"产儿"。[138]言情类型小说揭开了现实问题的一角,却试图以个人的情感选择来解释这些社会结构性的矛盾,把一切对立归结到单个的、具体的个人,他的性格与经历催生了他的选择和判断,而不去寻找具体的社会历史文化的动因。

(三) 玛丽苏与白莲花:多男恋一女,圣母独钟情

玛丽苏/Mary Sue,简称"苏",特指一种过度理想化、行为模式老套的小

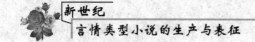

说人物,起源于20世纪70年代的美国的同人文化圈。当时美国科幻题材影片和科幻小说风,科幻爱好者们自发开始了同人创作,大量的同人作品质量参差不齐,其中署名保罗史密斯 Paula Smith 的同人作者以"玛丽苏/Mary Sue"为女主角恶搞了一篇《星际迷航》同人小说——《星际迷航传奇》,集合了当时所有自我意淫的元素,将女主人公 Mary Sue 塑造为闯入这个世界的完美女性,玛丽苏以自己的才华拯救了全人类,还凭借美貌与性感掳获了所有男人心,更加难能可贵的是,以 Mary Sue 的圣洁,并没有犹豫徘徊在各大男主角之间,而是在拯救世界后凄惨哀怨地死去。自此之后,玛丽苏终于成了一代传奇。被冠以"玛丽苏"之名的女性形象通常是作者完美想象的化身,是读者自我代入的意淫对象。是作者为了满足自己内心的欲望(通常是恋爱欲、财富欲、权力欲、强烈的自我表现欲)和虚荣心而创造的自我替代品。男性的玛丽苏形象通常被冠以"汤姆苏""杰克苏"等类似的名字。

早期的穿越小说中常见"玛丽苏"类型女主角,她们可能不是最美丽的女性,但因其纯真善良等特殊性总显得别具魅力,她们的一举一动直接推进了全书的情节、带动着历史的发展进步。她们身边通常有一群各具特色的优质爱慕者,一见倾心之下就能为"她"赴汤蹈火。作为全书核心的"玛丽苏",在其主角光环的照耀下,其他女性都会自惭形秽,而她本人无论是否做出选择都永远是诸多男性心中的"白月光"。

较为典型的作品有《步步惊心》,作者桐华创造了一个虚拟角色——马尔泰·若曦,将其空投到清朝康熙末年九龙夺嫡的历史事件中,若曦兼具美貌与智慧且通晓历史,她清楚地记得太子两次被废的时间,也知道诸人各自的结局。她来自现代的不平凡气质使诸多阿哥对其倾心不已,而若曦却并没有选择哪一位相伴一生,虽然情归四皇子胤禛,但其"圣母心"无法原谅胤禛在夺嫡路上手染亲人朋友的血,虽然知道自己爱着四爷,若曦却也舍不得遭圈进赐死的初恋八爷、年少时一起疯闹的伙伴十爷,始终关心她安危、甚至为救她出浣衣局亲求康熙赐婚的十四爷。当四皇子排除万难终登帝位,她却决然离开,与十四爷比邻相伴,在对过去的思恋中耗尽心神孤独离世。

在新世纪类型文学中,"玛丽苏"多以纯洁善良、聪明美丽、多才多艺的少女形象出现,少女在各方面近乎完美,即使身上有缺点也是为了彰显其纯真可爱,激起男性的保护欲望。在"玛丽苏文"中,"玛丽苏"人物通常是整个故事叙事的核心,其行为带有天然的"政治正确"属性,所有主要男性角色无论正派反派都无可抗拒地倾心于她,甚至甘于为其奉献不求回报。故事结尾处"玛丽苏"可能没有选择任何男人,而是为了理想中的爱情或为拯救世界等宏大主题牺牲自我,或者选择隐居于世间某处回归田园生活。《步步惊心》电视剧制作方蔡艺侬在接受《南都娱乐周刊》记者采访时,明确指出了该文的吸引读者和观众的"爽点"在哪里,该文的"玛丽苏"内核展露无遗:

选《步步惊心》是因为我个人很喜欢这个题材。现在人生活太枯燥,所以我们就给现代人在平淡的生活里去找不平凡的事件,这样每一个人看电视都是有一个投射,会把自己代入那个角色中。看电视女性观众为多,她们会代入若曦那个角色。大家都喜欢做做白日梦嘛,穿越到那个时候,可以有那么多阿哥喜欢自己,而且全部都很帅。[139]

网友总结出如何鉴别一个"玛丽苏文":

1. 是否令读者产生明显的作者代入感(除了自我满足没有其他)。

2. 强烈的虚假感(是否有血有肉)。由于很多桥段泛滥成灾,故事情节严重缺乏逻辑,且作者代入产生的上帝视角优越感,以及某些苏文严重扭曲的世界观,引起很多人的反感。所以与其说讨厌玛丽苏,不如说是读者对恶俗剧情、上帝视角、作者自恋心态和三观不正的厌恶。烂文不一定是苏文,但是苏文中确实有相当一部分的烂文。这是因为玛丽苏的本质就是作者本人在一场"美梦"中的自我替身,若将带有强烈主观感觉与自我意识的"我"作为主体进入故事本身,就很难写出"我"这个角色全方位的个性,尤其是缺点的塑造。这样的角色没有任何缓冲地带,非常容易成为王婆卖瓜,沦为彻底的自娱自乐的产物。

"白莲花"又称"圣母白莲花",可以看作是"玛丽苏"类型与古典言情小说审美趣味相结合而诞生的人物形象,古典小说描写"青衣"类型的女主角多言其"弱柳扶风",凸显其柔弱清丽的美感。"白莲花"顾名思义,人像白莲花一样纯洁高雅,出淤泥而不染。这类女性角色出现在言情类型小说中,是对集真善美于一身的"完美女性"的称呼。琼瑶作品《梅花烙》中的白吟霜、《还珠格格》中的紫薇等都是典型的"白莲花"式女主人公。她们柔弱善良、

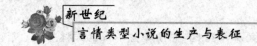

逆来顺受、对于爱情忠贞不渝,是男性视角下理想女性的化身。后来逐渐被讽刺形容为以琼瑶小说及现代偶像剧中核心人物为代表的女主角,她们有娇弱柔媚的外表,一颗善良、脆弱的玻璃心,像圣母一样的博爱情怀及好到逆天的运气,是那种受了委屈都会打碎牙齿和血吞的纯良无害的人,总是泪水盈盈,就算别人插她一刀,只要别人忏悔说声对不起,立刻同情心大发,主动原谅别人。网友谈如此概括"白莲花"型女性角色的特征:

多是外表清纯无辜,永远一副我是纯洁的我什么都不知道,表现得不谙世事,一副我是弱者的样子,对她好的人,一般没事,但是和她作对的人,不好意思,你得等着身边的人不断被误导,被分化,然后你被孤立。圣母白莲花其实是人们比较讨厌的一类人。冷艳、高贵、温柔、柔弱、善良、乐于助人、舍己为人,但这个主要是贬义的多一些,大多数使用来吐槽那些角色,比如说她们可以善良到给自己身边的亲朋好友惹了一堆麻烦,柔弱到别人一批评就泪花涟涟啊什么的,主要可以参考还珠格格的紫薇。[140]

所谓"玛丽苏"模式的本质就是写作者白日梦的替身,其广受追捧更是受众自我想象、欲望膨胀的产物。而这种超级完美玛丽苏女主的流行,其呈现出来的不是现代社会女性自尊、自强、独立自主的明确主体意识,恰恰相反,它是对现代价值中个性解放、个人奋斗以及两性关系中平等自由观念的全然丢弃。[141]而读者与网文作者对"白莲花"理解的变迁,则可以看出女性对男性视野下"完美女性"形象的反叛,白莲花从纯洁善良、隐忍宽容的好女人代名词,变成了具有拥有一颗无立场的圣母心、贩卖女性的柔弱等特质、只会给人添麻烦的依附性人格。时至今日,"白莲花"彻底演变成了在男性面前扮柔弱、装无辜,在女性群体中踩他人上位、两面三刀的反面形象。当下的读者更偏向于接受"腹黑女自立自强过上好日子"这种人物和情节设定,曾经"承载着人们对于完美道德的想象,描画着重建道德体系的美好愿景"[142]的"白莲花"已经无法解决现实生活中女性面临的来自家庭、事业、情感的多重压力,在具体的工作和学习中,很少有人能因为"你是一名女性"而对你提供特殊照顾,扮柔弱装无辜面临的通常不是被谅解而是被嫌弃。当社会要求女性和男性共同面对就业压力、竞争工作岗位的时候,"白莲花"理想的坍塌可以说是一种必然趋势。

"霸道总裁""高干子弟"也好"玛丽苏""白莲花"也罢，既然能够成为言情类型小说中的重要类型，就说明这些匿名化的写手和他们的作品，共同反映了当今社会生活的真实状况，呈现出当代人常见的思想状况。如今普通人的生活要面临多少压力，恐怕每个人都有一肚子苦水可倒，"官二代""富二代""白富美""高富帅"这些词都是在近几年出现的，每一个词都饱含着普通群众的敌视与艳羡。困惑迷惘，在对未来的期许中得过且过似乎是一种日常，渴望主宰自己的生活，或是在历史的江河中翻手为云覆手为雨，成就巅峰霸业过后携着"愿得一人心、白首不相离"的佳偶退隐山林，或是凭借自己作为一个现代人的常识与见闻，无须多聪明多有创造性，不用突破自我也不用学习多少知识，也能在异时空发家致富，过上贤妻美妾环绕、高富帅 ABC 任选的理想生活。更有甚者打破空间与时间，重新洗牌，借助偶然的机缘直接站在食物链顶端，统治一切。这些都是当下流行的"白日梦"。如果整个时代阅读的主旋律是这些东西，那类型文学显然是一面展露众生群像的"镜子"。

三、话语与风格

不同类型文本的故事类型、人物设置与话语风格是一个成熟的类型文学读者在阅读时默认与熟知的概念，出于生产和消费的双重需要，言情类型小说更是不惜使其话语形态和语言风格奇观化，以更为便利地吸引读者眼球。读者在阅读时选择"甜宠文"而不是"虐文"，"中二风"而不是"小白风"，虽然部分是因为他们基于切身经历体会、参照实在的社会环境条件对某些类型有着先在的喜好或反感，但支持这些思考和分类的问题、口味、偏好、认同，找到特殊类型的阅读引发的快感机制，更是网络写手要考虑的问题，也是类型文学网站在设置搜索关键词、确定主推文类、寻觅签约写手等具体工作中要研究的问题，以此，便捏住读者的"七寸"，减少投入风险以换取更大利益。

（一）文体风格的两极："甜宠"与"虐"

西方文学理论对于文体风格的研究可追溯到古希腊，亚里士多德区分了平和、雄伟、优雅和强劲四类风格，西塞罗在《论修辞发明》将风格界定为"恰当的语言与所发明出的材料相适配"。西方现代文体风格学创始人巴依（C. Bally）认为文体风格学探讨思想表达之外所带感情色彩特征和语言手段，以及它们之间的相互关系，并由分析语言的整个表达方式系统。[143] 20世纪 60 年代以后语言学和结构主义蓬勃发展，出现了"语言学文体风格

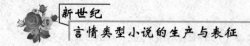

学","通过对文体风格和语言的研究,来改进分析语言的模式,从而对语言学理论的发展作出贡献"[144]多数研究者则认为,文体风格固然表现在语言的形式结构层面,却不仅仅是一个语言结构层面的问题,形式结构和意义内容是不可分割的,如社会心理、历史背景、文化传统、美学思想等都对文体风格构成影响。当下对"文体风格"的讨论多集中在当代文学创作实践在不同文体形式上的探索与具体作家的创作风格特征上。我们有必要从更为宏观的文学生产传播的流程来认识新世纪言情类型小说的文体风格。在开始之前,我们可以依据文本自身呈现出的趣味偏好,大致将言情类型小说分为两极:"宠文"与"虐文"。

1. 甜宠文

网站连载小说的首页简介中常常会有这类标签:"本文全程无虐""本文小虐""本文甜宠小白"……可以说不同小说之间的区别,在于"宠"与"虐"的成分配比。"甜宠"作为审美趣味的一极,从言情类型小说兴起之初就开始流行,"甜宠文"简单说就是"又甜又宠","甜"可以指文风整体甜美,也可以指人物关系甜美,全程"发糖"①,"宠"相当于宠爱,全篇无虐点,男主角只宠爱女主角(或耽美文中另一位偏向女性角色的男主角)一人,精心呵护、有求必应,没有第三者插足、没有狗血误会、没有乱局配角,给男女主人公营造一个倾心相爱的氛围。

代表作品有顾漫的《微微一笑很倾城》,小说写计算机系的"大美女"贝微微与师兄"大神"肖奈之间从网络游戏走到现实生活的甜美爱情故事。学校中的"全民偶像"肖奈不爱清纯的"白莲花"——校园第一美女孟逸然,而是衷情在游戏世界"全服"②知名的打怪高手——红衣女侠"芦苇微微"。肖奈对贝微微的爱简单干净,贝微微也聪明理性,没有走"傻白甜"③的故事套路,两人有共同的爱好与职业理想(肖奈毕业后两人还能一起研发网络游

---

① 发糖,网络用语,指男女之间关系亲密,总有特别温馨的细节出现,像要结婚发喜糖一样。

② 全服,顾名思义也就是指全部的服务器。一般在网络游戏中玩家称其所能进入的所有服务器的总和为全服。假如某网络游戏有6个服务器,服务器可能有编号1~6,也可能有具体的符合游戏特色的名称。这6个服务器合起来可称为全服。官方对其进行内容更新一般也是全部同步更新,称为全服更新。

③ 傻白甜,网络流行词汇,有两种用法,一是指尽管桥段有些老旧,但普遍不乱洒狗血,比较美好温柔甜美的爱情故事;二是指在这种爱情故事里的女主角,个性没有心机甚至有些小白,但很萌很可爱让人感觉很温馨,延伸意义指"肤白貌美没内涵"的女性形象。

戏),在游戏内外都堪称一对"神仙侠侣"。"甜宠文"经常被批评为情节简单、内容浮浅,人物平面化、行文缺乏逻辑,但这些缺点却没有阻挡读者们对这一类型的喜爱。甜宠文表现的是女性读者的爱情理想:渴望"一生一世一双人",渴望现实世界中的爱情真能如童话故事的结尾"从此公主王子过上了幸福的生活"。

甜宠文同时也是对上一时期"爱情至上"言情主题的继承。宠文模式的问题在于它极容易导向男权中心话语,又取消了女性独立价值的倾向,"我一生渴望被收藏好,妥善安放,细心保存。免我惊,免我苦,免我四下流离,免我无枝可依……"女性渴望别人来主宰自己命运的人生理想一览无余,有人照顾疼爱的享福日子是被"收藏""安放""保存"的结果,女性不是一件附属性物品,可以任由"安置"。反过来说,既然女性甘于成为一个被"安放"的物品,妥善保管能获得幸福人生,没有妥善保管呢? 只欣赏了一会儿回头弃如敝屣呢? 那就自然走向了言情类型小说的另外一极——"虐"。

2. 虐文

"虐"又可分为"虐心"与"虐身",如本雅明所言,感伤的情歌更能宣泄情感,"虐心文"因其直接触碰心灵的悲剧性特征,为生存在重重压力之下的当代都市女性,打开了一道情感宣泄口。此类小说通常以男女主人公之间爱恨交织的矛盾冲突为主线,追求一种"痛并快乐"的心理体验,为现代女性读者提供一种强烈且刺激的情感抚慰,表现出复杂的女性意识和价值取向。[145]

虽然虐文致力于"将人生有价值的东西毁灭给人看"(鲁迅语),以"爱情带来的痛苦"为核心叙事的言情类型小说中,基本看不到近代以来文化学意义上的悲剧理论所呈现的社会批判特色。有研究者称,比起"悲剧"称其为"悲情"更为恰当,因为此类小说中对痛苦情感的描绘,多指向个人,包括个人的感情、个体人生的纠结与无奈,而不具有社会历史属性,"众多的网络言情小说中的'悲'往往不主要是社会造成的,而是现代社会的人们苦闷情绪的一种情感外泄,这种情绪体现在作品中就会升级、加剧,附加在小说人物身上,通过跌宕起伏的情节安排,在凄凄惨惨戚戚的叙述中突出人物的悲惨遭遇,从而触及读者的心灵底线,给人以不能自拔的悲伤情绪。"[146]

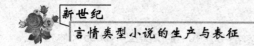

　　弗莱在《世俗的经典》写道，"在但丁的《炼狱》的伦理架构中有两种原罪：暴力和欺骗。每一种原罪都涉及暴力和欺骗的某些方面。从伦理上讲，欺骗比暴力更为低下，因为它依靠伪装和隐瞒，这使得我们很难否定它就否就是罪恶。因此在暴力中，就有了更多的想象力的诉求。"[147]虐文世界的架构通常由误会开始走向欺骗，欺骗中暗含着精神与行为的暴力。

　　匪我思存的《千山暮雪》就写了一段"受虐狂"式的恋爱。因童雪的父亲在经济上的背叛和出卖，莫家破产、莫父死去，童雪父母也被设计车祸而亡。男主角莫绍谦为了报复童家，把仇恨发泄在还在读大学的童雪身上，还沉浸在美好初恋中的童雪被莫绍谦强行占有，莫绍谦以揭发其舅舅经济犯罪为威胁，将童雪困于身边充当情妇。虽然莫绍谦与其妻慕咏飞属于政治联姻，并无感情甚至没有夫妻之实，也无法改变童雪的身份是"被富豪包养的小三"这一事实。莫绍谦对童雪的感情极其复杂，他一面变本加厉地对童雪身心折磨，一面又保护着她，暗下里对她呵护备至。折磨童雪时除了复仇的痛快外他自己的心也在滴血，想对她表达爱意时似乎看到父亲责备的脸。而童雪选择了性爱分离的方式来对待这个如禽兽般的男人，殊不知在多年的朝夕相处、相互折磨中，她也深陷情感漩涡不能自已，面对他的折磨，恨得牙痒痒，看到他忧伤的表情时，又万分心酸。读者看着相爱的两个人又因为仇恨互相折磨，纠结在一起的命运梳理不清，万分感慨之余被深深"虐"到，获得了一种"越痛苦越爽快"的阅读体验，正是这种虐恋模式，使现代女性在虚构的小说中暂时摆脱功利的现实、乏善可陈的情感生活，满怀期待地享受这激情四射、紧张刺激的内心体验，徜徉在似真似幻的梦境之中，是当代都市女性白日梦的另类呈现。有研究者谈到"虐文"读者的阅读体验：

　　我的"虐文"阅读体验是这样的：沉溺在文中主角们经历的痛苦之中，刻意去引导平时克制自己不轻易流露的脆弱情感，然后让所有深埋在心中的负能量随着眼泪排出体外。因此，可以毫不夸张地说，读虐文对我来说是一种极为有效的"排毒"方式。[148]

　　如果说"虐心"可以宣泄情感，那么"虐身"就是纯粹的对虐待文化的表述。李银河在《虐恋亚文化》一书中为"虐恋"下了定义：它是一种将快感与痛感联系在一起的性活动，或者说是一种通过痛感获得快感的性活动。必须加以说明的是,所谓痛感有两个内涵,其一是肉体痛苦(如鞭打导致的痛感);其二是精神的痛苦(如统治与服从关系中的羞辱所导致的痛苦感觉)。如果对他人施加痛苦可以导致自身的性兴奋,那就属于施虐倾向范畴;如果接受痛苦可以导致自身的性兴奋,那就属于受虐倾向范畴。虐恋关系中最主要的内容是统治与屈从关系和导致心理与肉体痛苦的行为。虐恋活动中最常见的两种形式是鞭打和捆绑。因此有人又将虐恋活动概括为 D&B(displine and bondage)或简写为 DBSM。[149]

已被晋江文学城下架整改的《莫弃莫离》是一个纯粹的"虐恋"题材小说,小说写一对从小分开的双胞胎姐妹的双线故事,姐姐莫黎 12 岁被送到林诺言家当人质,林诺言"父亲掌握着这座城市的所有的肮脏丑陋,所有黑暗阴谋。母系家族却是高高在上,权势通天的豪门望族。两个极端交集在林若言身上。他亦正亦邪,时而是手段高超、心狠手辣的年轻教父;时而是温文尔雅,风流倜傥的商界精英,未来政界的新秀首选。"妹妹安心是韩悠日从十二岁养大的贴身秘书,韩悠日则是"A 市数一数二的财神爷""英国 INTN 公司的总裁"。林诺言保护了黑社会内斗本应被灭口的莫黎,韩悠日则在姐姐和姐夫手上救回了频频被他们虐待的继女安心。两个男主角貌似都在扮演拯救者,双胞姐妹从少年开始就如同被豢养宠物,听话懂事、随叫随到、逆来顺受、任打任罚,病态控制欲的男性容不得被视为私有物的女性有任何反抗,一旦女性出现逆反行为,后果就是暴力惩罚。

"他就是要她记住这次的教训,他就是要她深深地明白她是没有任何资格自己作出任何决定的。她是他的女人,她的身体与灵魂只能听从他的指挥,不得有任何反抗的行为与叛逆的心。"

"安心趴在这个熟悉的怀里,她提醒着自己,不要太任性,这个男人变脸的速度非常之快,现在他肯来哄自己,自己应该马上见好就收才是,如果等到他失了耐心,没有兴致,那时候,结果就是自己无法控制得了。""想着昨晚的暴打,他一脸冷笑地看着自己,眼睛带着笑意地紧盯着自己,手却利落地解下腰间的皮带。安心马上明白他要做什么,她不敢反抗,可她知道,第二天她的工作不能让她身上有任何伤痕。所以她求,她哭,她抱着他的腿跪在地上恳求着,可是全都没用。人前风光无限的她,人后却是如此卑微与羞耻。"[150]

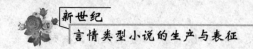

选择政治联姻、让女秘书怀孕的林诺言却不能原谅不想做第三者的莫黎,逃跑、追逐、施虐、交合,是整个故事的主线,文中有大量对施虐以及性暴力的描述,从罚站、罚跪、关禁闭到捆绑、鞭打甚至强暴,曾经的拯救者变成了最大的施虐者,"虐"的实质是权力欲望的投射。正如李银河所言"虐恋是权力关系的性感化理论。相互自愿的虐恋关系的一个要素是权力结构中的统治与屈从的关系……统治屈从方式包括使对方或使自己陷入奴隶状态,受侮辱,被残酷的对待,受到精神上的虐待等。"[151]这也是当代女性心理的一种另类表达。无论爽文还是虐文,都是为了生产快感,以"生产快感"为最终目的,正是类型文学与严肃文学最大的区别。

(二)社会病与文体标签:"小白文"与"中二病"

从某种程度上说,很多现实题材的言情类型小说对现实的表现程度从当下性及时性来说甚至超越了传统的纯文学,但与纯文学对现实的深度反思相比,言情类型小说却走向另一个极端。很多时候,社会问题和病症不仅在其中未得到深入反思,反而堂而皇之成为文本的文体标签,以迎合身处"病症"中而不能自拔的读者。

1. 中二病

中二病(又称初二症)是源自日本的流行词语,比喻青春期少年过于自以为是的特别言行。青少年转变成大人的过渡期——青春期特有的思想、行动、价值观的总称,把成长过程中发生一种类似"热病"的精神状态,比喻为"症状"。"发病"时期约在中学(初中)2 年级前后,故称为"中二病",而把有那种情况的人称为"中二病患者"(初二症患者)。虽然自命不凡、狂妄自大等精神症状的确多见于青春期的少年,但这个词其实更强调的是特定的精神状态,而非特定的年龄段,因而,只要一个人具有类似的症状,都可以将其称作"中二病患者"。

具有"中二病"属性的角色往往具有如下症状:自认为能够看到常人无法得见的超自然事物,坚信自己体内潜藏着某种神秘而强大的超能力,相信世界受到黑暗势力的阴谋控制而自己则是极少数察觉真相并肩负着"拯救世界"之使命的超级英雄。在日本具有代表性的"中二"角色有《中二病也要谈恋爱》里的小鸟游六花、《命运石之门》里的冈部伦太郎(凤凰院凶

真)等。[152]

"中二病"成为我国网络热词,因其切中了中国本土"独生子女"一代的心理和行为。作为家中唯一的孩子,独生子女们普遍是家庭日常生活的核心,在成长过程中备受家人呵护,总是认为周围的一切理所当然的"围着我转";"我"和别人不同,鄙视幼稚的事物又厌恶承认的世界,"已经不是孩子也不是肮脏大人"。成年后与他人的交往中也存在一些问题,如过于强调自己的感受、遇到问题总会归于"别人都不理解我"、喜欢表现自己的个性,总之就是自我意识过剩,总感觉自己无所不能可却是"思想的巨人行动的矮子",并没有做出什么事情改变现实。

言情类型小说的写手与读者很多自身也是"中二病"患者,他们在现实世界中有极强的挫败感,少年时期觉得自己无所不能,踏入社会找工作的时候,成了一个最平凡不过的普通人,甚至是与"高富帅"相对的"矮穷挫",衬托"白富美"的背景板;招聘单位不会给应聘者机会解释他单薄的履历之下藏着多少与众不同;工作不是为了实现自己多年来的理想与追求,而是自己曾经鄙视的"养活自己的饭碗";想象中那个"踏着七彩祥云来接我"的良人不知何方,龟缩在自己的世界里拒绝"先付出"只等着爱情从天而降。网文世界可以说拯救了这些"中二病"成年人、长不大的彼得潘,给了他们在"二次元"①世界重整旗鼓的可能。

"中二病"在言情类型小说里主要体现在人物设定上,在这类角色的世界观中,从来都是"天下人负我"不是"我负天下人",现实逻辑从来不是他们自我构建世界中的法则,被冠名"理想主义"的那些行为活动多数是一厢情愿甚至荒唐可笑的。如阿轶的《中二少女进化论》十六岁女主角的座右铭就是"错的不是我,是世界"。

但"中二病"也并非毫无可取之处,枉顾现实逻辑的另一种情况是不甘于屈从现实。"中二"也可以看作不甘于已有的生活,拾起理想敢于突破现状,如同"打不死的小强",只要还有一丝可能都要斗争到底。《欢乐颂》中

---

① 二次元,源自日本的"御宅族"文化,它在日文中的原意是"二维空间""二维世界",是一个在网络部落文化中获得广泛使用的词语,用于指称动画、漫画、网文、电子游戏等媒介所创造的二维世界。

"五美"之一的邱莹莹身上就有这种"中二"气质,小镇幸福家庭出身的她,在三流高校毕业以后一定要留在一线城市,享受一线城市的美食美景,她执拗的相信着渣男白主管会带给她梦幻爱情,当爱情理想破灭后她迅速倒向了"成功学",她仿佛一定要全身心地投入到一种信念中才能继续生活。正是这种"中二精神"让她在得到咖啡连锁机构促销员这份工作后再次全身心投入,从不喝咖啡的邱莹莹一杯一杯的分辨不同咖啡豆的味道,逢人就问什么样的咖啡才好,每天想着怎么能提高销量,替咖啡连锁机构打开了网络市场。小镇姑娘邱莹莹在大城市中没有堕落在纸醉金迷间,而是凭自己的热情不停向前奋斗,燃烧着一颗"中二"心还在追求理想爱情与幸福生活,这何尝不是"中二"精神的"正能量"。

2. 小白文

与"中二病"不同,"小白文"则是彻底搁置了现实逻辑,小说的主人公在一套自说自话的系统,建立一套"异世界"逻辑与价值判断。"小白文"多为"升级流"①,主人公开篇时比较弱小,一路不同凡响的境遇让她迅速变强大,过五关斩六将升级打怪兽最终到达人生巅峰的故事。主角无不是"金手指"大开,即使陷入极度危险的境地,也能在千钧一发之时脱困,对主角来说,他人寻遍天下而不得的神器遍地都是,随便打扫老房子、掉入悬崖山洞,就有可能遇到前人遗留下来的法宝、仙丹、神器,或是发现适合修炼的洞天福地。主角一路走来收获各种帅哥美男、王侯将相的心,各个不离不弃、有求必应。主角通常像《还珠格格》"小燕子"一样无视等级差距,越级挑战、越阶挑战都是家常便饭。最后,在这个世界里通常共享同一套"打怪升级"的思路。尤其是 2013 年以来"快穿"小说的出现:主角因某种原因进入"位面"系统,按照系统要求的思路(如反派女配上位、拯救男配计划)以不同的身份进入不同的故事完成特定使命,每次完成使命后获得相应的积分,提升自己的各项数值,最终选择一个故事打败终极"BOSS"度过幸福余生。这类"无限流"②

① 升级流,是男频网文圈的一个行话,概括了主角从最开始的一个废柴(普通人),在挑战、磨难与欲望中一步一步走上人生赢家道路的网文写作套路。

② 无限流,起源于 2007 年在起点中文网连载的小说《无限恐怖》,作者 zhtty,主人公进入主神空间里闯过一轮又一轮的恐怖,不断厮杀、不断变强,随后大量跟风小说问世,形成了一个新的流派——无限流。

"爽文"的思路如同打游戏一样，过关夺宝积分换礼物，每次生命都是一场扮演他人的游戏，并不需要对他人的人生负责。简单粗暴的创作方法，混乱的价值观念都是"小白文"的弊病。

修真与末世都是这类"小白文"的重灾区，基本抛弃了现实逻辑，自我构建一套价值观念，如末世文中经常出现的异能者该以何种态度来对待普通人的问题等。末世本身的景象就已经脱离现实，走向了好莱坞大片式的想象，在大量同类题材创作中对末世世界的描绘基本上已经形成了一套体例：丧尸病毒大范围感染，绝大多数人已经被丧尸抓咬后变异，成了无理性无痛感的"行尸走肉"，只有少部分人因各种机缘觉醒了异能，异能人又分金、木、水、火、土、雷等灵根，类似网络游戏中的人物属性，不同的灵根拥有不同的生存技能和格斗技能。异能人联合成不同的群落，各自为政，开始走上掠夺资源、建立基地之路。而普通人在丧尸遍地、动植物变异的末世里如同蝼蚁，等待着扮演"救世主"的女主角登场，为其建立一个美好新世界。

小白文的逻辑大抵如此，修真和末世世界奉行的核心价值就是：一切向实力说话，谁的拳头硬、谁的天分高觉醒快，谁就是世界的主宰。而主角们就是那个实力最强、拳头最硬，天分奇高、悟性了得、突破最快的世界主宰，这由作者和读者共建的一场彻彻底底的意淫。

文学作品作为一个话语和价值观的对话场地，也可以作为一个艺术趣味、社会理想在其中进行抵抗、妥协的公共领域来加以考察。对网络小说的创作与欣赏就是当今"公共领域"重要的组成部分，"在审美范畴，它是我们普通读者社会理想、人的情感的交叉点。在社会经济领域，它的生产和交流模式中包含着天然的公共性与互动交流性。"不能被类型小说诸多的文体与分类晃花了眼睛，还是应该力求建立一套网文世界的价值守则，即便是以消费为目的的生产、以获得快感为终极指向的阅读，也要尽量建造一个价值取向"正能量"的公共领域。

（三）以艺术真实为尺度："正剧"与"谐剧"

艺术真实是文学创作的重要范畴，也是文艺批评的重要标准。作为一个审美范畴，艺术真实的内涵及其审美价值一直是各个时期文学研究关注的问题。中国古典文学中抒情文学是文学创作的主流，艺术之"真"讲求的

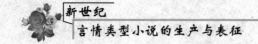

是性情之真。古代西方叙事文学更发达,其文论对艺术真实的讨论更加广泛而具体,有的关注艺术真实与自然真实及历史真实的原则区别,有的探讨艺术真实与"美"的关系,等等不一而足。马克思主义美学诞生以来,作为新的审美观和文艺观的有机组成部分,艺术真实逐渐成为文学批评的首要标准。马克思主义美学从审美意识形态的理论视角,把艺术真实与社会真实的反映关系摆上核心地位,强调这种反映中的"历史理性"精神对文学社会功能所具有的重要审美意义。事实上,小说是否符合艺术真实、是否做到了对恩格斯所说的"现实关系"的真实描写、是否能在分散琐碎的日常生活中提炼出具有逼真魅力的虚拟情境,正是主流批评界在浩如烟海的类型小说内部选择"经典作品"的重要依据。

以艺术真实为尺度审视新世纪言情类型小说的发展状况,大致可分为尊重社会历史现实的严肃主题,包括尊重历史真实与规律的"正剧"(如《大唐明月》《芈月传》),反映当今都市女性真实的社会生活状况的现实题材"问题剧"(如《剩女时代》《裸婚时代》);和不受"艺术真实"限制的非严肃主题,包括以无厘头、轻松搞笑文为主的"谐剧"(《午门囧事》《这日子没法过了》),和前面提到的完全以个体的主观意志"为作品立法"的"爽文"。

历史穿越小说《大唐明月》可谓是"正剧"的典范,该书于2011年6月到2012年3月连载于起点女生网,讲述的是唐高宗永徽年间直到武周夺唐这段历史时期,唐代名将裴行俭与其继妻库狄琉璃的故事。全书分为市井、家族、宫廷、西域四卷,以两人从相识、相爱、相守为隐线,以史料记载中裴行俭的一生的经历为明线,从唐代市井胡商的日常生活写到门阀世家内部的矛盾纠葛,从瑰丽繁华的唐代宫廷写到玉门关外的西域民俗美景,缓缓展开一幅盛唐气象图。

作者蓝云舒被读者戏称为"考据癖"。在开篇之前,作者先是总结了唐朝生活的注意事项——《唐朝生存手册》共九讲,囊括了唐朝通行的语言、人与人之间的称呼、妇女的地位(包括结婚习俗、财产分配、贞操观念)、大唐人民的成分构成(包括良贱之分、当色为婚的规定、太常音声人的特殊)、怎么在唐朝当上一名公务员(恩荫、流外官的选拔)、唐朝的人的节日、唐朝的医疗文卫事业发展状况,甚至还有唐朝的"美妆帖"(唐代眉妆的演变、额妆的流行）。百度"大唐明月吧"还有专门的"《大唐明月》历史学术问题整理说明帖"、"《大唐明月》指服装推敲还原篇"这类学术考据帖，有其他知名作者在推荐该文的时候戏言，也许作者蓝云舒才是从永徽年间穿越而来。

该书极其重视细节的真实，从现代穿越到唐朝永徽年间的琉璃，没有像寻常的穿越小说开篇一般在丫鬟婆子的呼叫声中睁开眼睛，迅速认清形势、摸清利害投入到斗争中去，而是很客观地指出了穿越女的第一个尴尬处：琉璃听不懂古代汉语，需要如同初生婴孩般从头学习怎么当一个唐朝人。

"因为完全听不懂身边人那坑爹的古代汉语发音，也因为在镜子里看到了一张雪肤深目的小脸，一开始她还以为自己是穿到了外国或异世。足足有一年零三个月，她没开过口，大家先是以为她是因为母亲的去世而伤心得傻了，后来，又觉得她大概是成了哑巴。等她终于摸清楚状况，也学会了以长安官话为主、夹杂着粟特语和突厥语的家里通用语言，她已经很悲催地丧失了嫡长女一切应有的待遇和地位——是的，她知道如今已近永徽之治的尾声……可这一切跟她一个前途茫茫的胡姬有什么关系？当然严格地说，她其实不算胡姬，至少在大唐的户籍纸上，她属于本地良民。"[153]

本是美院染织系学生的琉璃，穿越到盛唐，为了摆脱庶母对她命运的控制，来到其舅舅西域胡商安家（作者对出场人物身份都有详细介绍，如安家本是粟特人，安姓昭武九姓中的大姓，贞观年间开始往来于西州与长安之间经商，如今已经是落户长安的商户）位于长安西市的夹缬店作画，因一手好工笔吸引了长安城各色贵妇的注意，其中就有武昭仪的亲姐武顺娘。琉璃受托为顺娘做屏风而与写得一手好字的裴行俭（字守约）熟识，为顺娘做衣裙而被武昭仪招入宫中，以"库狄画师"的身份陪伴左右并得武家庇护。因率先发现骊山行宫着火救驾立功，后赐婚裴行俭，以宗妇身份回到裴氏宗族，从临海长公主手中讨回原本属于守约的家产，摧垮了裴家对守约的种种牵制。因被长孙无忌构陷，守约将计就计赴西域为官，与高宗约定为大唐守一方疆土。琉璃在西州城中织白叠印历谱，守约厘清西域诸种势力，配合苏定方征西，为官一方便为一方百姓造福……

小说情节生动、笔法流畅，人物鲜活真实，细节极具说服力。如有"识人之明"的守约明知道在武后与高宗的政治博弈之间胜出的必是武后，仍然遵

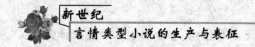

从自己忠君爱国为先的内心,选择听从高宗旨意征西,不顾琉璃的劝阻站在了武后的对立方。然而读者却不觉得深爱琉璃的守约做出这种罔顾妻儿的决定是难以接受的,守约一路走来的展现的性格与抱负让读者觉得本就应该如此,明知大势不可改,明知命运早已注定,明知君主猜忌、同僚坑害、下属背叛,却没有去怨恨报复他人,而是反省自己,然后承担责任以死报国,这才是大唐名将裴行俭该有的一生。言情已经不是小说最重要的部分,在历史的洪流中爱情只能退居其后,读者尽管对守约与琉璃的决裂唏嘘不已,但仍然会承认这才是历史应该有的可能。正如亚里士多德《诗学》中所言"一种合情合理的不可能,总比不合情理的可能要好",《大唐明月》对历史的描述未必做到事事都是史实,但主人公的每一步举动还原到历史时空中都能做到合情合理。对于具有虚构性特征的历史小说而言,重要的不是有多真实,而是每个小情节在历史中都有发生的可能,这正切合了"艺术真实"之内涵,体现了"历史理性"之精神。

无厘头搞笑风格的架空穿越小说《午门囧事》则是"谐剧"的代表。秉持着现代年轻人"囧囧更健康","人生囧事,十之八九"的生活理念,为读者带来"囧囧有神"的阅读体验。就是这样一部调侃经典、解构权威的无厘头荒诞小说,却收到青年读者的热捧,作者影照一直写到第三卷方才罢手。

"一切的一切,起源于一碗红烧肉……这古代人没有那么多肠子,还缺乏娱乐精神。深闺幽闭苦闷不已,精神空虚导致饥渴,她唯一的乐趣只能是搜罗些好吃的。偏偏年末家中来了个相士,说纵千好万好,唯有爱吃这点不好,将来怕是要因吃食引些事端,说不定还要祸国殃民。哇,爱吃都可以掀翻朝野,真是一个馒头引发的血案。她冲老天翻个白眼。"[154]

不同于同期穿越文启蒙古人、引领新世界的宏大抱负,也没有"愿得一人心白首不相离"的情爱诉求,小乔一心想回到现代,对于穿越女们的标配阵容:腹黑王爷、内敛侍卫、傲娇公子、深情师兄,小乔也会春心萌动,可她在美色面前与在美食面前也没有多少不同,她会明确地告诉男生们,我心思海洋,不属于这里的时间和空间。怪异的是,在这样一部一切皆"囧"的无厘头穿越小说中,个体作为"自主的人性自我",反而得到了很好地表达。一直想要穿回现代的小乔,其"计划之外""经验之外"的种种举动虽谈没有穿越者一贯的"对自由、民主、尊严的进步渴望",却充满了从"自我内部"发现意义的能力,[155]尽管这种意义以"无厘头"的面目出现,"要活着、要回家、要吃肉",小乔正是在这些看似"无厘头"的日常生活中完成了对自我意义的确证。

注 释

[113] 童庆炳. 文体与文体的创造[M]. 昆明:云南人民出版社,1994:1.

[114] 胡适. 谈新诗[A]. 杨匡汉,刘福春. 中国现代诗论(上编)[C]. 广州:花城出版社,1985:2 – 3.

[115] 耿传明. 清末民初"乌托邦"文学综论[J]. 中国社会科学,2008(04).

[116] [118][126]黎杨全. 网络穿越小说:谱系、YY 与思想悖论[J]. 文艺研究,2013(12):37 – 42.

[117] 王源. 后现代主义思潮和中国新时期小说[D]. 济南:山东师范大学文学院,2012:104.

[119] 广电总局关于 2011 年 3 月全国拍摄制作电视剧备案公示的通知[EB/OL]. http://news. cntv. cn/20110331/110075. shtml.

[120] 九夜茴. 匆匆那年(上下)[M]. 北京:东方出版社,2008.

[121] 李盛涛. 网络小说的生态性文学图景[M]. 北京:中国社会科学出版社,2014:31.

[122] 张颐武. 玄幻:想象不可承受之轻[N]. 中华读书报,2006 – 06 – 21.

[123] 唐七公子. 三生三世枕上书[M]. 湖南文艺出版社,2012.

[124] 勒内·韦勒克、奥斯丁·沃伦. 文学理论(修订版)[M]. 刘象愚,等,译. 南京:江苏教育出版社,2005:279.

[125] 戴锦华、高秀芹. 无影之影——吸血鬼流行文化的分析[J]. 文艺争鸣,2010(05).

[127] 西摩·查特曼. 故事与话语——小说和电影的叙事结构[M]. 徐强,译. 北京:中国人民大学出版社,2013:92.

[128] 刘守华. 中国民间故事类型研究[M]. 武汉:华中师范大学出版社,2002:2.

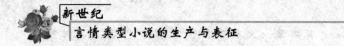

[129] 斯蒂·汤普森. 世界民间故事分类学[M]. 郑海,等,译. 上海:上海文艺出版社,1991:499.

[130] 顾漫. 杉杉来吃[M/OL]. 晋江文学城. http://www. jjwxc. net/onebook. php? novelid=247098.

[131] 2016 年第四季度腾讯阅读推荐榜第一名的作品:叶非夜. 隔墙有男神:强行相爱 100 天[M/OL]. 起点女生网. http://www. qdmm. com/MM-Web/3693174. aspx.

[132][141]金赫楠. 网络言情小说二三事[N]. 文艺报,2016-9-18(008).

[133] 二乔安安. 你觉得哪本高干小说 YY 最靠谱. 天涯社区[EB/OL]. http://bbs. tianya. cn/post-funinfo-3316525-1. shtml.

[134][135] 林易. "凤凰男"能飞多高——中国农转非男性的晋升之路[J]. 社会,2010(1):88-108.

[136] 罗蔓. 小议网络流行新词"凤凰男"[J]. 现代语文,2008(10).

[137] 桐华. 被时光掩埋的秘密(后修订出版名为《最美的时光》)[M]. 朝华出版社,2009.

[138] 张学东. 对"凤凰男"与"孔雀女"婚姻问题的社会学分析[J]. 中国青年研究,2009(04).

[139] 齐帅. 蔡艺侬:非主流公司的非主流老板[N]. 南方都市报,2011-10-02.

[140] 喜欢夏天小精灵. 我再来给大家扫一下盲,何为"白莲花"[EB/OL]. http://bbs. duowan. com/thread-43564728-1-1. html.

[142] 王玉玉. 从《渴望》到《甄嬛传》:走出"白莲花"时代[J]. 南方文坛,2015(5):57.

[143] 李葛送. 有序与纷乱——文体风格研究的悖反[J]. 牡丹江大学学报,2012(07):4.

[144] 申丹. 西方现代文体学百年发展历程[J]. 外语教学与研究. 2000(1):22-28.

[145] 徐晓利,张婵. 网络言情小说中的虐恋模[J]. 文学教育,2014(01).

［146］陶虹飞.论网络言情小说的"悲情"写作——以网络作家匪我思存的小说为例［J］.常州工学院学报(社科版),2014(10).

［147］诺斯罗普·弗莱.世俗的经典——传奇故事结构研究［M］.孟祥春,译.上海:上海人民出版社,2010:69.

［148］肖映萱.《遇蛇》:遇见虐点［J］.名作欣赏,2015(13):82.

［149］［151］李银河.虐恋亚文化［M］.北京:中国友谊出版社,2002:1,213.

［150］玲珑小猪猪.莫弃莫离［M/CD］. http://www. bookbao. net/view/201202/02/id_XMjI5NjUw. html.

［152］林品,高寒凝.二次元·宅文化［J］.天涯,2016(01):183 – 184.

［153］蓝云舒.大唐明月.起点女生网. http://www. qdmm. com/MM-Web/2014155. aspx.

［154］影照.午门囧事.晋江文学城. http://www. jjwxc. net/onebook. php? novelid = 230533.

［155］房伟.个人主义、穿越史观与共同体诱惑——论"网络穿越历史小说"的"三宗罪"［J］.创作与评论,2015(04).

第三章
多重力量的交锋：个体想象与现实隐喻

社会现实中权力结构的深层制约，使言情类型小说这一当下流行的大众文学形态不可避免地具备了意识形态效应，个体如何认识自我、如何想象世界，既作为时代的精神症候显现在诸多言情类型小说文本中，又在这样的文本生产和消费中得到强化。当然，这个意识形态过程是较为复杂的，言情类型小说文本呈现出的个人与社会的想象性关系，是在既有的文学传统、资本、媒介等多重力量的作用下才最终完形的，言情类型小说文本中倡导的行为方式和价值判断，隐含了当前大众读者对社会现实问题的关注、面对现实中的困境时的纠结与退缩、面对不合理状况时微弱的抗争意识。

一、匿名的他者与"主体"质询

据调查显示，15—39 岁年龄段的读者是网络类型文学的接受主体①，这一年龄区间内的很多网民长期保持阅读网络小说的习惯，尤其是移动终端兴起后，腾讯 QQ 阅读、熊猫阅读、黄金屋、云起书院等手机阅读软件为"随时随地阅读"提供了前所未有的便利条件，支付宝、微信等多种支付方式的普及，也让越来越多的类型文学读者愿意为"追文"②买单。言情类型小说作为类型文学的一个重要分支有自己稳定且庞大的读者群，除了上述客观条件的变化，言情类型小说以制造"阅读快感"为先的生产模式，也是其深受青少

---

① 从统计数据看，网络文学的读者和作者都以年轻用户为主。"在各年龄段的网络文学用户中，15—24 岁年龄段的用户比例达 51%；30—39 岁年龄段的用户比例为 18.4%；50 岁及以上用户群体占比最小，仅为 1.8%。青少年构成网络文学的主要用户群体，一方面与青少年倾向于选择娱乐类应用有关；另一方面，网络文学在当前的发展阶段，仍然以轻松、前卫、娱乐化的内容为主，这些内容更能吸引年轻用户。"参见 2010 年 12 月发布的《中国网络文学用户调研报告》第 6、15、16～18 页。/ http://www.cnnic.cn/research/ bgxz/wmbg/201108/t20110819_22594.html.

② 追文，网络用语，指读者持续阅读某一小说，日日追踪该文在文学网站上的连载情况，"追文"的读者通常是支持正版的付费阅读读者。

年读者欢迎的重要原因。

言情类型小说为青少年读者提供了丰富的想象空间。刚刚步入社会的青年人，多从事基层工作，掌握的社会财富有限，同时还要面对学业、工作、家庭、恋爱婚姻等多重压力。尽管80后、90后们多有一个"说走就走的旅行"梦，但是真能有足够的资本放下生活重担踏上旅途的毕竟少之又少。更多"不那么成功"的青年人选择在网络世界放松身心，"打网游""看小说""追剧"显然是最常见也最廉价的休闲方式，类型小说因其文本极大地丰富性能同时满足"升级打怪玩游戏""一集一集追剧情"两种需求。在阅读的过程中，读者们自觉不自觉地在小说营造的世界中锁定人生目标、跟主角一起步步为营实现自我价值，在具体社会生活中遭遇的诸多失意暂时抛却脑后，沉浸于自我同社会的想象性关系中。

作为言情类型小说门下的重要类型，女性职场小说营造出了一个"理想的"职场模型，每一个主人公都类同于"升职记"里的杜拉拉，都可以通过不断武装自我走在"实习生杜拉拉"到"HR杜拉拉"的路上，事业没有起色、追求渺茫无法实现、在生活中找不到自身价值仿佛都是因为个人"技巧"不足，与社会结构性因素无干。在小说塑造的各色职场人物身上，普通读者总能一眼认出自己的位置与阶级属性，在一套既有的职场逻辑里完成自我的自觉"对位"。以古代世界为情境展开的言情小说为读者开启了另一种想象模式：琴棋书画样样精通、诗词歌赋信手拈来的美貌少女，快意恩仇、仗剑天涯的侠女，洞悉朝堂纷争、运筹帷幄于千里之外的女诸葛……这些非凡的女性又是现实生活中多少平凡女性内心深处的自我投射对象。"种田文"中普通的大龄女青年因为一朝落回古代社会，凭借现代人的生产、生活经验大开"金手指"，带领全家发家致富，又何尝不是当下女性最普遍的憧憬与渴望。

（一）职场空间与个体想象

"女性职场小说"是都市言情类型小说的重要门类，以2007年9月《杜拉拉升职记》的出版为该类型诞生的标志。有研究者指出，职场小说伴随我国现代公司制的普及而出现，是"以反映白领职场人生历练和职业心经，审美地折射其生存感悟与困惑的新小说类型"。新世纪以来当"现代职场成为年轻一代中国人普遍的人生境遇和生活方式，这一新的生命形态客观上要求与之适应的文学形式"[156]。

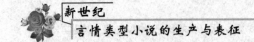

20 世纪 80 年代开始的独生子女政策，客观上使很多城市家庭"独生女"拥有了与"独生子"相同的接受高等教育的机会，新世纪以来随着这些文化程度较高的新知识女性进入现代企业工作，"职场女白领"作为一个新兴社会阶层出现，她们的生产、生活方式与前代国有工厂女职工完全不同，母辈的经验似乎对她们没有太多参考价值。在"男女都一样""妇女能顶半边天"的社会主义建设话语下，国有工厂里的男女职工享有同工同酬的待遇，在结婚、生育、育儿等问题上，国有工厂也提供相应的保障措施：当时社会普遍认为稳定的家庭可以更好地支持男女双方投身社会主义建设，单位不同车间、部门会定期举办联谊活动，帮助适龄男女青年解决婚姻问题；妇女有 90 天带薪产假，之后可回到原工作岗位，并享有 18 个月"送奶假"①；婴儿出生后 45 天即可送往工厂子弟幼儿园，20 世纪 90 年代初工厂子弟幼儿园托儿费仍然只需要 2 至 5 元钱；……

新世纪伊始，工作在现代企业的女白领获得了"多劳多得""按效率分配"的市场经济高薪资，却牺牲了前代国有女工享有的这些"计划条件下行之有效的行政保障措施"[157]，恋爱、结婚、生育等不可回避的现实问题都成了女性在职场打拼的"拖油瓶"，以盈利为目的的私营企业与跨国公司将必备的"措施"改造成了可选可不选的"福利"。这些私营企业经常会爆出一些"新规定"：如公司同事间不能恋爱，否则必须有一方离职，夫妻不可以在同一企业工作，客观上造成了部分员工"隐婚"；个别企业用调离原岗位转而安排其他非专业低薪岗位变相逼迫怀孕女职工辞职（如 2016 年 4 月著名美食 APP"豆果美食"联合创始人朱虹孕期被高层逼退离职事件）；多数公司女职工产假结束后没有送奶假，哺乳期妈妈也要和所有员工一样加班加点工作，只能在办公桌下、卫生间里偷偷挤出孩子的"口粮"；企业性别歧视，女性从事行业与岗位相对局限……[158]在资本主宰的"职场"中，女性的前途并没有多乐观，已有的抽象"职场理论"解决不了她们日常遭遇的问题——上司更喜欢什么样的员工、在办公室中哪些事能做哪些不能做、怎么能"合群"又

---

① 《女职工劳动保护规定》第九条规定，有不满一周岁婴儿的女职工，其所在单位应当在每班劳动时间内给予其两次哺乳（含人工喂养）时间，每次三十分钟。目前国有企业和机关事业单位女职工依然保留"送奶假"，私企和跨国公司则很少遵守规定。送奶假一般从婴儿出生起到婴儿十八个月结束。

不随波逐流，女性基层职员怎样谋求合理晋升、怎么从一个职场菜鸟成为企业高管……在此背景下，2007 年伊始以《杜拉拉升职记》为代表的女性职场小说相继出现，一系列同类小说紧随其后，2008 年崔曼莉的《沉浮》、猫猫的《猫猫的白领生活》、2009 年秦与希的《米娅，快跑》、舒仪的《格子间女人》、杨小羊的《杨小羊求职记》，以及 2010 年开始网络连载 2016 年改编为热播电视剧并成为"话题之作"的阿耐的《欢乐颂》。这些小说大多带有半自传色彩，有研究者称其为"现代企业第一批职场中人对自我生活和工作状态的一次集体艺术写真和情感抒发"。[159]

"女性职场小说"这一类型存在的大前提是对现代企业制度之下形成的"职场文化"的认同，在小说中职场文化被先在地理解为一种"理想的"文化，理想意义上的文化"是人类根据某些绝对的或普遍的价值追求自我完善的一种状态或过程。如果接受这一定义，那么文化分析根本上就是对生活或作品中的某些价值的发现和描述，这些价值被认为构成了永恒的秩序，或是与人类的普遍状况有着永久的联系。"[160]在此类小说中，"职场逻辑"被默认为普遍存在的价值规律，职场为陷于其中的职场人许诺了一条成功之路——只要你拼命工作，经过不懈的努力奋斗，就能获得更好的生活，亦即人们必须通过自己的勤奋、勇气、创意和决心进行个人奋斗，完成阶级的流动，从底层走向中产、从边缘迈向核心，终能到达人生的巅峰，这个过程不必依赖特权，起决定作用永远是个人的才智能力。资本对个体的这般许诺，如同驴子眼前的胡萝卜，鼓动众多基层"驴子"干着拉磨的苦差还要满怀工作热情。这类"职场文化"不只体现在职场内部逻辑上，还表现为职场之外、与之相匹配的一套生活方式。通过类型作品里的具象化，"某些特定个体在特定社会里所发现的意义和价值得以保存"，"职场女白领"这个诞生于新世纪的新群体，在以资本为主导的职场文化中作为一类典型形象被保存下来，她们的生产与生活方式、价值判断与中产趣味，她们在整个社会结构中所处的位置、她们可能走向的未来，女性职场小说的具体写作中涉及大量的对这些现实问题的讨论。

早期的女性职场小说有自己的常规故事结构：一个没有特殊背景、受过良好教育的女性进入某世界五百强企业，从最基本的岗位（销售岗位或行政助理）做起，经历职场的多种磨炼（如《米娅快跑》中米娅先后更换 6 个不同脾气的老板、《沉浮》新人接到大单后步步遇阻),见识了职场的多种变迁,成长为公司中层高层领导(杜拉拉成为公司 HR 经理、跳槽新公司坐稳薪酬经理)的故事。女性职场小说写的是中产阶级生活——《杜拉拉升职记》前言就有"这是典型的中产阶级的代表人物杜拉拉个人奋斗的小说",强调职场女性应该提高自身的专业技能,通过个人奋斗跻身于中产阶级行列。小说作者也多是已经突破重围的职场精英、成功人士,小说中描绘的正是这些人的成功经验和与职位相匹配的"轻奢风"①生活方式,表现出的是一种典型中产阶级文学想象和趣味。

可以说在 21 世纪的第一个十年里,中国社会经济发展的迅猛势头强化了通过个人奋斗跻身中产阶层的社会意识,而随着 2008 年世界性金融危机的到来,经常被作为职场小说背景的跨国公司也面临着裁员的问题,并不掌握生产资料的、贩卖个人技能、完全依靠资本家赏饭吃的"中产阶级"也面临失业的风险,同时"她们作为社会的中间层,因为拥有较好的人力资本所以有向上流动的无尽抱负,同时一旦失业就会丧失经济来源又使得他们难以撇开向下坠落的深深恐惧"。假定自身也可以进入中产阶级行列的读者,既需要昂扬的"个人奋斗基调"给予信心支持,又需要大量的"职场生存技巧"给予智力支持。女性职场小说的女主人公们也需要同时完成"凭借出色的工作表现,以知识技能的领先获得了职业威望和财政独立"和"通过工作获取自我认同与自我实现"才能与读者意识同步。[161]

2008 年以来的金融危机并没有改变女性职场小说的诉求,始终有一个被预设的理想模式存在——终有一天读者能和女主人公一起过上小说结尾的成功人士的生活,这一预设可以说是该类型小说阅读快感的核心来源。2016 年出版的《莫负寒夏》②仍然是讲女主人公木寒夏从大学落榜生到新商业模式开创者的成功人生,木寒夏的成功被归结于她的聪慧和勤奋,因其善良的本性可以结交政坛新贵,凭借一腔热忱能够感动来自华尔街的天使投

---

① 轻奢风,指一种讲究优雅品味、讲究美感与舒适并重的着装方式或生活态度,区别于动辄上万的标价和暴发户富二代"不求最好但求最贵"的认知方式,轻奢风格更多指以一定的审美能力为支撑的中产阶级趣味。

② 《莫负寒夏》作者丁墨,与 2015 年 10 月—2016 年 2 月连载于起点女生网"商战职场"栏目,网址:http://www.qdmm.com/MMWeb/3639833.aspx。2016 年 6 月百花洲文艺出版社出版实体书。

资人。一句"她值得拥有这一切"就可以说服读者感同身受地鉴证主人公的奇迹逆袭。值得一提的是,上述"快感之源"及其为读者带来的"正能量"并不是女性职场小说的全部价值体现,在具体的作品中因其对现实的描摹与反映,展现出了职场女性多种生活面貌,以及她们其对未来多种可能性的思考,女性职场小说也正是在这个层面上完成了对现实的隐喻与转义。

以阿耐的小说《欢乐颂》为例,小说讲述了五个身份、性格各异的职场女性因居住在"欢乐颂"小区 22 楼而相识,以 22 楼为矛盾集中的舞台,交叉叙述"五美"各自的故事。小说开头先是说明了五个来自不同社会阶层的青年女性为何能在一个中端小区相遇。2201 的外企高管安迪,回国内寻亲暂时落脚,因为想要感受市民生活的"吵吵闹闹的烟火气",特意选择了一个交通便利、门禁严格的中等小区。2203 的富家千金曲筱绡,为争家产在其父面前表创业决心,策略性选择了一个标志城市"中产阶级"身份的小区,开一辆女白领常用的 POLO 两厢车,捎带衬托一下住别墅开跑车的哥哥有多么"不懂事"。最小的"一担挑"两室户 2202 由三个女生合租,两室分属毕业两年在普通企业上班的小镇姑娘邱莹莹与毕业一年"世界五百强"企业实习生小家碧玉关雎儿,普通企业 HR 樊胜美租住客厅改造的小屋。2202 三人中收入最高的"樊姐"却是花销最大的一个,服饰美容、交往集会,还有一家老小需要接济,只能负担最低的租金。五个人的居住环境正暗示了她们呈金字塔形的社会阶层:海归成功人士、大企业高管——去海外混文凭的富二代中型企业主——二类院校毕业的跨国公司实习生(有转正的可能)——普通学校毕业的小职员——位于职场中层却无法摆脱家庭无休无止压力的"凤凰女"①。每当 22 楼的邻居们有什么集体活动,无论是寻常聚会还是紧急商议,一定是在安迪宽敞明亮的客厅里展开。这既有赖于安迪居室优越的客观条件,又隐晦地反映出"高级精英"作为资产、资源的垄断者在社会事务中绝对的支配地位。而就算邻居们需要共同面对和处理的事情再棘手,战火

①　"凤凰女"与"凤凰男"类似,取义"山沟里飞出金凤凰",指出身农村、依靠自身努力而跻身城市,并且有所成就的女性。她们表面看似光鲜,其实是整个大家族的生活依靠,需要供养父母贴补家人,因而难免对自己所拥有的东西吝啬,会不停地计算自己的付出和得到,惧怕失去一切和"落地成鸡",内心深处有无法摆脱的自卑感。其中一部分"凤凰女"想尽办法嫁给有钱人,飞上枝头变成真凤凰。《欢乐颂》中的樊胜美被认为是"凤凰女"的代表人物。

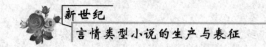

也绝不会烧进曲筱绡的闺房,曲筱绡作为另类的"资产精英",似乎永远保有切时进击和抽身远去的权利。

《欢乐颂》中,作者书写最用力的人物是关雎尔,这在小说的后两部里体现得尤为明显。傻大姐邱莹莹踩中了职场小白的各个雷点,是供读者嘲讽甚至鄙视的半个丑角;鬼灵精怪的富二代曲筱绡的创业之路显然是非常规操作;樊胜美已经坐在小公司中层 HR 老油条职位上,完成阶级流动的方法唯有"钓得金龟婿";安迪则在资本堆砌的跨国公司居高位已久,如何处置原生家庭带来的情感障碍才是她的核心问题。唯有普通"社畜"关雎尔刚刚踏上社会,既有校园生活的良好习惯打底,又得以在"世界五百强"企业高度标准化的格子间内矫形问路;既有安迪、曲筱绡、樊胜美这样作风迥异、经验丰富的职场前辈的谆谆教导,又有邱莹莹作为前车之鉴与负面教材,她的成长历程整体呈现出一种由"收"至"放"的喜人趋向,而且基本上与"现代企业制度"和西方"现代化"神话同构——努力即有成效,努力即握有成功的主动权,低调做人,高调做事……正如与小说同名的电视剧主题曲所唱:"仍相信未来在我手中,好运对爱笑的人情有独钟。"

关雎尔在紧张、压抑却似乎前景可观的企业生活中不断历练成长,并且在如是"成长"的过程中学习了技能、增长了才干、明确了目标、丰缮了思想,逐渐以一种"主人翁"的姿态开始想象和拥抱未来。如果将关雎尔的"成长"也看作一个"主体化"的过程,我们或许可以想一想,这里的"主体"是一种怎样的"主体"?"主体化"的过程完成以后,未来是否真的"犹在掌中"?《欢乐颂》给出了一个肯定答案,读者在自我代入为"职场正路的践行者"关雎尔时,不自觉地陷入了文本构建出的想象性关系中,完成了对"职场文化"的认同。

正如理查德·约翰生所言:"文本不再是由于自身的缘故而受到研究,也不是由于它可能产生的社会效应,而是为了它实现和使其成为可能的主体或文化形式。文本在文化形式中只是一个手段;严格说,它只是一种原材料,由此特定的形式(如叙事、意识形态问题框架、表达方式、主体位置等)可以抽象出来。它也可能构成一个更大的话语领域的一部分,或在其他社会空间里有规律地出现的形式的综合。"[162]对于女性职场小说的研究,最终的目的亦不是分析文本的内容、结构、人物形象等具体要素,而在于该文本

"每一流通时刻的主体形式的社会生活，包括他们的文本体现"。职场小说构建的中产阶级理想与生活想象，对当前的大学毕业生来说还像新世界第一个十年时有那么强的说服力吗？在面对一身奢侈品的邻居曲筱绡时，我们真的是那个在河边呐喊自己有多么想过上"上流社会"的生活，却因为家庭的拖累只能一身 A 货的樊胜美吗？时间走到新世纪第二个十年，这种"中产梦"的说服力已经大不如前，曾经禁锢职场中人的对"成功"的想象悄然崩塌。

2016 年国际经济持续低迷，国内中小型企业大范围停产，"世界五百强"也应对艰难，很多公司撤销了中国的部分办事处，同时北上广的房价却迎来的新一轮暴涨，"关雎尔们"想买下上海中心城区的"欢乐颂"2202，瞬间要多花几十万元。"今年九月份开始的这一轮房价暴涨有意思的地方是产生了有别于以往的社会情绪，就是'预备中产阶层'的绝望感，以往这种绝望是以自嘲、调侃的性质隐晦表达的，而这次则变成了一种公然的清醒的群体性绝望，并且彻底告别了对房市崩溃的幻想，认清了今日中国资本化和阶层固化的现实。""预备中产阶层""受过良好的高等教育(985、211 毕业生)，在大众媒体时代掌握知识和话语权，却没有相应的经济支撑(焦点在房产)的青年群体，他们对中产阶层生活方式进行模仿，对大资本控制展现批判精神，对底层表达仪式性同情。而今天弥漫在这批青年中的不满，是因为预备中产'转正'为中产阶层的渠道被凝滞了。"[163]在如今的现实环境中，作为"五美"中唯一能靠自己努力跻身上一个阶层的关雎尔，面临的可能是企业全面裁员，实习生转正希望泡汤，"中产阶级"身份有如驴子眼前的萝卜，只是让这些高级打工仔拼命工作的诱饵。女性职场小说营造的"快感之源"随着"中产阶级"的现实危机也日渐式微，越来越多的同类题材直接倒向了"豪门商战"，当金钱和强权不再需要通过奋斗得来，女性职场小说的焦虑终于被缓解，在疲于奔命的现实中仰望"新贵"阶层的爱恨情仇，阿 Q 的精神胜利法在近百年后，又一次成了"女白领"这一世纪新阶层诠释世界的法门。

(二) 古典生活与自我装扮

让·贝西埃在《当代小说或世界的问题》一书中谈到了当代小说具有"当代性的多时代性"，"当代小说就特殊地使用了任何叙事的构成性悖论：呈现为对过去事情的叙述；通过这种叙述，把过去现在化，把过去与现在相结合,但并不影响过去继续以过去的面貌出现。"[164]言情类型小说中对古代世界、古代生活的书写,正是把过去现在化,用现代逻辑构建一个古典世界,古典世界不再是历史记载的具体朝代,不必反映历史真实,不承载时代变迁的沉重步履,只需要轻装上阵,完成对未曾存在过的非真实事件的编织即可。

类型小说中的"古典世界"不是以历史真实为基础的古代现实世界,而是古典文学世界,是为当代女性的营造的古色古香的幻象,它依赖传统古典文学古老而独特的体系,运用古典文学中无数次被精细描摹过的衣食住行诸种具体影像搭建而起。读者可以在小说营造的古典生活中各取所需,可凭借从小到大的诗词记忆当一名"才女"、可凭借电视与网络了解的时政要闻游走于多个国家间当一名合纵连横的"女诸葛",可以凭借一身管理才能在封建大家庭中当一名全职主妇掌家人……"古典世界"犹如一场布好情境的大戏,大幕拉开,一个在现代世界接受过普通教育的平凡人即可进入角色,台下的读者和自带超越性与前瞻性的女主角们,在言情类型小说营造的古典世界中共同完成了对自我的想象性建构。

1. 假托"红楼"的封建宗法制"古典世界"

早期的网络文学对古典文学的使用大多以戏仿、恶搞为主,20 世纪 90 年代末,周星驰拍摄的《大话西游》系列电影引进大陆,在高校中间掀起了一股颇具后现代气息的"大话"热潮,此后在《悟空传》及其后续系列作品开启了对古代经典小说的"再解读"模式:原本法相庄严的唐僧可能是个无聊的话痨,反抗天道不公的悟空可以是纠结于理想与现实的哈姆雷特,存在感极低的沙僧是个"执念癌"晚期患者……此类标榜创作者个性的"主体化""反经典"式解读在新世纪类型文学中却偃旗息鼓,随着整个社会的"国学热"与电视媒体的"戏说热",占整个类型小说三分之二的古代题材作品开始向传统文化复归,对古典文学的借鉴与模仿取代反讽和戏谑成了小说创作主流。大量作品致力于还读者一个真实可感的"古典文化梦",主人公则致力于做一名恪守"三纲五常""三从四德"的真正"古人"。

此种情况在言情类型小说中最为突出,这与当代女性群体的现实生存状况有密不可分的关系。当"爱情"与"事业"带给当下女性的双重焦虑在现实世界中无处纾解时,回到"启蒙"之前、寄身于不同的社会形态之中,现代人的难题也就不再是难题。在类型小说营造的"古典世界"中，女性无法获得理想爱情的焦虑让位给如何营造一个"婚姻共同体"，夫妻关系的基础不再是情爱而是家族整体利益，妻子和妾氏是明确的上下级关系，只要妻子做好本职工作，婚姻就具有极强的稳定性。"事业"带来的焦虑也因此缓解，古代妇女无须抛头露面与男性群体争夺工作机会，男女分工明确，只需要按照社会"男耕女织"的一般价值预判来经营自己的小家小业、养育子女孝敬老人即可获得整个社会的足够尊重，这对一肩挑起事业、家庭双重重担，既要挣钱养家又要扶老携幼的现代女性来说，可谓是另一重意义上的"理想生活"。

言情类型小说营造"古典世界"离不开对《红楼梦》的借鉴与模仿。《红楼梦》可谓是后来言情小说的"题材库"，被封为现代言情小说的祖师奶的张爱玲一辈子对《红楼梦》爱不释卷，晚年更是用了十年时间考证才写就了一部《红楼梦魇》；身居香港的言情小说"玉女掌门"亦舒也说一生只读《红楼梦》足矣；在新世纪言情类型小说作者处《红楼梦》更是被奉为不二经典，被视为一干"宫斗文""宅斗文""种田文"的鼻祖。被誉为言情类型小说"悲情天后"的"匪我思存"毫不掩饰自己对《红楼梦》的喜爱与模仿，谈到其代表作《寂寞空庭春欲晚》更是坦言："《春晚》的初衷来自于乾隆皇帝的一句话。当时乾隆皇帝看过《红楼梦》后，说：此明珠家事，我当时在红学那边发文的时候，就注明了八个字：'红楼旧梦，明珠家事'，是刻意往红楼的细节上在靠拢，将容若作为宝玉的原型。"[165]

被誉为"宅斗文"集大成之作吱吱的《庶女攻略》更是大量借用了红楼笔法，开篇便展现出一幅封建士族家庭人物谱，仅故事核心"余杭罗家"就分三房，各房老爷、夫人，各色姨娘，合计十二位小姐、六位少爷，另外有经常出现的丫鬟小厮仆妇若干人，皆各具情态且遭遇不一。

附：《庶女攻略》罗家大房主要人物及其关系：[166]

大老爷：罗华忠

大太太：许氏（出身钱塘望族，父为礼部侍郎），

丫头：珊瑚，翡翠，玳瑁，落翘，连翘，杜薇，杜鹃

妈妈：许妈妈（钱财，人事），曹妈妈（厨房），姚妈妈（日常琐事），江妈

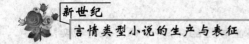

生女：大小姐罗元娘，嫁于徐令宜（永平侯），生子谆哥

生子：大爷罗振兴，二十二岁中举，娶妻顾氏，生子罗家麻，

丫头：杏林；妈妈：杭妈妈（顾氏陪房），

大姨娘：段氏（原为大老爷大丫头），丫头：彩霞

生女：二小姐罗二娘，3岁夭折

三小姐罗三娘，早产，嫁于大太太许氏庶出侄子，婚后3年18岁病死

二姨娘：袁氏（原为大老爷大丫头），丫头：彩云

生子：二爷，出生2天后夭折

三姨娘：柯氏（原为大太太贴身婢女）

生女：五小姐罗五娘，擅长书法，永和四年四月二十八嫁于钱明，丫头：紫菀，紫薇，灼桃

生子：四爷罗振声，个性软弱，丫头：地锦

四姨娘：杨氏（大老爷上司所赠）

生女：十小姐罗十娘，读书颇佳，丫头：百枝，九香，竹桃

五姨娘：吕氏（原为大太太贴身侍女）

生女：十一小姐罗十一娘，擅长女红，精于厨艺

丫头：冬青，滨菊，秋菊，竺香，辛妈妈，唐妈妈，琥珀（大太太送）

六姨娘：鲁氏（原为大太太婢女）

生女：十二小姐罗十二娘，丫头：雨桐，雨槐，白珠，金珠，刘妈妈

晋江网"种田文"榜首《知否，知否？应是绿肥红瘦》[167]作者"关心则乱"更是在作品中多次提及《红楼梦》乃是小说行文的参考，从整个封建宗法家庭如何建构，到上升期的中等官宦人家怎么跻身政治核心圈；从人物的日常饮食与流行服饰，到"在中等官宦人家嫁一庶女主母要准备多少嫁妆"（见101章）此类社会生活细节，作者均以《红楼梦》为据，并在小说正文之后贴出了"红楼"原文以供查证。更有不少细节直接是《红楼梦》中桥段的翻版：如盛老太太怜悯明兰孤苦自幼养在左次间梨花橱；第67章太太陪房钱妈妈给几位小姐送宫花，明兰开口先问四姐姐、五姐姐可有；第204章盛家女都嫁作他人妇后回娘家聚餐，如刘姥姥进大观园一般摆铃兰桌行分食宴……

但是，"宫斗""宅斗"小说对《红楼梦》的模仿多数停留在行文语言、故事结构、人物关系等表层,写手们自知笔力有限,匪我思存就明确表示"我的目的,就是为了从细节中给大家营造一个旧时代的故事氛围而已"。有研究者指出此类作品徒有"红楼"之貌而不具其神,如《知否,知否? 应是绿肥红瘦》中"场域设置和故事架构,显然更熨帖着《红楼梦》中的家族叙事和世情描摹。其文笔放在网文言情里显然算是出色的:故事推得绵密悠长,对话的机锋、细节的微雕,彼时彼地生活经验层面的案头功夫做得也好,日子写得有滋有味、兴趣盎然。只是太兴趣盎然了些。《红楼梦》里的盎然却是虚无做底的:无论诗海棠、宴群芳,还是枣泥山药糕和小莲蓬、小荷叶的汤,这些经验层面日常的、家常的热闹与滋味背后,是作者与人物对'白茫茫大地真干净'的预感、挣扎和恭候。"[168]

同类小说呈现出的对古代生活的想象不但取消《红楼梦》等古典小说的批判性,而且是"五四运动"以后破产的封建宗法制在新世纪言情小说中的借尸还魂。当现代女性面对爱情、婚姻、事业等多重重担招架无能,又没有能力想象完全不同的社会生活方式,只能把时针转回启蒙之前,出走的娜拉、痛苦的莎菲、革命的林道静统统不在,百年来争取的女性平等也是"一夜回到解放前"。然而,逃避现实的种种返归的古典世界又真是幸福安稳的所在吗? 一个平凡的现代人回到古代真的能顺风顺水成为人生赢家吗? 这类作品通过细节的描写及其中展现出来的价值判断,潜移默化中说服读者,他们与主人公是一样的人。如《知否,知否? 应是绿肥红瘦》第23章,明兰在盛府已经找到自己的位置,摸索出了一套生存法门,于是感叹:

"来到这个时代,才发现和现代的差距原出乎想象,古代女孩人生的第一要务就是嫁人成亲,然后相夫教子,终老一生,在这之前所有学习,女红、算账、管家、理事,甚至读书写字,都是为了这一终极目标而做准备。墨兰吟诗作赋不是为了将来能杏林出彩,而是顶着才女之名,在婚嫁市场上更有价值,或是婚后更能讨夫君欢心;如兰学看账本,不是为了将来去做账房先生,而是将来能更好地提夫家管理家产,打点银钱;明兰学女红更是如此——至少在别人看来。"

带着一个既定目标去学习知识,读诗书也不是为了陶冶情操而为考试,学技术不是因为热爱而只是为谋生,这和现代应试教育之下成长起来的青年读者心态何其相似。曾有读者在《知否,知否? 应是绿肥红瘦》连载时写

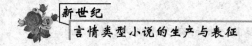

过"长评"①：

"关大提过为了更接近那个时代，把明兰的人设定位一个欣欣向荣的家族中的庶女，既可以接下又可以贴上，让我们更充分地感受那个时代。从姚依依的到来开始，在孩童学会如何在家族中生存，稍大点及笄前开始物色丈夫决定人生的第二个选择，婚后在夫家的持家和交际。在她的成长中，我作为读者也作为一个现代人同样与她一同学习、成长，学着婚姻哲学，处事方法，待人接物，同时感受着她的真情实感，并感觉受益匪浅。这样的明兰一点一点地获得了亲情、爱情、人生的成功。看过太多的穿越文，现代人在古代如何风生水起，其实就算不看古言，我相信现代人应该或多或少都有点低估了古代人。但是从文中却能感觉到古代人比我们现代人更懂得生存，我们现代的优越也不过是时代的开放，信息的发达，思想的进步，物质的提升。作为现代人，在古代需要修炼的还真不少。"[169]

这篇长评点击率很高并被置于小说首页，可见持这种观点的读者不在少数，多数读者习惯用"代入法"通篇阅读，对书中蒸蒸日上的古代生活很向往，感同身受之余反观自身的问题，深感即便在古代自己也未必有明兰的才智见解，还需继续"修炼"。也有不少读者自我调侃道"像我这样的智商在《甄嬛传》里活不过两集"，"就算到了《甄嬛传》我也就是福子（皇后送给华妃的貌美宫女，第二集被害），还没有余氏的战斗力"。

读者的反思也罢、调侃也好，是否可以理解成他们已经将"古典世界"描述的秩序默认为"可行"？言情类型小说热衷于对"古典世界"的搭建，其最大目的就在于满足当下女性读者"对一个欣赏小说的单独的社会空间的欲望"，女性读者对这种现实之外的单独社会空间的需求，不仅仅体现在"为了自己能碰到一种更具怜惜心理的男子气"，而是为了自己能积极地参与小说中所描绘的各种不同的历史和地理定位，以便拓宽自己的视野，恰恰是这种分离的欲望能够实现"更具情感以依的持久性自我确认"。[170]在认同了"古典世界"的秩序之后，当社会结构被认为是无须质疑的时候，个人"不成功"很自然地被归因于其自身的素质和能力不过硬，女主人公们"一切靠自己、

---

① 长评，指类型文学作品连载于文学网站时，普通读者在"留言框"中所写的、字数超过1000字并配有题目的评论。长评会被网站放置在作品目录右下方的显著位置，长评数量的多少也可作为衡量该作品是否受欢迎的标准。

闷声发大财"的人生规划显得格外"政治正确"。职场小说和古言小说运用的都是上述同一套逻辑,然而近年来经济大环境的不景气使普通人在现实面前深感无力,"职场文化"的说服力不复从前,更多读者选择将焦虑埋葬在"古典世界"中寻求情感慰藉和自我确认就不难理解了。遵循看似"古典"实则"现实"的既定法则,完成自我规训的同时,享受臆想中成为"人生赢家"的那片刻满足,正是阅读此类小说的快感之源。

2. 作为"古典世界"中异类的"启蒙者"形象

在古典世界中,除了上述完全屈从于宗法伦理的比古人更"古人"的女主人公们,还有一类仍保留着现代人精神、具有极强主体意识的形象。在言情类型小说营造的"古典世界"中,很难为这些"启蒙者"的出现溯清前因,此类形象更像是一群"历史缺乏焦虑症"[171]患者,漂泊在不停切换的古代场景之中。"古言"小说尤其是以穿越开篇的作品,写到主体意识高扬、个人能力非同寻常的女主角时,经常会为其设定一个晦暗不明的原生家庭:对女儿漠不关心的父亲、无能为力的母亲、将女儿视为交换利益工具的继母,或是索性让女主人公无父无母,幼年遗弃街头、被人贩子拐卖……过去从不曾构成羁绊,女主角只需要看向未来。历史感的缺乏正是主人公们逃脱其所处时代生产关系干涉的法门,只需要高扬哲学意义上的"主体性",把"爱情"视作信仰,视作解放人性的全部理想,主人公作为一个资产阶级革命意义上大写的"个人"出现,在小说营造的"古典世界"中担当"启蒙"的大任,主人公被预设为一个如同上帝一样首要的、完满的个体,这个个体又作为一个大写的"主体"召唤着读者进入他的限度内,按照其预定的方式展开思考与行动。

如风弄的《孤芳不自赏》①中白聘婷的形象。白聘婷被设定为一个"没有历史的人",她没有原生家庭,幼年时被敬安王妃从雪地捡回,作为陪伴小敬安王何侠的贴身侍女被养大,与小王何侠、归乐太子何肃一同读书习琴练剑,因天赋异禀逐渐成长为智谋无双的王府头号军师。然而寄养家庭给予她的"历史感"很快就被打碎,太子何肃登基后连根铲除握有重兵的靖安王府,白聘婷与何侠失散后流落东林,故事正是由此正式开始。作者给出了白

---

① 《孤芳不自赏》共7册,作者风弄,网络人气女作家,其作品以耽美题材为主,多在台湾出版。《孤芳不自赏》是风弄唯一一部古代言情小说,于2008年前后出现在网络上,被读者评为"第一好看的帝后小说",是一部经典的"男强女强"型人物设定的古典风格言情小说。

聘婷充分的理由只"向前看",生身父母不知是谁,有养育之恩的敬安王夫妇被害,青梅竹马胜似亲人的何侠被仇恨蒙住良知,"归乐"故国再不可归。于是无家也无亲人的白聘婷周旋于四国(漠北、归乐、东林、云常)之间,帮漠北解东林重兵压境之围、为归乐与楚北捷定下"五年不来犯"之约、为保东林旧族设计抵御云常强兵、为云常阵前劝退东林镇北王大军。白聘婷宛如"石头缝里蹦出来的"悟空,辗转腾挪于天地间,无家无国,对"真情"的执念是她的信仰,只需要对得起自己的一片真心即可随心所欲:深爱敌国镇北王就不惜一切代价表达真心;当国家矛盾导致两人误会丛生时,伤心失望的白聘婷便能诈死离去,四国兵乱中经历生死认清真心时,又毅然去克服万难去寻镇北王,乍见就表衷情……在古代宗法制社会中,个人对家族承担不容回避的责任,而家族势力对个人具有很大的影响与帮助,有国有家的楚北捷需要在兄长东林王病故、无子承位、病弱寡嫂摄政无能的情况下才挑起重担、凭借极强的领兵能力和作战素质统一四国,而后重命名新国。而无父无母、无处可依的白聘婷可以没有任何心理负担地纵横四国之间,只需要对自己的爱情负责就可以说服读者。此类小说有一个共同模式:身居高位的男子搭配来历不明却才貌非凡的女子,把女子当作一种信仰性质的存在,在没有过去只有未来的女子身上寄托改造社会的诸种理想。女子仿佛一个哲学意义上的"主体"存在于整个世界之间,她拥有"一种特性、一种个性、甚至拥有一种灵魂或一种精神"[172],这些构成了这个虚拟世界的最根本的现实,单个主体被认为是其观念与信仰的唯一源泉。

如果说白聘婷只是个懵懂的"启蒙者",潇湘冬儿所作《十一处特工皇妃》中楚乔的形象就是一个完满的"启蒙者",她不但扮演了哲学意义上的"主体",还承担了意识形态主体的功能。这里的"主体"指的是"个体的人被认为是他自己思想、行为以及情感的独立根源",援引阿尔都塞对"主体"的定义,主体是"一种自由的主体性,主动性的中心,自身行为的主人和责任人。"[173]显然个体并不能决定她与世界的关系,相反"是事件及其关系决定了其中的个人生活""因此,自由而自觉的主体这个概念是一个意识形态概念","实际上每一个人都是作为被嵌入到一整套复杂实践中的个体而存在",是"意识形态把个人呼唤或传唤为主体"[174]。

楚乔原是为排除炸弹保护特工部而牺牲的特工,一朝穿越为被门阀贵族当作狮子诱饵的小女奴，瞬间暴走的女奴成了同病相怜的质子燕洵的保护者，二人长大后成功脱逃，联系燕王旧势力起兵复国，燕洵复国之路渐改初衷，变成一名血腥政客，楚乔深感"道不同不相为谋"，遂率领其追随者"秀丽军"与舍弃门阀旧制度的青海王一起偏安一隅建立新国。作者为"楚乔"的存在赋予了理想主义内涵，她召唤着虚拟世界中的全部个体以及屏幕前阅读的读者进入一个全新的结构当中，"作者的话"一栏中写道：

"楚乔就是一粒种子，最先播撒在这些帝国权贵年轻派的心中。这是一个信念和坚持的故事，注定了，谁最能坚持，谁拥有和阿楚一样的信念，谁必能和她一同走到最后。她就是这个世界的一盏灯，所有人面对她的这些思想的时候，都会有一瞬间的恍惚，从一怔到震撼，再到一点点的接受。她是一汪潜移默化的溪水，静悄悄地流淌，在西蒙大地的上层社会，将这些先进的念头灌输到年轻一辈的头脑之中，她可以说是打开了一扇门，新鲜的风呼啦啦地吹进来，吹散了沉闷的空气，也吹动了奴隶制千百年来的铁血统治。"

这里为读者提供了一个极易被认同的、看似伟大的事业，召唤读者进入其中，一同担当"启蒙者"的角色，于是读者们抛开过往的羁绊、开启理想的人生，误以为自我能改造世界，即便撞得头破血流也向着理想前进，毕竟在古典言情世界里"道路是曲折的"而"前途"永远是光明的。可所谓的"前途"又在何处，是肩负启蒙重任的主体建立的独立、民主的"盛世"吗？楚乔在故事的最后陷入与燕洵的拼杀，感觉自己已经快要支撑不住之时，昔日的门阀贵族青海王领着军队宛若从天而降，一直以来坚强挺拔如青松翠柏的楚乔悄悄与爱人言说，"我怀孕了"。与历经磨难的新生命一起，启蒙的魔力如蒲公英的种子在各地飘落、生根发芽，燕洵遵循旧制的宏图霸业已被打开了一个缺口，而楚乔在享受"此时此刻"："天地那般广阔，时光那样急促，该结束的终究结束了，而未来，还在前方闪烁着无尽的光辉。纵然前路莫测，然而终究此刻相依，笑颜如三春暖，万物生。"[175] 燕洵、楚乔、青海王及新一轮国破家亡的李策等人，没一个人后悔自己的选择，在这一时刻突然所有人都不再看中结果，集体回味过程。"主体以为自己能够做，实际上却做不到，只能徒然自欺。"[176] 读者与书中人一起，不但没有远离意识形态的召唤，反而是沉浸于意识形态的幻想之中而不自知。

读者在阅读以"古典世界"为背景的言情类型小说过程中，不自觉地完

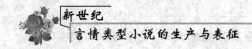

成了新历史主义者所说的"自我装扮"。"自我装扮"(self-fashioning,也译作"自我塑造""自我造型")是美国新历史主义代表人物格林布拉特在其博士论文《沃尔特·罗利爵士:文艺复兴时期的男子和角色》中提出的概念。沃尔特·罗利爵士在伦敦塔中利用诗歌重塑自我,"将自我加以戏剧性肯定和张扬的方式"来实现隐含的政治诉求[177]。格林布拉特将对其进行文化解读,将自我戏剧化当作阐释文艺复兴时期主要作家作品的策略。"这种新历史主义文化诗学的文本阐释方法,主要是观察作家在表达自身的欲求、感情和思想观念时,所涉及的文化成规、社会约束、宗教习俗等文化及意识形态政治力量的冲突,作家通过创作行为,使自我得以不断塑形。这种'自我造型'过程一方面通过虚构的事件、人物,寻绎自我与他人的复杂关系,让不可控制的外在社会力量穿越自身,如此一来,不仅创作的自我得以塑造,阅读文本的他人也得到塑形,而文本阐释更是一次'自我塑造'的复杂的理论旅程。"[178]格林布拉特用文本阐释的理论研究方式,阐释了在人类文化生存活动中"自我装扮"的想象性结构与诗性特征,受福柯的影响,格林布拉特在思考"自我装扮"的问题时,总是把自我装扮与被压抑的意识形态他异和破坏因素联系起来。"自我装扮"具有两重含义,一指文学和其他文化形式对于社会成员的塑造作用,二指人利用文学和其他文化形式塑造、装扮自己的过程。[179]人之所以需要自我装扮,通常是因为现实生活与理想相差太远,在社会阶级流动缓慢的今天,在既有的社会权力结构当中无法实现自身的目标——想获得美好的明天,想挑战既定权威,想过上更好的生活,在现实中实现起来难度颇大,于是假托一个主体,自觉进入意识形态为底衬的召唤结构中,妄图在虚拟的"古典世界"中实现人生价值。如果说文艺复兴时期作为进步力量的资产阶级作家进行的"自我装扮"是以旧贵族、旧价值符号来加强自身的地位的同时宣扬自身的政治与文化诉求,最终为了获得文化领导权;那么如今言情类型小说中的"自我装扮"则是以古旧的逻辑框定真实生活,如鸵鸟一般将头埋在叫作"古典世界"的沙土里,自动自觉地交出话语权,在文化领导权的争夺中不战而退。

二、内向生长的"身体美学"

"身体"在当代文化中的重要性日益显露,相关的理论研究也随之浮出水面,美国实用主义美学家理查德·舒斯特曼1999年在美国著名杂志《美学与艺术批评》上发表的长篇论文《身体美学：一个学科提议》，标志这一理论的正式诞生。身体美学是一个跨学科的研究项目，致力于对活生生的身体进行批判性研究和改良性培养——身体在此被视为感性欣赏（感觉）与创造自我风格化的场所。[180]

有研究者将身体美学分为三个层面：身体作为审美对象，身体作为审美主体，身体化的审美主体与身体化的审美活动。言情类型小说中存在大量对女性身体意象的使用，"女性身体"在什么意义上成为审美对象，如今类型小说中的身体意象又包含怎样的审美意识形态与历史文化内涵。身体哲学家福柯的权利理论表明，自然性的身体进入社会文化系统之后，必然受到社会权力、文化权力的塑造，作为"被看的"审美对象的身体，是被当权者"看"成的。[181]无论是当今大众文化流行"肤白貌美易推倒"萝莉，还是"丰胸翘臀大长腿"的御姐，这些美好的"身体"在言情类型小说中不但没有成为审美的主体，而是成了被消费的身体符号。

（一）情爱书写与身体消费

言情类型小说的核心内容无外乎"爱情"，读者在阅读中享受获得爱情的喜悦和激动，感知爱情被毁灭的感伤与悲切，并借以完成情感宣泄，言情类型小说以其"情感上的现实性"为读者带来感觉层面上的极大满足。小说中的情爱世界与绝大多数受众的日常生活有很大差别，文本的任务并不仅仅反映爱情，而是"生成"爱情，继而"生产世界"。这种"现实效应"的形成，"并不是通过它与外部世界的对应，而是通过在受众中它所产生的直接参与的诸种情感。"读者受到何以琛和赵默笙（顾漫《何以笙箫默》）、尤佳期和阮正东（匪我思存《佳期如梦》）、白浅与夜华（唐七公子《三生三世十里桃花》）等人物世界的吸引，是因为读者在阅读中获得了对诸如"倾轧、阴谋、困惑、幸福和苦难等""更为普遍的生活经历"自我确认。这些爱情故事提供了多样的叙述、构建出不同的世界——"唯爱至上"的乌托邦式想象性世界，或者陷入"只能与此男/此女纠结虐恋"的"异托邦"式封闭世界。对情爱的多样叙述为女性读者提供了一种补偿心理，有学者指出，女性对浪漫小说的享受发生于阅读时"内疚心理"带来的快乐，"在一个男人占主导地位的社会秩序里具有情感上的持久性，这种社会秩序千方百计地将妇女驯服为将她们自己的需要顺从于举足轻重的其他人的需要。她们的阅读以一种补偿性的方

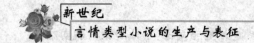

式进行,这种方式的阅读通过文本的作用,向她们提供了在她们与男人的个人关系中受到否定的情感支持。"[182]女性读者阅读言情类型小说获得的"私人快感"受到社会文化影响的同时,不同程度地受到意识形态的规训与权力关系的压制。

通过考察言情类型小说文本中对女性身体的书写和"使用"状况,能够比较清晰地看到社会文化、意识形态与权力关系三重力量在生成意义过程中的矛盾纠葛。在女性主义者看来,父权社会对女性身体采取压抑的策略,一方面将其视为罪恶之源,一方面又将其作为私下性幻想的欲望投射,这种压抑往往是"藏而不露的或者虚构的神秘魅力所掩饰"。可见,女性对自我"身体"的书写承担着颠覆传统男权话语垄断、重建女性话语系统的重任。法国女性主义者埃莱娜·西苏在她的《美杜莎的笑声》中首先提出"身体写作"这一概念,认为"妇女必须通过她们的身体来写作,她们必须创造无法攻破的语言,这语言摧毁隔阂、等级、花言巧语和清规戒律"。[183]认为女性应该通过写作——特别是对自我身体的肯定性书写——发声,摆脱男权中心主义的压制。20世纪90年代林白、陈染等人关注女性身体和心理的成长历程"私人化写作"出现,新世纪以来卫慧、棉棉、木子美等人开启欲望化的"身体写作",有研究者指出,"不管她们的初衷到底是否或在多大程度上是以此宣告对男权的解构和颠覆,但对身体和欲望的过分放逐,反使她们重新沦落为男性发泄欲望的工具,迎合了男性窥视的心理,也迎合了消费社会里庸俗的感官化商业诉求,而女性自己也在这种带着反抗外衣的沉沦中丧失自我价值和性别立场。"[184]当前类型小说中对"身体意象"的应用并不完全是对新时期各路充满批判性的女性文学的继承,也不能等同于西苏所说的"身体写作",而是形成了一套有其独特时代特征的"身体美学",社会文化整体状况与媒介环境等因素的变迁,直接导致了类型小说中对身体的"使用"同时带有浓厚的消费文化色彩和意识形态属性。从类型文本出发可以看到,围绕着女性身体的自然功能和象征意义衍生出许多值得关注的问题:怎样的身体形态被认为是美的,各色身体之美又如何在现实生活场景尤其是生产和文化实践环节中被建构起来,现代性以来的身体美学话语又是如何介入到具体的类型小说文本中。

新世纪以来商业广告和大众传媒塑造出大量女性身体之美的"范例",

这些"范例"又可分为"成熟的女性身体"与"尚未长成的少女身体"。在传媒娱乐文化的语境里，常用"网红脸"①"处女脸"②这类词汇描述美丽女性的面孔，而美丽的女性身体则被表述为"肤白貌美大长腿"等基于男性视角的语句，各类时尚杂志、美妆公众号、购物网站也都是这些观念的簇拥场所。当下女性在传媒信息的轰炸下，将这些标准内化为塑造自身的动力，"身体美学的现象论，就是去看身体是怎样主动地塑造自身，或怎样被动地由外在的强制所规训，或在内外合力之中塑造自身，以朝向一种理想。并追问不同的理想对身体本身的意义。"[185]

　　言情类型小说作为流行文化的一部分，与其享有相近的价值观念。"整个统治的意识形态，能够由根据身体标准对他们的编译而隐蔽地物化和维护，这种身体标准，像身体习惯一样，典型地变得信以为真，从而逃脱批评意识。"[186]如言情类型小说中常见少女主人公，对其身体的描述看似自由实则有许多潜在的标准：皮肤要"莹白如玉"，腰身要"不盈一握"，说话"声如黄鹂"，日常中"活泼纯真""娇俏可人"，独处时"姣美妩媚"，在"刚健勇猛"的男性面前毫无威胁性，在与男性发生性关系一定处于被动角色，面对男性的热切欲求通常被描述为无法承受。女性的身体被假定是"被使用"的对象，处于压制性的权力关系中：

　　第 105 章　宁远侯府众生相(上)：明兰伏在锦绣被褥间，被他高大的躯体遮盖在阴影中，恼羞成怒的要去咬他，张牙舞爪的像只刚长出乳牙的小小兽，没有威胁性，倒惹人喜爱。

　　第 104 章　花嫁(下)：他霍地把明兰拉到床头，随即高大的身体压下去，平平秘密地贴着压住了，手指径直伸进衣裳里去，触手尽是温软娇嫩的少女肌肤，盈盈一握的腰肢，脆弱的好像可以折断，抚摸过去，是微微隆起的两团丰盈，馨香融鼻。明兰抖得好像筛糠一般，男人肌肉刚健硬硕，摩擦的

---

　　① 网红脸：网络用语，也叫整容脸，指大量依靠网络平台走红的年轻女性高度相似的外貌特征，网友概括为：浓妆艳抹，尖到可以戳到胸的下巴，size 大普通妹子 N 倍的眼睛，还有高耸入云的鼻梁，喜欢嘟嘴卖萌，拍照一定先下巴。因"网红"可以带来较大的经济利益，加之媒体宣传，诱引部分青年女性按照流行款式对自己的脸进行整形手术和注射式微整形。

　　② 处女脸：网络用语，突出"自然美"的女性面孔，她们通常长相无辜、气质清纯、天真的表情和举止让男人们不由自主地产生一种保护欲。网友概括具体特征：柔和的鹅蛋脸或圆脸；眼间距开阔；眉形无眉峰或略微下垂；唇形相对饱满，上唇角度略微上翘，肤色自然，强调五官的天然感。

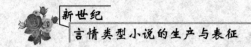

她全身都疼,她开始呜咽起来"呜呜,我不懂……"

明兰无计可施,只能揉着眼睛低低呜咽,这方床榻似乎便是他的咫尺天涯,偏她上天无门,入地无路,只能被压在男人身下欢爱。[187]

在福柯看来,"从传统向现代转变过程中,身体被外在的强力规训和重塑。从后现代思想来说,身体没有本质,而只是现象,可以被任意地拆解和重组在不同于传统的现代看来,身体的塑造,不是对肉体的惩罚,而是对身体的规训,现代身体不是一个肉体型身体,而是一个心智型身体,因此,身体规训包含思想的强制与灌输。"[188]身体被身体之外的权力所规训。值得注意的是,此类言情小说的作者95%以上是女性,读者中女性数量也占到了90%左右。女性作者却选取了男权中心视角来规训身体,以此来为"身体之美"订立法则,然而,女性读者在阅读中获得的快乐何时才能从带有男性气质的体系和界定中走出来,言情类型小说又能否在各色通俗文化的影响下为女性找到一种自然而健康的塑造自我的方式,写手们在具体操作实践中能不能在谈论爱情的时刻不要让女性"低到尘埃里",这些都有待后续考察。

(二)欲望空间与脆弱的"异托邦"

理论界对"空间"的讨论由来已久,法国理论家福柯认为存在一种与古典哲学或经典物理学的空间概念不同的东西"异质空间",为标志这种空间的特性,他发明了一个与"乌托邦"不同的新词,即"异托邦"(heterotopies)。在福柯看来,"乌托邦"是一个"在世界上并不真实存在的地方",与"乌托邦"相比"异托邦"反而是"实际存在的,尽管对它的理解要借助于想象力"。①

何为"异托邦"?福柯将"空间"区分为内部空间和我们之外的外部空间,想象的空间、感觉的空间、梦的空间、热情的空间、凹凸不平的空间、拥挤堵塞的空间……这些是"内部空间",外部空间即我们生活在其中的空间,不是一个内部流光溢彩的真空,而是一个"异质的空间"。"我们生活的空间是一个关系的总体,不同位置之间的关系是不可消除的,不可公约的。"位置的变换产生了两种独特的空间,即乌托邦和异托邦。乌托邦是"没有真实位置

---

① 本章节引文除特殊标注,均来自[法]M·福柯.王喆译.另类空间[J].世界哲学,2006(06):52-58.

的场所"，可以是完美的社会本身或者社会的反面，从根本上说是不真实的空间。但在所有文化、文明中也可能有真实而有效的场所，这种在真实场所中被有效实现了的乌托邦，就是"异托邦"。

如何用"乌托邦"与"异托邦"两个概念来解释言情类型小说文本制造的想象性空间？传统言情小说中关于"至真至纯"爱情的幻想可以看作是"乌托邦"式的，这种想象性的关系建立在这样一种生活世界的可能性上：在两性情感关系中，男人不再凌驾于女人之上，男女之间平等地保持持久的爱；物质需求不再凌驾于爱情之上，爱情被默认为诸多精神诉求中最有价值的那个。而新世纪言情类型小说文本营造空间是一个"异托邦"，男女主人公不顾一切地、只有通过和对方不断建立的欲望关系才能得到确认的"爱情"，实则是在媒介文化的诱导下、在文学网站幕后资本的引导中建立的一片"异质空间"，在这片"自然而然"被分割出的空间里，"自我满足"与"欲望的实现"被奉为核心要旨。

言情类型小说究竟营造出了怎样一个"异托邦"？日常柴米油盐俗世之爱与理想中乌托邦之爱二者结合，读者站在真实生活的一端，看着镜中的并不存在的理想世界，然后发现原来自己也可以置身于一片爱情和欲望构成的游戏场，在此中忘情嬉戏，暂时了却烦恼。在这片游戏场中的男女需要处理的核心命题是"自我的满足"与"欲望的实现"，核心情节是"爱与不爱"，由此才能生发出正义与邪恶、忠诚于背叛、隐忍与妒忌等抽象话题。言情类型小说文本创造的"异托邦"如同一个"度假村"，它的作用只是暂时缓解读者的焦虑和提供满足感，在外力带来的波动与冲突面前实则不堪一击。

以琼瑶为代表的20世纪末言情小说其着力点在于建造一个"乌托邦"，核心命题是"如何获得真爱"，人物及其行动都是为了实现这一终极理想而存在，封建伦理、世俗藩篱在真爱面前统统构不成威胁，"为爱不顾一切"、痴缠在"爱与不爱"矛盾关系中是主人公的常态，所以《还珠格格》中小燕子才能如愿带着五阿哥离开紫禁城，五阿哥才会心甘情愿抛弃身份、抛弃亲友与所爱之人去"户户有花"的大理共度余生；所以《情深深雨蒙蒙》里书桓才能真情实意地在如萍和依萍两姐妹间徘徊往复，却不会被封为"渣男"。当爱情理想高于一切时，事业理想也要退避三舍，《一帘幽梦》里的紫菱因为不得不舍弃对楚濂的爱情，被渲染得比失去一条腿的舞蹈家绿萍更可怜，而舞蹈

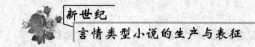
界冉冉新星绿萍最大的烦恼不是变成残疾人,而是楚廉好像不爱她。直到认清了楚廉多年一贯的暧昧表现并不是爱,绿萍才重整旗鼓、编舞公演实现事业理想去了。在新世纪言情类型小说写手们看来,琼瑶阿姨修葺的乌托邦"爱之城"是一个诡异而封闭的世界,当"异托邦"①把不同时期社会文化、历史现实置于"爱之城"面前,以爱为核心的乌托邦无以为继,只能被当成一种景观悬置起来。时下对琼瑶言情的重新书写恰恰是在搭建一个与传统时间景象决裂的"异托邦",这种"重写"包括《还珠格格》等作品的新版本翻拍,和近年大量出现的"还珠同人文"写作。

如《还珠之那拉氏重生》[188]把琼瑶经典作品《还珠格格》《梅花烙》《新月格格》几个故事糅合在一起,将那拉氏皇后作为切入点。在琼瑶搭建的以"爱情"为中心的文本世界里,那拉氏皇后始终是一个"局外人",是一个不得其法的"入侵者"。作为乾隆皇帝的第二任妻子却得不到丈夫的爱,因恪守皇后身份配套的礼仪规范又被两位民间格格视为封建老古董,她每一次立足于当下实际情况的"劝诫"都被当作"真爱"的敌人,她在关节处对现实的干预总是以悲剧收场:养女兰馨千挑万选之后嫁给了一个假贝勒皓祯;儿子十二阿哥被亲娘种种"不合时宜"的行为所累而遭皇帝厌弃,以至于"皇后嫡子"如此重要的身份却没在史料上留下多少记载。重生而来的那拉氏痛定思痛,扭转个人悲剧命运首先要做的就是破除"爱情乌托邦"的神话,办法是先将神话世俗化,然后"另起炉灶"过好自己的这一生。按照文本给出的逻辑,先解决主要矛盾——权力,皇后安身立命的根本在于和皇帝的关系及之后的继承问题,帝后矛盾的起源于对待"民间格格"的态度,令妃因"善解人意"乘虚而入,其子十二阿哥即位最终导致皇后一族完全溃败。那拉氏的解决办法很简单,"人说,要报复一个人,就把一个闺女彻彻底底宠坏了,嫁给他。所以,这一世,那拉打定主意要把小燕子宠得比上一世更甚。五阿哥,你准备好了吗?"既然皓祯喜欢"小白花",那就让他先遇见最大的一朵"圣母白莲花"紫薇,"楚楚可怜柔弱惹人怜爱的千金小姐"与"楚楚可怜柔弱惹人怜爱的天涯歌女",爱情不是非卿不可,改变进程中一些关键要素,"情种男"

---

① "异托邦"在隔离空间的同时也把时间隔离开来,福柯称为"异托时"(heterochronies),与对"异托邦"的理解相对应,"异托时"应理解为在表面上同样真实的时间顺序中,还存在着至少两个"相异的时间或历史"。

一样也能走岔路。那拉将"爱情乌托邦"里的爱恨当作一场戏剧表演，同时给自己设定了角色，将世界改头换面为以"自我满足"为核心的"异托邦"，"爱情"只是其中一个非决定性要素，退居边缘。那拉氏目的明确：报复上一世的仇敌、让儿子登上皇位、为女儿觅得良缘，因此对所谓"坏人"毫不手软，虽然他们今生并没做出什么十恶不赦之事；令妃失宠被贬流产（嘉庆皇帝没有出生）、白吟霜不知其身世与憎恨生母与生父苟且、小燕子永琪也是自作孽不可活……消解当权者"老乾"而不消解权力，对权力意识的自觉、对等级秩序深入骨髓的崇拜都是摆脱"真爱"窠臼的"异托邦"中的核心要旨。

　　按照福柯的观点，"异托邦"的特征之一是各种不同的"异托邦"自身是一个既开放又封闭的系统，两个"异托邦"之间既是隔离的又是相互渗透的。言情类型小说营造出了一个相对独立的"异托邦"，这个异质空间不可避免地与资本运作、艺术审查等其他因素互相牵扯；它与传统言情小说"爱情至上"的观念保持着复杂的联系，又受到当下媒介文化、特别是流行娱乐文化的影响。流行文化强调"男色""女色"这样直白的感官刺激，读者想看权谋斗争、物欲与肉欲，审查制度过滤敏感词的方式却极大地限制了对欲望的书写。在文本中写"欲望"的方式有很多种，没有下线的追求名利、无所顾忌地展览性爱，极端残忍地虐杀屠戮……描述性行为恐怕是起点最低的、最便捷的写法，如果能通过性爱传递压抑在人物内心的原始欲望，只要沉溺在无休止的性爱活动中人就能够获得满足，虽然这样的满足空洞又无意义，也解决不了任何实际问题，但至少能够为异托邦中人换取片刻的纾解。

　　爱情和欲望有本质的不同，女性主义者塞吉维克谈到欲望与爱情的分别时说，"用欲望而不用爱情，是为了表示对肉欲问题的强调，因为在文学批评话语和相关话语中，'爱情'更多是用来命名一种具体的情感，而"欲望"则用来命名一种结构……欲望描写的不是一种特定的情感状况或情绪，而是情感力量或社会力量，这种力量像胶水一样，决定了一种重要联系，虽然有时它可能表现为某种敌意、仇恨或某种不那么情绪性的东西。"[189]言情类型小说中有大量的作品负责生产"欲望"，主要面对女性读者的文本恰恰多以男性中心视角写就，男性在经营两性关系时对女性表达出偏执占有欲、初恋恋物癖等，都经常出现在言情类型小说文本中。

　　被誉为"悲情天后"的言情类型作家"匪我思存"就是生产欲望的高手，

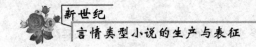

《千山暮雪》中莫绍谦明明知道童雪是仇人之女，正是童雪之父泄密害得当年家族企业险些倒闭、莫父急火攻心猝死，莫绍谦自己也不得不以一纸婚约屈从幕氏集团之女。莫绍谦一边控制不住的喜爱童雪，一边用尽手段折磨她，冷言冷语打压她的自尊，把她当作宠物一般驯养，近似于施虐的性爱……而童雪心中有恨，却因为监护人叔叔有把柄在莫绍谦手中而甘愿当一名职业二奶，以为自己在曲意逢迎，却因为莫绍谦偶尔的温柔迷失其中，典型的斯特哥尔摩症候群患者。《佳期如梦》女主角佳期在偶然见到阮正东吸烟时，不顾初次相识，冲上前去索要阮正东手中的火柴，原因只是多年前初恋和平点烟用的是"同款"火柴，并且和平曾经暗示过，他们使用的火柴比正常的长一些，是因为这种火柴乃部队大院特权子弟享有的"特供品"。初恋恋物癖不仅是恋物那么简单，还有对特权阶层掩饰不住的艳羡，后者恐怕是比前者更难以抑制的欲望。

"一些其他的异托邦看起来完全开放，但通常隐藏了奇怪的排斥。所有人都可以进入这些异托邦的场所，但老实说，这仅仅是一个幻觉：人们认为进入其中，事实上也的确如此，但其实是被排斥的。"由欲望升腾出的整个情爱世界，看似开放，其实遍布着条条框框，细思下来，普通人是难以打破藩篱，过上获得爱情、满足欲望的生活。这种无形的阻碍可能是社会分层、财富分野，也可能是个体价值立场的分歧。

福柯指出，异托邦具有多重特征：它可以是同一民族或不同民族中，不同时代所处的每一个相对不变的社会；是"在一个单独的真实位置或场所同时并立安排几个似乎并不相容的空间或场所"；也可以是空间的两极，一方面它创造出一个虚幻的空间，另一方面这个最虚幻的空间却揭示出真实的空间。他宣称这是创造另一个空间，一个真实的空间，它可以像我们周围原来就有的空间一样完美、精细、有序，像原有空间的增补。言情类型小说创造出了一个以"欲望"和"自我"为核心的虚幻空间，同时这个最虚幻的空间却揭示出现代人巨大的生存压力之下内心深处无法抑制的渴望，这个空间如同一块"殖民地"，表面上复制着回忆中的理想生活，却无法抑制其内部反抗性力量的滋长。

三、无处可逃：苍白的乌托邦

英国人托马斯·莫尔爵士根据希腊词源学创造了"乌托邦"（utopia）一

词,借指他所设想的理想城邦的样子,但它并非真实存在,是一个想象的理想、虚构的社会,也指不存在的美好之地。言情类型小说无异于女性的精神鸦片,为女性读者建构了一个又一个的"美好之地",枯燥而无力更换职业的读者在小说里获取不同职业人生的体验,空窗期的姑娘与身陷日常婚姻生活的主妇在小说中重拾爱情的悸动。然而事实上类型小说营造的世界并不是退守的安乐窝,城市还是资本统治一切的城市,乡村除非穿越回改革开放之前,退守"种田"只是对现实的逃逸,对过去时代的追忆,并不能构建理想中的精神家园;而对"异世界"的描述仍然无法脱离现实矛盾,对强者的追捧、对支配性力量的渴望,异次元空间世界不是安乐幸福的乌托邦,"末世"很可能是"丛林法则"支配下的竞技场。

（一）"种田文"与现代隐逸

对"世外桃源"的向往始终是文学创作的一个重要主题。西方有"香格里拉",作家詹姆斯·希尔顿1933年发表小说《消失的地平线》里虚构的喜马拉雅天堂,一个安静神秘的乌托邦。中国有陶渊明的《桃花源记》,沿途"芳草鲜美,落英缤纷",入内而观"土地平旷,屋舍俨然,有良田美池桑竹之属",作为外来者的渔人也不会被视为侵略者,而是受到热情款待。类型文学中也不乏寻找"桃花源"的创作,以"种田文"最为典型。

何为"种田文"?"种田"一词原出自唐代独孤及《癸卯岁赴南丰道中闻京师失守寄权士繇韩幼深》中诗句"种田不遇岁,策名不遭时"。现代"种田"一词最早出现在SLG(策略类)游戏中,玩家以"高筑墙、广积粮、缓称霸"为宗旨,保护自己的地盘并且大力发展基础建设,之后再开始征服其他玩家扩张势力。"种田文"是在此基础上出现的类型小说,多是在架空、玄幻、异世界等类型文中,主角建立自己的根据地和人脉,在此基础上一步步发展农业、经济、军事、政治制度的过程,并以经济建设、科技发展、内政经营为主,以经济优势、科技优势推倒对手。在此期间,主角不会与其他势力发生明显冲突和战争,等强大之后再征服天下。后期"女频种田文"开始流行起来,又被称为"家长里短文",这一类型小说的"后起之秀"凭借其平实简单的生活琐记与清新温馨的叙事风格迅速走红。此类小说通过直白生动的通俗语言讲述小人物最平凡的日常生活,注重对真实细节的描写,在语言、内容以及文体结构上部分继承了明清通俗世情小说的叙事传统。有研究者指出,"种

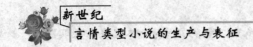

田文的兴起,映射出了现代都市人对悠闲田园生活的向往追求,对复杂人际关系和婚姻家庭问题的理性审视,同时也代表了当下文学阅读欣赏的世俗化与多元化转型需求。"[190]

"女频种田文"这种"言情＋种田"的模式,通常把写作重点放在女性的个人成长上,讲述女性个体如何在封建宗法制度下谋取自己的一片天地,如何经营家庭关系、如何"养包子"①、如何带领全家发家致富,爱情不再是叙述的绝对核心,而只是具体生活中的一件小事,"种田"最重要的事情是全家老小一起过上幸福的生活。"种田文"的时空背景通常设定为中国古代的某个乡村,女主角多从现代穿越而来,架空时代背景居多,以具体朝代为背景的较少。选择架空历史背景显然比考察真实历史背景写作难度低,把故事背景设定在某一具体历史时期,就要详细考察当时的社会生活状况:有何种农作物、何种农具,纺织工艺进展到什么程度,八大菜系形成没有;整个社会对女子的规约如何,是恋爱自由再婚无妨,还是从一而终贞洁最重……能做到细节考据的作者少之又少,为了更简易合理地书写女主角的发家之路,"架空＋穿越＋种田"成了女频种田文的主流。

"种田"通常会选取一个具有我国封建农业社会一般性特征的时空作为背景,这种选择并非偶然。在传统的农业社会中,因为男女两性在生理结构上的天然差异,面对耕田种地这些农村日常生产劳动,女性的生产效率相对低下,女性更多地负责家庭建设,包括洗衣做饭、饲养家禽、桑蚕织布等,绵延千年的中国古代女性生活大抵如此,古代妇女不"授田",她们拥有对土地的使用权完全依赖于父亲、丈夫和儿子,生产资料的不平等造成了古代妇女对男性的依附关系。但是近年来,随着"现代化""城镇化""全球化"的综合作用,农村的社会生活也发生了巨大变化,这也改变了妇女在农村生产结构中的位置。成年妇女每一天的日常生活尤其能体现这种变化,男人在城镇打工,已婚妇女或随同丈夫外出打工,或留守在家乡照顾土地、经营家庭经济作物(果园或菜地)、赡养老人、教育未成年子女、做日常家务,每天忙得脚不沾地。因为男性的离开(进城务工),乡村家庭不再由父权制全权支配,而

---

① 养包子,是种田文中的专有名词,指生育、抚养子女。通常用"芝麻馅包子"指代特别聪明的孩子。

是变为偏向女性为主体的核心家庭结构。这种"让位"不是女权的进步,而是低姿态的"让步"。但也不能否认"今天乡村妇女的自主意识和自主能力比以往任何时候都强"。[191] 以女性为核心的女频种田文,正是在这样一个社会语境下诞生的,"种田文"年轻的女性作者通常都有儿时在农村生活的经历,她们离开家乡进入城市读书工作的时候,正是乡村家庭核心移位的时候。一个年轻女性领着全家改良农具、提高生产效率,开展副业(养鸡、捕鱼、种果树)推销农副食品(常见的有鱼丸、卤猪大肠、松花蛋、烧鸡等)走向致富路,某种程度上是对当前农村生活的写照与愿景。与此同时,这些在城市生活的作者和读者们,对比日趋凋零的家乡,回顾记忆中农村集体生产生活的场景,只能依托作品"造"出一个宛若乌托邦的家乡。

对具体劳动场景的书写,是种田文的一大特色。对真实可感的劳动瞬间的描摹,也是"种田文"文本中最有生命力的部分。如《穿越市井田园》"美好的开端"一节写穿越而来的唐妙利用现代知识拾草沤肥种试验田:[192]

今年春天大梅出嫁去了薛家,她和杏儿便承担了大部分家务,孩子的时候总想着长大,可长大了繁重的家务以及农活也让她们透不过气。除了做家务,她们还要出去拾草一为沤肥二为烧火,只不过如今搂草的人愈多,她们便抢不过人家,所以唐妙便尽可能地利用绿肥、草木灰以及自制氨水等肥料。两亩试验田以及其他三亩收了麦子之后种了一茬绿肥,除了自身提供养分,还能供给其他几亩地,豆类卖给铺子做点心赚的钱比玉米做牲口饲料多,主要是玉米吃肥太重,连年耕作地会越来越贫瘠,所以她家的地如今都是轮作或者套种。

第22章"满场子都是人"一节详细地写了农忙时节收麦子的工作场景,割麦子、捆麦秆、堆麦垛、拾麦穗,比较真实地还原了"夏忙"劳动场面,随后还写到了排队借村中公用的石碾子,与村中各色人等周旋,男主人公萧荆山与乡邻聊天借到牛又及时借了石碾,你来我往的对话中充满了乡村生存智慧。这些真实可感的部分恰恰是种田文独有的鲜活生命力,其实正是这些看似游离于主要情节之外的"闲笔"与细节中饱含的"烟火气",让种田文成为穿越文中的一股清流,鲜活的生命力也正体现在"家长里短"的繁复叙述中:

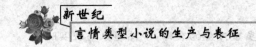

"梅子娘从自家院子门后找出来一个陈旧的手推车,其他人则是拿了一把麦秆子拧成草绳,然后抱起一堆麦子这么一捆,就开始往手推车上码。等到手推车的麦子码得高高的,萧荆山又拿了绳子牢牢绑了一遭。最后小推车上高高的麦垛依然看起来颤巍巍,可好歹麦子不会往下掉了,于是便由萧荆山抬起手推车,沉甸甸地往打麦场走去。梅子娘派了阿秋跟着,以防路上有麦穗掉了,自己和两个女儿则是赶紧在地里收拾捆绑剩下的麦子。

这一家几口忙碌了一个上午,总算地里的麦子都运到了打麦场,堆成了垛。梅子娘心里欢喜,知道今年算是得了女婿的便宜,要是往年的话还不知道自己娘几个要弄着那手推车推上多少遭呢。不过梅子娘一向勤俭,到了中午日头烤得厉害的时候,让女儿女婿都先回去休息,自己则是提了一个大包袱眼疾手快地在地里拾那些零散落下的麦穗儿。梅子娘是怕别人家孩子看到过来捡了去,要知道麦子全都拉走的麦地里,按规矩别人家的孩子是可以来捡的。

梅子知道自家也就这么点地,收点粮食不容易,大中午的也不忍心让自己娘亲一个人忙碌这个,便要留下帮着一起拾。梅子这一留下,萧荆山自然留下,于是当下就连阿秋和朱桃也不好意思回去了,一家几口又开始对着这几亩地弯着腰捡那些落下的些许麦穗儿。

如此日头偏西了,总算这几亩地上光溜溜只剩下割过的麦茬子了,梅子娘这才将几个人捡得麦子都收起来,捆在一起看着又是慢慢一大包,笑得合不拢嘴,终于下令说:"忙了这么大半天,都饿了吧?梅子和荆山就和我们一起吃吧。"

种田文的女主角多为乡野农妇,她们生乡村长在乡村,并没有接受过琴棋书画等中国传统社会精英教育,原生家庭多数是徘徊"挨不挨饿"这条生存线上的"一穷二白"家庭,好一些的无非是村中田地有进项的殷实人家或小地主。对比"都市文"对乡村的妖魔化处理,胆小自私、斤斤计较、急功近利这些特征在种田文中并没有明确的阶级归属,贫穷可能会带来这些人格缺陷,但有产阶层一样可以嫉妒成性、欺软怕硬,有权阶层同样是慌不择路的功利主义代言人。这些缺陷性格通常由某个特定角色承担,即种田文中的功能性人物——"极品亲戚","极品"可以是家中的姑嫂、农村二流子、土豪劣绅、商贾掌柜、贵族人家的夫人小姐……伴随女主角一路奋斗经历的不同阶段，不同阶级属性的人物的出场，从乡村到城镇，从平民到贵胄。

原生家庭不再是"都市文"中无法摆脱的个人宿命，不是填不满的无底洞，不是从农村走出的女主角的拖累，而是奋斗路上互相扶持、友爱互助的同伴，让全家人都过上好日子才是奋斗的不竭动力。在守护日常生活和改变世界之间，种田女们毫不犹豫地选择了前者。如《农夫山泉有点田》穿越女主角给自己定的第一个目标就是能让全家吃饱穿暖，"以后，一定要混个地主婆当，要家有余粮，天天有肉吃，有三四个仆妇丫鬟。嗯，朝着农夫、山泉、有点田的目标努力吧！"[193]种田文的作者们不约而同地把可贵的品质都给了女主角的家人。如《穿越市井田园》中写了乡村富户老唐家的生活，对于唐家人来说，田园生活既不是侯门老爷假模假式的归隐之心，也不是"采菊东篱下，悠然见南山"的冲淡之境，而是眼前切实的日常。"面朝黄土，背朝天"是他们祖祖辈辈的生活方式，已经深深融入血液。

需要指出的是，种田文写的不是现在的农村生活，而是经过艺术加工的精美乡村桃花源，温馨的种田文从不选择当代农村作为故事背景，"农村人"多数以群像的形式出现在"都市文"中，隐身在都市文化的幕后。当下传媒文化宣传的主流生活方式显然是以中产阶级的现代生活为样板，旅行、美食、摄影、酒吧咖啡馆、瑜伽马拉松……"农村"在中产阶级叙事里有极端的两副面孔，一幅用于追忆和猎奇，可以是诗意的"乡村"、记忆里美好的"故乡"，也可以是电视剧里民办企业遍地、青壮年劳动力从不缺席的"乡村爱情进行曲"；一幅作为落后封闭的符号用于衬托都市生活的高级，面对凋敝的农村、礼崩乐坏的故乡，粗鲁的农民工和破衣烂衫的留守儿童之际，暗自庆幸之余表达仪式性的同情。"传媒对大都市以外生活状态的呈现成了一个自我实现的预言，它引导预备精英涌入单一选择，这不仅是经济上的诱引，更重要的是精神世界的殖民，关于大都市平台、机遇、人脉、眼界、生活方式的神话被建立，小城小镇乡村生活成了落后封闭的符号，回不去的精英身后是荒凉的故乡。"[194]

当代农村生活的真实状况显然不符合言情类型小说的整体气质，终日在富士康拼主板的农村帅小伙成不了男主角；在理发店、美容院、饭馆酒店打工越变越美的农村姑娘从来不是女主角；种花种茶种水果、养鱼养虾养天鹅发家致富的故事只出现在农业频道"致富经"。今天的文化工业只有一种青春的想象——《何以笙箫默》的青春才是理想型,言情小说幻想的生产者首先要满足的不是读者的诉求,而是文学网站的需要。"女频种田文"被网站先在地归入到幻想类别,而非现实题材,要展现诗意的乡村生活、乡下青年男女的爱恋的温馨日常也就只能穿越回过去。描述农村真实生活这种"不高级"的设定不符合市场和消费规律,已经走向产业化经营的类型文学市场不会看好这种"老龄"而"土鳖"的产品,即便出现也不可能登上文学网站的首页推荐榜,甚至在网站编辑审阅提纲时就会因为选题不佳而被淘汰。

(二)"异次元"与末世情结

何为"末世"?西方基督教文化中始终存在对"末世"的讨论,《圣经》中有关于"末日审判"的描述:永恒上帝宣布判决,善人进入天国,恶人下地狱,尘世在一场大火中化为灰烬,世界历史的种种行为终将受到末日审判。进入 20 世纪之后"末世论"更是成了神学的重要话题之一,"末世论"不仅仅如字面意义一般,意味着世界、人类、地球的毁灭、末日或终结,它强调"在终结中有开端",是毁灭中的新生。认为"世界的终结"仅仅是"上帝新世界"开端的另一面,旧世界的终结和新世界的来临是一个神圣的改造过程。[195]万物不会被毁灭,只是被改造。千禧年带来的恐慌、2012 玛雅历终结带来的讨论,可以看作是西方社会普通民众对"末世论"的通俗理解;而对"未来学"的提倡,在好奇心的推动下进行思辨和研究,开发新能源、拓展人工智能等行为,可以看作是积极地去寻找旧世界毁灭后的新生。

中国传统文化中对"末世"的探讨呈现出不同的面貌,"末世"一词通常情况下是指一个朝代的衰亡时期。如《荀子·议兵》"秦四世有胜,諰諰然常恐天下之一合而轧己也,此所谓末世之兵,未有本统也。"又如《史记·太史公自序》"末世争利,维彼奔义;让国饿死,天下称之。作《伯夷列传》第一。"《新唐书·邢文伟传》"圣人作乐、平人心,变风俗。末世乐坏,则为人所移。"清代侯方域《豫省试策二》"昔之得统于前代者,易其号,不易其礼,即革其末世之礼,而不革其由旧之礼。"不难看出"末世"多指一个朝代礼崩乐坏、乱象丛生、行将就木之时,但中国哲学也讲"否极泰来",末世的乱象中一定也蕴含着新势力的崛起。当下流行的"末世"题材类型小说显然更多借鉴了西方的"末世"观念,并深受西方当代流行文化的影响。

"末世文"的直接来源是电子游戏和好莱坞类型电影。2002 年改编自热门 PS 游戏《生化危机》的惊悚科幻片《生化危机之变种生还》上映，故事发生在保护伞公司的生物工程实验室"蜂巢"内，数百名遗传学、生物工程学专家研究出的一种病毒突然爆发了并迅速传播，智能电脑系统"火焰女皇"开启了自动防御系统将"蜂巢"全部封闭，病毒很快感染了所有的工作人员。以艾丽丝、瑞恩和马特为首的特遣救援小队受命前来处理时，发现这些工作人员已经变异为徘徊在"蜂巢"内恐怖的丧尸，人类一旦被他们咬伤或被抓伤就会受到感染，甚至立即变成丧尸。经过和智能电脑系统的斗争以及与丧尸的厮杀，影片末尾处九死一生逃出人间地狱的男女主角被暗示真正的危机才真正开始，这一切可能是"保护伞"等大型资本财团的实验项目，也可能是极端分子毁灭世界的阴谋。随后《生化危机》系列电影推出了四部续篇，与此同时《后天》《2012》等灾难片的全球热映又让观众切身体验了一次"世界末日"的景象。在畅销游戏与大制作电影的双重影响下，大量同类题材创作出现在文学网站。自 2003 年起点中文网就已经有"末世文"雏形——多写病毒爆发、丧尸遍地，剩余的人类如何携手抗击丧尸入侵、建立新家园，创作量少且影响不大，与同类电影贴合度高，缺少自主创作。直到 2010 年前后随着作品数量的激增，"末世文"才逐渐成为一个独立类型出现在各大文学网站的首页，此时的末世文已经不是简单地对电影的模仿，而是将玄幻、修真、异能诸种东方元素与西方"末世"背景糅合在一起，这种结合基本剔除了"玄幻文"的玄学知识背景和"修真文"奉行的"因果报应"等民间伦理，现实世界已经灭亡，就不再需要背负历史的沉重负担，不必奉行已有的社会道德原则，只需要自主选择一套适合生存的价值判断即可。无须多少知识储备、创作门槛低，同时又能迎合多重价值取向，恐怕也是近几年"末世文"能大量占领网文市场的原因。

文学想象是艺术思维的中心环节，是文学创作重要的心理机制，科学幻想类小说通常热衷于在天马行空的想象中创造一个新世界、探索未来的诸多可能，但是，作为幻想门类下的"末世文"却严重缺乏真正的文学想象力，呈现出高度类型化的特征。

几乎所有末世文都在共享同一个故事设定：未来某日地球因自然灾害或战争被毁坏（包括生化灾难、外星人入侵、地底虫族、魔界军团、世界核大战等多种可能）原有的社会秩序被打破，人类大量减少，存活下来的人在废

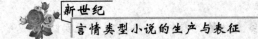

墟中重建家园,或是与丧尸变异人等"异类"搏杀,或是抢占资源与不同阵营的"同类"火拼,最终在满目疮痍的地球上建立起自己的宏图霸业。这类文通常有极强的代入感,主人公带着读者宛如置身于一个庞大的游戏世界,光芒四射的结尾可以预判,剩下要做的就是尽情享受故事本身的福利,至今仍被广泛使用。

"末世文"主要的矛盾冲突集中在三点:个人自我成长过程中如何突破自我;如何处理异能者与普通人之间的关系;应该建立一个怎样的新世界。

个人自我成长是类型小说最基本的主题,穿越文多侧重于现代人如何调试与古代社会生活之间的关系,玄幻修真文则侧重于个人在修炼中随着级别的提高对世界的认识不断深化,末世文中的自我成长更多体现在能力变强、地位变高,常见的写法是在遭遇亲友的背叛后,抛弃'妇人之仁'再无顾忌,神挡杀神、佛挡杀佛成就霸业。如《末世之重启农场》:

重回末世之前,边长曦有三恨。一恨识人不清,被枕边人夺去玉镯农场背叛致死。二恨修炼不继,异能不强只能任人欺辱算计。三恨上天作弄,牵挂的人不在身边,在身边的却不敢靠近。这一世,她只信自己,鸡肋脆皮的木系也要磨出夺命利刃。渣男恶女,没了我做垫脚石看你们有什么好下场!只是,快意恩仇风起云涌之下,这世界如此荒芜残忍,她能与谁相依?[195]

"如何处理异能者与普通人的关系"常常与"应该建立一个怎样的新世界"共同出现。需要说明的是,"末世文"主人公一定会被设定为一名能力非同寻常的异能者,不只超越普通人,在异能者中也是翘楚。在处理与普通人关系的时候,主人公永远是居高临下地看待这一问题,是伸出援手也好,任其自生自灭也罢,处于绝对优势的一方无须面临舆论道德审判,只需说服自己的良心即可。读者在阅读中自觉地以主人公形象自我代入,站在高人一等的立场上看待问题,在资源有限的"末世"奉行"丛林法则"似乎无可厚非,"人不为己天诛地灭"的处世哲学秒杀一切,如《重生之末世仙途》[196]一书中对此问题的讨论很有代表性。小说的背景仍然是丧尸病毒大范围感染,绝大多数人已经被丧尸抓咬后变异,成了无理性、无痛感的"行尸走肉",只有少部分人因各种机缘觉醒了异能,异能人又分金、木、水、火、土、雷等灵根,类似网络游戏中的人物属性,不同的灵根拥有不同的生存技能和格斗技能。异能人联合成不同的群落,各自为政,开始走上掠夺资源、建立基地之路。而普通人在丧尸遍地、动植物变异的末世里如同蝼蚁，青壮年男子还能够被吸收进异能队伍，拿起武器抗击丧尸，老弱妇孺生存下去的概率极低。在这种情势下，异能者究竟应该以何种态度来对待普通人？文中部分异能人去主动保护普通人，也有的异能人选择让普通人自食其力，能跟得上就跟得上，但夺来的资源不能平分甚至不能分享。男女主人公的"乌托邦"不是"耕者有其田，居者有其屋"、和谐社会共同富裕的大时代，而是以他们为核心的马基雅维利主义的世界，拥有强大力量、卓越理性与实践智慧的男女主人公，才是位居最高统治地位的"贤者"，是马基雅维利所说的"集美德于一身的人"，由他们开启了文明的新纪元，并传给继承了一切优秀品质的后代。一起并肩作战的异能者只是他们的"能臣"，生活在基地的普通人只是他们抽象意义上的"子民"，甚至不具有出场的资格。

　　"乌托邦"的建立者异能人内部就是人人平等吗？显然不是。在有限的资源面前，只有青壮年男性劳动力最有用，女性因其相对柔弱的体力和战斗力在新国建立之初的重体力劳动中毫无优势，只能拿到"一半的工分"，除了女主角这种自带加强战斗力的人设，多数女性在"末世"中被视为工具和玩物，即便是女性作家操刀作文也不能免俗。"末世文"中男女建立恋爱关系多为"1＋N"组合，男频通常是一个男主人公搭配外貌性格各异的多个女性，因男主角实力超群，众女性角色本能的依附强者，这类文也被叫作"种马文"或"后宫文"。而女频末世文也难以摆脱强烈的依附心理，常见故事模式是一个实力超强的女主角邂逅各色男性，最终找到心中所爱（通常是能力最强、统一世界的那一个），两人携手宛如救世主，共同建立新基地成为末世大陆上人类的希望之地。如《征服者的欲望》[197]中女主人公许暮朝是一个力量巨大又极其美丽半兽女人，兽人头领想占有她，占有不成欲杀之后快；机器人领袖将她视为私人禁脔，享受女人的假意逢迎，在女人逃跑后屡次抓她回来并乐此不疲；丧尸王因为她而找回人性，却试图用丧尸之血让女人同化后身心臣服；人类元帅想研究她的基因拓展部队战斗力，作为大陆的统一者最终得到了许暮朝的效忠与爱情。许暮朝已经是"女频末世文"中少有的"大女人"形象，地位超群、战斗力强且刚毅果决，却仍然被各种男性统治者抢来抢去，暂时拥有她的男人并没有将其视为一名优秀的将领，而只是视为一个美丽而独特的收藏。"再强大的女人在面对爱人的时候也只是个小女

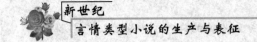

人"，这一论断概括了绝大多数"女强文"的特征。更多的女主人公渴望强大的依靠，在末世的艰难环境下享受着强大男性的宠爱而"幸福"度日，如《末世重生暖宠呆萌娇妻》等，例子举不胜举。

比之将女性视为附庸，"末世文"中通常将老人和孩子被视为累赘，以不断提升武力值为目的战略类游戏显然不需要幼小孩子，普通孩子没有作战能力还需要额外的保护，除非孩子被鉴定为未来的异能战士，或者作为统治阶级的孩子，才能在无法自保的童年获得正常世界中儿童应享的抚育，孩子的命运在出生之时已经被决定。老人更是家庭中的"奢侈品"，老人在末世中经常被塑造为"倚老卖老""图谋不轨"，因感觉自己拖累队伍前进而"大义赴死"。只有统治者官邸中能看到善良慈祥的老人形象，只有占有足够多生产生活材料的统治阶层才能享受天伦之乐，这与资本逻辑何其相似。

"末世文"有如此多的"硬伤"，为何近年来越来越多的读者热衷于末世小说？

其一，人类当前的生存状况与"末世"有诸多相像之处。近年来互联网覆盖全球，普通人也能够及时查知各国资讯，面对火山、地震、海啸等无法抗拒的自然灾害，和飞机失事、轮船沉没等意外灾难，时有发生并仿佛就在身边。随时可能发生的灾难让人们对未来有一种挥之不去的恐慌感。日本福岛核电站泄漏这样的大事件就发生在不久前，媒体跟进的报道让民众清楚地了解到核武器会带来核辐射、核辐射会造成物种变异，核能如果操作不慎也许会毁灭世界。世界局部战争多发，武器进步也带来了普遍性焦虑。人类对地球资源的过度索取使生态环境越来越糟糕，各种污染严重到会影响民众的健康，如果听之任之，地球有一天将不再适合人类居住，这已经是可以预判的。这样的整体环境中，"末世"好像并不遥远，"末世文"好像就在写人类可以预判的明天。

其二，电影与游戏的持续影响也不容小觑。以美国好莱坞为首的电影工厂对"末世"题材变现能力持乐观态度，于是一轮又一轮拍摄并乐此不疲，仅《生化危机》系列电影就有五部之多，《地球停转日》《独立日》《世界末日》《第五元素》等科幻大片无一不是票房盆满钵满。以《生化危机》为代表的末世题材游戏从最早的PS版到3D版，再到如今的VR版，从手柄时代到如今参与游戏之中一切如身临其境般真实可触。电影和游戏培养了大量的"末世粉丝",中青年人即便不是"铁杆粉"也对"末世"指称的生存状态知晓一二,在这种情况下阅读同类小说已经不再需要读者进行多少文学想象,只需按照电影和游戏画面代入即可。部分少年读者对"末世"的熟悉程度甚至超过了需要部分玄学知识和道家思想支撑的"玄幻修真"世界。

其三,"末世文"提供的对世界的想象暗合了大量"屌丝"读者的内心所想,卡住了"失意者"的"痛点",也戳在了"loser"们的"爽点"上。一般来说,有权有势、志得意满者通常把未来看作是现状的延续和完善,而无权无势、贫困失意者对现状并不满意,疲于奔命却收入可怜的生活如果始终延续下去那将会是场噩梦,他们希望"明天会更好"。可是当前的社会现状是阶级流动日益艰难,经济形势又看不到利好,既不是"官二代"又不是"富二代"、无论如何修炼也成不了"白富美"与"高富帅"的普通人,把希望寄托在整个社会结构可以重新洗牌,继而迎来一个性质不同的未来。当"末世"到来,灾难面前似乎人人平等,打破已有的社会秩序、打破固化的阶级,打破已经进入自动化程序的生活。英雄不问出处,曾经的 loser 觉醒了异能也可以是大杀一方的统帅、建立新世界的君王;活得谨小慎微的"路人甲"可以逃出现实的泥潭,重拾陌生的活力,开启未来的其他可能。"末世"犹如一场简单粗暴的意淫,让读者所有的欲望在臆造的时空中得以实现和满足。如果说"穿越"是带着对现实世界的认识安全着陆旧时代,"末世"则是抹掉现在从头再来,重新开始的可能是新生活也可能更加原始野蛮。假如"末世文"的主人公是被丢在丧尸遍地的人间地狱中苟且偷生的普通人呢,没有异能觉醒,每天躲避丧尸、变异兽,孤独而绝望地刨食果腹,碰到同样遭遇的人类还要担心对方抢夺仅有的物资,最终病痛交加悲惨死去。这恐怕才是"末世"中没有异能觉醒的普通人的境遇。如果"末世文"以这种面貌出现,恐怕只能让失意者更失意,绝望者彻底丧失希望。极具悖论意味的是,极其腐朽又极具进步意义的"末世文"在意识形态方面有利于维系底层之人安于自身的社会地位,却又提供了一个机会让他们想象未来的其他可能,这种思考一经发酵就会促使底层年轻人重新审视现实通行秩序的不合理之处,从"星星之火"开始脚踏实地"燎动"日常生活。

注　释

[156][159] 张永禄,许道军. 职场小说新的文学崛起[J]. 当代文坛,

2011(06):45,46.

[157] 蒋永萍. 两种体制下的中国城市妇女就业[J]. 妇女研究论丛, 2003(01):17.

[158] 李宝芳. "80后"女性就业质量调查报告[J]. 理论界,2014(10): 56-59.

[160] 雷蒙德·威廉斯. 漫长的革命[M]. 倪伟,译. 上海:上海人民出版社,2013:50.

[161] 顾红. 梦想与现实之间——试析"杜拉拉现象"里的中产阶层镜像[D]. 北京:北京大学文学院现当代文学硕士论文,2011:3-4.

[162] 理查德·约翰生. 究竟什么是文化研究[A]. 罗钢,刘象愚主编. 文化研究读本[C]. 北京:中国社会科学出版社,2000:34.

[163] 卢南峰. 985、211大学生为何愤懑焦虑:"预备中产"之殇[EB/OL]. 澎湃新闻. http://culture.ifeng.com/a/20161125/50315565_0.shtml, 2016-11-25.

[164] 让·贝西埃,当代小说或世界的问题性[M]. 史忠义,译. 北京:北京大学出版社,2012:98.

[165] 当时明月——匪我思存访谈录(四月天)[EB/OL]. http://blog.sina.com.cn/s/blog_47681b35010003y3.html.

[166] 吱吱. 庶女攻略. 2010年6月至2012年4月连载于起点女生网"古典架空"栏目. [EB/OL]. http://www.qdmm.com/MMWeb/1626560.aspx.

[167] 关心则乱. 知否,知否? 应是绿肥红瘦. 于2010年11月至2012年12月连载于晋江文学城、言情小说栏目,于2013年出版更名为《庶女明兰传》. http://www.jjwxc.net/onebook.php? novelid=931329.

[168] 金赫楠. 网络言情小说二三事[N]. 文艺报,2016-9-18(008).

[169] 颠覆我对宅斗文看法的知否. 晋江文学城[EB/OL]. http://www.jjwxc.net/comment.php? novelid=931329&commentid=208776.

[170][182] 尼克·史蒂文森. 认识媒介文化——社会理论与大众传播[M]. 王文斌,译. 北京:商务印书馆,2013:171,165-169.

[171][179] 苏耿欣. 哥特小说——社会转型时期的矛盾文学[M]. 北京:北京大学出版社,2010:83,85.

[172] 卢克·费雷特. 导读阿尔都塞[M]. 田延,译. 重庆:重庆大学出版社,2014:89.

[173][174] 陈越. 哲学与政治:阿尔都塞读本[M]. 长春:吉林人民出版社,2003:372,366.

[175] 潇湘冬儿. 十一处特工皇妃——天下取舍(大结局)[OL/M]. 潇湘书院 – "穿越"栏目. http://www.xxsy.net/books/165098/2700637.html.

[176] 斯拉沃热·齐泽克. 季广茂,译. 实在界的面庞[M]. 中央编译出版社,2004:308.

[177][178] 傅洁琳. 格林布拉特新历史主义与文化诗学研究[D]. 济南:山东大学文艺学,2008:144,145.

[180] 理查德·舒斯特曼. 身体意识与身体美学[M]. 程相占,译. 北京:商务印书馆,2011:4 – 5.

[181] 程相占. 论身体美学的三个层面[J]. 文艺理论研究,2011(06):42 – 45.

[183] 埃莱娜·西苏. 美杜莎的笑声[A],张京媛主编. 当代女性主义文学批评[C]. 北京:北京大学出版社,1992:192,201.

[184] 刘琳. 身体:在反抗与消解之间——论新世纪网络女性写作中的身体书写[J]. 文艺争鸣,2015(08):163.

[185] 张法. 身体美学的四个问题[J]. 文艺理论研究,2011(04):04 – 06.

[186] 理查德·舒斯特曼. 实用主义美学[M]. 彭锋,译. 北京:商务印书馆,2002:271.

[187] 关心则乱. 知否,知否? 应是绿肥红瘦[M/OL]. 晋江文学城. http://www.jjwxc.net/onebook.php? novelid = 931329.

[188] 花间意. 还珠之那拉重生[M/OL]. 晋江文学城 http://www.jjwxc.net/onebook.php? novelid = 759978&chapterid = 22.

[189] 伊芙·科索夫斯基·塞吉维克. 男人之间:英国文学与男性同性社会性欲望[M]. 郭劼,译. 上海:三联书店,2011:2 – 4.

[190] 李昊. 新世情小说的复兴——浅谈"种田文"的走红[J]. 当代文坛,2013(05):64.

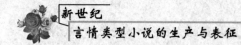

［191］李小江. 女性乌托邦——中国女性/性别研究二十讲［M］. 北京：社会科学文献出版社,2016:81－88.

［192］桃花露. 穿越市井田园［M/OL］. 晋江文学城,2010. http://www. jjwxc. net/comment. php? novelid＝761174&commentid＝23229.

［193］果冻 cc. 农夫山泉有点田［M/OL］. 晋江文学城,2009. http://www. jjwxc. net/onebook. php? novelid＝536801.

［194］安希孟. 现代基督教末世论评析［J］. 山西大学学报（哲学社会科学版）,2004(05).

［195］原非西风笑. 末世之重启农场［M/OL］. 起点女生网. http://www. qdmm. com/MMWeb/3141825. aspx.

［196］虞西. 重生之末世仙途［M/OL］. 顶点小说网. http://www. 23us. so/files/article/html/13/13567/index. html.

［197］丁墨. 征服者的欲望［M/OL］. 书包网. http://www. bookbao8. com/view/201206/30/id_XMjc2OTg3. html.

第四章
暧昧的抵抗：爱情神话与性/性别权力

随着新世纪网络文学市场的高速发展，网络文学消费群体不断细分，类型小说文本的性别色彩越来越明显，文学网站根据主要读者的性别分布情况将类型小说二分为"男频"与"女频"，以"男频主打玄幻，女频主打言情"为经营策略。这种以性别身份来划分类型小说文本的方法，虽不能涵盖纷繁复杂的类型文学创作实践，但在当前的读者圈和学术界已经是接受度最高的分类方式。"女频"独立门户促使越来越多的女性写手投身类型文学创作，以女性为目标群体的言情类型小说牢牢占据类型文学的半壁江山，古典言情、都市言情，包括相对边缘的耽美言情，都有极大的读者号召力。起点中文网率先开辟第二战场"起点女生网"，各大综合型文学网站也一一设立了女生专区，如"17K小说网"女生栏目、腾讯阅读女生频道、创世中文网女生频道等等。传统的女性文学网站如"晋江文学城""潇湘书院""红袖添香"等则不断地细化其子分类、增加有明确内涵的可检索关键词，深度挖掘"言情"与其他类型交融汇合的可能。有研究者将"女频"小说称为"女性文本"[198]，"女性文本"就是指由女性作者创作的、以女性读者为目标群体、以女性特有的思维方式集中书写女性社会生活与情感生活的文本，它遵循一套区别于"男性文本"的文学法则，传递出当下女性读者的声音。需要指出的是，"女性文本"虽然是也是女性文学的研究对象，但它不能等同于"女性写作"，"女性写作"蕴含的批判性与战斗性及其革命理念在当前的网络"女性文本"中少有呈现。"女性文本"中有对女性主体意识的呈现，也不乏对父权制社会意识形态不同程度的认同。作为通俗文化一分子的言情类型小说本身保守型的写作规则，使其在反抗性别权力压制时不似先锋文学、女性写

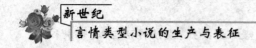
作那般旗帜鲜明,不免立场游离且态度暧昧。但我们仍要看到言情类型小说内部建立女性主体话语的尝试,及具体作品中凸显的反抗性力量。

一、爱情神话掩饰下的权力意识

当下流行的部分言情类型小说,看似在搭建一个充分满足女性情爱想象的爱情神话世界,其内里却不自觉地表达出对父权制的仰视与屈服。由女性作家创作、主要服务于女性读者的"女性文本"中,却潜藏着大量的男权中心主义视角,这与类型小说本身具有的保守型的写作规则不无关联。大量言情类型小说不自觉地迎合社会主流价值判断,接续着"才子佳人"与20世纪七八十年代港台言情小说的传统,按照男性价值观念看待女性群体,具体症状表现为"直男癌""厌女症"叙述视角以及对"偏执狂人格"男主人公的塑造。

(一) 父权制的魔力

"父权"指一种家庭、社会、意识形态和政治的有机体系,是一种男性对女性的压迫机制。在这个体系中,男人通过强力和直接的压迫,或通过仪式、传统、法律、语言、习俗、利益、教育和劳动分工等来决定妇女的性别角色与社会地位,同时把女性置于男性的统辖之下。"父权制"概念最初源于社会学,意味着一种把父亲视为大家长的社会结构。20世纪六七十年代的新女权主义者重新使用了"父权制"这一术语,将这一概念作为斗争的对象挖掘出来,用以从总体上描述压迫和剥削妇女的关系及其制度,强调在家庭体系中的等级以及家族等级观念在社会上的延续。[199]"父权制"成了男性统治女性的代名。凯特·米利特最早将"父权制"这一概念引入女权主义理论,她在《性政治》中指出"从历史到现在,两性之间的状况,正如马克思·韦伯说的那样,是一种支配与从属的关系。在我们的社会秩序中,基本上未被人们检验过的甚至常常被否定的(然而已制度化的)是男人按天生的权力统治女人。""男权制根深蒂固,是一个社会常熟,普遍存在于其他政治、社会、经济制度中"。[200]米列特从意识形态、生物性、社会性、阶级、经济和神话、宗教、心理等方面对父权制进行了具体分析。

意识形态上,父权制通过个性气质、性别角色和社会地位三个渠道肯定父权统治。父权制总会赋予男性一些正面品格,就如同言情类型小说中的男主人公通常是外表英俊不凡,有过人的智慧和超群的能力,事业有成且感情专一。《何以笙箫默》中的何以琛形象就极具代表性,作者顾漫为其打造了一副极其优秀的履历:读书时就是法学院校草级学霸,尚未毕业已经去业内顶尖律师事务所实习,连续赢得大案后名利双收,成为高端律师事务所合伙人。然而如此优秀的男人却多年如一日的等待着学生时代突然出国的恋人赵默笙。比较起无可挑剔的何以琛,赵默笙却被塑造为一个单纯善良、乖巧隐忍,又对何以琛念念不忘且守身如玉的女人。这样的男女搭配方式在言情类型小说里俯仰皆是,女性一旦被男性认定,即便走到天涯海角也会回到男性身边,看起来恋爱过程中男性使出浑身解数、伏低做小,但读者们都知道会有一个被多次承诺的结局:男性终究会抱得美人归,女性无论多难追求,终究会被"领回来",放置于"家庭"这个父权制基本单位中,过上以"相夫教子"为中心的"理想生活"。

2016 年腾讯阅读女频推荐作品《隔墙有男神》仍然在诉说同一个故事,女主角秦芷爱克服万难终于和男主角顾余生结婚,当秦芷爱想出去工作时,"霸道总裁"顾余生暗示其他公司不准聘用秦芷爱,在顾氏集团董事长室隔壁为秦芷爱亲自布置了一间办公室,名牌写着"顾余生的妻子",任期是"一辈子"。在连载评论区不少读者表示极其感动,感叹顾余生作为丈夫对妻子的"顶级"保护,普遍认为这就是小爱苦尽甘来应得的幸福。没有具体工作、不参与公司运营的秦芷爱那间形同虚设的办公室,仿佛承载了诸多读者对爱情的向往和追求,比伍尔夫"自己的房间"更加动人。父权制统治最有效、最简洁的方法就是对女性进行经济上的控制,秦芷爱获得的一切配套利益都建立在顾余生的"真爱"之上,一旦顾余生拒绝再输出"真爱",秦芷爱的生活想必一夜跌落神坛,无法维系。然而婚姻破裂以后的"狗血撕逼"大战不是旨在搭建"爱情神话"的言情类型小说的负责范围,而是"都市婆妈剧"的开场布景。

言情类型小说对父权制不动声色的宣讲,要比男性文本中对女性的物化、欲望化书写更能影响女性读者的价值判断,正所谓"润物细无声",大量言情类型小说把父权文化内在化,不自觉地维护着父权对女性的政治与思想结构,尤其是心理结构的统治。浪漫爱情为父权制披上了一件伪装,如米

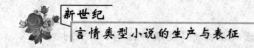

列特所言"典雅爱情和浪漫爱情都是男性从其全部权利中让与女性的'财物'",把常理上不可接受的德行加在女性身上,比如教导女性为爱无尽地隐忍与奉献。

《隔墙有男神》中秦芷爱为了昔日暗恋对象顾余生,可以甘心当电视明星梁豆蔻的替身入住顾家,因为对梁豆蔻的厌恶顾余生每次和替身发生性关系都粗鲁暴劣,文中每一段书写都如同在描述一次强奸,秦芷爱当作噩梦一样忍受,更加谨小慎微生怕惹恼顾余生。书中另一组人物苏情与秦嘉言的关系中,女性被塑造成心甘情愿抛弃自我为男人奉献的"圣母",苏情为了帮秦嘉言筹钱救治重病的母亲,协议嫁给豪门林家同性恋公子,因不想秦有心理负担,装作嫌贫爱富与秦分手,拿到林家的钱后匿名把二十万存入医院秦母户头,秦母康复出院,秦嘉言也没有辍学,而是由姐姐秦芷爱去当女明星替来偿还父亲欠下的高利贷。多年后两人再见面,苏情作为同妻被丈夫长期虐待、被婆家嫌弃,却仍然不愿意拖累要带她一走了之的秦嘉言。理由是这样的自己的已经"不配"拥有秦的爱情,还会拖累秦嘉言的名声。最终怕林家威胁秦,也怕耽误秦结婚,苏情选择怀着与秦嘉言一夜情得来的孩子跳海自杀。秦嘉言的得知苏情死讯,伤心叹息"从没想到,他一直以来看到的现象,只是一个表面,他从不知道,在他毫不知情的背后,苏情竟然用自己的方式,那么傻那么痴的爱着他,为他付出着。"追忆逝者之余甚至有两分沾沾自喜。

正如米利特所言,男性通过强权(即暴力)强化父权制统治,这种强权包括对女性肉体的折磨、精神的压迫,以此满足男性的欲望与控制。父权制在心理上暗示女性,男性对女性的统治是人类天性,在同一个阶级中女性的社会地位天然低于男性,在同样面临家庭巨大困难的时候(苏父滚下山摔断腿,秦父借高利贷无法偿还、秦母生病住院没有医药费),同为城市底层的苏情选择将自己"卖掉",给暴力倾向男同性恋作"同妻",而不舍得让秦嘉言辍学挣钱,也不忍秦姐秦芷爱要去夜场上班。在秦母得到资助有钱治病后,也是秦芷爱休学去为女明星梁豆蔻做替身,挣钱还父亲欠下的高利贷,秦母没有留在老家照顾女儿,而是卖掉家产随儿子在外地大学附近生活。苏情的"献身"与秦芷爱的"隐忍",都为成全篇尾的"成功人士"秦嘉言。秦芷爱历经波折嫁给了顾余生,也算实现了高中时代就已确立的"人生目标",而"同妻"苏情在面对秦嘉言一次又一次的极尽讽刺挖苦、从蔑视到无视,走向了更深的自我鄙视与自我厌恶,在秦嘉言与腹中骨肉之间,苏情毫不犹豫选择牺牲自己和孩子,不惜从这个世界消失以成全秦嘉言的"幸福"。

言情类型小说已经将父权制意识形态内化为规定性力量,将男权制思想体系深层意识化,在人物设定、情节走向、作品体现的整体价值判断中无一不透出父权制的身影。女性作家创作的这类"女性文本"尽管也在书写当代女性独特的心理、情感体验,但其内里对父权制的认同甚至膜拜,严重消解了文本的女性主义批判锋芒。此类作品中也常有大量的对女性身体的描写,但"身体"在此处自动被放置在"被看"的位置上,而不是"女性写作"所说的以身体为武器重新发现自我、挑战文学传统中男性中心话语。如今,父权制意识形态的运转机制已经不是秘密,父权制的统治地位在女性主义的围攻下已有颓势,部分言情类型小说却仍然以"浪漫爱情"作伪装,诱导女性放下自我意识、回归家庭、回归母职,作为通俗文化一部分的类型这也是言情类型小说保守性的一面。

（二）症状表达：直男癌、厌女症与偏执狂人格

近年来女性主义话语越来越频繁地出现在传统纸媒和网络媒体中,尤其是微信自媒体平台诞生以来,女性群体不再需要依赖传统媒介发声,她们在自媒体平台展示自己的日常生活,分享经验、交流情感、思考问题,自媒体不受时间地点限制、传播速度极快的特性,使社会各阶层女性都有机会接触到"女性主义"式的观点与其分析问题的方式,这就促使更多的女性在面对现实生活中的具体问题时能有更丰富的思考,而不是一味遵从传统观念与流俗价值观。男权话语不再占有绝对的统治地位,女性开始指认日常中的"不和谐"处,尽管这种指认掺杂着流行文化惯有的戏谑语气与娱乐特征。如果说"厌女症"是有特定内涵的、严肃的女性主义理论术语,"直男癌"就是一个带有调侃和消费性质的网络女性主义用语。

何为"厌女症"？厌女症(misogyny)也译作"女性蔑视"。指父权制社会长期以来根深蒂固的对女性的诋毁、诽谤和虐待,也可以理解成是任何社会以明显的形式表现出来的对女性表现出来的毫无道理的恐慌和痛恨。[201]米

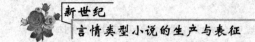

利特指出了厌女症的历史"原始社会的厌女症以禁忌和魔力的形式体现出来,并渐渐演变成可以理解的神话。传统文化先是从道德上,而后又用文学手段来证明这种厌女症在性政治中的合理性,现代文化则以科学为依据。"西方神话中有象征邪恶、危险、性欲的潘多拉盒子;《圣经》中认为正是女性使人类堕落,"将女人、性、原罪联系在一起,构成了西方男权制思想的根本模式"。[202]我国民俗中也有大量的女性禁忌,如把月经视为污秽、把生产当作血光之灾等。美国女性主义者艾德里安·瑞奇将厌女症的特征概括为"有组织的、制度化的、正常化的对女性的仇恨和暴力"。

有厌女倾向的男性只把女性视为泄欲道具,无论哪个女人,只要具有裸体、迷你裙等"女性符号",就能发生反应,像巴甫洛夫那条听见铃声变流口水的狗。在两性关系中这类男人热衷于对女性的玩弄与控制,"每一次想要证明自己是个男人时,都不得不依赖女人这种恶心污秽不可理喻的动物来满足欲望,男人们对这个事实的怨与怒,便是厌女症。"[203]在文学文本中,厌女症表现为热衷于描述男性先天的优越感、女性对男性不自觉的臣服,将女性视为满足男人的欲望和幻想的工具。塑造的女性形象多单薄扁平,多以妓女、泼妇、贪婪的母亲等负面形象出现,这样的写作方式与价值判断在男频类型小说中极为常见,其极端表现形式就是"种马文""后宫文"①。这类文学作品不是在描摹现实中的女性,而是男性自己的性幻想,与萨义德所说的"东方主义"极为相同,东方主义即"支配、重构和压服东方的西方模式",是关于何为东方的西方知识体系,所以无论读了多少西方人写东方的书,了解的也只是西方眼中的东方幻想,而不是真正的东方。男性作家写的厌女症文本同样也只是"关于男人性幻想的意淫文本"。

女性中一样有厌女症患者,最明显的表现就是"自我厌恶":厌恶自身的女性特征、厌恶身为女性的自己、厌恶继而打压其他女性。女性厌女症体现在"女性文本"中多见于以下几种情况:

---

① 种马文,网络用语,专指一类类型小说。此类小说男主角通常精虫上脑、淫贱无耻,见到女人就只想着与之发生性关系,各种手段无所不用其极,象种马一样不论对象地进行交配。小说里出现的各色美女不管有没有感情都会被男主角"推倒",并伴有详细的色情描写。女性角色一旦跟男主发生关系就变成花痴,自觉被收入男主角的"后宫"。代表作《泡妞大宗师》《极品美女帝国》《猎色花都》等。

其一，因自己的女性特征而自卑，认同女性整体社会地位低于男性。女性气质（Femininity）作为一个女性主义理论术语泛指女性共有的心理特征、性格特征、行为举止、兴趣爱好，如细心、敏感、温柔、顺从、隐忍、依赖等，与男性气质形成一种二元对立关系。厌女症文本强化了女性气质中柔弱与依赖的部分，再优秀的女性在遇见男性之后只能担任从属角色，甚至强调女性的"受虐美德"，诸多暴力行为、抛弃、背叛等都被看作检验真爱的试金石，是女性获得理想爱情路上的"九九八十一难"。

其二，对待"性"持双重标准。厌女症文本认为男性有多个性伴侣不但不是生活糜烂的象征，而且是富有男性魅力的体现。女性则要守住"贞洁"，只有"一尘不染"的处女才配得到幸福，丧失贞洁的女性就会"自暴自弃"走上一条"不归路"。锦瑟思弦的《将反派上位进行到底》就狠狠调侃了一把早期言情类型小说里较常见"圣女"与"荡女"二分法，谁说"荡女"就算容色倾城、富可敌国也只能是"圣女"爱情路上的炮灰？让"荡女"做出幡然悔悟状，比"圣女"表现得更像一朵"圣母白莲花"，被玩弄情感、做怨妇状的很可能是"高高在上"的男人。"圣女"和"荡女"都是压抑女性的两种形态，都是"他者化"的产物。圣女赤裸裸地歧视荡女，荡女又在怜悯与嘲笑圣女对男人的软弱依赖，这种女性之间的彼此厌恶，正是"厌女症"的又一种表现形式。

其三，以厌女态度处理女主人公与其他女性之间的关系。"母亲"形象的缺失在嫡庶宅斗文里尤其明显，嫡母对庶女的苛待、继母对嫡女的不慈通常是宅斗矛盾伊始，姐妹、闺蜜之间的互相计算倾轧更是"宫斗文""宅斗文"的矛盾生长点。以《甄嬛传》为代表的宫斗文将女性之间不断的斗争集中展示出来，因嫉妒谋害亲姐纯元的皇后、乖张跋扈的华妃、闺蜜反水背后捅刀的安陵容，明明皇帝的薄情寡性才是一切矛盾的根源，然而后宫中却只有彼此厌恶的妃子斗得你死我活。

其四，"耽美"小说某种程度上可以看作是厌女症在类型文学中的极端表现。女性主义者塞克维克在《男人之间：英国文学与男性同性社会欲望》一书中使用了"男性同性社会性欲望"（male homosocial desire）一词指"压抑了性存在的男人之间的纽带"[204]。极端的厌女症把女性视为生子的工具、和家畜奴隶同等的私人财产，男性自由公民与女性性爱行为的目的在于完成传宗接代的责任，与同样处于社会主导地位的男性少年的"同性之爱"才

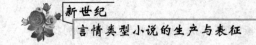

是"最高等级的感情"。少年不是地位低下任主人支配的奴隶,而是在社会身份上和成年男性是平等的自由民,但是一旦陷入性爱关系,少年则作为"被插入者"处于客体地位。少年总会长大成人,当他变成成人后,在同性关系中就可以充当主体,再与其他少年建立主客关系。被压迫的女性乐于看到今日高高在上的"男人"也有和她们一样屈辱的曾经。这也就能解释描写男性之间"最高等级感情"的"耽美"小说却属于"女频"的原因。

与女性主义理论术语"厌女症"不同,网民自发总结的网络用语"直男癌"又承担何种意义?"直男癌"以何种姿态出现在"女性文本"中?先要明确"直男癌"的概念:"直男"是指在一般常态情况下性取向为喜欢女性的男性。直男即为异性恋男人,是人们对于异性恋男的一个略带调侃的称呼,在英国常用 bent(弯曲的)作为同性恋男性的代称,而用 straight(直的)表示异性恋男性,直男的说法由此而来。"直男癌"是一个网络用语,使用者多为女性,用以指称异性恋男性的某些特征。具有"直男癌"属性的男人通常大男子主义,永远活在自己的世界观、价值观、审美观里,时时流露出对他人(尤其是女性)的苛责与打压。网络总结"直男癌"有如下特征:

性别优越感爆棚;认为女性天生是弱者,需要保护;大男子主义,偏执;强势,控制欲强,喜欢给人洗脑;做事干脆,简单粗暴;喜欢讲大道理,对做实事过于自负;不拘小节,不关注细节;自恋,经常产生"别人离了我就不能自理"的心态;对事情大包大揽,以领袖自居;不在乎个人形象,衣着品味低劣但是自我感觉良好;苛责他人;喜欢对女性评头论足,在大街上都可能给看到的女性打分,而且打分普遍苛刻,更注重女性的身材样貌,喜欢年轻貌美大长腿;自以为是地决定和女人的关系,想当然地认为女性深深爱着他;不浪漫;是暖男的反义词。

直男癌特征中的某一点一旦走向极端,就会变成类型小说中经常出现的"爱情偏执狂型"男性形象。在偏执狂的逻辑中"我是世界的中心,我的喜怒哀乐决定一切,我无所不能,你要听命于我。"认为自己就是整个世界,近似于神一样的存在,如果世界不按我的意志运转,或在线性索取过程中受挫,就会从天使变成魔鬼,情绪失控。[205]代表人物有《隔墙有男神》极端大男子主义的顾余生、《千山暮雪》以控制和威胁表达爱情的莫绍谦,《白发皇妃》《再生缘,我的温柔暴君》等"暴君文"中以强迫为日常且不许女性丝毫违逆的"暴君"，以及《总裁的女佣情人》《总裁的七日欢恋》《总裁的契约情人》《总裁，放了我》《总裁的下堂妻》等诸多"总裁文"中"邪魅狂狷"的海量"霸道总裁"。

如果说"厌女症"以西方女性主义理论解读当前世界上普遍存在的男权中心主义，偏重于社会学、心理学内涵，那么"直男癌"命名正体现出当今中国女性对男性中心话语的直观认识，虽然没有力量彻底颠覆这一根深蒂固的观念，但可以通过玩笑、戏谑的方式指认出大男子主义行为与状况的种种不妥之处。从被动接受的"厌女症"到主动指认的"直男癌"，可以看到女性群体在类型文学的生产与消费过程中逐渐生成的自我意识。目前，已经有越来越多讲述女性个人成长与生命体验的"非言情""女性文本"出现，批评界也为这些不同以往的"女性文本"设立了"女性向"等专有批评话语，可以看到当代网络类型文学中女性主义革命性力量正在崛起。

二、女性主义的诉求与反叛

言情类型小说作为一种通俗文学形式，在大众文化意识形态的干预下，其文本内部呈现出的价值判断通常与社会主流观念相近，男权文化不可避免地影响着类型文学的价值取向，对男权中心主义的崇拜、对女性身体的消费、异性恋霸权与同性恋憎恶都能在具体的类型文本中寻出踪迹。那么，具有保守性特征的言情类型小说是否能体现女性群体对父权制意识形态的反叛？女性主义宣扬的政治思想和文化策略又是否可以通过言情类型小说实现？近年来大量"女性向"作品出现让研究者看到了类型小说内部女性主体意识的觉醒、女性主义诉求的表达，本节结合近年来出现的"网络女性主义"（cyberfeminism）理论，把握言情类型小说文本内部的反抗性力量，及以"姐妹情谊"为核心的女性主义伦理在"女性文本"中的建设与表现。

（一）网络女性主义叙事伦理

20 世纪 80 年代西方女性主义迎来第三次高潮，"去中心""解构""后学"等方法论都对女性主义有直接的影响和启发，这些促成了纷繁复杂的"后女性主义"理论形成。20 世纪 90 年代之后，网络对日常生活的影响不断深化，cyber 成了一个万能前缀置于诸种理论前端。女性主义理论也开始探讨网络社会生活对女性的影响，后女性主义与网络科技相结合，即产生了"网络女性主义"（cyber – feminism）。[206]

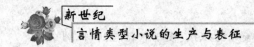

我国当代言情类型小说诞生于新世纪的互联网上，以网络为载体，通过虚拟的、数字化的网络文化平台传播。以文学网站、阅读类 APP 为代表的网络平台打破了文化传播的空间限制和地域差异，使类型小说的创作和出版不再受到传统纸媒的诸种审核限制，能够更及时地反应"网络一代"女性群体的文化诉求。开放的网络平台也带给女性写手与女性读者表达群体话语的机会，在数量庞大而芜杂的作品之中、在纷乱的表象之下，言情类型小说内部潜藏着对"女性解放""男女平权"等问题的不断诠释与再诠释，女性写手和读者们正试图在其中建立起一种区别于传统价值观念的新女性主义形式，这与西方"网络女性主义"思潮不谋而合。

类型小说诞生之初其内部就已经有明显的性别分野：玄幻、修真题材集中于男性读者为主的起点中文网、17K 小说网，青春、穿越、耽美集中在女性读者聚集的晋江中文网、红袖添香网、潇湘书院、言情小说吧。言情类型小说表现出的风格化、程式化的面貌决定了它的性别归属——位于文学网站"女频"的"女性文本"，它主要由女性作家创作，以女性读者为目标受众群体，以满足女性的欲望和意志为旨归。[207] 但"女性文本"不等于具有女性主体意识的文本，它虽然也是女性文学的研究对象，但它不能等同于"女性写作"，"女性写作"蕴含的批判性与战斗性及其革命理念在当前的网络"女性文本"中少有呈现。"女性文本"中有对女性主体意识的呈现，也不乏对父权制社会意识形态不同程度的认同。作为通俗文化一分子的言情类型小说本身保守型的写作规则，使其在反抗性别权利压制时不似先锋文学、女性写作那般旗帜鲜明，不免立场游离且态度暧昧。但我们仍要看到言情类型小说内部建立女性主体话语的尝试及具体作品中凸显的反抗性力量。

有研究者将"女性文本"内部分作"女性向"与"非女性向"，以"女性向"①来指称言情类型小说中以女性为本位的一部分文本，是"女性在逃离了

---

① "女性向"一词源于日语，原指针对女性需求设计的文化消费品。在中国的网络原创文学领域，"女性向"一般是指女性作者基于女性视点所展开的书写，表述女性的欲望和诉求，与保留了基本的男性视点、针对男性读者生产的"男性向"网络文学相对。"女尊"和"耽美"可以说是"女性向"网络文学的典型文类，近年来网络言情文类也逐渐脱离了纸媒时代港台言情男强女弱的单一格局，表达出更为复杂、多元的女性想象和诉求。网络的出现为"女性向"文学空间的形成提供了技术支持，出现了晋江、红袖等"女性向"文学网站。相关论述可参考肖映萱：《剽悍的"小粉红"：论精英粉丝对晋江"女性向"网络文学的影响》，广东省作协主办：《网络文学评论》第 5 辑，广州：花城出版社 2014 年版。

男性目光的独立空间里,以满足女性的欲望和意志为目的,以女性自身话语进行创作的一种趋向"。[208] "非女性向"则是指言情类型小说中明显受到父权制意识形态影响的一部分创作,此类文本尽管也是出于女性作家之手,却是立足于男性视角来写女性的情感与生活,把女性置于被支配的从属地位,宣扬"男尊女卑"的传统思想,视爱情和婚姻为女性终生奋斗的目标,以女性"征服"男性的素质高低来判断女性可否成为"人生赢家"。常见于霸道总裁爱上"傻白甜"的"总裁文"和暴君不顾一切掠夺所爱的"暴君文"。

在实际的操作中"女性向"与"非女性向"的作品并不能截然二分,很多作品介于二者之间,既有体现女性主义诉求的"女性向"特征,又无法摆脱对男权的依附。同样是"男强女弱"设定,当平凡无奇的傻白甜女主角被爱情砸中,霸道总裁因为莫名其妙的原因锁定了目标,被作者要求执行一场"非卿不可"的偏执恋爱,傻白甜女主角心安理得地接受多金男的宠爱,麻雀变凤凰,灰姑娘和王子从此过上了幸福生活,这显然是非女性向类型小说的构架。但是,如果女主角在爱情来临时没有被砸晕,反过头来想一想为什么"男神"会爱"我"而不是别人,如果"我"并不想接受对方,那是否有拒绝的权力、有反抗的能力,如果两情相悦"我"又如何才能维护好这份得来不易的感情,原本处于弱势的女性不是安享其成而是不断成长、进步,与男性走向平等对话。这类文本就是藏在传统言情外壳之下的"女性向"作品。

女性向小说通常选用女性主题叙事,以女性视角展开叙述,以女性人物为焦点,表现以"她"为主体的生活世界,叙述女性独立自主的人生。[209]爱情不再作为故事的唯一核心,女性的自我成长受到更多关注。如吉祥夜的《听说你喜欢我》,[210]医学院学生阮流筝暗恋"校草"宁学长,她的爱不是占有,而是像喜欢偶像一样偷偷欣赏优秀的他。流筝与宁学长因缘巧合之下缔结婚姻关系,她主动而热烈地想要温暖宁学长被初恋深深伤害的心,然而当她发现宁至谦只是在扮演一个合格丈夫而从未敞开心扉,便毅然决定结束三年的婚姻,报考研究生去其他城市。六年后流筝因业务优秀被工作单位送到宁主任所在医院进修,与当年的宁学长重逢。在工作接触中,流筝看到了宁医生的悲悯之心、对患者的责任、对自身业务的严格要求、废寝忘食的工作态度,宁医生看到了流筝作为一名优秀医生的职业素质,她的认真、上进,她支援边区时的舍生忘死。当得到爱的确认不再重要,两个人在手术

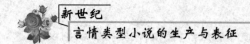

台前配合默契地度过跨年夜,在细碎的工作中认清彼此的真实样貌,才是爱情又一次造访之时。三十岁的流筝不再是靓丽明媚的少女,而是整日奔忙于手术台、让患者安心托付的阮大夫。变强大的流筝并不是"金手指大开"①无坚可摧,遇见医闹她也会生气害怕,初次主刀也会心神不宁反复确认方案,迷失沙漠也痛苦绝望、疯狂想念宁学长……故事激起了女性读者的"共情",作品在红袖添香网连载期间,受到大量读者所写的优质"长评",读者从流筝身上看到的了现代女性对爱情理想和事业理想的坚守。文中的男性视角被化为宁学长温柔而克制的注视,"放心,我一直在你身边"的默默陪伴,女性读者在此处获得的不是欲望的满足而是心灵的慰藉。

"女性向"作品并不都是"温柔无害",当女主角作为"小说的话语主体、事件的行为主体和性爱活动中的主体"出现时,自带高配置的女主角可以和男主角站在同一水平线上,女性内部是否实现了公平正义呢?如同第三次女性主义浪潮讨论的问题,同在资本主义全球化之中,第三世界的有色人种女性是否享有和白人女性同等的权利?她们是否面临同样的问题?平权斗争究竟是哪些人的"平权"?把这些问题代入"女性向"言情类型小说中,女主角作为绝对的话语主体就像是女权斗争中的欧洲白人,享有绝对的中心地位,代言"全球姐妹"。但是文本中的其他女性并没有得到平等的对待,甚至主要人物之外的"她者"都会被简单粗暴地安排一出命运惨剧,或者"成为借助男性父权制话语加以否定和摒弃的对象",就像《简·爱》中"阁楼上的疯女人",她们的存在只为干预女主角的人生。作为反派的女配角就应该是"炮灰"命运吗?她们是否有说话的权利?文本中彰显的究竟是谁的权利?以《三生三世十里桃花》为例,故事讲了青丘女君白浅和天族太子夜华跌宕起伏的三世情,白浅无论是家庭背景(狐帝幺女、父母哥哥都是上神阶品、师父是战神)、个人身份(青丘女君)、样貌法术("四海八荒第一绝色"、十分稀有的"女上神")都是"四海八荒"无可匹敌,而抢了白浅初恋的玄女只是青丘子民,小时候羡慕白浅容颜被折颜用法术换了一张脸,她的失败是必然的,临死前白浅还要让她看到自己原本卑微的面貌自戳双目。设计陷害素

---

① 金手指,原指一种电脑作弊软件,用此程序可以将游戏的内容修改,使得玩家快速增加自己的金钱、力量、等级、道具等。类型小说中"金手指"大开就是指作者赋予主角的优势太大,变相为主角要做的事情扫清了障碍,如玩游戏作弊一般。

素并得了一双眼睛的素锦天妃没有让夜华去爱的资格,剜眼归还白浅还被嫌弃"有浊气污染",最终永失仙籍历百世情劫。作为"她者"的玄女和素锦没有机会言说自我,只能被占有主体话语的白浅否定打击、惨遭厄运。十里桃林的爱情入口只为站在权力与地位巅峰的男女主角打开。将主角以外的女性"她者"化正是部分"女性向"小说存在的问题。"主要女性充当话语主体,只意味着主要女性在小说的语义空间中具有绝对的言说权利。"[211]斯皮瓦克的主张有助于缓解这项矛盾"文学叙事必须讲述新的故事,缔结新的关系,描写和阐述新的抵抗和新的主体性。"[212]贫穷和底层出身不是原罪,"女性向"小说要打破出身决定论,让玄女可以不用借助他人的脸,让素锦可以放下对夜华的执念,和白浅拥有同样重要的人生。

部分"女性向"作品旨在挑战性别不平等,这是女性在逃离了男性目光的封闭空间里以女性自身话语进行书写的一种发展趋势。女性向的发展轨迹:从传统言情题材到"女尊"(逆后宫)再到耽美的交互发展过程,属于网络一代的网络女性主义被称为新式女性主义,是相对于启蒙时代和社会主义革命时代女性主义发展脉络而言的。第一阶段挑战传统性别序列,挑战琼瑶以来的言情传统模式,爱情不再是世界的核心,或者说只是世界的核心之一。第二阶段开始出现"逆后宫"文,开启一女多男模式,进入男色消费时代。第三阶段迎来了彻底的反叛:耽美题材通过书写男男相恋,实现爱情双方性别的平等,话语权的平等,女尊则是彻底颠覆了男性中心主义话语,这种激进的倾向极容易导向女性中心主义,男女只是在位置上调换,两性之间的不平等,一方对另一方的压迫性关系并没有得到缓解。[213]

"女性向"言情类型小说需要确立真正基于女性视角的写作。"几乎一切关于女性的东西还有待于妇女来写:关于他们的性特征,即它无尽的和变动着的错综复杂性,关于她们的性爱,她们身体中某一微小而有巨大区域的突然骚动。不是关于命运,而是关于某种内驱力的奇遇,关于旅行、跨越、跋涉。关于突然的和逐渐的觉醒,关于对一个曾经是畏怯的既而将是率真坦白的领域的发现。妇女身体带着一千零一个通向激情的门槛,一旦她通过粉碎枷锁、摆脱监视而让它明确表达出四通八达贯穿全身的丰富含义时,就让陈旧的,一成不变的母语以多种语言发出回响。"[214]

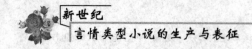

（二）"女性向"言情的性别革命

儒家的纲常礼法显然是由男性制造并直接服务于男性中心社会的,但这些社会话语规范作用于女性的力度和女性自觉接受它的程度却丝毫不比男性弱。男性话语通过女性文本的土壤再生,其生命力更加顽强。20世纪初,启蒙话语进入中国以来,"启蒙女性"讲天赋人权、自由平等,讲摆脱封建家庭束缚、婚姻恋爱自由,传统话语在启蒙主义面前被视为封建腐朽的力量而被搁置在一边。新中国成立后,以弘扬社会主义建设为目标的革命话语"男女都一样""妇女能抵半边天"彻底取代了传统话语,这种话语"不再仅是意识形态工具,也是斗争的武器……至今仍然直接影响和左右着这会发展的主流方向"。[215]革命话语完全覆盖中国大陆,中国妇女在"革命"的语境中整体性地被塑造,经由革命完成了两个条约:跳出封建家庭、跳出封建社会,直接进入现代意义上的民族国家——在新的起点上,她们被称为"妇女同志"。

"中国当代文化史上,关于女性和妇女解放的话语或多或少是两幅女性镜像间的徘徊:作为秦香莲——被侮辱与被损害的旧女子与弱者,和花木兰——僭越男性社会的女性规范,和男子一样投身到大时代,共赴国难,报效国家的'女英雄'。除了娜拉的形象及其反叛封建家庭而'出走'的瞬间,女性除了作为旧女人——秦香莲遭到伤害与'掩埋',便是作为花木兰式的新女性,以男人的形象与方式投身社会生活。"[216]新中国成立以来到改革开放之前,国家以强有力的权力支持并保护了妇女解放的实现,"时代不同了,男女都一样"的话语及其社会实践彻底颠覆了性别歧视的社会体制与文化传统。这一空前的妇女解放运动"完成了对女性的精神性别的解放和肉体奴役消除",从话语和实践上重建了女性的区别特征。一方面,这种"重建"本身就是一种女性主义社会文化革命;另一方面,它又伴生出新的文化压抑模式。

改革开放以后,女作家们试图找到革命精神中迷失的女性自我意识,这同时也是"中国妇女第一次自主自觉发动的自我革命,它不再追随社会主流和男人的意志,让生命体验站出来自说自话,从根底里质疑革命话语的真实品性。"[217]对前期革命的一种继承,网络类型文学体现出一种温和的女权主义:强调自我意识、注重姐妹情谊、取消欲望化叙事与景观化叙事。

类型小说中女性自我意识的张扬是与当前的社会现实状况有很大关系。"网络一代"的女性(80 后、90 后)从小处于应试教育体系中,以成绩论输赢的评价机制歪打正着地实现了男女平等,偏重记忆的学习内容使女生有更多机会脱颖而出。独生子女政策使大量城市"独生女"在有机会接受高等教育时不为金钱掣肘,20 至 35 岁女性的平均学历创历史新高。这些高学历女性进入社会工作后基本能够做到经济独立、财务自主,尽管在就业中会遭到一定程度的性别歧视,但总体上女性的社会地位和经济地位提升,因此,"网络一代"女性的独立自主意识普遍增强。但在奔忙的日常生活中,女性要承受情感、家庭和事业带来的多重精神焦虑,在这种矛盾丛生的心理下,她们渴望有一个平台建立自己的话语、交流经验和认识,抒发个人情感。大量的女性作者和读者聚集在晋江文学城、红袖添香网、起点女生网等大型女频文学网站,她们试图通过类型小说的创作建一个共同体,营造一方女性精神的修葺所。这个独立空间无须男性视野干涉,一切"爽点"都是为女性群体生产。"'妇解'(妇女解放组织)成员找遍全球,就是想找到这样一个答案,即如果她们能够自由确定她们自己的价值观,按她们自己生活中的轻重缓急次序来安排生活,决定她们自己的命运时,她们的生活会是一副什么样子。"[218]"女性向"言情类型小说就在为此目标思考,如 2016 年起点女生网冠军之作《君九龄》就是写一个女子按照目标安排自己的生活,决定自己的命运,向着自己想要看到的美好明天不断前进。

按照以往言情类型小说的逻辑,君九龄的故事应该是一个重生复仇、神挡杀神、重登高位、美男环绕的故事,事实上小说铺开的故事框架与人物关系也都满足复仇主题的预设:九龄公主得知自己父亲皇太子不是病死而是被害死,入宫找新即位的皇帝报仇,被御前侍卫乱刀砍死之后穿越成了阳城巨富方家的外孙女君葳葳。方家由方老太太当家,领着儿媳与三个孙女共同管理家庭企业——分店覆盖全国的票号"德盛昌",方家两代男人英年早逝,孙辈唯一男丁方承宇瘫痪在床已十年。君葳葳祖父乃汝南当地名医,开有医馆"九龄堂",君小姐表面借祖父之名,实则用上一世神医师父传授的医术治病救人,与方承宇假结婚治好其身上多年余毒,挖出陷害方家欲谋其家产的李县令、宋大掌柜。后去京城开九龄堂,在其师张神医留下的防痘法基础上研制出"痘苗"(痘疹是类似于天花的传染病),并联合民间诸多医生给

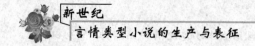

全国儿童种痘。机缘巧合下找到了张神医的家人和下属,利用张神医笔记中的地图、阵法和新式武器,在德盛昌的资助下,帮助抗金将领成国公救回被割让城池的百姓,并在危难时潜入敌人领土援助成国公脱困,领京城百姓守城抗金……君小姐运筹帷幄,每走一步都计算清楚,读者知道她的最终目的是辅佐弟弟怀王登基、让江山易主,可整个过程中君小姐不是《庶女攻略》中的李未央,不会杀人如砍瓜切菜,也没有让仇人死无葬身之地的决绝,君九龄的复仇之路是一条光明大道,她的视野并未局限于私人恩怨、儿女情长,而是遵循"大义":她教会民间医生们种痘之法,说"一医医一人,百医济万民";她答应成国公夫人赴三郡救流民是相信老天自有公道,貌似爱民如子的帝王其实惧怕金人入侵更惧怕成国公一家独大所以舍弃三郡,但百姓不应该是政治斗争的牺牲品,于是她说动青山军上阵,燃起驻军的血性一同保家保民。

在《君九龄》中女性不需要"女扮男装"就能参与到保家卫国等社会诸种重要活动中:军队里有娇滴滴头戴珠花的神医君小姐,一身红衣能百步穿杨的赵汗青;德盛昌有坚毅果敢的老妇人;总会计师方家两姐妹;九龄堂有账房熬药一人包的方锦绣;宫廷中有独自涉险的女土匪成国公夫人,被圈禁却依然自尊自爱、在侵略面前与都城共存亡的公主九黎……书中围绕君九龄有一群生动鲜活的女性,她们掌握自己的生活,安排自己的人生,本着纯善之心向理想前进。她们不是无害的温室之花,每个人都有自己过不去的苦难,她们有很多理由可以成为心怀怨恨的恶人:方老太太中年夫死子亡,赵汗青一脸治不好的骇人毒疮,庶出小姐方锦绣因母亲谋害方少爷只能离家出走流落街头做小生意,九黎公主没有人身自由任皇帝安排嫁给恶名昭著的锦衣卫头子,她们都可以怨天尤人、报复社会,但她们每个人都选择坦然面对自己缺憾的人生,将日子过得充实而美好,保有对明天的希望。男女平等不是将女性与男性同化,不是生产出像男人一样的女人,而是要伸张差异,"使差别具有尊严和威望并强调差别是自我定义和自觉的条件"。[219] 作者希行没有回避君九龄等人作为女性的区别性特征,她们像邻家姐妹一样鲜活生动,在父权制意识形态下活出了自我,且具有行动的力量。

言情类型小说中的女性意识还体现在对"姐妹情谊"的书写,"姐妹情谊"成为可以撼动旧有性别权利话语的力量出现在文本中。何为"姐妹情谊"?伊莱恩·肖瓦尔特在《她们自己的文学》中提出,"姐妹情谊是女性团结一致的强烈感情"。[220]杰梅因·格里尔在《完整的女人》中指出姐妹情谊是一种以松散但却强大的网络把平等者联系在一起的关系,它不承认任何领导,不施加任何制裁,不沉溺于任何特殊的或秘密地仪式。姐妹情谊这种关系与男人形成的种种集团关系迥然不同,没有等级制度,没有口令,没有秘密的标志,是一种开诚布公的姐妹关系。

"姐妹情谊"体现在言情类型小说作品中。女性之间形成一种集体感,克服有厌女倾向的女性对同性的敌意,克服自我憎恨,这种由于厌女症导致的敌意是"未获得男性注意而展开的竞争以及倾向与自卑心理所引起的"。女性由于特殊的性别特征而形成特殊的群体,相互关怀、相互支持、相依为命的感情,同充满竞争的男性世界的伦理和价值观截然不同。这种关系在"后宫"文里时常出现,女性因自身的性别特征被选入帝王的后宫,充当帝王的玩赏之物和生育机器,皇帝作为父权制意识形态的绝对核心,带给后宫女性的是身心压迫,女性被要求竭尽所能取悦男人和保持忠贞。后宫女性结成同盟,互相关怀、互相支持,即便不能直接与"王权"抗衡,也能在消极抵抗中经营自己的一块天地。

比较典型的有《后宫甄嬛传》中眉庄和甄嬛的姐妹情谊:两人从小一起长大、相伴进宫,一路相互扶持;甄嬛初入宫时不想盛宠,眉庄获宠后处处保护甄嬛;眉庄"假孕"被禁足,甄嬛委托家人四处寻找失踪的太医证明眉庄被人所害;甄嬛首次失去女儿一蹶不振之时,眉庄强拉甄嬛去冷宫点醒她的真心;甄嬛自请离宫,眉庄与敬嫔悉心看护甄嬛之女;眉庄倾心温实初,温实初爱慕甄嬛多年,眉庄从不生恨也不嫉妒,明白自己的一颗真心就好;眉庄死后,甄嬛将眉庄之子视如己出,最终将其辅上帝位。经历相类又同属受压迫阶层的甄嬛和眉庄在腥风血雨的后宫中相互扶持、结成同盟,眉庄被陷害假孕遭禁足时已经洞悉"后宫的真相":

当年我与你同伴闺中,不过是求得可以嫁得一如意郎君,纵然我知道一朝要嫁与君王,虽不敢奢望举案齐眉,却也是指望他能信我怜我,让我可以有终身的依靠,看来,终究是我错了……补偿?我这些天的苦痛,岂是他能补偿我的,把我捧在手心又弃我不信我,皇上,他真的是好薄情啊!竟然半点也不念往日的情分,我知道,这些话你现在听着会很刺心,但是到我这地

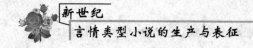

步我才能明白,君恩,不过如是。

皇帝作为父权制社会的最高统帅此时已经不值得女性拜服,眉庄和甄嬛开始试图摆脱后宫对她们的控制,眉庄去女性最高权力机关慈宁宫给太后尽孝,甄嬛自请出宫远离是非。在情感上,两人也不再继续为皇帝保持贞洁,眉庄得知自己怀温实初之子后设计复宠,而甄嬛则在宫外与玄清私下成婚,误得玄清死讯时为保住玄清血脉重回"后宫"厮杀。值得玩味的是,所有悲剧收场的女性都是父权制的"死忠粉",在皇帝的支配力量面前捧出自己的一颗真心任其磋磨,如嫉妒姐姐得到皇帝真爱的皇后、深感"等待的夜最难熬"的华妃、幼年就立志嫁给皇上表哥的胡蕴蓉……她们或死或悲,都成为甄嬛统一"后宫"路上的垫脚石,反倒是守礼淡然的敬妃、被遗忘多时的欣嫔最后得以善终,与甄嬛"闲看庭前花开花落",好好计划着如何过好"太妃"的余生。有读者说甄嬛是"绝情忘爱则天下无敌",实则甄嬛"绝"的是与帝王之情,姐妹情谊建构的共同体始终站在她的身后,一同对垒父权与夫权。

如近年流行的"大女主角"类型,女性成了叙述的核心、也是"位置"的核心,女主人公一路向目标前进,靠自己的本领与才智,神挡杀神佛挡杀佛,走向一个与时代有关的大目标。很多写手都选择了相同的主题,受高等教育、财务独立的女读者也与作者一起共建这样一个理想模式。如希行的《君九龄》,故事中没有说明哪位男性是君小姐的"官配",方公子、宁状元、朱世子甚至锦衣卫陆千户都是欣赏君小姐前进路上的伙伴:方老太太希望挖出仇家,治好孙子的病;方家姐妹从小看账册掌票号,为分担家庭负担不议亲;庶出小姐方锦绣离家之后也没有自暴自弃,而是自谋生路买糖人、当账房,在京城一人撑起"九龄堂";郁夫人对朝廷不抱希望,以一家之力要保护被割让给金人的三郡百姓回祖国,她说"土地可抛,子民不能抛,大周不要他们,他们只要还要这个大周,我就要护着他们,带他们一起走。"[221]女性一样有家国情怀,一样可以拯救万民于水火。女性主义文学乐于建构一个"姐妹情谊"理想国,"它的动因在与女性作家和批评家争取女性团结以获得力量的愿望,也基于女性四分五裂而武力反抗压迫的实际。"姐妹情谊时刻提醒着女性主体,"不妨把散居性的她者地位作为'共在'"尽管这要克服重重困难,克服自身的偏狭、同时在集体情感中保持自身的主体性。[222]

姐妹情谊不仅仅是依靠性别特征形成的团体,其形成、巩固和建构更多还是依赖于她们在面对共同的，小至性别压抑机制、大至社会压抑结构所带来的话语舆论压力和现实生存压力时自觉遵从的相同或相近的感觉方式和思维方式、行动逻辑与行动伦理。另外，这种姐妹情谊的组织形式其实是非常脆弱和松散的，它既有可能遮蔽"姐妹"羽衣掩护下、于团体内部悄然分化的利益关切，而且一旦有新的利益元素和关系介入（眼下的物质利益倒在其次，优质男主才是言情小说中引动纷争与拼抢的"利益要素"），这种本就门户虚掩的临时性团体便岌岌可危了。

三、性别的置换与位移

网络类型文学的性别分野客观上为女性写手和读者开辟了一块属于女性自己的公共空间，女性在此以自身独有的话语书写日常生活、情感、欲望与诉求，而不必在意男性眼光，在男性主宰的媒介里占领一片"法外之地"，一片自治文化区。具有"女性向"特征的言情类型小说站在女性主义视角上，深度反思男权中心主义对女性的奴役与压迫，打破了类型文学中对女性固有的想象。在此基础上，部分类型小说创作实践走向了对旧有性别秩序的反叛，即彻底抛弃异性恋模式、旧有的性别气质、权力关系等传统性别秩序。集中体现女性性别反抗意识的类型有：去男性中心话语的"耽美文"、驱逐男性视角的百合文，与置换男女性别权利关系的"女尊文"。

（一）耽美同好社群的话语实践

"耽美"是一个日文词汇，在日语中读作"tanbi"，最初指的是从欧美传播到日本的唯美主义思潮（aestheticism），后多用于指书写"美少年之爱"的唯美主义风格作品。擅长写年长男性与美少年之间爱情的日本女作家森茉莉被网友视为日本耽美文学的鼻祖。"同人"①与"耽美"的结合源于"BL漫画"兴起。BL是BOY'S LOVE的简称，日文读作ボーイズラブ，特指"由女性作者创作的、以女性读者为预设接受群体的、以女性欲望为导向的男性同性之间爱情或情色故事"[223]。BL漫画的产生和了流行一般被看作一种青年亚文化现象。20世纪八九十年代，日本大量女性动漫爱好者以当时流行的

---

① 同人文，即"以同人之名以为文"（The name of other's colleagues think that the text），特指那些已被读者熟知的文学作品的衍生产品，通常把某部原创作品或某些原创作品里的人物放在新环境里，加入作者自己的想法，表达新的主题。也可以从原著中某个人物的角度重新进入原本的故事结构，改编情节走向，衍生出一个新的故事。

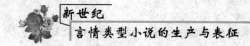

《足球小将》等少年漫画为蓝本,进行耽美化的同人创作,产生了至今仍被腐女圈奉为经典的作品,如尾崎南的《绝爱–1989》、CLAMP 的《东京巴比伦》等。BL 漫画大量出现于各种青年亚文化流行圈子,日益庞大的创作队伍和读者队伍结成了"同人女"①这一耽美同好社群。"耽美 + 同人"漫画影响日益扩大并获得大量女性读者的认同之后,不再依托于"同人"文化的原创耽美作品出现。女性创作者逐渐摆脱"同人"的形式开始独立创作,以异性恋女性的视角描写理想化的男男同性之恋。"同人女"的称呼却依然保留了下来,仍用来指称喜欢耽美文化的女读者,并发展出了"腐女"这个命名,指深陷耽美文化之中无法自拔的女性,"腐"是无可救药的意思,暗含同人女自嘲的意味。[224] 因"同人女"一词可能造成所有同人文都是耽美文的错觉,所以意旨明确的"腐女"逐渐取代"同人女"成为热衷耽美文化的女性之代名词。

新世纪网络文学中盛行的"耽美同人"小说类型与日本耽美同人漫画发展轨迹类似:先有同人文、再有耽美文,同人文中耽美文占多数。最初的同人文都是依附于经典作品的再创作,因为"同人"与"耽美"文化中的亲缘关系,加之"同人女"这一完全依托网络的群体已经不满足于阅读欧美、日韩的译介小说,很多耽美爱好者亲自操刀上阵加入写手队伍,大量"耽美同人"类型文出现在网络社区中,晋江文学城的"耽美同人站"是这类小说网络发表的重要集结地:以日漫《火影忍者》主人公我爱罗和《猎人》主人公西索为混合 CP②的《猎人同人——当我爱罗遇见西索》;以《七侠五义》中展昭和白玉堂为主角的《诡行天下》与《迷案集》系列;以南派三叔成名作《盗墓笔记》故事为蓝本,演绎吴邪和张起灵男男之爱的作品《让我照顾你(瓶邪)》;写哈利波特与伏地魔的《穿过你的黑发的我的手》,哈利波特和斯内普教授的《今生倒追斯内普》等。③

女性写手们将经典漫画、经典作品中的男主人公移用,书写男性之间的

---

① 同人女,在中文同人圈中,对于喜爱耽美的女性,早先称呼为"同人女"。这是由于最早中文的耽美写作是从同人开始的,且同人写作中耽美所占比例相当大,喜欢同人的女性往往喜欢耽美,所以"同人女"的称呼一直保留了下来。

② CP,"Couple"的缩写,网络用语,配对的意思,强调的是观众/读者将人物配对的行为和过程,CP 本身描述的不一定是客观现实,带有观众的主观观点和解读。CP 并不局限于男女组合,男男组合、女女组合也都可以成为读者/观众认可的 CP,如《琅琊榜》中靖王和宗主的男男组合,《七月与安生》中七月和安生的女女组合。

③ 上述作品都是 2007—2012 年期间发表于晋江文学城"耽美同人站"的人气作品。

情感爱欲,以脱离主流社会意识的"同性之爱"为创作主题。这类"耽美同人文"某种程度上为女性提供了"窥视"男性身体和情感的空间,富含了关于阅读快感、爱情幻想、性别认知、身份错位等的诸多问题。数量庞大、职业分布与地域分布多样的青少年女性,因持有相似的价值观和伦理观而结成了有极强文化认同感的"同人女"/"腐女"社群,她们大量的文本创作促使"耽美同人文"蓬勃发展。"耽美"也为传统意义上的"言情"提供了另一种可能,这种独特的情爱结构可以看作是对异性恋秩序的再生产,也可视为对异性恋秩序的干预和抵抗。耽美同人文中,主人公多是现实中女性恋爱的理想型男性,英俊潇洒者有之,细腻温柔者有之,两个"美型"男因为要摆脱社会道德与舆论的束缚,他们追求的禁忌之爱就显得更加纯粹、美好、梦幻,也更加刺激、新鲜、独特。

因耽美小说的主要读者"腐女"相对年龄较小,以在校学生为主,有人根据这一年龄分布特征,将耽美小说的存在看作是青春期反抗的一种极端形式,这样的看法未免低估了"耽美"的社会文化意义。有学者认为耽美文化是性别本体论的批判者。早期对耽美文学受众群体的研究,多从心理学式的角度出发,认为沉溺于"耽美文化"中的"腐女"社群多是"对性感到恐惧的未成熟阶段女性""受制于厌女症的女性""想成为男性的女性""报复男性的女性"等,将其看作"问题群体"。塞克维克在《男人之间》一书中也分析过为何热衷耽美文化的都是异性恋女性。按照萨克维克的观点来看耽美小说的流行,可以做如下分析:女性以"耽美"文化的形式将处于父权制统治地位的男性拉下神坛,耽美小说里"攻"(男男恋爱关系或性行为中的主动方)与"受"(被动方)主客体关系中,作为客体的"受"经常被描述成柔弱的、需要他人照顾和保护的类型形象,承担了两性关系中原本女性所处的位置功能。耽美文学是异性恋女性的情感投射,她们可能是"厌女症"患者,认为男女间的爱情夹杂了太多世俗功利色彩不够"纯粹",只有男男之间的爱情才是唯美而理想化的。[225]

热衷于男性之间情爱的恰恰是"腐女",在校中学生和大学生是"腐女"的主力军,她们对性别的认识与前代女性是有一定差别的,分析耽美文化的兴盛要考虑到中国当下"腐女"的群体特征,她们不应该被定义为边缘群体,事实上她们基本都是正常的异性恋者,对自身的定位是"喜欢耽美的女性",

这种"喜欢"常带有"男色"消费的性质。我们要看到的是耽美文化作为社会正常秩序里"脱轨"部分,如何体现出其对异性恋秩序的反抗,这种抵抗行为背后的潜藏着"腐女"群体的哪些诉求。

其一,耽美小说可以实现女性的"纯爱"理想。以风弄的《凤于九天》为例,男主角("受")凤鸣在上学途中,为了救小孩而不幸身亡,但这位小孩的父亲是灵学者,为了答谢凤鸣所救小孩之恩,帮助凤鸣穿越到另一个"架空历史"空间,凤鸣的新身份是西雷国的太子,太子与男主角("攻")摄政王容恬已有不寻常的关系。容恬从凤鸣不可思议的言行中发现太子已经换了"芯",两人逐渐从肉体关系转变成真心相爱,凤鸣利用在现代学到的先进知识和超群的才华,帮助容恬进行十一国的统一的大业。凤鸣待容恬倾其所有,容恬也愿意为凤鸣付出的全部的生命和感情,"天下壮丽江山,吾与你共享。世间轰烈快事,吾与你分尝。唯有灾难,吾一人独挡"。

"你是大王,怎么可以这样胡来?"

"我是大王,当然可以胡来。"

"你...你还是那个运筹帷幄,目光远大的容恬吗?"

"如果你在身边,我就是运筹帷幄,目光远大的容恬,"容恬叹道,"要是看不到你在眼前,我就只是凤鸣的容恬而已。"

"只要有一丝不辜负你的可能,即使傻瓜才会做的自杀行为,我也会毫不犹豫地做。"

"生生死死,不过如此。"

安东尼·吉登斯在《亲密关系的变革》一书中描绘了"浪漫之爱"的特点,它是"天长地久""独一无二"的,一种关系可能是产生于双方的情感投入,而不是来自于外在的社会标准。[226] 异性恋爱情的结果逃不过结婚生子,女生嫁去夫家,也就结束了被男人追求爱慕视若珍宝的日子,身处婚姻关系中必须要承担赡养老人,抚育子女的重任,这些恰恰是吉登斯所说的"外在的社会标准"。当《凤于九天》中的容恬放弃了册立王后、放弃了履行国君的义务生下继承人接替王位,在优秀的女性追求者面前岿然不动,"社会标准"都无法撼动爱情时,就更能体现爱情的纯粹。有网友指出正是耽美小说的"纯爱"理想深深吸引了女性读者:

"其实同人女感兴趣的并不是"男男爱",而是男人与爱情。有一群女孩,她们有感于 BG 恋的现实与无奈,希望能够寻找到一种更加纯粹的爱,这种爱要有冲破一切障碍,置于死地而后生的决绝,淫浸着背德的幻惑,迷离而摇摆,激荡着人类最原始,最真实的欲望,只是纯粹的爱情,没有交换,没有索取,没有男女间的那种所谓的矜持和礼数,爱就是一切。"[227]

当女性对异性恋极其失望的时候,部分女性可能转移目标去喜欢其他女性,成为一名女同性恋者,但更多的女性是异性恋者,同时又对现实社会中的男女关系失望透顶,深感男女之间没有"真爱",于是转投"耽美"表达心中对理想爱情的渴望,这大概"腐女"最常见的心理动因。

其二,对耽美文化的推崇,体现了已经认识到性别差异的女性对男权中心主义的微弱反抗。有些女性喜爱耽美是源于性别压抑之下的"自卑感",有读者谈到自己读耽美小说的体会:

"在没有接触同人之前,就开始敏感于性别给人带来的社会身份的差别。……偶只是因为敏感而已,读王小波的《东宫西宫》,虽是同志小说,揭示的其实是,男人有着爱的权利,女人却没有拒绝被爱的权利,男人女人,爱与被爱,羞辱与被羞辱,这就是性别矛盾。"[228]

在现实的两性关系中,女性经常有被摆布的无力感,正是这种无法言说的无力,让很多女性想要舍弃自己"等而下之"的女性身份,成为一个"无性"的人。对于男人而言,"已有的异性恋秩序是一种证明男人为性主体的装置",女人是对"非男人的人"标注特征的名称,这个群体被划入另一个范畴,"其特征必须与被视为属于男人的一切美德与名誉区别开来"。女人是"不勇敢的人""不坚强的人""没有领导决断能力的人"一言以蔽之就是"不能成为主体的人",[229]女性在日常生活中经常能感受到各种"敌意",女性仿佛只有被动接受这一种选择,当女性想在大庭广众之下表白感情时,总是被他人告知"好女孩"要"矜持""含蓄"。"女孩子嘛,还是应该秀秀气气的,文文静静地才是,大大咧咧,不把男人当男人的还是算了吧。"

在"耽美"世界里"腐女"可以放下既有的女性性别规范,百无禁忌地诉说"爱"。男性集团中的"攻"与"受"同是"欲望的主体",他们之间的主客体区分是在男性文化圈内部完成的,对女性而言他们依旧享有不对等的权利。对耽美文化的推崇恰恰证明了这些女性想成为"他者"的欲望。但是,如果仅仅是体现女性的自卑与对男性的艳羡,就忽视了耽美小说展现出的对男

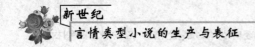
女性别差异的思考。有研究者指出:"耽美小说提供了一种未来社会的蓝图,这个社会的秩序以及价值观与当今社会不一致,虽然它是虚构的,却向我们展示了当今社会忽视或怀疑的思维和表达方式。"[230]在男性中心主义式的性别理论中,耽美小说中以变形的"男性世界"放大了现实世界的诸多问题,展示出这些男性视野中习以为常"不妥之处"带给女性的焦虑与不安,女性试图逃离现实又无处可逃的脆弱,明知耽美世界的不真实却沉溺其中不愿自拔地无奈与自我放纵。耽美小说以其微弱的力量对抗着主流文化甚至超出主流文化的束缚。

其三,耽美小说对欲望的书写迎合了女性读者对"男色"的消费。耽美小说经常含有大量露骨的色情描写,但这些对性爱的描写实是在女性视野之下展开的,注重双方细腻的感受,笔墨更多放在被动的"受"方,写他的羞耻感与快感,心理的具体变化。而不是向男性作家描写性爱场景那样,强调女性外表的妖娆美艳,动作上的风骚撩人,凸显的是男性的征服欲望。如妖舟的《李笑白》系列《入狱》篇中写李笑白与 Blade 两人在彼此挑逗中相拥而眠:

Blade 用两臂撑在躺倒的李笑白两侧,低头看着身下的人无知无觉的入睡,轻笑了一下,头垂得更低,直到两个人的唇碰触在一起,缓缓地辗转,抬起,然后再次轻柔的碰触……直到接连不断的吻把李笑白那淡色的嘴唇研磨的彤红艳丽,才转移阵地到少年肌肤细腻的脖颈……这次 Blade 稍稍用了点力,淫靡的吮吸声让对面床上两个身经百战的家伙都有点热血沸腾,当男人的唇离开李笑白蜜色的肌肤时,一朵暧昧而放荡的吻痕很完美地留在了纤细的脖子上……

李笑白好像感到侧颈的不适,轻轻呻吟着把头转向一边,伸手自然地抱住了 Blade 的手臂……这个动作让男人的眼底滑过一丝微不可见的温柔……Blade 于是放缓力气,犹豫着侧身躺下,慢慢伸手揽住怀里的人。李笑白的身体纤细而柔韧,皮肤温暖光滑,Blade 觉得这个姿势很舒服,于是把头埋在他的颈窝,找到一个舒适的位置,也闭上了眼睛……

福柯在《性的教官萨德》中说道"我更愿意承认萨德制定了一套专门适应纪律社会的色情主义:一个规范的、解剖学的、等级化的社会,时间被严格分配,空间被有序分割,充满服从和监视。"如果说站在男性视角言情的小说是萨德主义式的性爱，那么耽美文更像是"没有规训的色情主义"："是时候抛弃一切了，也包括萨德的色情主义。我们必须用身体去创造，用身体的元素、表面、体积、厚度去创造，一种没有规训的色情主义：它属于活力四射变幻不定的身体，充满偶然的相遇和毫无计算的快乐。"[231] 耽美小说中更侧重于对气氛的营造，比起赤裸裸书写性爱的过程，女性作家更乐于描述过程中的缠绵暧昧，这种笔法无形中拉长了叙事时间，带给读者极强的画面感，仿佛一帧一帧镜头在眼前展示如花美少年间的爱恋。女性读者可以任意自我代入为"攻"和"受"，而不必像传统言情小说一般把女性先在地置于被动接受的位置，女性可以幻想自己是主动一方，把男性当作欲望对象。恰恰是在两个男子的情爱故事里女性感受到了平等。

比起言情类型小说，耽美小说的创作者已经不去在意男性的视野，是彻彻底底由女性作家生产、供女性读者消费的纯女性读物，通过对男性性爱的大量描摹，把男性置于"被看"的位置上，从自身视角建构出一种全新的男性与男性的关系，并通过这种方式来表达自身意志，满足自身愿望，这可以说是女性自主意识的一种表达。[232] 当然耽美小说中也存在着低俗化、同质化等问题，耽美文写手可能并没有自觉地去批评男权中心主义，但正是具体文本中不自觉流露出的对性别权利的思考、对男女平权的追求，体现出了类型小说内部自觉自发的、对现实的批判之力。

（二）百合文隐匿的身份确认

"百合文"特指讲述女性之间同性恋爱故事的类型小说。"百合"是女性之爱的隐晦说法。1971 年由日本男同性恋杂志《蔷薇族》的编辑长伊藤文学提倡将"百合族"作为"蔷薇族"（男同性恋）相对语而产生，随着日本浪漫情色出版社制作《百合族》系列书籍而广为流传，逐渐成为固定用语。还有一种民间的说法是："百合"在宗教中常被刻画成一种无雄雌蕊、只有六个花瓣的花，像征着"纯洁""无性""处女"等。所以日本的一些动漫和游戏会用"百合"来代指年青女孩。刻画年青女孩间情感的作品称为"百合"向。此后"百合"就成了女孩间情感的代称，多指年青女子间"有灵无欲"的爱恋。[233]

我国本土的较早的女同性恋题材小说可以追溯到 20 世纪二三十年代，如庐隐的《丽石的日记》、凌淑华的《说有这么一回事》都是讲述女女之间互相欣赏、互相依恋的情感关系，借以反应异性恋婚姻对女性身心的压抑。随着西方女性主义理论的引入,第二次女同性恋题材小说热潮诞生于20世纪八九十年代,陈丹燕的《百合深渊》讲述四个女大学生之间微妙而隐秘的情感,陈染的《破开》是"一纸关于姐妹情谊与同性之爱的宣告":"我更愿意把一个人的性别放在他(她)本身的质量后边,我不在乎男女性别,也不在乎身处'少数',而且并不以为'异常'。我觉得人与人之间的亲和力,不仅体现在男人与女人之间,它其实也是我们女人之间长久以来被荒废了的一种生命力潜能。"[234]林白的《瓶中之水》的超性别意识、严歌苓的《白麻雀》少数民族女性的困顿,都带有明显的女同倾向,这一时期的作品致力于解构异性恋霸权地位、建立多样的性别身份。在社会生活中,女同性恋比男同性恋更加难于辨认且不易捉摸,女同性恋倾向的文学作品常常假托"姐妹情谊"来解释女性之间的情感关系,女性角色并没有确定的"女同"身份,始终与异性恋霸权在纠缠中抗争。

真正意义上的现代女同性恋小说直至新世纪初开始大规模出现,文本开始明确主人公"女同"的身份,不存在异性恋与同性爱并列的选择,以女同性恋群体生活与情感为核心内容。2003张浩音的《上海往事》(网名13不靠,2003年出版)与海蓝的《我的天使我的爱》(网名"买醉的烟鬼",2005年出版)是最早出现在网络上的"女同性恋小说",有评论者评价《我的天使我的爱》"第一次向读者揭示了'拉拉'的感情世界,是一部相当有冲击力的小说。"至此,女同性恋题材文学作品迎来了第三波创作高潮,开启"百合"类型小说的创作模式:作品内容以书写女女情感为核心,致力于表达"一种被社会所不容的禁忌之爱",并有意将其浪漫化、理想化;形式上更加接近言情类型小说模式;受众以"圈内人"为主,读者自身就是女同性恋者或是长期混迹于女同论坛的、有拉拉倾向的女性。早期作品往往带有一定的自传色彩,如作者海蓝坦言"关于此书的内容真假,这是读者问得最多也是最关心的,本书是以第一人称叙述且我本身就是同志身份,因此被出版方加以'自传体'。不过我想说,自传体不代表纪实报告,我已经写出了我自己的很多感想和生活现实。"[235]有评论者指出,"新世纪以来女同性恋文学以文学的方式表现着女同群体成长中出现的种种问题,正在形成自己独立的叙事声音和叙事立场"。[236]

"百合文"的发展轨迹与言情类型小说的整体发展脉络是一致的,从20

世纪初的"文青"笔法,到 2005 年以后的类型化写作,其批判性其实已经削弱。时至今日"百合文"已经成为类型文学中的一个被固定的"类型",是"女性文本"中的一员。时间进入新世纪的第二个十年,大洋彼岸同性恋群体为其存在的合法性不断斗争,承认同性恋婚姻合法的国家又添了几个,无论在互联网空间还是现实世界,原本处于社会边缘的同性恋者的身份在一定程度上得到了社会的宽容和接纳,以男同性恋情爱关系为叙述核心的"耽美文"大行其道的同时,描摹女同性恋的"百合文"自成一派也就不足为奇。百合/les/拉拉/女同都是对女同性恋群体的不同称谓,拉拉们在网络世界中建立了一个文化圈,自说自话的同时也自娱自乐。百合文/GL 文/女同小说是"拉圈"文化的重要表现形式,老牌文学网站中一直有"百合文"的位置,如晋江网有分类检索"性向"一栏有言情、纯爱、百合、女尊、无 CP 五大类,"百合"文数量可观;红袖添香网站"耽美同人"一栏中有"女同小说";"书连"网(www. shulink. com)设"女女小说"一栏。拉拉自己的群落里也有"百合文"的创作,如 les 拉拉网有"les 小说"专区(http://www. 15880. com);les 社区"悸花网"的原创部分(http://www. jihuawang. net),"拉拉蕾"网站"拉拉小说"栏目(http://www. llles. com),个人空间还有"Les 百合女同小说博客"等等(http://blog. sina. com. cn/u/2715856197)。

　　完全依托网络生产传播的"百合文"不必受传统出版行业审查制度的限制,"异性恋霸权"对"百合文"的干涉远没有对"女同性恋小说"①的控制来得明显,"百合文"比"耽美文"更彻底地抛弃了男权中心主义话语,完全剔除男性视角,不只是在提供一种"性选择",它直接打开"另外一种生活方式"。在近几年的"百合文"里已经很少出现姐妹相依共同抵御异性恋婚姻制度的情节,这个由妇女组织建立的世界已经不再需要男性的承认,男性即便出现在其中也是无足轻重的"路人甲",女性通过自己的性选择实现女性性关系的多样化。女性在同类中寻找中心,探讨通过同性之爱另一种什么样的关系可能被建立起来。这些探讨又是通过对具体生活的描述实现的,为什么女性和女性可以生活在一起,分享她们的食物、房间,共同分享她们的闲暇、

---

　　① "女同性恋小说"主要指的是纸质媒体出版时期的严肃文学。而"百合文"主要指依托网络发布的、描写女性之间爱情(girls love,简称 GL)的网络小说,与耽美文学(boys love)相对应,都属于类型文学。

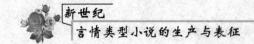

忧伤、知识和自信？在制度性的关系、家庭、职业和应尽的同伴友情之外，女性之间如何坦诚相对，这不单单是女同群体的焦虑，也反映了整个女性群体的"不安的欲望"。[237]

女性如何与其他女性相处，女性和爱情之间的关系，女性和性欲望之间的关系，一切回到女性自身，女性不再是异性恋关系中的客体，"女同"性爱关系比"男同"性爱更容易剔除主客二元对立，两个人不是"攻"和"受"的关系，而是 T－P、T－H、H－P 之间的关系。对所处位置主动/被动的区隔意味着对男权世界的模仿，非女同群体从异性恋视角出发看待女女之间的关系，通常认为她们内部要有角色区分，有一方扮演丈夫一方扮演妻子，事实上在女同关系中，随着受教育程度和经济水平越高的组合，越是有"独立的性别认定"，她们既不扮演男性也不扮演女性，她们重视的是"情感表达、共享的感觉和平等主义的性关系"，她们的理想是"两个强有力的女人完全平等地走在一起"。[238]这种思考在"百合文"中时有呈现。

如天蓝若空的小说《不分》中，女主人公方心一开始发现"自己喜欢的女性大多带有某种男性气质"①，在小说的结尾处，方心远赴云南去看望韶华，成为对方在困境（其父亲病重）中的依靠，两人消除隔阂，互动模式发生了逆转。当方心发现自己有力给予对方同等的关爱后，两个人都可以作为关系中的主体出现，由于"位置"区分而产生的自责不应该是阻碍两人情感发展的屏障。作者带着一种彻悟的心态写道："何必去区分那些东西呢？我轻声说，就当我们都是不分好了，不区分性别，不区分 T、P，不区分任何东西。这些都不重要。"她们致力于创造出一种全新的生活方式。福柯说"在我看来，一种生活方式可以产生一种文化和一种伦理。我认为成为'同性恋'，不是去认同某种精神特征和可见的同性恋表象，而是尽力去界定和发展一种生活方式。""百合文"的意义也正在于此，尝试描述另一种生活方式的可能。

"百合文"诞生之初多展现女性之间乌托邦式的爱情，近几年"百合文"内部开始出现较集中的对女同性爱的描写。有研究者指出，将女同性恋想象为"纯洁"的"姐妹依偎关系"是男性社会一厢情愿的想象，也是异性恋思

---

① 女同性恋关系中，偏男性气质的一方称为 T，偏女性气质的一方称为 P，没有明显气质偏向的称为 H。

维的模式化认定。新世纪以来的女同性恋文学作品就在一点点努力打破这样的想象和认定。女性之间的性爱因为没有"传宗接代"这一社会目的,其存在的原因就在于满足双方对彼此的喜爱、依恋甚至占有,以愉悦身心为目的,不再需要外力的强行介入。"百合文"对女性之间温柔细腻、互相慰藉的"性"形式的额外渲染,也可以看作是对"男性生殖霸权"的挑战,当"菲勒斯"①的优势地位被取消,才能釜底抽薪地瓦解男权文化逻辑。

注 释

[198][209][211] 王小英.网络文学符号学研究[M].北京:中国社会科学出版社,2016:53 – 57,71,73.

[199] 金虹.父权[A].汪民安主编.文化研究关键词[C].南京:江苏人民出版社,2007:78.

[200][202] 凯特·米利特.性政治[M].宋文伟,译.南京:江苏人民出版社,2000:33 – 36,60 – 63.

[201] 单雪梅.厌女症[A].汪民安主编.文化研究关键词[C].南京:江苏人民出版社,2007:428 – 431.

[203][229] 上野千鹤子,等.厌女:日本的女性嫌恶[M].王兰,译.上海:上海三联书店,2015:1 – 6,226 – 227.

[204][225] 伊芙·科索夫斯基·赛吉维克.男人之间:英国文学与男性同性社会性欲望[M].郭劼,译.上海:上海三联书店,2011:2.

[205] 孙隆基.中国文化的深层结构[M].南宁:广西师范大学出版社,2011.

[206] 杨纪平.论欧美网络女性主义思潮[J].小说评论,2010(04).

[207] 肖映萱,叶栩乔."男版白莲花"与"女装花木兰"——"女性向"大历史叙述与"网络女性主义"[J].南方文坛,2016(02).

[208] 郑熙青,肖映萱."女性向·耽美"文化[J].天涯,2016(03).176 – 180.

[210] 吉祥夜.听说你喜欢我.于 2015 年 12 月至 2016 年 9 月连载于红袖添香网、都市高干栏目.http://novel.hongxiu.com/a/1206709/.

---

① 菲勒斯 Phallus,弗洛伊德将其看作是"阴茎"的同义词。拉康将这个概念分为三个层次,实际的菲勒斯、想象的菲勒斯和象征的菲勒斯,女权主义者认为其"菲勒斯优先"立场体现了其父权中心的思想。

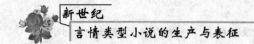

[212] 佳亚特里·斯皮瓦克. 从解构到全球化批判:斯皮瓦克读本[M].陈永国等主编.北京:北京大学出版社,2007:16.

[213] 邵燕君. 网络文学经典解读[M].北京:北京大学出版社,2016. 276-280.

[214] 埃莱娜· 西苏. 美杜莎的笑声[A],张京媛主编. 当代女性主义文学批评[C]. 北京:北京大学出版社,1992:201.

[215][217] 李小江.女性乌托邦——中国女性/性别研究二十讲[M]. 北京:社会科学文献出版社,2016:32-33,36-37.

[216] 戴锦华.涉渡之舟——新时期中国女性写作与女性文化[M]. 西安:陕西人民出版社,2002(05).

[218][219] 杰梅茵·格里尔.完整的女人[M].欧阳昱,译. 上海:上海文艺出版社,2011:2-3.

[220] 伊莱恩·肖瓦尔特. 她们自己的文学[M].韩敏中,译. 杭州:浙江大学出版社,2012.

[221] 希行. 君九龄. 第四卷·第七章·新生意旧人谈[M/OL]. http:// www. qdmm. com/MMWeb/3678827. aspx.

[222] 钱俊. 姐妹情谊[A].汪民安主编. 文化研究关键词[C].南京:江苏人民出版社,2007:137-139.

[223] 郑熙青,肖映萱. "女性向·耽美"文化[J]. 天涯,2016(03).176-180.

[224][230] 刘芊玥. 作为实验性文化文本的耽美小说及其女性文化阅读空间[D].上海:复旦大学文艺学,2012:13、8.

[226] 安东尼·吉登斯. 亲密关系的变革:现代社会中的性、爱和爱欲[M]. 陈永国,汪民安,等,译.北京:社会科学文献出版,2001.

[227][228] 分桃. 我自横刀向天笑～当同人女成为人民公敌![EB/OL]. http://bbs. tianya. cn/post-free-279547-1. shtml.

[231] 米歇尔·福柯. 声名狼藉者的生活:福柯文选Ⅰ[M].北京:北京大学出版社,2016:270.

[232] 郑丹丹,吴迪. 耽美现象背后的女性诉求——对耽美作品及同人女的考察[J].浙江学刊,2009(06):216.

[233][236] 杜凡. 阁楼里的衣柜:21世纪以来大陆女同性恋文学初探

[D].北京:首都师范大学硕士论文,2009:14 - 22.

　　[234] 陈染.陈染小说精粹·破开[M].成都:四川人民出版社,
1998:301.

　　[235] 陈亚亚.百合花开:女同性恋的文学呈现[J].中国图书评论,
2011(09):26.

　　[237] 福柯《友谊作为生活方式》访谈录中对男同性恋关系的阐述,汪
民安主编.福柯读本[C].北京:北京大学出版社,2010:235.

　　[238] 玛丽·克劳福德,罗达·昂格尔.妇女与性别:一本女性主义心
理学著作[M].徐敏敏,等,译.中华书局,2009.547 - 551.

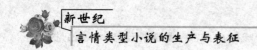

第五章
微弱的可能：戏仿、自反与读者生产

　　作为一种主要由媒介资本操控的文学生产，新世纪言情类型小说在更大意义上显然是症候式阅读的范例，但即令如此，我们也不能忽视在这一话语空间可能出现的对既有权力结构尤其是性/别权力机制的抵抗，当然，这种抵抗显得如此微弱，但还是在话语戏仿、经典解构以及新媒体语境下读者的生产式参与中得到一定程度的展现。

　　类型小说的生产方式决定了它履行的是传递社会保守意识形态的职能，但其内部也不乏反对的声音，这种反对的声音经常是以隐匿的和克制的状态，以特殊的话语方式出现在作品中的。比如部分"同人文"运用后现代艺术中经常使用的"戏仿"手法，通过对原作的游戏式、调侃式的模仿，构造新文本的符号实践。在绝大多数言情类型小说中，性别意识极为保守，对女性形象的塑造多采用"神女"或"妖女"二分法。正面女性形象多见单纯善良又美丽的"小白花"、站在普遍人性的角度同情心爆棚的"圣母白莲花"、被诸多男人喜爱依然坚贞不渝的"玛丽苏"，反面女性形象则是水性杨花私生活混乱的"欲女"和机关算尽的"恶女"。美丽无害的"神女"是被追逐的目标，妖艳惑众的"妖女"是泄欲的工具，女性被书写为社会行为和社会话语的客体而非主体。由于这样的意识形态已经潜浸入故事中，言情类型小说内部的反抗性力量常以反讽的方式出现来打破常规：在人物形象的塑造上的"反玛丽苏"、"反白莲花"，在情节设置上的"反穿越"，在思想情感上"反言情"，同时以"快穿文"、"综穿文"等新形式打破文体的壁垒，在不排斥既有叙事模式的基础上，有意识地把其他手法融入其中，这种挪用给已有的话语方式注入了不一样的成分，因其"本身就具有一种反对和抗辩的性质，使得那些被植入传统手法中的保守意识形态,在叙事观念与文本形态的对立和挤压之下被凸显出现"。[239]此外,新的传媒条件也使得读者和作者之间实现交互式生产成为可能,读者直接参与文本的生成以及读者通过意义阐释或直接生产衍生文本,也使得言情类型小说的固化模式面临多点反抗的形势,理论上讲,任何一个阅读端的反抗都可能衍生成一次不大不小的符号界革命。

一、戏仿与解构:在典雅与流俗之间

在新世纪类型小说的创作实践中,出现了大量依托经典作品的"同人文",同人文作者本身就是经典作品的读者,他们从原作中选取人物形象和部分情节进行续写或改写,把原作不符合自己阅读期待的地方进行加工改造,写作的过程既是满足作者主观意愿的过程,也是不同时期的读者对经典作品极具时代特色的再解读。女频里同人文最多的要属《红楼梦》与琼瑶系列言情小说。前者是当代读者对古代经典文本的致敬与再理解,当类型文学的生产逻辑与红楼背景结合,"网络红学"虽然呈现出一种流俗甚至媚俗的倾向,但从经典文学象牙塔落回世俗生活的红楼诸人,也确实变得可亲可感。写手为她们改写命运:情有所托、泪尽后再无悲伤的黛玉,退出争斗归隐乡间的凤姐,劫后余生变成小老板的晴雯,走出贾府自立的鸳鸯,超级秘书平儿……打破旧有的机制、跳出原本的命运旋涡,不能和旧时代一同灭亡,要开启新时代的大门,正是同人写手们为贾府诸人"自救"探索的可行之路。同人文中"专宠黛玉"的普遍现象,也反映了当下女性读者在机关算尽的宫斗宅斗、动辄"四海八荒"的仙侠修真的轰炸下,内心深处仍旧保有对至纯至真人格的向往。依托琼瑶式言情的同人创作则以反讽式同人为主,模仿某一部或某几部琼瑶经典言情作品的手法或特征,调侃琼瑶独特的语言风格和故事架构方式,通过表现风马牛不相及的主题对原作进行戏谑式的模仿。80后、90后们从历史真实与当下社会生活实际情况出发对琼瑶式言情施以反讽,何尝不是对自己曾经"脑残""中二"青春期的告别与悼念。

(一)对"红楼世界"的解构

《红楼梦》这部脍炙人口的古典文学佳作其影响之深渊、读者队伍之庞大无须赘言,《红楼梦》韵味无穷却又书稿残缺,"探佚研究使《红楼梦》的阅读成了一个永远需要读者参与的召唤结构、未知结构、空筐结构、鸿蒙结构,

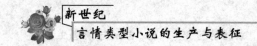

使小说审美永远存在艺术空白,从而使《红楼梦》产生永远不会衰竭的艺术魅力"。[240] 从古至今吸引无数读者提笔续写,《红楼梦》大概是最早拥有"同人文"创作的古典小说。高鹗的续篇自不必说,从晚清到民国有各色"同人文"问世,北大出版社曾经出版过红楼续篇系列丛书,有《后红楼梦》《绮楼重梦》《续红楼梦》《红楼复梦》《补红楼梦》《增补红楼梦》《红楼梦补》《红楼圆梦》《红楼真梦》等多部。有的写宝玉重回太虚幻境与黛玉团聚,警幻仙子上书玉帝,宝黛结成仙侣,又引宝钗入太虚幻境上书玉帝成"一床三好"美事;有的写黛玉晴雯还阳,宝玉迎娶十二美享齐人之福;有的写宝玉重新投胎,十二钗各有机缘修仙,宝玉率领十二钗收复番邦……20世纪80年代张之写有《红楼梦新补》写黛玉郁闷病死后,宝玉才跟宝钗成婚,贾家被抄一败涂地,宝钗产女没有饭吃靠湘云沿街乞讨,宝玉打更。晚清以来五花八门的"红楼同人"中也有穿越、修仙等今日类型小说中依然流行的元素。

网络类型小说诞生以来"同人文"中一直有"红楼梦衍生小说"这一子类,多出现在女频,主写言情。古言小说爱好者中绝大多数都有"红楼情结",张爱玲也说过"《红楼梦》未完成还不要紧,坏在狗尾续貂成了附骨之疽。"[241] 对《红楼梦》原著的喜爱和对续作的不满让一代又一代读者拿起笔来续写传奇,当下的"红楼同人"显然表现出了与之前续作不同的风貌,网络时代再写红楼,《红楼梦》与类型小说诸多要素相结合,穿越修真、空间异能、宅斗种田、甚至耽美百合都可以假托"红楼"尽情想象。

在不断被重写的"红楼同人"中,逐渐生成了一套"网络红学",读者和写手们已经默认了一套"贾府设定":红楼的背景大约是雍正年间,贾府因牵扯进九龙夺嫡事件而遭到株连;曾经显赫的贾府因后代的无能而日趋没落,贾政官职低微却刻板迂腐自视甚高,贾赦不受贾母喜爱行事荒唐自甘堕落,"文艺老太太"贾母将振兴贾府的砝码压在了元春身上;王夫人面慈心苦手段毒辣,黛玉才华横溢也是至纯至真之人,宝钗野心勃勃是封建家族标准掌家媳妇,湘云看似单纯实则"扮猪吃老虎"心机深重;宝玉优柔寡断不值得托付终身……对红楼中人物形象的再塑造,可以看到明显的当代特征,与《红楼梦》原著的悲剧气氛与批判立场不同,作为言情类型小说一员的"红楼同人"写作目的是"弥补缺憾"、"安慰读者",多数同人文仍旧遵循《红楼梦》原著中原有的两条线索——荣宁二府由胜到衰、宝黛爱情悲剧,或侧重拯救贾府,或侧重宝黛爱情发展,再就是为红楼中喜爱的人物单独立传。

　　当《红楼梦》与类型小说相结合,披着红楼故事的外衣进行类型小说式的写作成了一种常态。现代人穿越回红楼世界,因洞悉荣宁二府的悲剧收场,或是推断贾府覆灭的原因及时自救,或是在抄家之前备下狡兔三窟,再或干脆抛开腐朽行将就木的贾府,为贾府中可敬可爱的一干女子安排好出路。如《红楼之晴雯种田记》晴雯被兄嫂丢到乱坟岗后并没有死去,被乡间农户所救,以突出的刺绣技能帮助农户过上好日子,自己也小有薄产成了小地主,委托刘姥姥给贾府诸人送信,凤姐得以在抄家之前置办好乡间产业,领着巧姐平儿全身而退,大家比邻而居,和谐美好。[242]又如《一梦红楼之老祖宗》穿越成贾母的现代人理清贾家内宅,孙子孙女一起养,各个心态豁达,都是有用之长才,贾府后继有人就不至于从内部腐坏;远嫁的女儿也时常关注,贾敏不死林如海回京,黛玉有家人庇护,家族团结一致、同心协力才能在动荡的政治环境中得以保全。贾府的困局是可以颠覆的,但"拯救贾府"行动不是在家宅内部打压异己、互相陷害,皮之不存毛将焉附,"宅斗"不是出路,走出困局、想象另一种人生才是自救之策。[243]

　　以黛玉为主人公的同人文数量最多,大家似乎达成了共识,要让"质本洁来还洁去"的黛玉始终保持自己的纯真美好。当凤姐、探春带着一身现代企业管理方案投身贾府改造事业,当宝钗、袭人重生而来宫斗撕逼不亦乐乎,大家却不约而同地保护了黛玉,带她走出"风刀霜剑严相逼"的大观园,为她营造一片净土。"专宠黛玉"已经在"红楼同人"内部达成共识,没有担当又一身"烂桃花"的宝玉在当今女性看来实在不值得托付,尚需他人呵护、求生技能为零的宝玉不是良配,木石前盟也可以被演绎成一场处心积虑的"阴谋":

　　"绛珠也真是冤屈,谁叫这灵河岸边得道的花草许多,独她一人练就灵河之精呢?引人觊觎,也不过怀璧其罪罢了。""警幻:绛珠妹妹,你此番下凡,就把当年神瑛侍者对你灌溉之德那段公案了了吧。黛玉:灵河岸边不缺水,谁要他灌溉?"[244]

　　以往读者对"木石前盟"的信仰被彻底颠覆,"木石前盟"真的是牢不可破吗？当贾府中只有宝玉一人真心懂得黛玉的至真至纯，黛玉才会投桃报李倾心相托，流干泪水还一片真情，但懂得黛玉内心的不一定是宝玉，可能是原著中"打酱油"的北静王，也可能是同人作者为黛玉量身定做的男主角。黛玉不支持宝玉考科举，可黛玉不见得排斥懂她、敬她的统治阶层追求者，《红楼之宠妃》中穿越而来的五皇子原本就是黛玉的"粉丝"，定期去贾府照拂寄居的黛玉，帮助她摆脱贾府诸人的谋算与纠缠，下江南与林如海会面，娶黛玉回家，实践"一生一世一双人"的诺言。"让黛玉获得幸福"是小说唯一的主题，尽管逻辑不严密，人物简单平面，男主角"脑残粉"一样的喜爱频遭吐槽，但作者对黛玉的"宠爱"是真，为读者存留内心深处一角柔软也是真。[245] 更有《红楼之禛惜黛玉》《黛玉之真心聘玉》等文怕黛玉受苦，让黛玉得到康熙另眼相看，嫁给了雍正皇帝。

　　《红楼梦》中鲜活生动的女性群像实在有太多可写之处，黛玉、宝钗、湘云、袭人、晴雯、凤姐、巧姐、探春、迎春、惜春甚至是刘姥姥都有自己的读者"粉丝"，红楼同人的作者多选择一名女性的视角切入红楼故事，将目光投射到红楼诸女的婚姻、爱情、生活和事业中，穿越/重生而来的女主角多带有现代女性的风貌，有的独立自强、有的精明能干、有的即使面对艰难生活也能坚韧不拔、苦中作乐。正如探春在《红楼梦》五十五回所言"我但凡是个男人，可以出得去，我早走了，立出一番事业来。"《穿越红楼之我是探春》就写探春离开贾府，凭借自己的聪明才智经商开店，成为商业大鳄。《穿越红楼之史湘云》中不仅精通医术，还开起了绣坊，进入了商界打拼。《红楼之迎春正传》、《红楼之迎春花开》则写原本软弱的迎春在各种因素的影响下变得坚强独立，勇敢争取生存地位和社会地位。正如菲斯克所言"文本不是由一个高高在上的生产者——艺术家所创造的高高在上的东西，而是一种可以被偷袭或被盗取的文化资源。文本的价值在于它可以被使用，在于它可以提供的相关性，而非它的本质或美学价值。"[246] 当前的"红楼同人"更多的是把《红楼梦》原作当成古典文化资源加以利用，将其原本的内容挪用、拆解，将颠覆和细说著作中的人物形象。

　　也有同人小说遵照故事原有的发展轨迹续写人物的命运，如《红楼之贾迎春》[247]，"子系中山狼，得志便猖狂。金闺花柳质，一载赴黄粱。"人人皆知"中山狼"不是良配,可如果现实就是如此怎么办? 嫁到孙家的迎春没有哀叹命运不公,没有幸运女神庇护的封建社会里怎么会有"绝世好男人金龟婿对她情有独钟从一而终",现实又务实的探春对婚姻并不存少女的幻想,不尽如人意才是现实的本来面目,心平气和地接受并做最好的选择,探春没有虐婆婆、斗小三,而是有些"憋屈"地过好每一天。无论是带着孩子净身出户,还是重新接纳孙绍祖,迎春再艰难也能坚强地活着,即使不能苦尽甘来,也能苦中作乐。这何尝不是饱受现实打击的当代女性真实生存写照。但这部作品在连载结束之时被读者炮轰"烂尾",认为迎春不应该原谅"中山狼","还是非常失望的吧,如果被人欺负到头上,还要忍让那么久。即使不是在乎的人,那总归也要报复一下吧。就这么简单的走了,然后护不住自己,也没第一时间就找自己的男人就这么来找她,就跟着回去了女主还真让人失望,既然只是这种平平淡淡,完全没虐老太婆的女主,还挺无语的。"更有读者气愤留言"妥协是对以往斗争的全盘否定"。

"许多读者将浪漫小说解读为女性胜利的象征,这是因为最通俗的小说提供转换的叙述,在这一转换里,冷漠、叽萝和孤立无援的男人,在故事的结尾却成为充满爱心、怜惜和被女性化的人。能理解浪漫小说成功的,是其抒发男主人公和女主人公之间的一种深刻人性理解的能力。背离这种可预知性的小说,常常并不能让读者满意。对于那些让人感到失望的故事,挑选人要么告诫其他读者不要去阅读,要么妇女们本人不会去阅读这种文本——一旦她们意识到这部小说并不以大团圆结局。"[248]

读者对"红楼同人"的定位恰恰是娱乐性优先,"爽"字当前,对红楼世界的解构也要以阅读快感为前提,读者并不拒绝过程中对现实的思考但在乎结局是否美满,现实生活中的苦楚忧惧太多,才会更加希望红楼诸人过上幸福生活,对悲剧的"零书写"也可算作是"红楼同人"的区别性特征。

（二）对琼瑶式言情的戏仿

戏仿是现代艺术的一种重要表现形式,在《牛津英语词典》中"戏仿/Parody"被定义为一种"造就喜剧效果、滑稽效果以及荒谬效果的模仿,或者是一种低劣的模仿。"直到18世纪"戏仿"仍然被修辞学视为简单低劣而且不严肃的艺术形式。在现代艺术中,"戏仿"被赋予全新的意义,俄国形式主

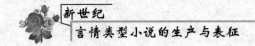

义者什克洛夫斯基在《项第传》中将"戏仿"看作是"通过模仿小说的一般规范而暴露小说技巧的修辞手法",是一种革命的艺术形式引起的陌生化的效果。在后现代艺术中,"戏仿"从边缘走向了中心,成为后现代文本表现的首要层次,以及在后现代文化语境中居于主导地位的文化实践。"'戏仿'蕴含着文化冲突的复杂向度。不论是与过去的文本及其负载的文化记忆进行对话,还是同其他的文化形式以隐含于其中的伦理美学观念展开普遍交流,'戏仿'都是多重编码系统及其编码规则相互竞争的中心场所,因为他在微观的修辞实践中凝缩了后现代宏观的文化冲突"[249],"戏仿"对于戏仿的对象构成了一种双重关系,既是颠覆、批评、嘲笑,又是肯定、会通、认同。巴赫金就认为戏仿是一种颠覆正统规范的文化实践,它揭示了中世纪生活的两副面孔:朝堂里的神圣生活与大街上的狂欢生活。菲斯克在《理解大众文化》中也将戏仿看作一种激进的文化实践,即以滑稽模仿的方式重复占统治地位的文化观念和规范,从而催生一种自由批判的意识模式。由颠覆效果激发的狂欢,不仅存在于传统的古代生活和节日庆典之中,而且几经改造、默默流传,活跃在小说和戏剧之中,甚至还以激进的形态出现在电视、电影中,体现生成于 20 世纪消费社会的大众文化生产力。[250]

华莱士·马丁在《当代叙事学》一书中则认为:"戏仿本质上是文体现象——对一位作者或体裁的种种形式特定的夸张性的模仿,其标志是文字上,结构上或者主题上的不符。戏仿 夸大种种特征以使之显而易见,它把不同的文体并置在一起,使用一种体裁的技巧去表现通常与另一 种体裁相联系的内容。"[251]无论是作为文体的互文性,还是作为修辞性,戏仿所要表达的历史观,是对权威历史观念的挑战和调侃,体现在文本之中,则是个人化、颠覆性、甚至带有狂欢色彩的叙事方式。戏仿有强烈的消解历史宏大叙事的效果,"爱情"作为启蒙叙事的一部分,在戏仿的关照下也被剥夺了宏大的权威性。

琼瑶的言情小说主要流行于 20 世纪八九十年代,根据其作品改编的电视剧一直将其热潮推到了新世纪。《还珠格格》《情深深雨蒙蒙》《一帘幽梦》等剧可谓是 80 后、90 后必不可少的童年回忆。小燕子、紫薇、五阿哥;依萍、如萍、书桓、尔豪,这些人物形象可谓深入人心,他们的故事几乎人人都能讲出几句。也正是因为青年读者对琼瑶文本的熟悉程度极高，客观上促使了大量以琼瑶小说为蓝本的同人文出现。当曾经喜爱"小燕子""五阿哥"的小观众长大成人，回顾琼瑶小说中各种不符合历史真实与现实逻辑的设定，虽然也明白不能用严肃文学的标准要求流行小说，但琼瑶小说激起的"修正"欲望却需要排遣端口。2011年《新还珠格格》播出，比旧版更加雷人的情节与人物引发的网友新一轮"吐槽"直接推动了"反琼瑶同人文"浪潮的出现。

琼瑶言情小说中的"爱情"是本体论式的，爱情是世界运转的核心，比其他一切都重要，超越了祖国、道德、权利、灵魂、救赎等内容，超越了"普遍人性"。在琼瑶爱情小说表达的思想与社会伦理观念不相融合，而遭到他人的反对和歧视之时，"爱情"站在哪一边，那一边就是可以被原谅的"美丽的错误"。"爱情是一种病态，小说家描绘和分析它的症状。"[252]在今天的青年读者眼中，琼瑶式爱情已经成为一种"病症"，当80后、90后的观众长大之后回头看自己曾经追过的剧，纷纷表示"尴尬癌都犯了""不能放弃治疗"。琼瑶小说在20世纪90年代也遭到过读者的质疑，被批评"太过理想化""只要爱情不要面包"，时至今日，比起小说中那些根植于理想王国超凡脱俗的爱情，读者更愿意看到立足于现实的凡俗人生。当生存压力大于爱情压力，理想主义的爱情被解构，在现实压力下，资本主义的情爱神话不再具有说服的作用。2011年前后潇湘书院掀起了一股反脑残、反琼瑶小说的浪潮，作者梅灵在《还珠之失宠皇后》开文前写道：

【看文之前】你是不是对琼瑶小说中的观点十分不满？是否厌恶琼瑶小说中的小三以爱情为名行伤人之事实？是否厌恶琼瑶小说中没有道德观的爱情？如果是的话，就请点击收藏推荐本文，看穿越皇后如何PK脑残大作战！保证你耳目一新，保证你在潇湘从未看过如此激情文章！

【简介】穿越成皇后？这不要紧。失宠了，没权了，也不要紧。可居然穿成历史上有名的废皇后乌拉那拉氏，生前被废位，死后无祭享，儿子也遭殃，那就很要紧了。本以为是平凡的清穿，没想到居然进入了一个脑残世界。原因在于一个女子高声喊叫道："皇上，你还记得十九年前大明湖畔的夏雨荷吗？"从此皇宫鸡飞狗跳，再无安宁。身处红遍大江南北的还珠世界，咱也

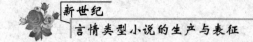

认了,可为什么还有小白花出没?小三月当空照?那可都是干掉正室成功上位的极品小三啊极品小三。为了不被废,皇后要奋斗。教训脑抽龙,PK令仙子,打倒叉烧五,踩死鼻孔男,红烧白痴鸟,折断圣母花。小白花,咆哮马,小三月,胖大海,乃们也记得要好自为之哈![253]

此文虽然没有完结,简短的 23 章内容集中出现了"反琼瑶同人文"人物设定、主要情节模式等类型特征。该作品把琼瑶言情中的"清宫戏"集合在一起,现代人云若兮综合穿越到《还珠格格》《新月格格》《梅花烙》多个故事发生的"乾隆年间",成了遇见小燕子之前的乌拉那拉氏皇后。乾隆被称为"脑抽龙",自大自恋,不定时的脑抽犯神经。削发被贬、死后无人祭奠的继皇后乌拉那拉氏则保持《还珠格格》中"一根肠子通到底"的性格特征,恪守皇后身份职责经常在"脑抽龙"高兴地时候泼冷水,只会板着脸苦口婆心地劝诫乾隆,不懂变通也不会示弱邀宠。但皇后不是"甄嬛",即便是失宠也不屑于背后干隐私之事,实在是个中介耿直的好人。容嬷嬷则被描述为一心为主的衷心奴仆,眼睛不揉沙子,与皇后一般恪守封建社会礼仪观念,按照清宫"精奇嬷嬷"的标准认真"教规矩"却被小燕子戏耍殴打。虽然也针扎"紫薇白莲花",但当时的紫薇被定位成"来历不明、疑似爱慕皇帝的女子",同人作者普遍认为,容嬷嬷作为皇后心腹没有找个借口弄死紫薇已经是有良心的行为。

穿越而来的皇后知道"脑抽龙"的情爱靠不住,首先要做的事情是摆脱被废除的命运,照顾好自己的子女。只有皇后"翻身农牧把歌唱",十二阿哥才不会二十几岁郁郁而终,更不至于临死也没有受过封赏还是一个光头阿哥。作为乾隆唯一的嫡子的十二极有可能取代嘉庆皇帝,登上帝位,拯救已经被"脑抽龙"祸害到翻不了身的大清朝。皇后的养女兰馨是梅花烙中的炮灰公主,从小在紫禁城长大,同为"烈士遗孤"的晴儿公主在皇太后身边成长,本来是两个冰清玉洁的好姑娘,却在错的时间地点遇到错的人。穿越而来的乌拉那拉皇后决定"救救"这两个姑娘。而令妃"令仙子"被设定为文中最大的反派,表面装可怜、扮柔弱、装与世无争善解人意,实则手段高超,把持内务府、独宠后宫二十几年,期间竟然没有别的嫔妃生育子女可见其"宫斗"技术之高超。在皇后眼中,小燕子就是一件"人形兵器",杀伤力无比巨大，既然令妃以小燕子邀宠，索性让他们"互相伤害"；紫薇是一朵不辨是非、脑子有病的圣母白莲花，可以好好教导理正"三观"另觅良缘；五阿哥被令妃拉拢利用而不自知，原本被乾隆属意继承大统，却因为执意娶汉女抛弃家族义务出走，不值得同情；福家兄弟包衣奴才出身却肖想娶公主改变身份，天天在御花园闲逛，其心可诛；"小白花"白吟霜既然能做出和皓祯孝期媾和之事，自生自灭算了。

同类作品还有《还珠之那拉重生》《（还珠）如果》《（综琼瑶）后宫之主》《还珠之皇后难为》《六宫（还珠同人）》《还珠之皇后的平澹日子》《还珠之宅心仁后》《娴清逸芷——还珠同人》《清穿之杯具时代》《还珠之子靖阿哥》《（琼瑶综）我是孩子王》《（综琼瑶）蔷薇花开》《还珠之此生不悔》《（还珠）美好依然》《（还珠）绿叶》《（还珠）不做花二小姐》等等。很多作者自称"皇后党"，看不惯琼瑶小说中"爱情至上"的逻辑，不满琼瑶小说中人物以爱之名行伤害他人之事：破坏他人感情的"小三"说自己才是"真爱""你是那么善良那么慈悲那么伟大，就成全我们吧"（《新月格格》《梅花三弄》）；渣男既想要公主带来的荣耀又想要温香暖玉在怀，既想要优秀的姐姐又肖想温柔的妹妹（《梅花烙》《一帘幽梦》）……在精神压力与金钱压力从不曾撤离的当下生活中，人们更愿意看到一切按照通常的逻辑行事，更欣赏认真工作且"不起幺蛾子"的人。"爱情"不是青年男女可以冲动犯错的借口，罔顾原生家庭差异、个人教育背景与生活经历差别的婚姻，被现实中无数案例证明是问题多多的组合方式。

同人文针对的已经不是琼瑶创作的具体小说文本，而是以琼瑶式言情为代表的空谈理想、脱离现实、破坏秩序的价值取向，同人文从原始文本中拆解出若干要素，挑选一个切入点从天而降，打乱文本原有逻辑，爱情乌托邦被击碎，权利与斗争将其改造为一个异质空间。还珠同人文最常见的切入视角有皇后乌拉那拉、太后、甚至是借尸还魂的雍正，这些站在权力巅峰的人重整宫廷秩序，将荒唐的还珠小团体驱逐出境，打掉"包衣奴才"出身的汉女令妃，给乾隆手中盛极而衰的清朝换一位继往开来的新君主，曾经的革命力量"小燕子"现在变成了阻碍整体进步的"毒瘤"。

琼瑶式言情男权中心主义色彩严重，女性的价值要通过获得理想爱情来彰显,其推崇的女性气质也是以温柔善良甚至软弱为主,家庭出身好才能突出性格坚毅直接的女性通常承担的都是"炮灰女配"的角色,这在当前的女性读者看来是很难接受的,反琼瑶言情文中多有一个强大的女主角,可以是力挽狂澜的那拉皇后,杀伐果决的钮祜禄太后,也可以是掌握自己命运主导权的晴儿,既然"脑抽龙"自恋滥情不可靠,"叉烧五"脑残、福家兄弟是心机渣男,和这样的人有什么"理想爱情"可谈,独立自强、先把自己的日子过好才是正路,这也正是当代女性的心声。

二、反穿越、反言情与文体突破

新世纪迎来第二个十年,言情类型小说批量化生产导致类型文学内部类型模式与情节构成日益固化,言情类型小说内部出现了反类型与反言情的创作潮流,这种"自反"最早表现在人物形象的塑造上。早期穿越小说中常见"玛丽苏"、"白莲花"型女主人公形象,读者熟知这些类型形象后对小说阅读也丧失了新鲜感,加之粗制滥造的同类文充斥文学市场,写手与读者内部逐渐出现"反玛丽苏"、"反白莲花"的倾向,男女主人公"势均力敌"型的爱情开始成为主流。与此同时形式上"反穿越"的文本开始出现,穿越不一定是偶然事件,可能是蓄谋已久的主动介入,穿越者不一定是熟知历史、有技能傍身的"生存达人",也可能是肩不能担手不能提的"废柴"、专门破坏既有逻辑的"天外来客"。2010 年之后"快穿文""系统文"①的出现更是打破了诸种类型之间的壁垒,主角们通过"位面"系统游走在各种世界之中,带着任务而来,今日修仙明天末世,后日宅斗大后日种田,如同打游戏一般过关斩将不亦乐乎。"快穿文"将类型文学推向游戏化,推动情节发展的不再是人物情感的变化、事情发展产生的内驱力,而是为了实现"位面"系统给出的预定目标。为适应这种写作方式,作者渐渐把写作重心放在了情节的趣味性上,因篇幅所限人物关系也趋向简单,文学作品中那些并没有实际功用的"闲笔"一概被取缔。读者也就只关注快进的情节、迅速变幻的场景。快穿

---

① 系统文,主角在现实生活中可以像玩游戏一样接到某个"系统"的任务和奖励,进入到不同的故事模式中,完成不同的任务。在这个系统中通常有一个主宰型的人物,可能是"主神"或者作为"幕后老大"代言人的机器人,主角根据系统的指示完成一个又一个的新任务。"系统"的存在为想不出如何合理推动剧情发展的作者提供了一种便利的写法,所以"系统文"也经常被看作情节模式单一的"小白文"。

文就好像文字版的游戏，这种文体的变革也许会将类型文学推向"文学终结"。

（一）言情类型小说内部的自反性

言情小说内部的自反性是从女主角人物设定开始的，随着言情类型小说发展到新世纪第二个十年，传统的"玛丽苏""白莲花"女主人公被不断重写、改写、续写，读者对该类型角色已经自带免疫系统。"玛丽苏"主要流行在早期穿越小说中，她们可能不是最美丽的女性，但因其纯真善良等特殊性总显得别具魅力，她们的一举一动直接影响全书的情节推进、带动着历史的发展进步。她们身边通常有一群各具特色的优质爱慕者，一见倾心之下就能为"她"赴汤蹈火。作为全书核心的"玛丽苏"，在其主角光环的照耀下，其他女性都会自惭形秽，而她本人无论是否做出选择都永远是诸多男性心中的"白月光"。

较为典型的作品有《步步惊心》，作者桐华创造了一个虚拟角色"马尔泰·若曦"，将其空投到清朝康熙末年九龙夺嫡的历史事件中，若曦兼具美貌与智慧且通晓历史，她清楚地记得太子两次被废的时间，也知道诸人各自的结局。她来自现代的不平凡气质使诸多阿哥对其倾心不已，而若曦却并没有选择哪一位相伴一生，虽然情归四皇子胤禛，但其"圣母心"无法原谅胤禛在夺嫡路上手染亲人朋友的血，虽然知道自己爱着四爷，若曦却也舍不得遭圈禁赐死的初恋八爷、年少时一起疯闹的伙伴十爷，始终关心她安危、甚至为救她出浣衣局亲求康熙赐婚的十四。当四皇子排除万难终登帝位，她却决然离开，与十四比邻相伴，在对过去的思恋中耗尽心神孤独离世。

读者熟知的"玛丽苏"还有《花千骨》中的花千骨、《孤芳不自赏》中的白聘婷、《倾世皇妃》中的马馥雅等，同类作品数量之庞大不胜枚举。有研究者指出，"一代又一代的"玛丽苏"前仆后继，供不应求，在刷新接受底线的同时，也如一面巨大的照妖镜，照出人心底的隐秘欲望。"[254] 这类作品存在很显著的问题，当作者笔力不佳、女主角形象不够丰满、故事背景交代不清的时候，以女主角为核心展开的爱情就显得莫名其妙，"人人都爱玛丽苏"、"男主男配都爱我"的设定很难有一个合理解释，玛丽苏文极易倒向情节恶俗、上帝视角、通篇不顾逻辑而盲目自恋的"脑残文"，有网友调侃"我对这种任

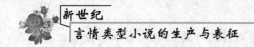

性说粗话还爱打人耳光的女生最抗拒不了",(第一次见面,男人邪魅一笑)"女人,你成功引起了我的注意"。

玛丽苏文受欢迎的根源就在于它提供的"补偿效应",一个平凡的女性被诸多高富帅环绕,主角光环之下无论做什么事情都是无往不利,掉下山崖就能发现武林秘籍、空间道具①,路遇老者也是洪七公、周伯通之类深藏不露的大师。这"所向披靡"的好运气正是普通读者最缺乏的,现实中的金钱、地位、颜值等等因素带来的心理落差,也正需要通过做一场"玛丽苏"美梦来弥合。人们看玛丽苏剧既满足幻想又可以吐槽,明知道是一场不合理的"白日春梦",也仍然不厌其烦的看了又看。以欲望为核心力量的"玛丽苏"叙事,其内部出现崩塌也是从"欲望"开始的,当之前大肆渲染的"欲望"被证明完全不可能实现,会背一首《沁园春雪》、会跳一段傣族舞显然换不来一片惊艳;基层小职员把咖啡洒在高富帅总裁身上,得到了必然是被辞退而不是另眼相看;动不动反抗当权者强出头,结果不是破格升迁,只能死得更惨……讽刺挖苦曾经的"玛丽苏",就成了网民喜闻乐见的日常。

最初的"反玛丽苏"是从日常开始的,生活中偶尔的"小迷糊"可以被原谅,如果"迷糊"成了日常生活的主态会怎么样?端一杯咖啡挥洒在别人定做的衣服上、整理工作台弄丢重要文件、不计后果到处管闲事、批评几句就仿佛受了天大委屈,当这些玛丽苏女主角经常做的事情被日常化,带来的恐怕不再是他人的惊喜和怜惜,而是烦躁和厌恶。现实中"很傻很天真"的少女遇不见王子也守不住真爱,网友纷纷呼唤"姑娘你快醒醒吧""姑娘你可长点心吧"。即便是从"少女玛丽苏"成长为"励志玛丽苏",仍然难逃对女性形象的简单化处理:突出女性的"少女气质",丧失理性思维,感情支配一切,对男性的依赖,其意义和价值仅在于被幻想为"所有男性的理想配偶",关键时刻要心甘情愿地奉献自己成全男人。后期的"反玛丽苏"逐渐深化为对"玛丽苏"及其负载的男权中心价值判断的反叛。

与"玛丽苏"旗鼓相当的女性形象还有"圣母白莲花"。"白莲花"及其

---

① 空间道具,是修真类小说中经常出现的法术道具,通常以戒指、手镯、玉器等随身物品的形态出现,其内部通常藏有异能空间,当"有缘人"将自己的血滴入空间道具中,就能够开启并使用道具内部的空间。空间内一般有大量的灵气、灵泉、灵树等可帮助提升修炼,空间内部和现实世界一般有时间差,外界一日空间 N 日。空间道具相当于修真小说中的作弊器。

变种作为一种模式化、固定化的人物形象大量出现在言情类型小说中:女主人公长相要倾国倾城,至少要貌美如花,如果只是相貌平平,那一定有遗世独立的超凡脱俗气质和一双"不一样的眼睛"(《孤芳不自赏》中的写白聘婷)。与人设搭配的类型故事通常是女主角因她与众不同的眼睛、善良/"圣母"的心,吸引了一众优秀的男主男配,总之每一个见过"圣母白莲花"的男人都会欣赏她、爱上她,不遗余力地帮助她。女主角通常是"爱和正义的化身",而"貌美如花、心如蛇蝎"又不安于自身阶级的腹黑女配则千方百计迫害女主,当然最终"女配"都会一败涂地。

与"玛丽苏"一样,不断重复出现的"白莲花"千篇一律的理想型人物引起了部分作者和读者的反感,直接促生了新型的小说主题——"反白莲花"。从现代而来的女主人公不再穿越为"白莲花"女主角,而是开始穿越成"炮灰女配"。从前在白莲花女主"圣母光环"照耀下一事无成甚至不得善终的"恶毒女配",在小说中扭转乾坤、改变结局,原本与"白莲花""玛丽苏"在"争男斗争"中惨败的"炮灰"一跃变为掌握未来的"主角女配"。

在"炮灰女配"眼中,玛丽苏是到处惹祸的傻白甜脑残女,白莲花则是心机深重的伪装高手——穿越而来的女配在险象环生的故事中,如何与这些人周旋,如何获得一线生机,最终完成"屌丝逆袭"——作者在恶搞中总结出了一套"反白莲花"的实用方法,以看戏之心、捧杀方式击退"白莲花"。反套路的主人公首先是一个行为正常的普通人,不会什么委屈能下咽,不会不分场合、"圣母心"发作同情"弱者",在二次出现刺客面前都要感叹"他都已经求饶了你为什么还要杀他!"(《倾世皇妃》中马馥雅)《将反派上位进行到底》中穿越成祸国妖妃的女主角路遇"白莲花",迅速将自己武装成"加强版白莲花型玛丽苏"进行反击,借"琼瑶体"恶心不沾俗世的"白莲花";

"你无情残酷无理取闹,我比你更加无情残酷无理取闹"。

"都是我的错我的错,我不该和她一起看雪看星星看月亮,从诗词歌赋谈到人生哲学……我答应你今后只和你一起看雪看星星看月亮,从诗词歌赋谈到人生哲学……"[255]

或者直接把喜欢占领道德高地的"白莲花"置于"爱人 A 的情分"与"爱人 B 的礼法困境"中,看着无法全身而退的"白莲花"泪水涟涟地"劝服众

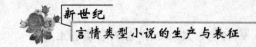

人"然后选择利于自己的一方。当旧日的"炮灰女配"发现了属于"出淤泥而不染,濯清涟而不妖"的白莲花女主角的秘密法门,在"白莲花"强权之下苟且偷生的"祸国妖妃""魔教妖女""糟糠之妻"迅速以同一套逻辑掌握了话语权,被迷得"七荤八素"的皇帝、书生、魔教教主们转移了求偶目标,把"套路"玩弄于股掌之间的假"白莲花"成了核心权力圈男性心中的"完美女性",原装的"白莲花"成了等而次之的模仿者、复制品。当别有用心的逢场作戏也能换来"一见钟情""莫名间怦然心动",爱情也不再是终极诉求,而是虚假可笑的"目标任务"。

对"白莲花"形象的颠覆和反叛也有民间价值向过去主流价值的挑战,从《渴望》开始,纯洁善良、勤劳本分、以德报怨的刘慧芳就是老一代中国男性心中的完美女性,琼瑶言情更是塑造了一批逆来顺受、楚楚动人、对爱情忠贞不渝的"少女","圣母心"紫薇、"小白花"白吟霜,这些深入人心的女性形象直接影响了早期言情类型小说的创作。对"白莲花"形象的偏爱顺应了整个男权社会根深蒂固的对理想女性的想象,而如今的"反白莲花"的浪潮则是当下女性想要脱离旧的权力关系的反叛行为,女性读者要求类型小说中写有血有肉的女性形象,而不是高高在上不食人间烟火的"白莲花"。顺应读者的诉求,《甄嬛传》《庶女有毒》等文塑造了一批气场强大、杀伐果决甚至有些心狠手辣的女性,谙熟后宫法则与宅斗法门的她们,在与其他女性拼杀之后,终于将象征最高权力的男性打倒,被气到毒发身亡的玄凌、断腿圈禁的五皇子,女性不再需要维持男性眼光中的"白莲花"形象。从女性视角出发的、塑造"不完美女人"的创作类型,一度成为最受欢迎的"女性向"言情类型小说。[256]

而在"反琼瑶"文中,对类型人物形象的反叛已经上升到思想情感上的转变,从"反白莲花"走向了"反言情"。有研究者指出,"'反言情的言情小说'的功能正是通过消解爱情幻象、重构世俗幻象,从而解构'爱情的主体',使人回到之前的'正常状态'。"[257]大量以兰馨公主为主人公的《梅花烙》"同人文"出现,"小白花"白吟霜被解读为一个彻底的心机女,惹人怜爱的假象就是为了吸引富家公子的注意,酒楼卖唱也是为了有更多机会踏入豪门,动不动哭天抹泪博取同情,口口声声说公主"你那么伟大,那么善良,就成全我们吧"，看似无辜的白吟霜其实不停地在老公和婆婆那里给兰馨"上眼药""下绊子"，从语言到行动极尽所能在皓贞面前抹黑兰馨。男人眼中楚楚动人、能最大限度激发保护欲的"白莲花"，在热爱"反琼瑶"的女性读者看来实在是个彻头彻尾的"小三"、"绿茶婊"①。

　　反白莲花的浪潮开启后一发不可收拾，《退散吧，白莲花》《那些年我们弄死的白莲花》《白莲花，粗滚》等大量作品出现，理想女性"白莲花"逐渐退场，让位给《后宫甄嬛传》绝情忘爱"一击功成万骨枯"的甄嬛，《庶女有毒》斩草除根从不手软的李未央。读者甚至不回避甄嬛与李未央们的"恶"，她们仿佛总是因为被人迫害而"不得不"出手，读者会自动为女主角置反派于死地的行为找出很多借口，这种狠辣角色真的是接替"白莲花"的"女性代言人"吗？当旧有的价值标杆已经被打倒，新的标准还未确立，正义的主人公"白莲花"代表的正统与强权被"炮灰女配"瓦解，丧失合法性的"白莲花"应该何去何从？当过去的标准不再生效，新的价值标准是驱向坚信公理正义的君九龄、保护家园的穆贺兰，还是倒向无底线、无节操只为完成任务的"逆袭女配"？言情类型小说破旧立新的尝试与斗争始终在进行。

　　与"反言情"并行的还有言情类型小说内部"反穿越""反类型"的创作倾向。妖舟《穿越与反穿越》一文可谓"反穿越"的鼻祖，小说开始女主角赵敏敏就明确了自己的"穿越"目标，穿越可以"把马子看美男，金银财宝手里攥"，"出天山入龙谭，绝世武功身上缠"，"走江湖游深宫，中外历史听我侃"，于是赵敏敏做足了穿越的前期准备工作，她学跆拳道、练跳舞、背古诗、下围棋、练唱歌，一切像穿越女看齐，连上课开小差看的都是《现代企业管理》《梯田水稻种植》。她想通过"穿越"改变平凡的自己。在"预备穿越"时期的勤奋学习却意外使她成了不平凡的校园明星，正当她放弃穿越之时，却意外穿越。在异世界睁开眼睛的刹那，赵敏敏开始观察生活是不是如她所预想的那样，她的"穿越黄金律"犹如一个随时插播的"画外音"，在情节推进过程中不时地冒出来，告诉读者这一切都是"套路"，从穿越的方式到穿越的

　　① 绿茶婊，2013年的网络新词，是对女性的侮辱性称呼。泛指外貌清纯脱俗，总是长发飘飘，在大众前看来素面朝天，其实都化了裸妆，实质生活糜烂，思想拜金，在人前装出楚楚可怜、人畜无害、岁月静好却多病多灾、多情伤感，且善于心计，野心比谁都大，靠出卖肉体上位的妙龄少女。

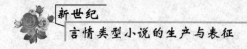

基本情节,以往的穿越小说的内核被这一条条的"定律"解构。

穿越黄金规律第一条:

对于灵魂穿越型来说,在大约90%的概率里,穿越女主第一次清醒过来的地方应当是床上。而床的豪华程度直接决定了女主日后的生活质量。床边围绕的多半是丫鬟、老妈子之流,接下来会有美妇人,作为反面角色的小妾,以及多半会在日后的戏码里成为男主或男配ABC等的帅哥来探望。

对于身体穿越型来说,在大约99%的概率里,穿越女主第一次清醒过来的地方应当是荒郊野外、深山老林……总之是人迹罕至的地方。然后在野人一般的生活里男主角ABCD依次出现,一回生二回熟,看星星跳悬崖,把酒当歌人生几何,轰轰烈烈的展开剧情来……

穿越黄金定律地二条:敢在大街上架着豪华马车横冲直撞的人有50%的可能是有权有势的残暴型帅哥,还有50%的可能就是,用来烘托男主勇敢正义出场的残暴型反面角色A。

穿越黄金定律第三条:女主必备技能之一——迷路。

穿越黄金规律第四条——女主洗澡的时候往往会有艳遇。

穿越第五条定律:所有的秘密都是剧情突破点!

穿越黄金规律第六条:女主摔倒的时候一定会被人扶住!且此人八成是帅哥!

穿越黄金定律第六条:有名的酒楼一定叫醉仙楼。

根据穿越一般规律,一男一女在星空下就应该侃牛郎侃织女侃十二星座,直到女主用一套套的现代占星论把男的侃懵了,这感情就升华了,就功到渠成了……[258]

穿越世界的一切不过是各种套路的堆积,敏敏在穿越世界中遇到了腹黑的大狐狸王爷、侍妾满后宫的温柔浪荡门主、忠诚的面瘫侍卫过儿、复仇少男小受、游牧部落之王白毛,男主男配涵盖了温润如玉、面冷心热、傲娇、叛逆、豪放等言情小说中的常见类型性格。在《穿越与反穿越》的结尾处,男主男配齐聚一堂的"盛会"上,喝醉后到处拉着人唱歌的敏敏拖住亦正亦邪的腹黑王爷,深情演唱《还珠格格》中"傻白甜"情歌"感谢天,感谢地,感谢命运让我们相遇……"与残暴又特立独行的追风族少主白毛匹配的则是大街小巷播放的通俗情歌"你是我的玫瑰,你是我的花……"读者不会追究穿越文的"合理性",莫名其妙地穿越而来,荒诞不经地笑闹下去,穿越本来就是一场自娱自乐的盛宴,敏敏在白毛"有一点无奈,有一点纵容,丝丝缕缕都是爱"的歌声中迷醉下去,带着"金手指"走到穿越文事先许诺的美好结局。

《穿越与反穿越》明白无误地把套路摆在读者面前,通过日常细节编织起来的爱情套路,以被害人心路历程的艰辛唤起读者共情效应的复仇套路,读者阅读的"爽点"不仅仅是代入为好运不断、天下无敌的女主,更是从文本叙事中成功辨认出一个又一个的套路时的快乐,"哈哈哈,我就知道会这样"。当"穿越"的秘密被识破,"穿越"的快感被分解,《穿越与反穿越》也就真正完成了"反穿越"。

也有作品借人物之口表述对"穿越"的质疑,如2011年6月起点女生网完结的《千蛊江山》,女主人公穿越为大燕公主慕容洛妍,本以为依靠中文系学生背诗绝技和多年练就的新闻记者职业素质,能够在架空的古代世界翻云覆雨、事业爱情双丰收,然而随着她在携带者洛研公主的记忆在古代生活时间越来越长,不但爱情一事上天不遂人愿,事业上通过办报干预舆继而创造心中的理想国家也收效有限。身临大型宫斗现场数次命悬一线,更让她生出幻灭之感。当女主人公来到了未来科学家的大本营"重阳宫",通过驻扎在这一时空记录历史的科学家"天师"与两位穿越前辈隔空对话:一位是经商富国,于三十几岁翩然远遁的飞公主;一个是开疆拓入、如神话人物一般雄才大略又文采盖世的燕太祖。

第203章 风车之战"(飞公主)说,来到这个世界,刚开始的时候她觉得自己是个被流放到孤岛上的游客;后来,她觉得自己是个开发者,是个魔术师,可以把鼓捣变成另一个模样……

再后来,她才明白自己到底是谁,她是堂吉诃德。她所做的一切,不过是拿着自己那杆并不结实的铁枪,去挑战这个时代的大风车!可是到最后,她才明白自己还是想错了,她并不是堂吉诃德。因为她已经成为自己最痛恨的东西的一部分,她就是那个风车!她说,也许每一个真正清醒的穿越者,都是以担任堂吉诃德为开始,到自己成为风车为结束。"

"还有你们的圣皇燕太祖,晚年的时候,他也很痛苦。他眼看着自己规划的蓝图慢慢走形,他制定的政策在被慢慢扭曲,官吏依然贪污腐败,底层

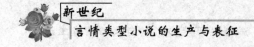

百姓依然挣扎求生,他改变不了这一切。

他没有离开,一直在皇位上做到了最后一刻,只是遗诏不棺不椁,不封不树,让他裸体下葬,归于尘土。"

这份遗诏根本就没有公布,继位者大概觉得他是疯了,那位希望尘归尘土归土的燕太祖,他当年苦心制定的国策如今已经被后来者废除得差不多了,可他早已腐朽的尸骨依然在你们宏伟的皇陵里接受后人的祭拜。"

燕太祖的愤怒指向了制度本身,新的制度不但没有与之相适应的物质基础,群众基础也没有打牢,封建体制自身无比强悍的修复功能使得燕太祖真的成了一个对风车而战的堂吉诃德,结果就是人未死灯先灭。

飞公主的诘问直指内心也更为具体,女主人公洛妍始终无法坦然接受身边的护卫与侍女为她而死,她寄予厚望试图为旧时代带来民主、科学、自由讨论之风的《京报》终将沦为发动战争前的舆论武器与敛财工具,看着父亲永年帝不断地扶植新势力打压日渐壮大的一个又一个"太子",她也成了自己深恶痛绝的特权阶层,被动地踏着被"理所当然"视为草芥的普通人前行。主人公不断怀疑自我,我从哪里来? 我到底是古代人还是现代人? 我的存在意义是什么? 理想和信念是不是一场玩笑? 被动的杀人害命是不是一样肮脏残忍? ……当护国公主完成了匡扶社稷的重任,主人公毅然决然地选择了燕太祖的旧路,进入重阳宫重塑身体,不留一点痕迹,逃离这场"穿越"。

(二) 文体的突破性尝试:快穿文

比"反穿越"更进一步的是"反类型",穿越只是诸多类型中的一类,有研究者指出"类型成神,反类型创新"的观点,当类型小说发展到一定程度时,其自身就已经形成很多创作规律,没有受过专业写作训练的网络写手就会按照这些已有的创作规律开始自己的写作,但是,对套路的学习只是创作的第一步,要"先理解,吃透,再进行创新"才是类型小说的发展正途。[259] 这种突破创新可以是多种类型合一,历史穿越＋玄学命理＋爱情线索,现代穿越＋豪门斗争＋娱乐圈争霸,重生＋修真异能＋宫斗,各种风格混搭的类型小说出现,当作者把肆无忌惮的想象放在类型小说的体系框架中,又能自圆其说使之成为读者可信的文本,那么融合多种类型又反类型套路的小说就是成功的。

在言情类型小说的发展进程中，因类型的不断固化与陈旧化，总会有对"新类型"的探索和"反类型"的尝试，从"反玛丽苏"、"反白莲花"到"反琼瑶式言情"，女频的多种类型的整合与反复已经不足为奇，甚至"反类型"自身也变成了一种类型。2010 年之后出现的"快穿文"整合了已有的多种类型模式，引入了电子游戏"过关斩将"的方式，主人公穿梭在不同的世界中，完成宿主的不同心愿，古今中外、虚拟架空，场景随时切换，多种类型可独立可杂糅，开启了一种全新的类型文体。

女频的快穿文与男频的"无限流"①和网游小说②形式有很多相似处：故事都是由多个独立篇章组成；叙事简单，少有细枝末节的描述；主线情节清晰甚至有些单一，复线基本不做展开；故事围绕着主人公一人展开，主角同时也是多个故事串联的线索。"快穿文"种通常会有一个"位面系统"，"位面"（planes），有时也译作"界域"，原指网络游戏中的类似于独立宇宙的世界。位面被用来解释多元宇宙的存在，每个位面都有各自的位面特性。[260]主角在系统的引领下，在不同的位面（平行世界）中穿越，代替原本宿主的精神，替迫切需要改变命运的宿主解决眼下的矛盾危机，实现其愿望。女频的"快穿文"中，宿主通常为女性，危机无外乎"嫁错郎""信错人""入错行"，"抬头挺胸的过好这一生"、"保护好自己和家人"超过了"智斗小三""获得真爱"，成为"快穿文"中最常出现的愿望。生活中的 loser（底层失败者）想过上好日子的现实愿望，明显超过了渴望拥有美好爱情的幻想，由此也能看到女性读者的诉求在发生变化。

身处"位面系统"的主人公各项机能全部数据化，如《快穿炮灰女配》[261]女主角明歌刚进入系统时各项指标是"性别女（可变）、年龄 18、智力值 67（满分 100）、精神值 63（满分 100）、武力值 15（满分 100）、外貌值 49、技能无、爱心值无、祝福值无"。完成了娱乐圈小明星逆袭、仙侠文鼎炉女配复

---

① 无限流，起源于 2007 年在起点中文网连载的小说《无限恐怖》，作者 zhtty，主人公进入主神空间里闯过一轮又一轮的恐怖，不断厮杀、不断变强，随后大量跟风小说问世，形成了一个新的流派——无限流。

② 网游小说，从网络游戏衍生出来的小说，以游戏中的人物和情节为蓝本进行再创造，或是给游戏中人物写小传，玩儿们借此分享自己的游戏体会。最初网游小说的作者和读者都是游戏玩家，后网游小说逐渐成为一种固定的小说类型，内容以过关、夺宝、升级为主，在起点中文网、17k 小说网等文学网站上都有"竞技游戏"栏目供此类小说连载。

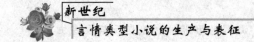

仇、末世文求生等一系列任务后,各项数值飙升到接近满分,也收获了多项技能与爱心指数。其中"精神力"技能尤其突出,可以如天眼一般巡视周围大小环境、甚至可以控制他人思想。随着进入"位面"数量的增多,主人公的数据越变越强大,技能越来越完善。主角路过"修真位面"可以学会修真秘技、在"仙侠位面"可掌握佛家正统光明咒、在"娱乐圈位面"磨炼出来的影后演技……这些都会成为主角的傍身绝技。在后期的任务之旅中,当主角明歌到达一个新任务界面,总会先动用功法让宿主脱胎换骨,提高身体素质,成为武林高手。一个有"精神力"技能的"武林高手"可以解决很多问题,即便在"古典位面"中当一名闺阁小姐,也不至于困于宅斗之中无法自保。带着前几次"人生"积累的力量和技能投身下一个任务,也是"快穿文"的"金手指"所在。故事的最后,经历了各种悲欢离合,摆脱了执念的明歌最终回到了自己原本的世界,快速播放了自己的一生,才发现被放在国家安定、人民安居等"公主职责"之后的"像背景色一样的驸马"曾经全心全意地爱着她、追随她,在不同的世界里伴她、助她同时也威胁她、伤害她的也是驸马的灵魂,于是明歌用散魂剑将驸马斩杀,同时也散尽自己几生积累的精神源,重渡轮回。

针对并不完美的结局,有读者留言:"感情是自己的,身份是别人的,就连人生也是别人的,最希望明歌最后达到心愿,在属于她自己的人生里,和最初的人相守一生。"[262]作者"本宫微胖"还发起了"说一说你们心中的最佳男主"评选帖,有上千条回复。小说连载近两年时间,始终保持高点击率,且读者讨论气氛热烈,全书累计评论达到了三万多次。小说中每一个故事的篇幅都二十章左右,一个追着一个故事更新速度极快。显然,作者的目的不是创作一部精心雕琢的文学佳作,而是尽量满足读者的阅读期待——报复仇人、斩杀坏人的"爽",与邂逅不同类型男人、以强大的灵魂征战不同世界的"苏"。"快穿文"可以说是一种"功能性的网文",尽管存在着逻辑生硬、叙述简单直白等缺陷,在人们已经开始厌恶各种成熟类型的当下,"快穿"把诸多类型整合在一起,运用新颖的元素和不同的叙述手法密集地输出"爽点"。有研究者指出,快穿文的爆红是"爽点"对女频"甜宠"、"日常"潮流的一场突围。"读者们想在这部小说中看到的,也不是翔实的细节、严谨的逻辑、复仇的正义性,甚至不是永恒的爱情,而是一场暴风骤雨般的'爽点'盛宴。如同一场以密集的敲打捶揉来缓解疲劳的按摩,她们想通过阅读的'爽',来驱散日常生活中真实的无奈。"[263]

当日常细枝末节全部被简化,只留下一条情节线索,通篇只有女主人公一人的内视角,男主人公们若想发声都只能在番外中实现(并不是每一个男主人公都有番外,需要读者留言票选,人气高的男主人公不但有作者亲自操刀的"内心独白",还会有读者在书评区为他们写"小传")。快穿文将原本已经"快餐化"的类型小说再次浓缩,简单粗暴的套路集合再一次取消了类型文学的"文学性",在消费文化驱动下的类型文学生产已经懒得再顾及自己的"文学"身份,成了文学公司流水线上的一个产品。但"快穿文"也并非没有积极意义,譬如,"快穿"这种极端的行为又是否可以看作是类型文学内部的重组?当已有的类型在不断地重复使用中,变成一个又一个无法再唤起"陌生化"体验的套路,许多作品依然通过对日常情态的描摹、对缠绵爱情的书写、叙事技巧的转化等等文学方式来使"类型化套路"的生命得以延续,"快穿文"彻底戳破了这层掩饰,直接揭示出类型小说赖以生存的"类型"与"爽点",今后的类型小说是否会有"涅槃重生"后的新面貌还有待持续考察。

三、作者的权力与作为生产者的读者

读者和作者互动是类型文学的显著特点,这在研究领域已经成为共识。读者和作者的互动互评如何展开,类型小说作者如何通过这种互动来确认自己及文本的价值,读者的行为又在何种层面上发挥效用继而影响到类型文本呈现出的最终状态,这些都是我们要讨论的问题。

(一)互动生产中的作者

对于纸媒时代的作家来说,他们享有"想写什么就写什么的自由",作品只需经过编辑的审校与出版社的同意,就可以刊印成书。一旦作品出版,作家对其创作的作品有绝对的权威性,他们可以不去在意读者的认识和感受,可以拒绝娱乐大众,可以选择坚守文学性,坚持文学超越生活、关照人心的精英立场。而读者就只是一个阅读文本的人,他们对作品的反馈是滞后的,不会参与到文本的写作和修改当中。已经出版的作品如果在当时读者寥寥甚至无人问津,也不排除其在若干年后的再次被评论家发现继而重放光彩

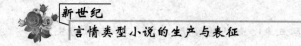

的可能。

　　随着文学生产的技术和传播手段的变化,作者和文学文本的关系也发生着变化。当互联网与电子媒介强势进入当代生活,主要依靠网络平台发布作品的类型文学占据了阅读市场的半壁江山,对于类型文学的写作者来说,除了走上前台的几位"大神"享有"作家"的殊荣,其他海量的幕后人员甚至没有被当成"文学作者",外界对他们最常用的称呼是"网络写手"①,这些网络写手不无戏谑自嘲地称自己为"码字农"②,千奇百怪的网络 ID 名称背后,是一个个身处基层、每天在电脑屏幕前为了维持日更新数量辛苦"码字"的无名"写手"。网文写手不是传统作家,他们不单要负责文学生产,还要做到产销售一条龙服务,有时甚至要照顾读者的"售后"体验。网文写手的荣辱与读者的支持率、投票率、月票张数、评论热度等直接勾连,读者是否买账直接关系到网文的存活,"速食"也"速朽"的类型小说,如果在连载初期就无人问津,基本难逃被文学网站责任编辑"枪毙"的命运;如果连载初期订阅状况不理想,通常责任编辑会根据作者的故事大纲看一看这个故事是否有延续的必要;如果始终不温不火,编辑就会建议写手快速完结故事,调整创作思路,投入到新的故事中。在类型文学的世界里基本不存在作品当时无人欣赏过后却有人问津的情况,"当下时段的沉寂在相当程度上就意味着小说的死亡"。[264]

　　有研究者指出,相较于印刷出版时代的作家,当前的网络写手获得读者认同感的焦虑要强烈得多,写手们对读者和粉丝的姿态也更显"谦卑",传统作家众人皆醉我独醒的"高冷范"即便在"大神"级作者身上也难得一见。作品连载期间,经常能看到写手们卖萌、讨好、求月票③的姿态,有的作者会在

---

　　① 写手,网络用语,最初指互联网上写具备自己风格的故事、评论、笑话、段子和各种文章的人。近年来写手也用来指称具备一定的文学素养与文字功底,以文学创作为其奋斗目的,不懈努力写出具有自己风格的作品的人。

　　② 码字农,也叫码字工,与"包身工"的含义类似,指出卖自己的劳动力,不停码字换取并不丰厚的收入的网文作者们。

　　③ 月票,在文学网站内,注册用户每月累计消费到一定程度,网站就会赠给一张月票。读者可以投自己喜欢的作者,作者凭借月票,可以获得奖励并登上"月票"排行榜。如腾讯阅读给出的月票定义为"VIP 等级用户专有的票种,用来评选 VIP 上架作品。"注册用户每月消费超过 10 元可获赠一张月票,VIP 用户每月消费 2500 书币赠送一张月票。普通读者每次打赏 10000 书币,系统自动给该作品投出一张月票。100 书币 =1 元。

单元故事情节进展的紧要关头，以追加更新的方式向读者"求月票"。《穿越炮灰女配》作者"本宫微胖"不无讨好的称自己"书粉"①为"美人"，在这种读者投月票，作者加更新的活动中，作品因为收获了大量"月票"在腾讯读书推荐榜和起点女生网的排名都有大幅度的提升，甚至有了被置于首页的可能，这也同时意味着作者能通过小说连载得到一个还不错的收入。

234 章—253 章：第一更，"昨晚上做梦梦到月票嗖嗖的涨，一大早就能够给大家加无数更，于是非常高兴地笑醒了，呜呜呜。""今天 20 张了继续加更，美人们请大力的砸吧，争取今天砸的把这个位面更完。""三更送上，差 6 张票就可以四更了，美人们，走起啊，赶紧检查一下自己的口袋，说不定就有张月票躺在那里等你们蹂躏呢。""到了 20 票了果断加四更嘤嘤嘤，胖胖打算今天疯狂一下，20 票以后每十票给你们加更一张，来来来，你们敢不敢和我约起，十票加一更，走过路过不要错过。""五更，美人们，想要六更不，动动手指，再有十张月票就可以六更，加油啊嗷呜"

365 章：求月票求月票，起点的云起的美人们，胖胖需要你们手里的月票呜呜呜呜，跪求跪求跪求。

483 章：今天三更已，想不想再来个三更啊，得看架子上有月票美，月票今天过一百，胖胖立马甩三更出来，现在月票双倍期间，甩一张等于两张哦，马上就快过五十张了，加油啊美人们从起来，后面更精彩咩。

写手们也会把自己生活的点滴写在正文后面，与读者构成一种类似朋友之间互动的关系。作者和读者之间、读者与其他读者之间，因为有了共同的生活经验、相似的社会身份，生出一种"惺惺相惜"之感。作者和读者们逐渐默认为一个兴趣群体，作者获得了精神与物质的双重支持，这种支持是很多基层作者坚持连载写作的根本动力。如《快穿炮灰女配》连载期间，经常能看到作者"本宫微胖"晒日常，作为一名哺乳期妈妈的作者还会和读者分享自己在家带孩子的日常，很多年轻妈妈通过在留言区、粉丝群中与作者交流并分享经验，成了作者的忠实粉丝。

283 章：昨天开始断奶的，涨的我胳膊都抬不起来了，原来断奶都这么疼

---

① 书粉，网络用语，指喜爱某小说文本的粉丝群体。

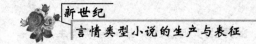

痛。(评论下有大量年轻妈妈读者给作者提供自家孩子忌奶的经验、偏方)

295章：(孩子发烧)37.9℃,不算退,婆婆一天都在叨叨是我断奶把小孩害成这样的,觉得自己负面情绪爆棚,实在不想写,好在小白(作者丈夫)回来能帮我哄可乐,总算没食言。

1909章：可乐(作者的孩子)太能闹腾了,这两天真是哭得我抓心挠肝,周末,有小白接手希望我能轻松一下,今天依旧两更。

除了"加更",网文作者给读者的"福利回馈"还有"番外"的创作。"番外"一词来自日本,用在网络小说中指故事主干之外的分枝故事,[265] 番外的产生大概分两种情况,第一种情况是当故事正文中出现受读者喜爱的配角、因篇幅所限不能展开的支线故事,作者通过"番外"的形式交代事情的前因后果和人物的前世今生。如《三生三世十里桃花》以女主角白浅口吻叙述的正文结束后,作者以男主视角补充"夜华番外篇",回应了部分读者"夜华冷酷无情""白浅所托非人"的怒评,解密夜华看似无情的行动之下深藏在心的执着深情。另外作者唐七的另一力作《三生三世枕上书》就是其成名作《三生三世十里桃花》的支线故事,讲述"桃花"中的受欢迎程度颇高的人气组合——九尾红狐凤九与东华帝君之间悬而未决的情债。《枕上书》也可以看作是一篇"桃花"超长番外。

第二种情况是读者在正文阅读结束后仍有未尽的愿望,需要通过番外的形式来实现。这种愿望可以是续集式的,也可以是补充式的。当一部订阅量颇高的长篇故事以"王子公主结婚以后过上了幸福的生活"收尾,意犹未尽的读者想了解自己喜爱的"王子"和"公主"的日常和后续,作者也会顺应读者的要求写几则"日常类""甜宠"风格番外,以回馈读者。如《三生三世十里桃花》实体书出版之际作者在正文后增加了白浅和夜华的婚后生活小故事。有作者还会向读者征集意见,"想看到哪些人物的后续生活"。还有读者等不及作者动笔,根据原作自行创作番外故事。《三生》中"墨渊是否对白浅有情"这一热门问题在百度贴吧讨论至今,由读者创作的、以墨渊为主题的番外多达二十几篇,墨渊人气之高使作者在时隔两年后另开新文《菩提劫》专写墨渊。又如桐华的《步步惊心》连载结束后读者"微漾无痕"感叹十四阿哥对女主角若曦未曾表白的爱,专门写番外给十四机会与若曦再续前缘；读者"觅渡"按照《步步惊心》原作文本叙述时间、以雍正皇帝为叙述者写有番外《相逢犹恐是梦中》，为原作补充了胤禛对若曦从好奇到倾心再到深爱的心理变化过程。

"番外"的核心要旨是让读者喜欢的人物获得幸福，读者需要可以预知的结局，"背离这种可预知性的小说，常常并不能让读者满意。对于那些让人感到失望的故事，挑选人要么告诫其他读者不要去阅读，要么妇女们本人不会去阅读这种文本——一旦她们意识到这部小说并不以大团圆结局。"[266]即便原作以悲剧收场，读者也要在番外中看到一个美满结局。有学者指出，"番外"的存在体现了女性心理状态和感情需要的最真实最放松的释放，是"草根阶层的女性创作者和女性读者共同努力营造的爱情乌托邦"。[267]

"互文本"也可以看作是番外的特殊形式，以不同的人物为主线的几个独立故事，可以互为补充，主要文本爱情主线之外人物性格形成副线、人物关系副线可以在其他文本中获得线索。这也是作者吸引读者持续订阅其作品的方式之一，读者在新的故事中与过去熟悉的人物不断相遇，看到他们在不同年龄阶段、不同社会场景下的面貌，人物成了读者生活中不定时出现的朋友，引导读者陷入对过去回忆，"你还记得那件事吗？""你当时一定很诧异我为什么选了 A 方式而不是 B"，在不断浮现的过去的召唤里，读者从任何一个文本中进入，都会走到作者编织的整体世界。如丁墨的系列作品就可以看作一组"互文本"，《他来了请闭眼》中的神探薄靳言与《如果蜗牛有爱情》中刑侦队长季白，在《莫负寒夏》的最后与商业奇才林莫臣相见，三组情侣以联合番外的形式齐齐出场，读者惊喜之余像怀念当年的老朋友一般，看着诸人的成长、下一代的诞生，读者在此被丁墨编织的"文本之网"一网打尽。

作为言情类型小说的主要生产者的女性网络写手，与男频作家的显著不同在于她们的创作偏重于"同好分享式"的写作与阅读。最初的女频网文写手，很多都是在阅读的感召下投身创作，她们看了别人的作品觉得非常欣赏，于是开始类型小说的创作。较早时期的"清穿文"浪潮就是金子推出其作品《梦回大清》引发的争相模仿。大量写作爱好者基于表达、分享的理念

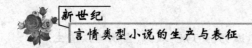

聚合而来的,有些作者上网写作不为获利,只为个人兴趣。对于普通的签约作者来说,VIP文千字三分钱的收入可谓少之又少。① 大批"野生作者"更是没有分毫入账,全凭热情。读者对作者的喜爱与支持,是基层"码字工"坚持创作的动力核心,读者群与作者之间"观念和趣味的共享,以及社群成员之间的感情支持",在物质报酬之外维系着网文作者持续不断的创作。可以说,"女性网络文学作品的价值和意义、作者的声望和权力,是由这个绝大多数成员为女性的社群共同生产的。"[268]

（二）作为生产者的读者

在传统文学中,文本意义的生成、填充文本的缝隙和不断采用新的期待视野之中,读者运用自身构建的价值系统、个人和公共的经验等,参与到阅读中来,读者的阅读在私下里完成,每个读者都可以赋予文本具体而独特的意义。读者只能通过文本阅读以文本为媒介与作者进行间接的情感交流。互联网时代极大程度地改变了文学的存在方式,理论上任何人都可以成为创作者,读者和作者可以直接对话,文本与读者不再是看与被看的关系。这一写作方式将读者的参与热情激发到最大化,读者可以充分参与到文学创作中,文学作品真正成为作者、文本、读者三者共同营造出的意义共同体。

那么在类型文学具体的生产过程中,读者起到了哪些作用,读者又是为什么甘心情愿进行付费阅读? 读者的评论、推荐、催文等系列活动不但本身是内容生产的重要组成部分,同时读者以情感回馈的方式向作者支付的报偿。读者的支持和感情投入是作者最重要的文化资本。[269]

在类型文学的生产过程中,读者最直接干预文本生产的方式就是"书评",读者在所有人可见的书评区发布评论,吐槽情节、分析人物,如果有大量其他读者点击阅读并跟帖,这一评论就会被置于鲜明位置,尤其在类型文学兴起之初,被置顶讨论的书评有时甚至会干预到作者的创作方式与主题故事的走向。类型文学发展到如今,订阅量大的故事主干情节在连载时已

---

① 以晋江文学城为例,签约写手的收入主要有四个来源:一是VIP文读者付费阅读带来的收入(网站收取60%),二是定制印刷的收入(网站收取20%),三是霸王票的收入(给作者),四是作品出版后的版税收入(协商分成)。VIP章节收入是网文最主要的收入,通常千字3分钱,例如某章共3300字,读者买下来需要支付1角,如果有1000个人付费订阅该章节,网站将有100元收益,其中作者可得40元。

经不会因读者影响而更改,读者活跃在评论区的诉求更像是寻找"同类",找出那些"英雄所见略同"的意义群体,"这一意义群体的数量越大也就意味着其群体身份越加坚固,影响力也越大。反过来,群体影响力的增大又进一步肯定了作为群体之一员的自我之意义感。"[270]在书评区,借由类型小说这一符号媒介,"我"找到了"我们",单个读者找到了可以依托的社群组织,组织内部包括享有共同价值追求的其他读者,也包括那个卖萌撒娇"求月票"的作者。如此,在共处网络空间的读者和作者形成了一个积极的、相互支持的社群,对于言情作家和女性读者而言,在这个社群中的活动可以使这些作者与读者免于男性主导的精英文化圈的审查和批评。"通过在线的文学生产和消费,中国妇女获得了一种新的言语和叙事形式去超越传统的性别角色,拆解生产—再生产性别边界的权力机制;即便现在这种超越和拆解,主要只能在想象的空间中展开,也仍然是意义重大的。"[271]

　　读者在具体的类型文学生产过程中除了为作者提供情感支持,更重要的是提供物质支持,没有读者的物质支撑,整个以盈利为目的的类型文学生产链显然无法维系,读者看似自发自为的情感投入本身就负载着支付功能,并且以不同形式报偿作者的劳动。正文连载下方的书评、QQ群里的关心和鼓励、论坛上的讨论和推荐、建立贴吧,甚至是为作者筹建独立的网站并长期维护,希望借此凝聚更多的同好支持作者,这一切都形成了一种巨大的促进网络文学再生产的力量。这一切无不与读者的资金投入相联系,如前文所说的腾讯QQ阅读平台,VIP章节的订阅费用是4书币到12书币不等,充值10元获得1000书币,消费2500书币发一张月票,打赏10000书币给某一作品的同时才能多投给该作者一张月票,对作者的支持与喜爱建立在真金白银的投资之上。评论区也是不断诱惑读者消费的所在,打赏越多读者的评论短文位置越靠前,被阅读的次数就越多,作者也适时给出回应,读者对小说影响的可能性也越大,读者与作者的亲缘互动建立在"月票"与"书币"的基础之上。书评区不断地引诱读者进行消费,经常通过小说排名与竞赛的形式(如,"还差...票就可以超过第一名"等类似话语)让读者为自己喜爱的作品投月票,如QQ阅读平台读者每天有三张免费的"推荐票",可以帮助具体作品提高人气,但真正决定作品"排位"的还是月票。读者一旦开始消

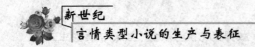

费,就进入了阿尔都塞所说的召唤结构,当警察在路上叫你的时候,你转过身来,认定警察是在叫你,从此变成了被警察所象征的权力所召唤并塑造出的主体。文学网站和阅读软件预设的消费模式,其实就是专门为读者而制的"召唤结构",让读者进入到消费意识形态话语中,最大的唤起读者投票的欲望,不断培养读者的消费意识,将读者塑造为消费的主体。

另外,类型文学读者在阅读过程中对原作的不同解读,以及以创作"衍生文"为形式的再生产,是否会改写原作的价值意义?答案是肯定的。如《三生三世十里桃花》改编剧热播后,有读者不满于炮灰人物"玄女"的结局,为玄女撰写衍生文。在这些读者看来,《三生三世十里桃花》并非是一个爱情故事,主宰一切的不是"真爱"而是"权力"。在白浅和夜华的爱情路上,身份与地位的差距决定了其他人的"炮灰"命运:自小照顾夜华情根深种、用尽手段而不得的素锦只是天族某部落的遗孤,因全族战死被封为有名无实的公主;玄女只是白浅大嫂家的女儿、青丘的普通地仙,受白浅一家的管辖,能够嫁给鬼君离境只是因为玄女在幼时靠法术更改了容貌,成了与白浅高度相似的"哪来的女司音";毕方鸟多年钟情白浅,作为"四哥的坐骑"只能是个不合时宜表白的龙套人物;鬼君离境没有看破司音的真身,鬼族身份又不如仙族光明,因此只配娶一个复制品玄女。

什么人能享有爱情?"(男主角夜华与女主角白浅)两人都是顶级配置,颜值四海最高,地位八荒无敌,一个是天胄,一个是帝女,这样尽管他们智商飘忽地成了宫斗牺牲品,但等到他们版本升级回来碾压心机婊时,网上飞出一千万个弹幕'爽'。"十里桃林的幸福入口并不向所有人敞开,"庇佑男女主角一路桃花的,是他们的豪华出身和豪华装备"[272],当作品认同了大时代的权力话语,假定人人都想成为"白浅",那么先天不足的屌丝玄女必然要心理失衡,假冒上流阶级的素锦必然执念难消,二人"炮灰"的命运看起来如此顺理成章。

《三生三世十里桃花之重玄》《天山雪》等以玄女为主角的"三生系列"衍生文①,在重新叙述故事的同时,把玄女作为一个突破尊卑体制束缚的关

---

① 衍生文,与同人文意义类似,在已有的被读者被熟知的文学作品的基础上,选取原作中的某一人物形象,编写出其他故事,通常与原来的故事享有类似的情节模式与人物功能设置。

节点,试图打破已有的权力结构。天地间蹦出的石猴孙悟空尚且可以大闹蟠桃会,底层地仙玄女也可以完成她的"屌丝逆袭"之旅,总觉得自己不如天族的鬼君离境也可以作为底层的反抗性力量出现。凭什么天族就要占据"四海八荒"最上等的去处,而鬼族就要在不毛之地艰苦维生,底层的反抗不只有阴谋诡计,不是为了政权更迭,底层有自己的信念的生活方式。当不再羡慕天族巅峰权利的离境和不再执着天族颜值巅峰的玄女相遇,谁说两人不能有真爱。由此看来,读者对作品的再生产可以完全颠覆了原作已有的模式限定的价值意义。

注　释

[239] 梅丽. 当代英美女性主义类型小说研究[M]. 上海:复旦大学出版社,2013.11 – 13.

[240] 秦宇慧. 当代《红楼梦》"同人小说"初探[J]. 沈阳大学学报,2009(02):102.

[241] 张爱玲. 红楼梦魇[M]. 上海:上海古籍出版社,1995.2.

[242] 曾氏家族. 红楼之晴雯种田记,晋江文学城"衍生 – 言情 – 架空历史"栏目,2011 年 7 至 10 月[M/OL]. http://www. jjwxc. net/onebook. php? novelid = 1244666&chapterid = 1.

[243] 妃如笑. 一梦红楼之老祖[M/OL]. http://www. xxsy. net/info/352079. html,潇湘书院,2011 年 7 月连载.

[244] 非南北. 红楼之黛玉不欠谁[M/OL]. http://www. jjwxc. net/onebook. php? novelid = 3019353,晋江文学城"衍生 – 言情 – 架空历史"栏目,2017 年 2 月连载至今.

[245] 邵燕君,庄庸主编. 2015 年度中国网络文学(女频卷)[C]. 桂林:漓江出版社,2015. 263 – 267.

[246] 约翰·菲斯克. 理解大众文化[M]. 王晓玉,宋伟杰,译. 北京:中央编译出版社,2001. 171.

[247] 错谙. 红楼之贾迎春[M/OL]. http://www. jjwxc. net/onebook. php? novelid = 889875,晋江文学城,"衍生 – 言情 – 架空历史"栏目,2010 年 9 月—2011 年 2 月连载.

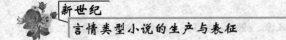

[248] 尼克·史蒂文森著. 认识媒介文化——社会理论与大众传播[M]. 王文斌,译. 北京:商务印书馆,2013. 168 – 169.

[249] 汪民安. 戏仿[A]. 汪民安. 文化研究关键词[C]. 南京:江苏人民出版社,2007. 378 – 385.

[250] 约翰·菲斯克. 理解大众文化[M]. 王晓玉,宋伟杰,译. 北京:中央编译出版社,2001. 171.

[251] 华莱士·马丁著. 当代叙事学[M]. 伍晓明,译. 北京:北京大学出版社,2005:183.

[252] 皮埃尔·勒帕普著. 爱情小说史[M]. 郑克鲁,译. 北京:商务印书馆,2015. 6.

[253] 梅灵. 还珠之失宠皇后[M/OL]. http://www. yqhhy. cc/41/41032/.

[254] 博林. 人们为何又恨又爱"玛丽苏"[N]. 光明日报,2016 – 06 – 11(005).

[255] 锦瑟思弦. 将反派上位进行到底[M/OL]. 晋江文学城. http://www. jjwxc. net/onebook. php? novelid = 1774909.

[256] 王玉玊. 从《渴望》到《甄嬛传》:走出"白莲花"时代[J]南方文坛,2015(05):47 – 49.

[257] 邵燕君. 网络时代的文学引渡[M]. 桂林:广西师范大学出版社,2015. 89.

[258] 妖舟. 穿越与反穿越[M/OL]. 晋江文学城. http://www. jjwxc. net/onebook. php? novelid = 82981.

[259] 刘英. 气御千年:一次反类型化的创新[A]. 华语网络文学研究[C]. 杭州:浙江文艺出版社,2015. 66.

[260] 黎杨全. 网络穿越小说:谱系、YY与思想悖论[J]. 文艺研究,2013,12.

[261] 本宫微胖. 快穿炮灰女配[M/OL]. 起点女生网. http://www. qdmm. com/MMWeb/3546897. aspx.

[262] 出自《快穿炮灰女配》在腾讯阅读连载时的"书评区"32 楼读者

ID"随意".

[263] 肖映萱.《快穿之打脸狂魔》:反类型的突围[N].文学报,2015 - 12 - 31(023).

[264][268] 王小英.网络文学符号学研究[M].北京:中国社会科学出版社,2016:154,156.

[265][267] 亓丽.女性主义视野中的当下网络言情小说[J]文艺评论,2012(01)57 - 61.

[266] 尼克·史蒂文森.认识媒介文化——社会理论与大众传播[M].王文斌,译.北京:商务印书馆,2013:168 - 169.

[269][270] 徐艳蕊.网络女性写作的生产与生态[J]北京大学学报(哲学社会科学版),2015(01).

[271] 徐艳蕊.媒介与性别:女性魅力、男子气概及媒介性别表达[M].杭州:浙江大学出版社,2014:95.

[272] 毛尖.一生一世就够了[EB/OL].文汇笔会(公众号),2017 - 03 - 10.

结　语

对我国新世纪勃兴的言情类型小说这一新异的文学和文化现象加以深入和系统的研究,这是文艺理论、当代文学与文化研究均不可回避的任务。我们发现,现有的文学批评对言情类型小说的态度仍显芜杂。一些评论家总是在潜意识中以对待纯文学的方式看待类型小说,以严肃文学的标准来衡量类型小说文本,以期从浩如烟海的网文中捞出几个能与主流学界对话的优质作品。对严肃文学而言,敢于面对时代的难题、人的生存难题和精神难题,切实地书写当今中国的现实生活与人的生存状况,呈现出问题的复杂性,这些都是优秀的文学作品具备的特征。如果以此标准要求类型小说,恐怕及格者寥寥无几。当然,如果只从叙述手法、语言特色等技术层面来看,或许会有个中精品与严肃文学比肩。但我们认为,对言情类型小说的科学研究和客观评价实际上已经对传统文学理论的范式提出了挑战,由于资本等力量的直接参与,由于新的媒介技术条件的出现,对包括言情在内的类型文学的研究必须自觉置身于更大的社会历史进程,在更为宏观的文学生产论的意义上对之加以批判性把握。

就此来说,言情类型小说的创作者们似乎在爱情的纠缠中耗光了精神,更在资本的驱动下汲汲于字码堆砌而疲于奔命,对于复杂现实的深度剖析,对未来可能的负责想象,早已是他们无力承当的任务。而对于言情类型小说的读者来说,按照统计所显示出的这个以社会中下层收入人群为主体的群体,比起书写现实中日复一日、明天可能比今天更糟糕的窘迫生活,他们也更希望看到一个"屌丝逆袭"的情节,看到平凡的自我在在穿越时空"反转逻辑"的作用下成就一番事业,完成自我建设,实现自我价值;也更喜欢遇见

"霸道总裁偏爱我"的"人设","我"还是现在的我,却有一个从天而降的优质男毫无理由的包容"我"的一切。一句话,他们找寻的不过是一种替代性满足的快感,并不会抱着严肃的态度对待文本;读者喜欢看着主人公们凭借自身的某些特征完成自下而上的阶级流动。更何况在利益的驱动下,文学商业网站按照读者的胃口,持续不断地推出此类拒绝思考现实复杂性的小说,反过来掐住了类型文学创作的源头,干脆抛弃了"复杂",让读者在满屏幕的"傻白甜""玛丽苏"里按照所谓的"个人趣味"选择阅读不同的文本。资源貌似丰富,实则很多网站不喜、资本不爱的创作已经被悄然过滤。当然,如果只是走"傻白甜"路线,言情类型小说的读者恐怕会大量流失,因而它也会提供一定的"复杂性",但这种"复杂性"并非思想认识和审美判断的复杂,而只是情节的繁复曲折、情感的偏执极端、权斗的波诡云谲和手段的无以复加。从另外一个角度来说,这类小说好像是步骤说明书,比如大龄剩女如何拨云见日找到真爱,职场菜鸟如何修炼成精英,只要你依照步骤拼装,终会有一个千篇一律的"成功"作品——成为一个"精致的个人主义者"。小说结尾通常定格在幸福的顶点,大龄剩女扬眉吐气嫁掉自己,曾经的职场菜鸟打开贴有自己名牌的总经理办公室大门,男女主人公拉着"小包子"①的手走在迎接新生活的康庄大道上……明天是什么样子?"王子和公主从此过上了幸福生活"也就意味着"全书终",明天是读者的明天,你我的明天可能是千篇一律的一天,也可能是更糟糕的一天,文本不需要明天。

所有文本想象,必定有现实的欲望焦虑,言情类型小说为当下的女性读者提供了一剂精神麻药,对不同年龄段的读者,从小到大依次满足她们对具体的爱情场景和优质伴侣形象的想象,她们渴望被男性宠爱、包容的同时又渴望人格独立、事业自强的复杂心理,以及她们被获准以"个体"的形象参与到历史革命与建设民族国家的路程中,从而实现自我建构、完成自我认同的愿望。无疑,言情类型小说既表征了时代的精神和文化症候,又以其意义生产和消费书写着这个时代的主体,缝合着社会中诸多重要的结构性裂隙。

我们的研究较为详实地梳理了新世纪言情类型小说的发展历程,分析

---

① 小包子,类型文学常用语,指可爱的小朋友。

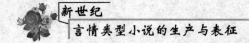

了其文本模式与社会权力结构之间的互文关系,并特别触及其中可能存在的文化抗争的暧昧性,也尽可能呈现了其文本抵抗的可能。但这仅仅是一个严肃的开始,面对言情类型小说这一文本数量庞大且内容庞杂、类型内部不断分裂重组滋生、读者接受活动复杂多样的文学现象,需要持续的跟踪与观察,才能得出更为中肯的判断。

本文以此抛砖引玉,以期各方专家指正批评。

参考文献

专著文献

1. 马克思,恩格斯. 德意志意识形态[M]. 北京:人民出版社,2003:1－69.

2. 弗朗西斯·马尔赫恩. 当代马克思主义文学批评[M]. 刘象愚,等,译. 北京:北京大学出版社,2003:1－203.

3. 利奥·洛文塔尔. 文学、通俗文化和社会[M]. 甘锋,译. 北京:中国人民大学出版社,2010:24－77.

4. 霍克海默,阿多诺. 启蒙辩证法－哲学片段. 渠敬东,等,译. [M]. 上海:上海世纪出版集团,2012:2－78.

5. 雷蒙·威廉斯. 文化与社会[M]. 高晓玲,译. 长春:吉林出版集团有限公司,2011:1－190.

6. 雷蒙·威廉斯. 漫长的革命[M]. 倪伟,译. 上海:上海人民出版社,2013:1－89.

7. 理查德·舒斯特曼. 身体意识与身体美学[M]. 程相占,译. 北京:商务印书馆,2011:1－102.

8. 理查德·舒斯特曼. 实用主义美学[M]. 彭锋,译. 北京:商务印书馆,2002:271－280.

9. 列维·斯特劳斯. 结构人类学(2)[M]. 张祖建,译. 北京:中国人民大学出版社,2006:1－28.

10. 罗兰·巴特. 神话修辞术－批评与真实[M]. 屠友祥,等,译. 上海:上

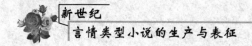
海人民出版社,2012:1-85.

11. 阿尔都塞. 陈越编. 哲学与政治-阿尔都塞读本[M]. 长春:吉林人民出版社,2003.

12. 米歇尔·福柯. 声名狼藉者的生活:福柯文选Ⅰ[M]. 北京:北京大学出版社,2016:270-285.

13. 古斯塔夫·庞勒. 乌合之众:大众心理研究[M]. 冯克利,译. 北京:中央编译出版社,2000:1-26.

14. 约翰·菲斯克. 理解大众文化[M]. 王晓玉,宋伟杰,译. 北京:中央编译出版社,2001.

15. 安东尼·吉登斯. 现代性的后果[M]. 田禾,译. 南京:译林出版社,2000.

16. 斯图尔特·霍尔. 表征:文化表象与意指实践[M]. 徐亮,陆兴华,译. 北京:商务印书馆,2003.

17. 斯拉沃热·齐泽克. 意识形态的崇高客体[M]. 季广茂,译. 北京:中央编译出版,2002:1-12,45-83.

18. 卡斯特. 网络社会的崛起[M]. 夏铸九,等,译. 北京:社会科学文献出版社,2001.

19. 道格拉斯·凯尔纳. 媒体文化[M]. 丁宁,译. 北京:商务印书馆,2004.

20. 克罗图,霍伊尼斯. 媒介·社会[M]. 邱凌,译. 北京:北京大学出版社,2009.

21. 泰勒、威利斯. 媒介研究[M]. 吴靖,黄佩,译. 北京:北大出版社,2005.

22. 尼克·史蒂文森. 认识媒介文化——社会理论与大众传播[M]. 王文斌,译. 北京:商务印书馆,2013:121-197.

23. 简·梵·迪克. 网络社会——新媒体的社会层面(第二版)[M]. 蔡静,译. 北京:清华大学出版社,2014.

24. 穆尔. 赛博空间的奥德赛[M]. 麦永雄,译. 桂林:广西师大出版社,2007.

25. 亨利·詹金斯. 文本盗猎者:电视粉丝与参与式文化[M]. 郑熙青, 译. 北京:北京大学出版社,2016:1 - 209.

26. 华莱士·马丁. 当代叙事学[M]. 伍晓明, 译. 北京:北京大学出版社,2005.

27. 赫拉普钦科. 赫拉普钦科文论集[M]. 张婕,刘逢祺, 译. 北京:人民文学出版社,1997:172 - 173.

28. 勒内·韦勒克,奥斯丁·沃伦. 文学理论(修订版)[M]. 刘象愚,等, 译. 南京:江苏教育出版社,2005:247 - 282.

29. 童庆炳. 文体与文体的创造[M]. 昆明:云南人民出版社,1994:1 - 6.

30. 皮埃尔勒帕普. 爱情小说史[M]. 郑克鲁, 译. 北京:商务印书馆, 2015:1 - 12.

31. 让·贝西埃. 当代小说或世界的问题性[M]. 史忠义, 译. 北京:北京大学出版社,2012.

32. 茨维坦·托多罗夫. 理解文学类型[M]. 陈军, 译. 社会科学战线,2012.

33. 马克·昂热诺,等. 问题与观点——20 世纪文学理论综论[M]. 史忠义,等,译. 天津:百花文艺出版社, 2000.

34. 小森阳一. 作为事件的阅读[M]. 王奕红, 译. 南京:南京大学出版社,2015.

35. 斯蒂·汤普森. 世界民间故事分类学[M]. 郑海,等, 译. 上海:上海文艺出版社,1991.

36. 利奥塔尔. 后现代状态[M]. 车槿山, 译. 南京:南京大学出版社,2011.

37. 李美霞. 话语类型研究[M]. 北京:科学出版社,2007.

38. 诺思洛普·弗莱. 批评的剖析[M]. 陈惠,袁宪军,吴伟仁, 译. 天津:百花文艺出版社,2002.

39. 诺思洛普·弗莱. 伟大的代码——圣经与文学[M]. 郝振益,等,译. 北京:北京大学出版社,1998.

40. 诺思洛普·弗莱. 世俗的经典:传奇故事结构研究[M]. 郝振益,等,

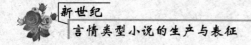

译. 上海:上海人民出版社,2010.

41. 刘守华. 中国民间故事类型研究[M]. 武汉:华中师范大学出版社,
2002:1 - 234.

42. 张晓凌,詹姆斯·季南. 好莱坞电影类型——历史、经典与叙事[M].
上海:复旦大学出版社,2012.

43. 罗伯特·麦基. 故事——材质·结构·风格和银幕剧作的原理[M].
周铁东,译. 天津:天津人民出版社,2014.

44. 郝建. 类型电影教程[M]. 上海:复旦大学出版社,2015:1 - 87.

45. 张京媛. 当代女性主义文学批评[M]. 北京:北京大学出版社,
1992:201.

46. 凯特·米利特. 性政治[M]. 宋文伟,译. 南京:江苏人民出版社,
2000:33 - 36.

47. 伊芙·科索夫斯基·塞吉维克著. 男人之间:英国文学与男性同性
社会性欲望[M]. 郭劼,译. 上海:三联书店,2011:2 - 7.

48. 佳亚特里·斯皮瓦克. 从解构到全球化批判:斯皮瓦克读本[M]. 北
京:北京大学出版社,2007:16.

49. 杰梅茵·格里尔. 完整的女人[M]. 欧阳昱,译. 上海:上海文艺出版
社,2011:2.

50. 伊莱恩·肖瓦尔特. 她们自己的文学[M]. 韩敏中,译. 杭州:浙江大
学出版社,2012.

51. 安东尼·吉登斯. 亲密关系的变革:现代社会中的性、爱和爱欲
[M]. 陈永国,汪民安,等,译. 北京:社会科学文献出版,2001.

52. 玛丽·克劳福德,罗达·昂格尔. 妇女与性别:一本女性主义心理学
著作[M]. 徐敏敏,等,译. 中华书局,2009. 547 - 551.

53. 西蒙娜·德·波伏瓦. 第二性(Ⅰ、Ⅱ)[M]. 郑克鲁,译. 上海:上海
译文出版社,2011.

54. 玛丽·克劳福,罗达·昂格尔德. 妇女与性别:一本女性主义心理学
著作. 徐敏敏,等,译. 北京:中华书局,2009.

55. 刘建梅. 革命与情爱——二十世纪中国小说史中的女性身体与主题

重述[M].上海:上海三联出版社,2009:1-230.

56. 上野千鹤子,等.厌女:日本的女性嫌恶[M].王兰,译.上海:上海三联书店,2015:1-248.

57. 朱迪斯·巴特勒.身体之重——论"性别"的话语界限[M].李钧鹏,译.上海:上海三联书店,2011:1-7.

58. 李小江.女性乌托邦——中国女性/性别研究二十讲[M].北京:社会科学文献出版社,2016:1-209.

59. 汪民安.文化研究关键词[M].南京:江苏人民出版社,2007:78.

60. 罗钢,刘象愚.文化研究读本[M].北京:中国社会科学出版社,2011.

61. 陈平原.中国小说叙事模式的转变[M].北京:北京大学出版社,2003.

62. 陈平原.小说史:理论与实践[M].北京:北京大学出版社,2010.

63. 陈平原."新文化"的崛起与传播[M].北京:北京大学出版社,201.5

64. 戴锦华.隐形书写——90年代文化中国研究[M].南京:江苏人民出版社,2000.

65. 戴锦华.涉渡之舟——新时期中国女性写作与女性文化[M].西安:陕西人民出版社,2002:05.

66. 王晓明.在新意识形态的笼罩下[M].南京:江苏人民出版社,2000.

67. 乔焕江.日常的力量[M].广西师范大学出版社,2011.

68. 欧阳友权,袁星洁.中国网络文学编年史[M].北京:中国文联出版社,2015.

69. 欧阳友权.网络文学概论[M].北京:北京大学出版社,2011.

70. 欧阳友权.网络文学产业论[M].北京:中国社会科学出版社,2011.

71. 欧阳友权.网络文学发展史——汉语网络文学调查纪实[M].北京:中国广播电视出版社,2008.

72. 欧阳友权.网络与文学变局[M].北京:中国文史出版社,2014.

73. 谭德晶.网络文学批评论[M].北京:中国文学联出版社,2004.

74. 禹建湘.网络文学产业论[M].北京:中国社会科学出版社,2011.

75. 曾繁亭.网络文学写手论[M].北京:中国广播电视出版社,2008.

76. 纪海龙. 网络文学网站 100[M]. 北京:中央编译出版社,2014.

77. 马季. 网络文学:透视与备忘[M]. 北京:中国社会科学出版社,2010.

78. 邵燕君. 网络文学经典解读[M]. 北京:北京大学出版社,2016.

79. 邵燕君. 网络时代的文学引渡[M]. 桂林:广西师范大学出版社,2015.

80. 邵燕君. 倾斜的文学场——当代文学生产机制的市场化转型[M]. 南京:江苏人民出版社,2003.

81. 王小英. 网络文学符号学研究[M]. 北京:中国社会科学出版社,2016.

82. 苏耕欣. 哥特小说——社会转型时期的矛盾文学[M]. 北京:北京大学出版社,2010.

83. 卢敏. 美国浪漫主义时期小说类型研究[M]. 上海:上海人民出版社,2008.

84. 梅丽. 当代英美女性主义类型小说研究[M]. 上海:复旦大学出版社,2013.

85. 徐龙飞. 晚明清初才子佳人文学类型研究[M]. 北京:文化艺术出版社,2010.

86. 宫建文. 中国移动互联网发展报告(2014)[M]. 北京:社会科学文献出版社,2014.

87. 宫建文. 中国移动互联网发展报告(2015)[M]. 北京:社会科学文献出版社,2015.

88. 安妮塔·埃尔伯斯著. 杨雨,译. 爆款:如何打造超级 IP[M]. 北京:中信出版社,2016.

89. 秦阳,秋叶. 如何打造超级 IP[M]. 北京:机械工业出版社,2016.

外文文献

90. Ken Gelder, Popular Fiction: The Logics and Practices of a Literary Field[M]. London and New York: Routledge, 2004.

91. Robert McKee, Story：Substance, Structure, Style, and the Principles of Screenwriting[M]. New York：Harper Collins, 1997.

92. Toni Johnson – Woods, Pulp：A Collectors Book of Australian Pulp Fiction Covers[M]. Australia：Australian National Library, 2005.

93. StePhen greenblatt, Renaissance self – fashioning：from more to Shakespeare[M]. University of Chieago Press, 1980.

94. Stephen Geenblatt. Learning to Curse：Essays in Early Modern Culture[M]. Loutledge. 2007.

95. Michel Foucault. Dits et écrits 1954—1988[M]. Gallimard, 1994.

期刊文献

96. 乔焕江. 类型文学热亟须文化反思[N]. 人民日报, 2010 – 09 – 21(020).

97. 夏烈. 类型文学：一个概念和一种杰出传统[N]. 文艺报, 2010 – 08 – 27.

98. 庄庸. 类型文学十年潮流的六个拐点[N]. 中国艺术报, 2013 – 7 – 26(07).

99. 刘杨. 改编时代的网络小说路在何方[N]. 文学报, 2016 – 1 – 21(24).

100. 金赫楠. 网络言情小说二三事[N]. 文艺报, 2016 – 9 – 18(008).

101. 张颐武. 玄幻：想象不可承受之轻[N]. 中华读书报, 2006 – 06 – 21(06).

102. 齐帅. 蔡艺侬：非主流公司的非主流老板[N]. 南方都市报, 2011 – 10 – 02(08).

103. 肖映萱.《快穿之打脸狂魔》：反类型的突围[N]. 文学报, 2015 – 12 – 31(023).

104. 博林. 人们为何又恨又爱"玛丽苏"[N]. 光明日报, 2016 – 06 – 11(005).

105. 郑丹丹, 吴迪. 耽美现象背后的女性诉求——对耽美作品及同人女

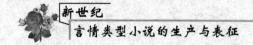

的考察[J].浙江学刊.2009,06:216.

106.何志钧.网络文学类型化写作管窥[J].学习与探索.2010,02:189.

107.杨纪平.论欧美网络女性主义思潮[J].小说评论.2010,04.

108.马季.类型文学的旨归及其重要形态简析[J].创作评谭.2011,06:4-8.

109.张永禄,许道军.职场小说新的文学崛起[J].当代文坛.2011,06:45.

110.汤哲声.论新类型小说和文学消费主义[J].文艺争鸣.2012,03.

111.庄庸.从"类型"看网络文学的潮流.博览群书[J].2012,09.

112.杨黎全.网络穿越小说:谱系、YY与思想悖论[J].文艺研究.2013,12.

113.韩浩月.盛大文学:以版权为核心缔造文学产业链[J].中国版权.2013,04.

114.欧阳友权.时下网络文学的是个关键词[J].求是学刊.2013,03:127.

115.黎杨全.网络穿越小说:谱系、YY与思想悖论[J].文艺研究.2013,12.

116.李昊.新世情小说的复兴——浅谈"种田文"的走红[J].当代文坛.2013,05:64.

117.徐晓利,张婵.网络言情小说中的虐恋模[J].文学教育.2014,01.

118.陶虹飞.论网络言情小说的"悲情"写作——以网络作家匪我思存的小说为例[N].常州工学院学报(社科版).2014,10.

119.乔焕江.从网络文学到类型文学:理论的困境与范式转换[J].文学理论与批评.2015,05.

120.房伟.个人主义、穿越史观与共同体诱惑——论"网络穿越历史小说"的"三宗罪"[J].创作与评论.2015,04.

121.肖映萱.《遇蛇》:遇见虐点[J].名作欣赏.2015,13:82.

122.王玉玉.从《渴望》到《甄嬛传》:走出"白莲花"时代[J].南方文坛.2015,05:57.

123.肖映萱,叶栩乔."男版白莲花"与"女装花木兰"——"女性向"大历史叙述与"网络女性主义"[J].南方文坛.2016,02.

124.郑熙青."女性向·耽美"文化[J].天涯.2016,03:174-177.

125.林品,高寒凝.二次元·宅文化[J].天涯.2016,01:183-184.

126.耿传明.清末民初"乌托邦"文学综论[J].中国社会科学.2008,04.

127.秦宇慧.当代《红楼梦》"同人小说"初探[N].沈阳大学学报.2009,02:102.

128.王智慧."革命+恋爱"新探[N].海南师范学院学报(社会科学).2006,01:19.

129.熊权."革命加恋爱":早期普罗文学中的模式化书写及其嬗变[J].文艺理论与批评.2006,01:67.

130.荀羽琨.红色经典小说爱情母题模式研究.小说评论.2012,01:193-196

131.陈思和.论海派文学的传统[N].杭州师范学院学报(人文社会科学版).2002,01:4.

132.胡凌之.苏青论[J].中国现代文学研究丛刊.1993,01:53-55.

133.陈晓明."后革命"阐释:理论与现实[J].美苑.2005,05:2-4.

134.陶东风.革命的祛魅:后革命时期的革命书写[N].渤海大学学报.2010,06.

135.戴锦华、高秀芹.无影之影——吸血鬼流行文化的分析[J].文艺争鸣.2010,05.

136.孔庆东.街前街后尽琼瑶——论当代港台言情小说[J].学术界.2010,01:120.

137.黄一.个性驾驭网络——安妮宝贝的10年创作[J].文艺评论.2010,01.

138.郑国庆.安妮宝贝——"小资"文化与文学场域的变化[J].当代作家评论.2003,06:74.

139.易薇.网络文学网站的发展现状与未来趋势——以起点中文网为例[J].出版参考.2012,07:15.

140.林易."凤凰男"能飞多高——中国农转非男性的晋升之路[J].社

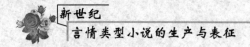

会.2010,01:89.

141. 罗蔓. 小议网络流行新词"凤凰男"[J]. 现代语文.2008,10.

142. 张学东. 对"凤凰男"与"孔雀女"婚姻问题的社会学分析[J]. 中国青年研究.2009,04.

143. 蒋永萍. 两种体制下的中国城市妇女就业[J]. 妇女研究论丛.2003,01:17.

144. 李宝芳."80后"女性就业质量调查报告[J]. 理论界.2014,10:56-59.

145. 程相占. 论身体美学的三个层面[J]. 文艺理论研究.2011,06:42-45.

146. 刘琳. 身体:在反抗与消解之间——论新世纪网络女性写作中的身体书写[J]. 文艺争鸣.2015,08:163.

147. 张法. 身体美学的四个问题[J]. 文艺理论研究.2011,04:04.

148. 陈亚亚. 百合花开:女同性恋的文学呈现[J]. 中国图书评论.2011,09:26.

学位论文

149. 陈晓华. 跨媒介使用中的女性文化传播——罗曼史网络社区文化现象研究[D]. 复旦大学博士论文,2013:1-145.

150. 王源. 后现代主义思潮和中国新时期小说[D]. 山东师范大学博士论文,2012:104-120.

151. 傅洁琳. 格林布拉特新历史主义与文化诗学研究[D]. 山东大学博士论文,2008:144-168.

152. 刘芊玥. 作为实验性文化文本的耽美小说及其女性文化阅读空间[D]. 复旦大学硕士论文,2012:13-25.

153. 杜凡. 阁楼里的衣柜:21世纪以来大陆女同性恋文学初探[D]. 首都师范大学硕士论文,2009:14-38.

154. 网络女性原创作品研究——以盛大公司"红袖添香"网为例[D]. 陕西师范大学硕士论文,2012:14-25.

155. 张永禄. 现代小说类型批评实践检视与类型学建构[D]. 上海大学

博士论文,2009:15 - 89.

156.许道军.历史记忆:建构与模型——中国现代历史小说类型研究[D].上海大学博士论文,2010:7 - 39.

论文涉及的言情类型小说

1.安妮宝贝.告别薇安[M].杭州出版社,2002.

2.安妮宝贝.七月与安生[M].杭州出版社,2002.

3.九夜茴.匆匆那年(上下)[M].东方出版社,2008.

4.匪我思存.佳期如梦[M].新世纪出版社,2007.

5.匪我思存.千山暮雪[M].新世纪出版社,2009.

6.流潋紫.后宫.甄嬛传(1—7[M]).重庆出版社,2009.

7.桐华.步步惊心(修订版)上下.花山文艺出版社,2009

8.桐华.被时光掩埋的秘密(后修订出版名为《最美的时光》)[M].朝华出版社,2009.

9.唐七公子.三生三世十里桃花[M].百花洲文艺出版社,2011.

10.唐七公子.三生三世枕上书[M].湖南文艺出版社,2012.

11.顾漫.何以笙箫默[M].沈阳出版社,2011.

12.缪娟.翻译官[M].江苏文艺出版社,2011.

13.阿耐.欢乐颂[M].四川文艺出版社,2012.

14.秦简.锦绣未央(网络名《庶女有毒》)1 - 6[M].江苏文艺出版社,2013.

15.风弄.孤芳不自赏[M].百花洲文艺出版社,2016.

16.顾漫.微微一笑很倾城[M].晋江文学城.http://www.jjwxc.net/one-book.php? novelid = 370832.

17.顾漫.杉杉来吃[M/OL].晋江文学城.http://www.jjwxc.net/one-book.php? novelid = 247098.

18.小鬼儿儿儿.裸婚[M/OL].红袖添香网.http://novel.hongxiu.com/a/207182/.

19. 慕容湮儿. 倾世皇妃［M/OL］. 起点女生网. http://www. qdmm. com/MMWeb/1020174. aspx.

20. Fresh 果果. 花千骨［M/OL］. 晋江文学城. http://www. jjwxc. net/onebook. php？novelid＝316358.

21. 玲珑小猪猪. 莫弃莫离［M/OL］s. 书包网. http://www. bookbao. net/view/201202/02/id_XMjI5NjUw. html.

22. 丁墨. 莫负寒夏［M/OL］. 起点女生网. http://www. qdmm. com/MMWeb/3639833. aspx.

23. 丁墨. 他来了,请闭眼［M/OL］. 晋江文学城. http://www. jjwxc. net/onebook. php？novelid＝1857985.

24. 丁墨. 征服者的欲望［M/OL］. 书包网. http://www. bookbao8. com/view/201206/30/id_XMjc2OTg3. html.

25. 吱吱. 庶女攻略［M/OL］. 起点女生网. http://www. qdmm. com/MMWeb/1626560. aspx.

26. 关心则乱. 知否知否,应是绿肥红瘦(出版名《庶女明兰传》)［M/OL］. 晋江文学城. http://www. jjwxc. net/onebook. php？novelid＝931329.

27. 蓝云舒. 大唐明月［M/OL］. 起点女生网. http://www. qdmm. com/MMWeb/2014155. aspx.

28. 影照. 午门囧事［M/OL］. 晋江文学城. http://www. jjwxc. net/onebook. php？novelid＝230533.

29. 风弄.《孤芳不自赏》共7册.

30. 萌吧啦. 重生之渣夫狠妻［M/OL］. 晋江文学城. http://www. jjwxc. net/onebook. php？novelid＝1557389.

31. 果核之王. 重生之无情道(又名《鼎炉女配上位记》)［M/OL］. 晋江文学城. http://www. jjwxc. net/onebook. php？novelid＝1780470

32. 吉祥夜. 听说你喜欢我［M/OL］. 红袖添香网. http://novel. hongxiu. com/a/1206709/

33. 梅灵. 还珠之失宠皇后［M/OL］. 去看看小说网. http://www. 7kankan. com/files/article/html/40/40780/7217628. html.

34. 桃李默言. 清穿之炮灰女配[M/OL]. http://www. 56shuku. org/files/article/html/26/26981/.

35. 潇湘冬儿. 十一处特工皇妃[M/OL]. 潇湘书院. http://www. xxsy. net/books/165098/2700637. html.

36. 花间意. 还珠之那拉重生[M/OL]. 晋江文学城. http://www. jjwxc. net/onebook. php? novelid=759978&chapterid=22.

37. 果冻cc. 农夫山泉有点田[M/OL]. 晋江文学城 http://www. jjwxc. net/onebook. php? novelid=536801.

38. 桃花露. 穿越市井田园[M/OL]. 晋江文学城. http://www. jjwxc. net/comment. php? novelid=761174&commentid=23229.

39. 原非西风笑. 末世之重启农场[M/OL]. 起点女生网. http://www. qdmm. com/MMWeb/3141825. aspx.

40. 水果慕斯. 末世女配升级记[M/OL]. 晋江文学城. http://www. jjwxc. net/onebook. php? novelid=1664377.

41. 虞西. 重生之末世仙途[M/OL]. 顶点小说网. http://www. 23us. so/files/article/html/13/13567/index. html.

42. 希行. 君九龄[M/OL]. 起点女生网. http://www. qdmm. com/MMWeb/3678827. aspx.

43. 曾氏家族. 红楼之晴雯种田记[M/OL]. 晋江文学城. http://www. jjwxc. net/onebook. php? novelid=1244666&chapterid=1.

44. 妃如笑. 一梦红楼之老祖[M/OL]. 潇湘书院. http://www. xxsy. net/info/352079. html.

45. Panax. 红楼之宠妃[M/OL]. 晋江文学城. http://www. jjwxc. net/onebook. php? novelid=2480599.

46. 非南北. 红楼之黛玉不欠谁[M/OL]. 晋江文学城. http://www. jjwxc. net/onebook. php? novelid=3019353.

47. 错诰. 红楼之贾迎春[M/OL]. 晋江文学城. http://www. jjwxc. net/onebook. php? novelid=889875.

48. 锦瑟思弦. 将反派上位进行到底[M/OL]. 晋江文学城. http://

www. jjwxc. net/onebook. php? novelid = 1774909.

49. 妖舟. 穿越与反穿越 [M/OL]. 晋江文学城. http://www. jjwxc. net/onebook. php? novelid = 82981.

50. 妖舟. 李笑白系列三部曲 [M/OL]. 晋江文学城. http://www. jjwxc. net/onebook. php? novelid = 1284909.

51. 蓝云舒. 千蛊江山 [M/OL]. 起点女生网. https://book. qidian. com/info/1890550.

52. 天蓝若空. 不分 [M/OL]. 西祠胡同. http://www. xici. net/d34089939. htm.

53. 本宫微胖. 快穿炮灰女配 [M/OL]. 起点女生网. http://www. qdmm. com/MMWeb/3546897. aspx.

54. 叶非夜. 隔墙有男神:强行相爱 100 天 [M/OL]. 起点女生网. http://www. qdmm. com/MMWeb/3693174. aspx.

附 录

附录一:清穿文一览表(含主要人物设置)截至 2017 年 3 月

时间	男主角	作品(女主角)
清初	努尔哈赤	《东风吹尽龙沙雪》
	皇太极	《沧海月明珠有泪》《海月明珠》《桐树花深》《独步天下》《那海兰珠》《十年惊梦》《清穿之漪兰小筑》《竟夕起相思》《穿越大清初年》《(海兰珠同人)你的怀,我的一生》《海兰珠的喜剧人生》
	褚英	《荏苒堪渡倾城花》
	多尔衮	《弑清》《美人如玉之小玉妃》《情牵三世》(大玉儿)《榴花开处照宫闱》(大玉儿)
	多铎	《满绿》《清时梦醒》《与你相配》
顺治	顺治	《帝梦清萝》(又名帝后)《大清遗梦》《静思》《妃梦留清》《梦续三百年》《怜花落董鄂妃传奇》《穿越之绝色神偷》《重活顺治年间》《宛妃传》《月下梅花香》
康熙	康熙	《寂寞空庭春欲晚》(卫氏琳琅)《大清公主秘史》《馨心相映》《鸾,我的前半生,我的后半生》(苏麻喇姑)《清宫情空净空》《清梦奇缘》《月到天心》《天下无双》《宫女》《一生挚爱 孝懿仁皇后》《我和康熙的约会》《小萱皇后》《康熙是我的》《康熙我老公》《清穿之女人四十》《香印成灰》《清宫·情空·净空》《华年旧事——未曾生我谁是我》《夕阳红——我是康熙的奶奶》《清扬婉兮》《彼岸草》

续表

时间	男主角	作品(女主角)
康熙	康熙	《穿越时空之情定康熙》《桂花香,若初见》《清宫·红尘尽处》《坠入云端》《紫色萱草花》《落红》《青丝,情丝》《花开·花红·花落》《一世嫣然》《长袖善舞挽清香》《康熙老婆不好当》《清宫遗恨》《征服》《(清穿)表哥你别跑》《重生之康熙荣妃》《密妃在清朝》《随身空间之佟皇后》《清穿之奶娘》《清穿之郭络罗氏》《清闲》《穿越之温僖贵妃》《悠然重生》
	太子	《非主流清穿》《重生之清太子妃》《太子妃威武》《废太子重生记》《绝代风华》《穿越太子胤礽》《清穿之拜见太子爷》《清话.胤礽》《梦断宫城》《千帆过尽》《君心难测》《繁花散尽》《清穿之康熙风云》《君临天下》《清烟》《至尊》《清穿之无良长姐》《韶华》《清歌之胤礽》
	大阿哥胤禔	《随身空间之大福晋》《重生斗清穿》《弟控穿成大阿哥》《清穿之长兄难为》
	五阿哥胤祺	《祺心》《祺逢对手》《我心荡漾》《隔雾红墙》《佟氏女子歪传》《清穿之猎人来客》
	六阿哥胤祚	《十龙夺嫡》
	七阿哥胤佑	《清宫遗梦》《生生世世只爱你》《生生世世只要你》《春忆悠悠》《桃花出篱嫣然笑》
	八阿哥胤禩	《瑶华》《谋嫡诱色》《梦回廉亲王府》《浮生紫云》《清空万里》《八福晋》《春生碎》《一朝.一夕念》《三世一回眸》《至爱吾爱》《一起看烟火灿烂》《惊情三百年(回到清宫)》《清风吹散往事如烟灭》《走过,路过》《祀宫殇》《hello 我的福晋》《看朱成碧》《记清流》《花开一瞬》《清朝纪事(宫闱篇)》《大清往事》《清梦·长乐未央》《清宫丫传之九王夺嫡》《笑拥清梦》《山河日月》《刹那成永恒》《相思绝》《一生两世印》《蝶舞清梦》《天与多情》《云卷云舒》《清殇月痕》《阖家欢喜 》《烟花释梦》《缭绕浮生》《清思缭断》《重生之八福晋的奋斗》《浮生劫》《红牡丹》

续表

时间	男主角	作品（女主角）
康熙	九阿哥 胤禟	《不辞冰雪为卿热》《清影迷离》《清心悦目》《我的清穿经历2》《遗清满心辰》《凤舞大清》《散尽笙歌》《生死书》《久梦乍回》《宛如吟》《偷儿的穿越》《偷儿再穿》《情玄》《君生我未生》《梦啼妆泪红阑干》《清梦 繁华冢》《爱尽.满清》《无爱侧福晋》《当废材遭遇桃花九》《我的阿玛是九阿哥》《醉清秋》耽美《清情两世》《九爷吉祥》《一场烟花，半世飘摇》《卿国清城》《尘世随风》《心中那颗朱砂痣》《清风殇》《清秋一梦》《清烟如梦》《九福晋》《弃妾当自强》《白骨精大清游记》《我和大清有个约会》《恋清尘》《婉燃如月》《大清盛世之小气财神》《就花阴（大清朝养成游戏）》《白骨精大清游记》《九福晋大翻身》《穿越九福晋》《恋清歌》《九爷，你亮了》《九爷的位面交易器》《清星缘》《清情怡世》《重生之喜乐大清》
	十阿哥 胤䄉	《清穿之十福晋》《重生之十福晋》力推《八九不离十》《清清走过》《清风火焰》《草包龙套的爱恋》《半生缘（清穿十阿哥）》《慕拾缘》《清梦十里琴歌》《穿越之清影随行》《福晋凶猛》
	十二阿哥胤裪	《清影成双》《慧水丹心》《悠悠我心 》（双结局，如果篇是十四）《原来你在这里》《青山隐隐有泪光》《倾尽一生》《风雨飘摇（清穿）》《妃常开心》《清有远来客》
	十三阿哥胤祥	《梦回大清》（兆佳氏鱼宁）《梦锁清缘》（《梦回大清》续）《恍然如梦》（瓜尔佳氏婉然）《清·情未央》（兆佳氏婉馨）《清歌梦谣》（兆佳氏）《紫禁回忆录》（兆佳氏碧罗）《怡殇》（兆佳氏雅柔）《梦若流星》（钮钴禄氏凝嫣）《夏怡寂夜》《魂归大清》《缘定三生》《不做嫡福晋》《福晋当家》《若相惜》《青瓷怡梦》《世上桃源》《医女白苏》《浮生紫云》《清梦惊雷》《清风扶醉》《清梦晓》《清梦月》《清烟绌》《清风欲孽》《清梦无痕》《偶然》《淡雅清梦》《怡诺千年》《扑流萤》《1314》《想穿就不怕遇阿哥》《南水》《红牡丹》《清·情劫》《情不自禁》《宫弑》《福晋吉祥》《沉憩怡生》《怡花·怡世界》《竹梦》《梦回怡王府》《清恋祥云》《十三是个心机鬼》《得意笑清风》《清朝的快乐时光》《怡情绝恋》《清宫晚秋》《梦还京》《百年清宫爱恋》《十三福晋》《清萍醉月》《缘如玉》《乌珠穆沁》《红楼之蝶玉雍祥》《清国情城·爱无悔》

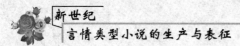

续表

时间	男主角	作品（女主角）
康熙	十四阿哥胤禛	《祯晴》《清穿之十四福晋》《相约的前世今生》《穿越十四福晋》《十四福晋》(佛清)《十四福晋》(北酱紫)《清烟袅袅》《踏沙行》《清穿之越祯心》《浅颜微笑》《颠覆大清之强人穿越》《清梦寻》《重生在清朝之情归何处》(二人穿，男主是四和十四)《九龙玉杯》《盈月舞清风》《幽澜露》《清朝醉游记》《谋尽天下》《山雪江河》《雁回月满楼》《只是为了遇见你》《陌上花开缓缓归》《一惊清梦》《五岁小福晋》《红袖王朝》《繁花落》《生死两重天》《清风摇曳》《一落倾城》《祯歌待晨》《祯心真意》《清秋万代》《情归紫禁城》《迷途》《归路》《红墙记》《漠天》《双栖蝶》《一生一次轮回》《心随着你》《微笑不流泪》《飘云情融》《刹那芳华》《缘如水》《清——红鸾劫》《月上柳梢头》《穿越时空遇见你》《定三生》《我最怜君中宵舞》《纵横》《欲挽清风》《清辉如雪》《紫禁清萍》《完颜.琉苹》《嫡福晋》《一缕清缘》《戏假情祯》《张小文的清穿记事》《笑傲大清》《清影成双》(分十二阿哥嫡福晋和十四阿哥嫡福晋两篇)《清琉璃》《宝樱花开》《历历在目》《倾本无心》《饿女从军记》《月出》《清尘吟》《穿越清朝遇阿哥》《穿越时空寻那梦里的爱恋》
	十六阿哥胤禄	《致清穿亲们的调查报告》《清国遗爱》
	十七阿哥胤礼	《独步清风》
	十八阿哥	《清秋大梦》《独步清风》
	纳兰容若	《青衫湿遍》《寂寞空庭春欲晚》《凄情纳兰》《何以述深情》
雍正	四阿哥胤禛	1. 皇后叶赫那拉:《回首又见他》《完美四福晋》《我是雍正的老婆》《穿越胤禛福晋》《紫禁心经》《雍清,那拉氏的生活杂记》《清梦:祯心之恋》《满地清秋》《清穿之不走寻常路》 2. 熹妃钮祜禄氏:《清朝穿越记》《清.梦缘》《清梦无痕》《唯愿君心似我心》《杨柳依依清穿》《归去凤池夸》《在清朝的生活》《祯雨胤》《秘密》《清色莲华》《执恋清风》《宫烟》 3. 年妃:《情倾天下》《爱君如梦》 4. 耿氏:《雍正小老婆》《四爷,我爱宅》 5. 乌拉那拉氏:《琳琅(清穿＋空间)》《我的清穿经历》《跨时空的婚姻》《清尽所有》

续表

时间	男主角	作品（女主角）
雍正	四阿哥胤禛	6.其他女主角:《步步惊心》《浮生萦云》《半世清情》《重生在清朝之情归何处》《爱就"年"一起》《陌上花开》《我的爱人叫胤禛》《绝恋大清–花儿知为谁红》《日落紫禁》《砒霜月》《梦转纱窗晓》《青鸟之瘾》《月色撩人》《最禛心》《禛心真意长相守》《书虫在清朝的米虫生活》《尘世羁》《十年踪迹十年心》《勿忘》《四爷党》《清心寡欲》《笑忘清宫》《丝丝与心扣（换一种方式去爱）》《许你来生》《君生我未生》（淑慎公主）《清悠路》《完美侧福晋》《红颜凝眸处》《凤斗》《花落记》《穿情》《情遗大清》《紫禁城未央》《多少恨之如梦令》《是谁入梦》《恋恋不忘禛心》《胤禛二十七年》《清云梦悠悠Ⅰ》《清云梦悠悠Ⅱ》《大清宠妃》《大清妖妃》《清韵楚楚》《清尘吟》《清轩殇梦》《清情缘若梦》《清殇夜未央》《生活在清朝》《谁主君心》《珍妃》《冷面王爷的爱人:临夏不至》《清穿之清不可却》《清风吻上你的脸》)《当动漫迷来到清朝（原名:清梦无忧——今天开始穿越）》《清幻虚梦》《卿国清城》《玉锁扣魂》《雍正传》《玲珑夜夜心》《清情误》《倔女医对上冷面王》《一片禛心在玉壶》《玉碎是梦非梦》《许君来世步步为营》《清穿之我是宁妃》《清穿之禛爱一生》《清心一梦》《穿越大清之冰凝雪韵》情《清梦醒否》《与君情》《清朝N年游》《清梦·繁华冢》《雍倾天下》《我的清穿经历（二）》《魂归清梦》《不做清朝人》《胤禛,我心头的那颗朱砂》《禛情曼舞》《清雨霏霏》《雍正的传奇老婆》《来世请说爱我》《真心禛怡只爱你》《清思缭断》《随身空间之四爷次女》《半世清情》《穿越四四的小老婆》《完美皇贵妃》《四爷有空间》《穿越空间之张氏》《清穿之坐享其成》《综清穿之媳妇难当》
	弘时	《落日弘时》
乾隆	乾隆	《梦遇乾隆之前世今生》《穿越之慧贤皇贵妃》《穿过时空之幻影女孩》《宝和玉清》《清梦绕瑶池》《穿越之慧贤皇贵妃》
光绪	光绪	《穿越清朝当皇帝》《实习到清朝》《女亲王》《清宫朗月》《燕支泪》《光绪中华》《浮世离梦》《珍妃梦》《缥缈崇陵雪》
晚清	慈禧	《末世朱颜》

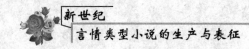

附录二:女性向文学网站小说分类,截至 2017 年 3 月

晋江原创网

首页	言情小说站	古代言情、都市言情、幻想现言、古代穿越、玄幻奇幻、科幻网游、同人言情动漫、同人言情小说
	原创小说站	古代纯爱、现代纯爱、科幻网游、玄幻奇幻、古代穿越、幻想现言、都市青春、百合
	非言情小说站	非言情现代、非言情古代、玄幻奇幻、科幻网游、百合、同人纯爱
	衍生小说站	同人言情动漫、同人言情小说、同人纯爱
二级分类	原创性	原创、同人
	性向	言情、纯爱/耽美、百合、女尊、无 CP
	时代	近代现代、古色古香、历史架空、幻想未来
	类型	爱情、武侠、奇幻、仙侠、网游、传奇、科幻、童话、恐怖、侦探、动漫、影视、小说、真人、其他、剧情
	风格	悲剧、正剧、轻松、爆笑、暗黑
	标签	重生、穿越时空、随身空间、种田文、系统、情有独钟、网王、娱乐圈、仙侠修真、末世、HP、生子、综漫、快穿、甜文、强强、异能、灵魂转换、豪门世家、异世大陆、虐恋情深、火影、清穿、家教、宫斗、青梅竹马、英美剧、韩娱、猎人、武侠、都市情缘、女配、欢喜冤家、宫廷侯爵、天之骄子、日韩剧、天作之合、红楼梦、女强、性别转换、无限流、奇幻魔幻、布衣生活、宅斗、前世今生、未来架空、破镜重圆、死神、民国旧影、机甲、少女漫、铁汉柔情、灵异神怪、游戏网游、黑篮、古穿今、血族、西方罗曼、幻想空间、少年漫、美食、科幻、洪荒、年下、江湖恩怨、婚恋、港台剧、海贼王、西方名著、乔装改扮、近水楼台、平步青云、制服情缘、现代架空、盗墓、乡村爱情、异国奇缘、时代奇缘、因缘邂逅、花季雨季、报仇雪恨、恩怨情仇、怅然若失、阴差阳错、历史剧、竞技、网配、励志人生、悬疑推理、业界精英、恐怖、传奇、相爱相杀、骑士与剑、圣斗士、原著向、银魂、爱情战争、七五、边缘恋歌、恋爱合约、古典名著、俊杰、七年之痒、穿书、三教九流、SD、霹雳、职场、商战、婆媳、星际、超级英雄

红袖添香网

	类型	内容
首页分类	古代言情小说	穿越时空　古典架空
	现代言情小说	总裁豪门　都市情感
	新类型小说	玄幻仙侠　魔法幻情
二级分类	言情小说	穿越时空、总裁豪门、古典架空、都市真爱、玄幻仙侠、青春校园、白领职场、魔法幻情、女尊王朝
	幻侠小说	玄幻奇幻、都市情感、武侠仙侠、惊悚小说、悬疑小说、科幻小说、历史小说、军事小说、网游小说
	更多小说分类	商场小说、武侠仙侠、玄幻奇幻惊悚小说、悬疑小说、历史小说、军事小说、科幻小说、网游小说

言情小说吧

首页分类	按类型	豪门总裁、都市爱情、穿越架空、仙侠·幻情、纯爱·唯美、职场·励志、宫廷争斗、种田重生、青春·校园、灵异·恐怖、综合其他、言情·小本
	按内容关键词	青梅竹马、婚后相处、欢喜冤家、虐恋情殇、奉子成婚、豪门世家
二级分类	现代言情	总裁小说、高干小说、校园小说
	古代言情	穿越小说、宫斗小说、种田小说
	具体作品内容与风格索引	青春校园、穿越时空、日久生情、虐恋情殇、情有独钟、欢喜冤家、婚后相处、豪门世家、斗智斗勇、未婚先孕、青梅竹马、办公室恋、情姐弟恋、暗恋成真、职场都市、励志言情、布衣生活、黑帮情仇、江湖恩怨、报仇雪恨、不伦之恋、春风一度、近水楼台、破镜重圆、契约情人、前世今生、再世重生、强取豪夺、乔装改扮、天作之合、阴差阳错、天之骄子、平步青云、乡村爱情、西方罗曼、宫廷侯爵、灵异神怪、民国旧影、幻想空间、性别转换、奉子成婚、古色古香、种田诙谐

起点女生网

首页		古代言情、女尊王朝、古典架空、古代情缘、穿越奇缘、宫闱宅斗、经商种田、仙侠奇缘、
二级分类	现代言情	都市生活、婚恋情缘、娱乐明星、官场沉浮、商战职场、异术超能、豪门世家、极道江湖、民国情缘
	浪漫青春	校园青春、校园纯爱、叛逆成长
	玄幻言情	异族恋情、异世大陆、东方玄幻、远古神话、魔法幻情
	悬疑灵异	灵异鬼怪、推理侦探、悬疑探险、恐怖惊悚
	科幻空间	末世危机、时空穿梭、星际恋歌、超级科技、未来世界
	游戏戏竞	技游戏异界、网游情缘

潇湘书院

首页	根据类型	穿越、架空、豪门、都市、玄幻、异能、悬疑、灵异、校园、仙侠、职场、科幻
	根据内容	婚恋、修真、明星、宝宝、种田、重生